Linda Schirmer

Burning Oceans: Reisende zwischen den Gezeiten

Linda Schirmer

Burning Oceans:
Reisende zwischen den Gezeiten

Roman

PIPER

Mehr über unsere Autoren und Bücher:
www.piper.de

Wenn Ihnen dieser Roman gefallen hat, schreiben Sie uns
unter Nennung des Titels »Burning Oceans:
Reisende zwischen den Gezeiten« an empfehlungen@piper.de,
und wir empfehlen Ihnen gerne vergleichbare Bücher.

ISBN 978-3-492-50372-3

Redaktion: Friedel Wahren
Covergestaltung: saje design, www.saje-design.de
Covermotiv: Mariano Nocetti / unsplash; Alexandr Ivanov / Pixabay
Printed in Germany

May you always have walls for the wind
A roof for the rain
Tea beside the fire
Laughter to cheer you
Those you love near you
And all your heart might desire

Irisches Sprichwort

Kapitel 1

Seit der letzten Kontrolle am Dubliner Hafen hielt ich die Urne auf meinem Schoß fest umklammert. Dass sich das Sicherheitspersonal dort auch gar so aufführen musste! Hatten diese Leute doch glatt verlangt, die Urne zu öffnen. Wie peinlich berührt die Beamten dann dort standen, als sie feststellen mussten, dass das Gefäß tatsächlich nur Asche enthielt. Was glaubten die denn zu finden? Etwa ein Kilogramm Kokain? Dads Taschen hingegen wurden überhaupt nicht untersucht, dabei hätten sie dabei eine nette Menge Drogen gefunden … allerdings für Tiere, versteht sich.

Das ganze Theater um ihre Asche hätte Granny in ihrem Testament leicht abwenden können. War doch sonst alles so genau niedergeschrieben worden. Granny hatte sich eine Seebestattung gewünscht, dort wo der Himmel das Meer berührte und der Wind mal sanft, mal tobend alle Erinnerungen wach hielt. Nun gut, Seebestattung war aufwendig, aber machbar. Ihr zweiter Wunsch hingegen grenzte an Irrsinn.

Der Regen prasselte schon seit Stunden gegen die Windschutzscheibe unseres vollbepackten Vans, und die Scheibenwischer quietschten munter hin und her. Wir hatten den flachen Teil Irlands hinter uns gelassen. Dafür schlängelte sich die Straße vor uns nun durch die Berge, deren Gipfel von grauschwarzen Wolken verdeckt waren. Verwelktes Gras säumte den Straßenrand. Es hing platt gedrückt vom Regen neugierig über dem Asphalt und erinnerte mich an den Seitenscheitel, den Dad trug, bevor er Mum kennengelernt hatte. Das Foto klebte noch immer in seinem Führerschein. Mum war der Grund für den Kurzhaarschnitt und eine Familie mit zwei Kindern, von denen eins auf der Rückbank lag und schlief. Das andere, nämlich ich, trällerte mit Dad zu Dolly Partons Song *9 to 5*, während er mit der flachen Hand den Rhythmus auf dem Lenkrad mitklopfte.

There's a better life and you think about it, don't you?, sangen Dad und ich, als er das Lenkrad plötzlich nach rechts riss und die Bremse durchtrat. Der Wagen geriet ins Schlingern. Grannys Urne, die wir vor lauter Umzugsstress in unserem alten Haus in London beinahe auf dem Kamin stehen gelassen hätten, flog mir aus den Händen. Der weiße Marmordeckel knallte gegen die Frontscheibe, rutschte über das Armaturenbrett zurück und fiel mir auf den Schoß, nur um am Schluss des Bremsmanövers genau auf meinem großen Zeh zu landen.

»Autsch!« Der Schmerz zog sich sofort von meinem Fuß bis zur Schläfe herauf. Die Iren an der Grenzkontrolle hatten natürlich kein Paketband gehabt, um die Urne wieder ordnungsgemäß zu verschließen. Dafür konnte ich jetzt einen Verband gebrauchen, denn blöderweise hatte ich meine Turnschuhe ausgezogen, nachdem wir in Dublin von Bord der Autofähre gerollt waren.

»Cait, alles okay?« Erschrocken griff Dad nach meiner Schulter.

Ich nickte und unterdrückte ein Stöhnen, weil ich ihn nicht beunruhigen wollte.

»Was zur Hölle war das denn?« Der blonde Wuschelkopf

meiner Schwester Rose tauchte von der Rückbank auf und schob sich zwischen Dad und mich.

»Da stand etwas auf der Straße.« Dads Stimme klang zittrig. »Ich muss unbedingt mal nachschauen!« Er löste den Gurt und öffnete die Fahrertür.

»Warte, ich komm mit!«, erklärte Rose entschlossen, während Dad bereits ausgestiegen war und die Tür zuschlug. Der Knall der Autotür hallte in meinem Schädel nach. Ich verzog das Gesicht.

Eine weitere Autotür wurde zugeschmissen. Von Rose. »Muss sich um einen familiären Erbschaden handeln«, murmelte ich und beugte mich nach vorn, um meinen Zeh abzutasten. Doch wo war der Inhalt der Urne, der nach der Vollbremsung wie ein Ascheregen auf uns hätte niedergehen müssen, wie damals auf die Bewohner Pompejis? Im Fußraum lagen lediglich das leere Gefäß und der massive Marmordeckel. Verwirrt richtete ich mich auf, als plötzlich ein schwarmhaftes Gebilde aus den Überresten meiner Granny vor meinem Gesicht schwebte. Ich kniff die Augen zusammen, rieb mit dem Handrücken darüber und öffnete sie wieder. Die Aschewolke war nach wie vor vorhanden und schimmerte seltsam golden. Außerdem summte der Ascheschwarm leise. Oder summte es in meinem Kopf? Vorsichtig hob ich den rechten Zeigefinger und wollte die Staubteilchen berühren. Doch sie stoben auseinander, und die Melodie verstummte. Sie kam mir irgendwie bekannt vor. Hatte Granny sie nicht immer gesungen?

Sie war vor sechs Wochen verstorben, Ende Januar. Ich vermisste sie, aber meine Trauer war wie weggeweht, als ich erfuhr, dass meine Eltern in Grannys altes Ferienhaus ziehen wollten.

Granny hatte Mum tatsächlich ihr Häuschen vererbt, obwohl sich Mum bis vor Kurzem strikt geweigert hatte, je von diesem Haus am westlichsten Zipfel Irlands Gebrauch zu machen. Mum und ich waren uns ausnahmsweise mal einig gewesen, dass es dort einfach zu viel mieses Wetter gab. Wer wollte bitte schön, wenn man bereits im grauen Stadtnebel Londons wohnte, auch noch seine Ferien an der regnerischen Westküste verbringen? Von einem Umzug dorthin ganz zu schweigen.

Okay, Granny war dement gewesen, ihr konnte ich nichts mehr vorwerfen, dass meine Eltern ihrem Wunsch aber Folge leisteten, war eindeutig verrückt. Ich vermutete bei meinem Dad eine Überdosis der BBC-Fernsehserie *Der Doktor und das liebe Vieh*. Oder Dad war es leid geworden, als angestellter Tierarzt in einer großen Londoner Tierklinik zu arbeiten. Mum hingegen schien sich einzubilden, in der Ödnis Ruhe und Inspiration für ihre Kunst zu finden.

Als hätte Dad meine Gedanken gelesen, klopfte er von außen an die Scheibe der Beifahrertür. Dicke Tropfen fielen ihm vom oberen Rand seiner Kapuze auf die Nasenspitze. Er bewegte die Lippen, aber ich verstand nur »Arztkoffer« und »Beeil dich!«, dann drehte er mir den Rücken zu und eilte davon.

Ich schnallte mich ab, griff nach dem Maulbügel der braunen Ledertasche und zog sie hinter dem Rücksitz hervor. Dann öffnete ich die Autotür. In Sekundenschnelle strömte ein Luftstoß herein, wirbelte die Asche durcheinander und zog sie hinaus.

»Das darf doch jetzt nicht wahr sein!«, schrie ich. Wir waren noch nicht mal angekommen, und schon hatte ich Grannys Asche verloren. Mum würde ausflippen!

Schnell sprang ich aus dem Auto und lief der schimmernden Wolke nach, die sich deutlich vom Grauschleier des Himmels abhob. Sie flog in Richtung eines verkrüppelten Bäumchens, das sich hinter der nächsten Straßenbiegung versteckt hielt. Es war der einzige Baum in dieser einsamen, vom Bog – dem irischen Moor – bedeckten Gegend. Dort hing sie sich wie ein Bienenschwarm an einem der Äste fest. Verwundert blieb ich stehen.

Der Stamm war knorrig und vielfach verdreht. An den mit Flechten überzogenen dürren Zweigen baumelten bunte Stofffetzen, Zettel, deren Tinte vom Regen verwaschen war, Taschentücher und ein altes Handykabel.

»Abgefahrene Sache!« Rose stand plötzlich neben mir und deutete auf den seltsam geschmückten Baum.

»Irre, oder?« Ich griff nach einem roten Bändchen.

»Ist so ein Rag Tree, auch Fairy Tree genannt. Leute binden daran irgendwelche Stofffetzen, weil sie hoffen, dass sich damit ihre Probleme in Luft auflösen.«

»Wie albern.« Ich ließ los und wischte mir die Hand am Oberschenkel ab.

»Manche hoffen auch, dass dadurch ihre geheimen Wünsche in Erfüllung gehen.« Rose legte die Hände auf die Brust und machte einen Kussmund.

»Was soll das denn heißen? Ich habe keine geheimen Wünsche und überhaupt …« Ich stützte die Hände in die Hüften. »Woher weißt du das alles?«

»Granny hatte mir so einen Baum irgendwann schon mal gezeigt, als wir …« Rose verstummte.

Unvermittelt durchbrachen Sonnenstrahlen die graue Wolkendecke. Berge tauchten aus ihrer Verdunkelung auf und wurden heller. Der regenbenetzte graue Granit funkelte im Sonnenlicht, und der ganze Himmel schien in ein Schimmern eingetaucht. Es sah wunderschön aus.

»Erinnerst du dich noch, als wir mit Granny …«, besann sich Rose wieder auf ihre Ausführungen.

Ich fuhr zusammen. »Apropos Granny!« Als ich den Blick zu der Stelle in der Baumkrone hob, an der ich Grannys Ascheschwarm das letzte Mal gesehen hatte, war er verschwunden.

»Hilf mir bei der Suche nach ihr!« Ich versetzte Rose einen leichten Stoß und drehte mich hektisch um die eigene Achse. Ich blickte in alle Himmelsrichtungen, aber von der Asche war keine Spur mehr zu sehen.

»Sprichst du von Granny?«, fragte Rose ungläubig.

»Natürlich! Von wem denn sonst? Sie ist einfach durch die offene Autotür geschwebt, und nun ist sie verschwunden.« Ich unterstrich meine Aussage mit einer ausladenden Handbewegung.

»Was faselst du?« Rose kräuselte die Stirn.

»Durch das Bremsmanöver hat sich der Deckel gelöst. Die Urne ist leer und die Asche weg. Mum wird mir den Hals umdrehen!« Mein ganzes Gesicht kribbelte, was nur bedeutete, dass es wieder mit roten Flecken übersät war. Panik breitete sich in mir aus, aber von der ließ sich Rose nicht anstecken.

»Na und?«, erwiderte sie achselzuckend. »Granny wollte nach Irland, und diesen Wunsch haben wir ihr erfüllt. Und bis Mum wiederkommt, wird dir bestimmt etwas mit der Urne einfallen. Aber eventuell solltest du auch ein Stück Stoff an den Baum binden, du scheinst es zu brauchen.«

Rose lachte mich schon wieder aus, und das trieb mich zur Weißglut.

»Hör auf mit deinem albernen Schwachsinn!«, gab ich ihr zurück.

»Entspann dich! Das sollte ein Witz sein. Außerdem solltest du dich lieber mit um das Schaf kümmern, das Dad angefahren hat. Vielleicht braucht er deine Hilfe.«

»Ach, verdammt! Auch das noch!«, stöhnte ich und erinnerte mich daran, dass ich ganz vergessen hatte, ihm seine Arzttasche zu bringen.

»Ist es tot?«, fragte ich, nachdem ich ihm das Stethoskop aus der Tasche gereicht hatte. Aber Dad antwortete mir nicht. Er kniete neben einem Lämmchen, das bewegungslos auf der Seite lag, und konzentrierte sich darauf, endlich die Herztöne abhören zu können. Das Lämmchen hatte einen hübschen schwarzen Kopf und schwarze Beine. Aber seine Augen waren weit aufgerissen und starrten ins Leere.

»Es steht unter Schock«, antwortete er mir endlich. »Zieh schnell eine Spritze mit Kortison auf!« Nur mit Mühe folgte ich Dads Anweisung und übergab ihm das Medikament. Dann ging ich neben Dad in die Hocke und strich dem Lämmchen vorsichtig über das Fell.

»Es scheint nicht weiter verletzt zu sein«, stellte ich mit Erleichterung fest.

»So genau kann ich das noch nicht sagen. Vielleicht hat es innere Frakturen. Ich müsste es mit in die Praxis nehmen und ein Röntgenbild machen.«

»Hat deine neue Landtierarztpraxis überhaupt ein Röntgengerät?« Ich richtete meinen Blick wieder auf die Weiten des Bogs. Beim besten Willen konnte ich mir nicht vorstellen, dass in dieser Einöde aus Gras und Bergen auf medizinischen Fortschritt gepocht wurde.

»Was soll die Frage? Natürlich haben wir ein Röntgengerät.«

»Das ist wahrscheinlich so alt wie Röntgen selbst«, gab ich schnippisch zurück. Mein Zeh schmerzte wieder. Und der Gedanke an die verlorene Asche …

»Zugegeben, es ist kein digitales, aber …«

Plötzlich wand sich das Lämmchen aus Dads Griff und stellte sich auf. Die Androhung eines Arztbesuchs schien auch bei Tieren zu wirken. Das Kerlchen machte einen munteren Eindruck.

»Oh, sieh mal an, du stehst ja schon wieder!« Dad tätschelte das dunkle Köpfchen. »Sobald ihr im Bett liegt, fahre ich trotzdem später noch in die Praxis.«

»Lämmer bleiben doch immer in der Nähe ihrer Mutter, oder nicht?«, fragte ich. Weit und breit war keine Menschenseele zu sehen. Nicht mal Schafe. So wurde man also in den Werbeblättern über die grüne Insel veralbert. Die übrigens im Winter auch nicht grün war.

»Vielleicht ist es ausgerissen und findet nicht mehr zurück«, erklärte Dad. Das Lämmchen begann, an seinem Finger zu saugen.

»Oder seine Mutter hat das Kleine verstoßen«, führte ich weiter aus. Unsere Mum verließ uns nämlich auch gern, allerdings unter dem Vorwand ihrer Arbeit. Vernissage hier, Vernissage dort. Daher kann es ihr schließlich auch gleichgültig sein, wo wir wohnen, dachte ich verbittert. Sie würde sich sowieso ständig aus dem Staub machen, um ihre Kunst auszustellen.

Meine Füße fühlten sich plötzlich kalt und nass an. Ich blickte nach unten. Oh, ich blöde Kuh stand in Socken auf einer Landstraße mitten im Nirgendwo. Leise schimpfte ich auf Grannys Testament und ihre sterblichen Überreste, die nicht mal in der verdammten Urne bleiben wollten.

»Können wir jetzt weiterfahren? Ich brauche dringend eine heiße Dusche.«

»Und ich habe Hunger«, ergänzte meine Schwester.

Dad nickte verständnisvoll, hob das Lämmchen in seine Arme, und wir kehrten zum Van zurück.

Behutsam legte Dad das Lämmchen in meinen Fußraum. Es war der einzige freie Platz im ganzen Auto. Dad und ich hatten es nicht gewagt, hier auf offener Straße die Ladeklappe unseres mit Hausrat bepackten Vans zu öffnen. Die drohte sowieso, wie eine schlecht vernähte Wunde von selbst aufzuplatzen.

Wir fuhren keine zehn Minuten auf der Landstraße, und schon fing meine Schwester wieder an zu murren.

»Das Lämmchen stinkt!« Sie schien allmählich an Unterzuckerung zu leiden.

Allerdings musste ich ihr in diesem Punkt zustimmen. Drei Menschen und ein Schaf in einem Auto … es war nur eine Frage der Zeit, bis wir alle gleich rochen.

»Ein Schaf stinkt nicht«, widersprach Dad angespannt, weil er die Straße keine Sekunde lang aus dem Blick ließ. Kein Wunder, dass er das sagte. Schließlich war sein Lieblingspulli ein handgestrickter Aran Wool Sweater, der bei Nässe ebenso roch wie sein kleiner Patient im Auto.

Es dämmerte bereits, als wir endlich die richtige Abzweigung fanden, die zu unserem neuen Zuhause führte. Es lag abseits des kleinen Küstenorts Streamstown, der laut Dad als einer der angesagtesten Orte des irischen Tourismusverbands galt. Sicher doch! Wer machte hier eigentlich wem etwas vor?

Das Cottage am Ende der Auffahrt war weiß gekalkt und mit grauen Schieferplatten gedeckt. Die Rahmen der kleinen Fenster sowie die Eingangstür leuchteten selbst in der Dämmerung immer noch knallrot. Lange dürre Fichten standen um das zweistöckige Häuschen herum, deren Wipfel sich im Wind leicht hin und her wiegten, als wollten sie uns willkommen heißen. Jetzt hoffte ich nur noch auf eine heiße

Dusche und ein weiches Bett. Ich war erschöpft von der langen Reise im Auto und dem Unfall. Noch immer fragte ich mich, ob ich mir das Glimmen von Grannys Asche nur eingebildet hatte. Fakt war jedoch, dass die Urne leer war und ich diese vor allen unbemerkt in meiner Tasche hatte verschwinden lassen.

Wir stiegen aus. Die Luft war erfüllt von dunklen Rauchschwaden, die langsam aus den zwei Schornsteinen aufstiegen und einen Geruch verbreiteten, der Dads Scotch ähnelte. Ein alter blauer Lieferwagen parkte neben dem Cottage.

»Wem gehört das Auto?« Noch bevor mir jemand antworten konnte, schlugen Rose und Dad wie wild um sich. »Was macht ihr da? Gymnastik nach der langen Autofahrt?«

Kaum hatte ich die Fragen gestellt, merkte ich es selbst: Die Luft war voller Gnitzen, die ohne Vorankündigung über unsere Haut herfielen. War ja klar, dass diese Mücken in Miniaturformat auf nackte Menschenhaut standen, die zuvor im Auto stundenlang vor sich hin geschwitzt hatte.

»Rein mit euch! Sonst fressen uns die Biester noch auf! Unsere Sachen können wir später holen.« Dad stand bereits vor der Haustür und klopfte an.

»Hast du etwa keinen Schlüssel zu unserem Haus?«, fragte ich verwundert.

In diesem Moment schob sich ein runzeliges, wettergegerbtes Gesicht wie ein Schildkrötenkopf durch den Türspalt. »Guten Abend«, murmelte der alte Herr mit grün-schwarz karierter Schiebermütze und beigefarbener Cordjacke. »Gott ist mit Ihnen!« Er räusperte sich und schob noch ein »Und Maria auch« hinterher.

Himmelherrgott!, dachte ich. Lass uns doch einfach rein, bevor du uns das ganze Ave Maria herunterbetest!

»Angus Welsh. Schön, Sie kennenzulernen«, sagte Dad

und streckte ihm die Hand entgegen, aber die Schildkröte machte keine Anstalten, sie zu schütteln.

»Ich bin Sean, der Landlord von Mrs Hickey. Sie bat mich, in ihrer Abwesenheit nach dem Rechten zu sehen. Sie war eine wundervolle Frau.« Er stieß einen langen, tiefen Seufzer aus. »Möge sie in Frieden ruhen.«

»Granny hatte Sie bereits erwähnt. Vielen Dank dafür«, sagte Dad, und Seans Augen weiteten sich. »Wenn es Ihnen recht ist, kämen wir gern rein. Wir hatten eine lange Fahrt, und außerdem muss ich das Lämmchen noch versorgen«, sagte Dad höflich.

»Tiere kommen mir nicht ins Haus!«, geiferte Sean. »Hunde nicht und anderes Getier auch nicht! Dafür können Sie den Schuppen hinterm Haus benutzen.«

Als er das sagte, musterte er mich ganz komisch.

Ich war so empört, dass mir tatsächlich keine Antwort einfiel. Dachte er, ich würde voller Läuse und Flöhe stecken? Wenn hier einer verlaust war, dann er.

»Du siehst überhaupt nicht aus wie Mrs Hickey.«

»Ja, ich weiß«, lenkte ich ein. »Granny hat ihr blondes Haar nur meiner Mum und meiner Schwester vererbt. Ich dagegen habe eine ordentliche genetische Mischung aller meiner Vorfahren abbekommen.« Ich wies auf mein schulterlanges braunes Haar. »Bei Hunden nennt man das Promenadenmischung. Meine Tante Irma meint immer, ich hätte fast so schönes Haar wie ihre Pudel. Leider ohne Locken, wie sie immer betonte. Sie lässt sich vom Hundefriseur übrigens ihr Haar gleich mit eindrehen …«

»Bevor Ihnen Cait noch unsere ganze Lebensgeschichte erzählt, würde ich gern hineingehen. Außerdem wird von uns bald nicht mehr viel übrig sein.« Rose klatschte sich auf die Stirn. Die Gnitzen stachen hemmungslos zu und hinterließen beeindruckende rote Flecken im Gesicht.

Und nicht nur dort, wie ich später im Bad herausfand.

Widerwillig öffnete Sean die Tür und brummte etwas Unverständliches. Seine Augen hatte er zu schmalen Schlitzen zusammengekniffen, und misstrauisch beäugte er uns weiter.

»Brennt hier nicht was an?« Rose rümpfte die Nase. Erschrocken drehte sich Sean um und verschwand in einem der Zimmer.

»Ekliger Typ«, murmelte Rose, während sie sich an uns vorbeidrängte. »Gab es den zum Haus kostenlos dazu?«

»Stand wahrscheinlich im Kleingedruckten, das wieder mal niemand gelesen hat«, witzelte ich. Dad überhörte unsere Kommentare und folgte uns ins Haus.

In dem kleinen Flur roch es muffig. Das konnte auch der Torfgeruch nicht überdecken, der aus einem der Zimmer drang. Die Wände waren leicht vergilbt, und einige Ecken sahen eher gräulich aus. Ich stellte meine Tasche mit der Urne vorsichtig auf dem Fußboden im Flur ab, der mit abgenutzten braunen Fliesen gekachelt war, und sah mich um. Die erste Tür rechts führte in die kleine Wohnstube, in der Sean vor dem Kaminfeuer stand und mit einer zusammengefalteten Zeitung wedelte. Mit den geblümten Sofas und den dazu passenden Vorhängen wirkte es recht gemütlich. Störend war allerdings, dass der Torf, den Rose treffend als Kohle mit Haaren bezeichnete, anscheinend nicht trocken genug für ein brauchbares Feuer war. Ich hielt mir die Hand vor den Mund und ging in die Küche.

Dort blieb mein Blick an dem alten Küchenschrank hängen. Er stand neben dem gusseisernen Herd, und seine Farbe war leicht vergilbt und erinnerte mich an Grannys teeverfärbte Tassen. Der obere Teil des Schranks stand offen und gab den Blick frei auf Teepötte und Keramikschüsseln. Der untere Teil war durch zwei Holztüren geschlossen, doch die Abstellfläche darauf bot genug Platz für Krüge und größere Schüsseln. Eine der Schüsseln hatte ein schneckenförmiges Muster, das ich irgendwo schon einmal gesehen hatte. Ich nahm die Schale hoch und fuhr mit dem Finger über die Spiralen, die in den Ton eingeritzt waren. Es waren drei miteinander verschlungene Ornamente.

»Was machst du da? Finger weg!«, schrie Sean mich an. Vor Schreck glitt mir das Gefäß aus der Hand und knallte auf die Steinfliesen. Mir stockte der Atem. Das war der zweite Gegenstand, der mir heute aus den Händen fiel. Die einzelnen Scherben verstreuten sich in allen Ecken der Küche und gesellten sich zu den Fusselknäueln auf dem Boden. *Hast du ’ne Vollmeise?*, hätte ich beinahe gefragt, aber angesichts von Seans hochrotem Kopf und seinem wütenden Gesichtsausdruck verpufften mir die Worte im Mund.

»Das war ein Erbstück!«, knurrte Sean.

»Es tut mir entsetzlich leid. Wir werden sie ersetzen.« Ich beugte mich hinunter, um die großen Scherben mit den Händen aufzusammeln.

»Die ist nicht zu ersetzen. Sie gehörte Mrs Hickey!«, schimpfte er weiter.

»Au!« Eine Scherbe hatte mir in die Handfläche geschnitten, und einige Blutstropfen quollen hervor. Auch das noch! Ich hielt mir die kleine Schnittwunde an den Mund. »Dann gehört die Schüssel ja sowieso Mum. Sie wird es nicht so schlimm finden, dass die kaputt ist«, nuschelte ich mit dem Finger an den Lippen und sah mich nach einem Besen um.

»Das verstehst du nicht, du dummes Ding, gar nichts verstehst du!«, fiel Sean mir ins Wort. Dann griff er nach meinem Handgelenk und betrachtete den Schnitt. »Macht dir das denn nichts aus?«

Ich sah ihn an, als hätte er nicht mehr alle Schüsseln im Schrank. »Es brennt ein bisschen, aber sonst ...«, antwortete ich und versuchte meine Hand aus der festen Umklammerung zu lösen.

»Das Blut meine ich!« Sean rollte genervt die Augen. Mir fiel auf, dass der gelbliche Ton seiner Haut dem seiner Augäpfel glich.

Kombiniert mit seinem rauchigen Atem, der genauso roch wie nasser, schwelender Torf, wurde mir nun tatsächlich leicht schwindelig, auch wenn ich ihm gegenüber so etwas nie zugegeben hätte. Ich blickte auf die Schnittwunde in meiner Hand, die wegen der Verfärbung des roten Bändchens an meinem Finger wesentlich schlimmer aussah, als sie war. Wahrscheinlich dachte Sean, das ganze Rot sei Blut, und ich würde sofort verbluten.

»Warum sollte es? Und jetzt lassen Sie mich bitte los! Ich muss mir ein Pflaster besorgen.« Der Typ war mir unheimlich.

»Das ist gut. Sehr gut«, nuschelte Sean. Sein fester Griff löste sich, und für einen kurzen Moment war ein weißer Abdruck auf meiner Haut zu sehen. Er zog ein Stofftaschentuch aus seiner Brusttasche.

»Danke, nicht nötig«, lehnte ich vorsorglich ab. Seine Ekeltücher konnte er gern behalten. Die würde selbst der Sterilisator in der Praxis wieder ausspucken. »Ich muss zum Auto und mir etwas aus dem Verbandskasten holen.« Das klang wunderbar dramatisch. Sean nickte, zumindest sah es für eine Sekunde verständnisvoll aus, bis ich ihm erklärte, dass ich auch noch mein Handy aus dem Auto holen musste.

»Du hast hier sowieso keinen Empfang, Mädchen«, zischte

Sean mir nach. »In der ganzen Gegend nicht. Brauchst dich also nicht zu bemühen.« Ein zufriedenes Lächeln breitete sich auf seinem Gesicht aus, als er sich zum Gehen wandte.

Ich atmete tief durch, als Sean endlich in sein blaues Lieferauto stieg und ich den Rücklichtern nachsah, wie sie hinter der letzten Kurve des Kieswegs entlang zur Hauptstraße verschwanden.

Dad hatte sich inzwischen um das Lämmchen gekümmert. Ich eilte zu unserem Van zurück, um die Gepäckstücke auszuladen. Es war mittlerweile dunkel geworden, und ich sah durchs beleuchtete Küchenfenster, wie Rose ihre Mückenstiche mit einem nassen Lappen kühlte. Ich schleppte Roses und meine Reisetaschen in die obere Etage und stellte sie am Treppenabsatz ab. Die vier oberen Räume waren bereits mit Betten einfach möbliert. Auf kleinen braunen Nachttischen standen stoffbezogene Lampen, die das gleiche geblümte Muster hatten wie die Vorhänge.

»Ich nehme das erste Zimmer mit dem Fenster zur Einfahrt!«, schrie Rose von unten. Ich zuckte nur mit den Achseln und ging in den gegenüberliegenden Raum, der zwar wesentlich kleiner war, dafür aber einen Blick auf die Berge versprach, wenn es wieder hell wurde.

In meinem Zimmer befand sich zusätzlich ein kleiner Tisch, der mir für meine Schulbücher aber zu klein war. Ich öffnete die Türen des eingebauten Kleiderschranks und rümpfte die Nase. Es roch ebenso muffig. Daher beschloss ich, meine Sachen an diesem Abend nicht mehr aus den Taschen zu nehmen, sondern bis zum nächsten Tag alles auslüften zu lassen. Vielleicht half auch eins von Dads Raumsprays, die sonst die strengen Tiergerüche beseitigen sollten. So ein Spray wollte ich mir bei Dad holen und notierte es mir auf meiner imaginären To-do-Liste. Jetzt war Dad leider schon losgefahren, um das Lämmchen zu röntgen.

Ich wühlte nur meine Leggins und ein Sweatshirt aus meiner Reisetasche und betrat das blau gekachelte kleine Bad am Ende des Flurs. In der Duschkabine hing ein Boiler, der eindeutig älter war als ich. Ich drehte das Wasser auf und ließ es laufen, während ich mich auszog. Ich hatte gehofft, dass das Wasser sich bis dahin aufgewärmt hatte, aber alles Schrauben an den Ventilen und Fluchen über den verdammten Elektroboiler half nichts. Das Wasser blieb lauwarm und tröpfelte aus der Duschbrause, als würde es Druck als physikalische Einheit nicht kennen.

Willkommen im 21. Jahrhundert! Kein Wasserdruck, kein Handyempfang, kein was auch immer wir noch brauchen würden. Ich seufzte. Wir mussten verrückt gewesen sein, uns Grannys letzten Wunsch zu Herzen zu nehmen. Warum hatte sie uns in diese verdammte Ödnis gelockt? Was hatte sie davon, wenn wir nun hier leben mussten? Ihre Urne hätten wir auch auf einem Urlaubstrip ins Meer kippen können. Abgesehen davon war die jetzt auch noch leer. Ich hatte meine Granny geliebt, aber unser Leben komplett umzukrempeln wegen der letzten Worte einer zu dieser Zeit bereits dementen Frau? Ich wurde wütend auf sie und ihre verrückten Ideen, und ich wurde auch wütend auf Mum. Sie war ja fein raus in dieser Angelegenheit. Ließ uns hier allein und amüsierte sich bestimmt prächtig in Paris. Und Dad, auf den war ich ebenfalls stinkig. Bloß weil man Wollpullover mag, heißt das noch lange nicht, dass man seinen Kindern ein Leben in der Ödnis aufzwingen kann, in der ein Zusammenstoß mit einem Schaf wahrscheinlich das Highlight der nächsten zehn Jahre darstellte. Jetzt verstand ich auch, warum man zum Einschlafen Schafe zählen sollte.

Ich legte mich auf mein Bett, in das sich Rose in der Zwischenzeit gekuschelt hatte. Offensichtlich wollte sie die erste Nacht in diesem Haus nicht allein schlafen. Kleine Schwester, große Klappe, dachte ich und strich ihr über die Wange. Ich lauschte noch eine Weile dem Regen, wie er leise gegen die Fensterscheibe tröpfelte. Müde von der langen Fahrt und müde von meinem Ärger fiel ich schließlich in den Schlaf.

Kapitel 2

Als ich erwachte, befand ich mich im gleichen Dämmerzustand wie mein Zimmer. In der Nacht hatte ich nicht besonders gut geschlafen. Die Matratze war bereits so durchgelegen, dass ich mich wie ein Schwein fühlte, das sich in einer Kuhle hin und her suhlte. Außerdem hatte sich Rose in alle Richtungen im Bett breitgemacht. Und der Regen mit seinem unerbittlichen Trommelkonzert gegen das Fenster hatte dazu beigetragen, dass ich schon vor dem Weckruf meines Handys aufgewacht war.

Trotz eines Dienstagmorgens durften wir nämlich die Schule schwänzen. Dad hatte uns einen Tag Aufschub gewährt. Er nannte es akklimatisieren. Und das hatten wir bitter nötig, denn in meinem Zimmer war es unangenehm feuchtkalt. Ich schlang die Arme um mich, während ich zum Fenster hinüberging. Ich hatte gehofft, dass mich ein hübscher Ausblick für die fehlende Nachtruhe entschädigte. Aber der Regenschleier machte es unmöglich, auch nur zwei Meter in die Landschaft hineinzuschauen.

Ich zog meinen Kapuzenpulli über den Schlafanzug und stieg langsam die alte Holztreppe hinunter. Am Abend zuvor hatte ich die Wanddekoration geflissentlich übersehen. Jetzt erkannte ich, dass es sich um ein Gemälde von Jesus mit Dornenkrone und schmerzverzerrtem Gesicht handelte. Das Bild überraschte mich. Granny war nie religiös gewesen. Sie war meines Erachtens auch nie in die Kirche gegangen oder hatte etwas in der Richtung erwähnt. Es war wohl Sean gewesen, der dieses *Schmuckstück* im Treppenhaus aufgehängt hatte. In den zum Gebet gefalteten Händen von Jesus lag ein kleines Kreuz, und sein Blick war nach oben gerichtet.

»Keine Chance. Bei dem Regen brauchst du nicht zum Himmel aufzuschauen. Null Durchblick«, murmelte ich. Wenn Mum endlich nachkam, würde sie das Bild sowieso gleich abhängen.

Der Duft von frisch gebrühtem Kaffee stieg mir in die Nase. Dad musste also schon wach sein. Das beschleunigte meine Schritte immens, und ich eilte hinunter in die Küche. Eine Tasse Kaffee würde meine Stimmung um einiges heben. Ich öffnete die Küchentür, und eine wohlige Wärme schlug mir entgegen. Dad stand in T-Shirt und karierten Boxershorts vorm Herd und brutzelte Eier in einer Pfanne. Neben ihm stand das Lämmchen. Es trippelte unruhig hin und her und starrte hoffnungsvoll auf Dad, um jede seiner Bewegungen mit einem Blöken zu kommentieren.

»Ja, Dolly, sei nicht so ungeduldig! Deine Milch ist ja gleich fertig«, versuchte er das Lämmchen zu beruhigen, das nun anfing, an seinen Hausschuhen zu knabbern.

»Dolly? Dolly wie Dolly Parton? Mum wird begeistert sein!« Ob vom Schaf oder von Parton ließ ich mal offen.

»Cait! Hast du mich erschreckt!« Dad stemmte die Hände in die Hüften. »Statt deines Sarkasmus hätte ich lieber ein *Guten Morgen* gehört.«

Ich lief zu ihm hinüber und küsste ihn auf die unrasierte Wange. »So besser?«

»Ja, durchaus. Übrigens dachte ich bei dem Namen eher an Dolly, das Klonschaf.«

»Schon klar.« Ich zwinkerte ihm zu. »Ich weiß doch, wie sehr du ihre Musik magst.« Ich biss in eine Scheibe Toast. »Eine schöne Stimme hat sie ja auch«, gab ich kauend zu. Wie zur Bestätigung gab Dolly ein Blöken von sich. »Jedenfalls besser als deine«, sagte ich und kraulte ihr das schwarze Köpfchen.

Aus dem Wasserkessel drang ein ohrenbetäubendes Pfeifen.

»Was fangen wir denn nun mit dem Schäfchen an?«, fragte ich und nahm mir einen Teller, um mir eine große Portion Ei aufzuladen.

»Das Wasser kocht! Cait, sei so lieb und rühr die Milch für Dolly an! Pulver steht auf dem Tisch, bitte im Verhältnis eins zu fünf.«

»Wow! Du bist ja gut vorbereitet. Woher hast du denn das Pulver?«

»Mein Schatz, ich habe dir ja bereits gesagt, dass ich für alle Eventualitäten gerüstet bin.« Mit dem Holzspatel checkte er die Unterseite eines Spiegeleis. »Außerdem war ich gestern Abend noch in der Praxis. Vergiss nicht, die Temperatur zu überprüfen!«

»Die Spiegeleier sehen gut aus, wenn du mich fragst.«

»Ich meinte die Milch«, sagte Dad und schob mich von der Pfanne weg.

Ich stöhnte. »Könnten wir vielleicht erst mal essen?«

»Nein. Zuallererst werden immer die Tiere versorgt. Du kennst die Regel.«

»Wenigstens eine Tasse Kaffee?«, bettelte ich. Aber der Blick in Dollys hungrige Kulleraugen stimmte mich um.

Nachdem das Lämmchen gefüttert war und zusammengekuschelt auf einer Decke neben dem Ofen lag, nahm ich mir eine von Seans guten Teetassen aus dem Regal, um sie mit heißem schwarzem Kaffee zu füllen. Mit Genugtuung dachte ich an Seans Verbote – keine Tiere im Haus und keinen Kaffee in Teetassen. Okay, das zweite Verbot war hinzugedichtet, passte aber gut zu ihm. Widerstand fängt klein an, dachte ich rebellisch, während ich mir den Gaumen am heißen Kaffee verbrannte.

»Dolly? Wie Dolly Parton?«, schrie Rose entzückt, als sie sich eine Viertelstunde später zu uns an den Frühstückstisch gesellte.

»Was habe ich dir gesagt?«, wandte ich mich an Dad und zog gekonnt meine rechte Augenbraue nach oben, wie ich es immer tat, wenn ich etwas richtig vorausgesagt hatte.

»Mum wird entzückt sein«, fuhr Rose fort. »Außerdem finde ich es ziemlich unfair, dass du ein Lamm haben kannst und ich keinen Hund.«

»Darüber müssen wir mit Sean reden. Und natürlich mit deiner Mutter. Ich bin mir nicht sicher, ob Claire einen Hund toleriert.«

»Wie unfair! Aber ein Schaf in der Küche ist in Ordnung?«, unterbrach ihn Rose.

»Das Lämmchen bleibt nur so lange bei uns, bis wir eine Ziehmutter finden, die sich seiner annimmt.«

»So, du willst Mum also verschweigen, dass du mit Dolly kuschelst, solange sie noch in Paris ist?«, meinte Rose spitz und legte eine Toastscheibe auf die noch warme Herdplatte.

»Lass das!«, flüsterte ich Rose zu und warf ihr einen warnenden Blick zu.

»Aber ich mag keinen Wabbeltoast.«

»Du weißt genau, was ich meine«, sagte ich scharf und drehte Roses Toast auf die andere Seite. Dann holte ich ein Messer aus der Schublade und bestrich ihn mit Butter. Rose verdrehte die Augen, nahm sich den blauen Topf, in dem ich zuvor die Milch für Dolly angerührt hatte, und schenkte sich den Rest davon ein. Bevor ich realisierte, was sie da tat, prustete sie die weißlich gelbe Flüssigkeit wieder aus.

»Igitt, ist das ekelhaft!« Rose verzog das Gesicht und wischte sich mit dem Ärmel über den Mund. Dad und ich brachen in schallendes Gelächter aus, während Rose uns böse anstarrte.

Dad konnte sich heute nicht freinehmen und schlug uns vor, ihn in seine Praxis zu begleiteten. Rose verdrehte theatralisch die Augen. Aber bei der Aussicht auf funktionierendes Internet ließ sie sich schließlich doch bewegen, ihren Pyjama auszuziehen und in Jeans und Pullover zu schlüpfen. Auch ich verspürte nicht unbedingt das Bedürfnis, mich in die Nässe hinauszubegeben. Der warme Kaffee in meinen Händen und das Rumoren des Feuers im emaillierten Eisenherd kamen mir immer angenehmer vor, je länger ich durch das Küchenfenster das Einheitsgrau des irischen Himmels betrachtete. Nur Dad schien sich weder von unserer Stimmung noch durch das Wetter beeindrucken zu lassen. Er pfiff wieder unentwegt eins von Dolly Partons Liedern, und selbst dem Lämmchen schien das zu gefallen, denn es ließ Dad nicht aus den Augen.

Wir traten nach draußen, und Regen peitschte uns ins Gesicht. Nicht mal Dolly schien mitkommen zu wollen, und als Dad den Van vorfuhr, verschwand sie gleich wieder in der Küche. Nur mit Mühe gelang es uns, sie einzufangen. Die Fliesen im Haus waren glatt, und wir wollten nicht, dass sich das Lämmchen bei unserer Treibjagd auch noch die Beine brach. Dolly ging es gut, und so sollte es schließlich bleiben. Als wir sie schließlich festhielten, spreizte sie die dürren Beinchen in alle Richtungen und wurde störrisch wie ein Esel. Ihr Protest drückte sich in einem Blöken aus, das eher an Kindergeschrei als an Geräusche eines Schafs erinnerte.

»Du hättest mich doch hierlassen sollen. Dann hätte ich auf Dolly aufgepasst, und wir hätten nicht so ein Gezicke im Auto«, maulte meine Schwester, als wir endlich im Van saßen.

»Das ist ein Schäfchen«, neckte ich Rose.

»Sehr witzig, Miss Neunmalklug!«

Wie zur Bestätigung drang ein weiteres Blöken von Dolly aus dem hinteren Teil des Autos zu uns nach vorn.

Nach wenigen Minuten auf der Landstraße klang das Blöken jedoch noch jammervoller. Dad wischte sich über die Stirn, denn er konnte Kindergeschrei einfach nicht ertragen. Kurzerhand fuhr er links ran, um auszusteigen, holte das Lamm aus dem Laderaum und setzte es mir auf den Schoß.

»Halt es bitte fest, Cait! Bis zur Praxis ist es nicht mehr weit.«

Hier auf dem Beifahrersitz schien es sich jedenfalls wohler zu fühlen. Es rollte sich zusammen, streckte mir die Zunge heraus und schloss für den Rest der Fahrt die kleinen Augen.

Trotz des schlechten Wetters war in der kleinen Ortschaft Streamstown viel los. Der Verkehr kam nur schleppend voran, weil ständig Autos ein- und ausparkten. Auf den Fußwegen der Hauptstraße eilten Passanten geschäftig hin und her. Die meisten von ihnen trugen gelbe Regenponchos und Gummistiefel, diese allerdings in allen möglichen Farbtönen und Mustern. Niemand hatte einen Schirm aufgespannt, was bei dem Wind auch sinnlos gewesen wäre. Die Geschäfte waren erleuchtet und zogen die Touristen an wie Licht die Motten bei Dunkelheit. Wir fuhren an einem Souvenirladen namens *All you need* vorbei. Dad kommentierte das mit »Wow, ein Musikgeschäft!«, weil er wohl an die Beatles dachte. Mir war klar, dass dieser Laden Krimskrams verkaufte, den kein Mensch brauchte. Außerdem passierten wir einen Teeladen namens *Loose Leaves*, eine Akupunkturpraxis *Skin and Needle* und einen Wäscheladen, vor dem sich tatsächlich eine Warteschlange gebildet hatte. Grund für den Andrang schien das Plakat zu sein, dessen Aufschrift *Nur heute 20 Prozent Preisnachlass auf alle Produkte aus Muschelseide* lautete. Die Leute ließen sich auch wirklich alles andrehen. Wahrscheinlich handelte es sich bei der Muschelseide um Synthetik-Fasern aus China.

Die zahlreichen Pubs auf unserem Weg hatten nicht so kreative Namen, sondern wurden anscheinend nur nach den Inhabern benannt: *O'Shea's*, *Paddy's* und *O'Foilan*. Auch Rose presste die Nase an die Fensterscheiben und beobachtete das Treiben auf den Fußwegen. Dad drehte sich um und lächelte zufrieden, als er sie so sah. Dann fuhren wir wieder aus der Stadt hinaus.

»Dad, ich denke, deine Praxis ist hier in Streamstown«, empörte sich Rose.

»Nicht so ungeduldig! Wir sind gleich da.« Dad bog rechts ab und steuerte ein Gewerbegebiet an.

»Hier soll es sein? Hässlich!« Rose kam aus ihrer Maulstimmung nicht heraus, bis unser Van vor einem garagenähnlichen Gebäude hielt und neben einem Auto der Garda – der lokalen Polizei – einparkte.

»Ist ja doch spannender als gedacht«, kommentierte Rose und begutachtete den blauen Streifenwagen.

»Vielleicht nehmen sie dich ja gleich mit, weil du Schule schwänzt«, warnte ich Rose.

»Sicher doch. Dann müssten sie dich ja auch gleich einsacken, weil du nicht angeschnallt warst. Und dein Schaf übrigens auch nicht.«

»Streitet bitte nicht schon wieder! Die Garda ist hier, weil ich sie wegen Dolly gestern angerufen habe. Schließlich habe ich sie angefahren, und ihr Besitzer muss ausfindig gemacht werden.«

»Na, da haben die ja echt mal einen spannenden Fall auf ihrem Schreibtisch!«, spottete Rose, und selbst ich musste lachen, als wir Dad in die Praxis folgten. Eine Frau mittleren Alters kam uns entgegen. Sie war sichtlich aufgeregt. Dad stellte sie uns als seine Rezeptionistin vor, Maureen O'Connor.

»Doktor Welsh, endlich sind Sie da!«, begrüßte ihn Maureen und blickte demonstrativ auf die große Uhr, die über dem Empfangstresen hing. »Ständig Anrufe von Klienten und nun auch noch diese Polizisten. Die wollten mir überhaupt nicht sagen, warum sie hier sind«, empörte sie sich. »Niemand schien es für nötig zu erachten, mich zu informieren. Jedenfalls wartet die Garda hinten auf Sie.« Maureen sprach, ohne auch nur einmal Luft zu holen. Uns würdigte sie keines Blickes.

»Beruhigen Sie sich!«, versuchte Dad die aufgebrachte Maureen zu beschwichtigen. »Machen Sie sich doch einen Tee, während ich mich darum kümmere«, bot er an.

»Sie haben ja keine Ahnung, was letzte Woche hier los war. Kein Tierarzt stand den Klienten zur Verfügung. Und schlimmer noch, Miss Prendergast möchte die Augenrechnung für ihren Kater Blindy nicht bezahlen. Und das Ehepaar Faherty will informiert werden, ob …«

Aber Dad hörte schon nicht mehr zu, sondern verschwand in den hinteren Räumen. Als wir ihm folgen wollten, stellte sich Maureen uns in den Weg.

»Stopp! Zugang nur für Angestellte. Nehmen Sie bitte hier Platz!«, wollte uns Maureen kommandieren. Sie wies auf die Stühle, die für die Klienten bereitstanden.

»Entschuldigen Sie, aber das ist unser Dad. Vor lauter Aufregung hat er uns gar nicht vorgestellt.« Ich lächelte sie an.

»So. Ihr seid also Doktor Welshs Kinder.« Mein Lächeln prallte an ihr ab wie Wasser an einer Regenjacke. Stattdessen studierte Maureen uns durch ihre Maulwurfsbrillengläser von oben nach unten wie das Sicherheitspersonal auf dem Flughafen. Sean hatte das auch schon getan, und ich fragte mich, ob dieses Verhalten hier zur Begrüßungszeremonie gehörte. Dann würde mir der erste Schultag viel Freude bereiten.

»Ihr dürft trotzdem nicht nach hinten. Erst wenn ich die Befugnis vom Doktor habe … also eurem Vater.« Zur Betonung, dass sie es ernst meinte, krempelte sie die Ärmel hoch und schob ihr Brillengestell, das bei ihrer Musterung zu tief auf die Nase gerutscht war, wieder zurecht. »Hier ist schließlich kein Spielplatz!«

Ich konnte Rose gerade noch zurückhalten, einen ihrer Kommentare abzugeben, als das Telefon klingelte und Maureen mit den Worten »Das schaffen wir nie!« das Telefonat entgegennahm.

»Dafür müsste ich den Doktor fragen, einen Moment bitte!« Auch Maureen verschwand nach hinten.

»Wetten, der platzen gleich die Brillengläser vor Neugier«, meinte Rose und presste die Nase an das Aquarium, das über den Stühlen im Wartezimmer angebracht war. Darin tummelten sich Regenbogenfische, und eine Schnecke kroch mühsam am algengetrübten Glas herauf. Ich setzte mich auf einen der sackleinenbezogenen Stühle. An den Stuhllehnen und -beinen blätterte der Lack vom Holz. Neben der Sitzecke hingen Zertifikate von Doktor Sullivan, dem früheren Besitzer der Praxis, der, wie Dad erzählt hatte, bei einem Jagdunfall ums Leben gekommen war. Der Verkauf der Praxis wurde daraufhin von einem Insolvenzunternehmer durchgeführt, der zwar unsympathisch war, aber Dad einen guten Preis machte.

»Hier, riech mal!«

Ich ging zu Rose hinüber, die an einem Regal mit Tierfutter, Hundeleinen und Katzenspielzeug stand. Rose hielt mir einen undefinierbaren Klumpen unter die Nase. »Widerwärtig!«, rief ich empört. »Leg das sofort weg!« Der Klumpen roch nach Erbrochenem.

»Das sieht aus wie Mums getrockneter Teepilz«, kicherte Rose. »Ob Mum den Unterschied merkt, wenn wir ihr einen unterjubeln?«

»Ich glaube, das ist Pansen oder so was Ähnliches.«

»Möchten Sie das Leckerli lieber in Kackbraun oder in Popelgrün? Oder hier etwas in Kotzgelb?« Rose ahmte Maureen nach und bot mir mit ernster Miene die Produkte an. Nun musste ich doch über Roses gekonnte Imitation lachen.

Leider nicht lange, denn dann kam die echte Maureen aus dem Hinterzimmer. Mit strengem Blick befahl sie uns, die Pansen sofort wieder ins Regal zurückzulegen. Auch Dad kam mit den zwei Polizeibeamten zurück ins Wartezimmer. Maureen wischte mit einem Lappen über den Thekenbereich und versuchte offensichtlich, die Gesprächsfetzen aufzuschnappen. Ich verstand nur: »Kein Problem, Doktor Welsh, und alles Gute für Sie und Ihre Familie.« Damit verschwanden die Polizisten im Ausgang.

»Was für ein Start!«, stöhnte Dad, wischte sich die Handflächen an der Hose ab und wandte sich an Maureen. »Können Sie bitte jemanden ausfindig machen, der mutterlose Lämmchen aufzieht? Ich weiß nicht, ob der Besitzer des Tiers das fertigbringt. Und bevor die ersten Klienten kommen, möchte ich meinen Töchtern die übrigen Praxisräume zeigen.« Rose warf der armen Maureen einen *Ätsch-bätsch*-Blick zu, und wir gingen nach hinten.

Nachdem Dad uns durch den OP-Raum, das Behandlungszimmer, die Küche und das winzige Zimmer mit den Aufwachkäfigen geführt hatte, kehrten wir in den Empfangsraum zurück. Eine rundliche Frau mit dickem Kajal um die Augen und Dauerwelle im kurzen Haar wartete bereits auf Dad. Sie war eingehüllt in einen schweren Umhang aus Brokatstoff.

»So, Mrs O'Halloran«, sagte Dad, nachdem er ihren Namen der Terminliste entnommen hatte. »Dann wollen wir mal!« Und an mich gewandt: »Cait, nimm dir ein Klemmbrett und ein Patienteninfoblatt! Du willst doch sicherlich mit dabei sein, wenn wir den Kater untersuchen.«

»Dann hole ich jetzt meinen Guinness aus dem Auto. Mein Neffe wartet sicher schon. Er ist immer so ungeduldig.« Mrs O'Halloran erhob sich und verließ die Praxis. Trotz ihrer massigen Gestalt bewegte sie sich leichtfüßig und gewandt.

»Guinness? Dad, das ist doch ein Bier, oder?« Meine rechte Augenbraue hob sich wieder.

»Nein, das ist der Name des Katers«, antwortete mir stattdessen Maureen. »Aber woher sollst du das auch wissen? Schließlich bist du neu hier.« Ihr besserwisserischer Ton nervte mich kolossal.

Dad war bereits im Behandlungszimmer, als Mrs O'Halloran zurückkam. In ihren Händen hielt sie keine Katzenbox, vielmehr lief neben ihr ein Tier, das die Größe eines ausgewachsenen Luchses hatte und pechschwarz war. Ich schluckte. Weiße Fangzähne blinkten aus dem Maul, und mit seinem smaragdgrünen rechten Auge beobachtete der Kater wachsam das Geschehen im Raum. Das andere Auge war durch eine tischtennisballgroße Schwellung auf der Wange kaum zu erkennen. Schützend hielt ich mir das Klemmbrett vor die Brust. Fragend drehte ich mich zu Maureen um, aber sie wirkte höchst zufrieden und tat so, als wären Katzen in dieser Größe das Normalste der Welt.

Nachdem ich meine Stimme wiedergefunden hatte, bat ich Mrs O'Halloran, mit mir nach hinten zu gehen. Guinness streifte mein Bein, und ich bekam Gänsehaut auf den Armen.

Dad hatte sich schon zuvor bei uns beklagt, dass sein Behandlungszimmer zu klein sei. Nun aber, in Anwesenheit der kräftigen Dame und ihres Katers, erschien es mir winzig.

Wenn Katzen und ihre Besitzer hier schon solche Ausmaße hatten, dann war das Zimmer auch definitiv zu klein für Hunde und deren Eigentümer.

»Cait, vielleicht solltest du lieber draußen warten.« Selbst Dad war so eine große Katze offenbar noch nicht untergekommen und er stellte sich schützend vor mich.

»Ich hoffe, Sie haben Ihren Kater gut unter Kontrolle, sonst müsste ich ihn dem Agrarministerium melden.«

»Er ist ganz harmlos, unser Guinness«, beschwichtigte ihn Mrs O'Halloran. »Außerdem sind Kühe viel gefährlicher. Und das Ministerium ist der reinste Hexenkessel. Mit denen sollte man sich nicht anlegen.« Dann wandte sie sich an mich. »Ich bin mir sicher, Ihre Tochter – es ist doch Ihre Tochter, nicht wahr? – möchte Guinness gern kennenlernen. Er ist doch ein so außergewöhnliches Tier.«

»Das möchte ich durchaus.« Ich warf Dad einen Blick

zu, um ihm klarzumachen, dass ich bei der Untersuchung unbedingt dabei sein wollte.

»Übrigens heiße ich Brenda. Das ist viel netter«, sagte die ältere Frau freundlich und kraulte Guinness die Ohren. Dafür musste sie sich nicht mal bücken. Das schien dem außergewöhnlichen Tier auch außergewöhnlich gut zu gefallen. Jedenfalls fing es an zu schnurren, was aber eher an das Geräusch einer Motorsäge erinnerte. Dad kurbelte den Patiententisch herunter, damit er den Kater nicht hochheben musste.

»Nicht nötig. Unser Guinness ist recht sportlich«, erklärte Brenda voller Stolz. »Hopp, hopp! Sei ein braver Kater und setz dich da drauf.« Brenda klopfte zweimal kurz hintereinander mit der flachen Hand auf den Metalltisch.

»Beeindruckend«, sagte Dad, nachdem Guinness mit einem lauten Rums auf dem Tisch gelandet war. »Dann wollen wir uns Ihren Guinness mal genauer anschauen.« Dad zog ein Maßband aus der Tasche. Er war sichtlich nervös, denn seine Hände zitterten, als er bei Guinness Maß zu nehmen versuchte. Ich dagegen entspannte mich allmählich. Wahrscheinlich lag es an Brendas ruhiger Art und ihrem freundlichen Lächeln.

»Cait, bitte schreib auf: Länge einhundertfünf Zentimeter … beachtlich … Schulterhöhe achtunddreißig Zentimeter, Schwanzlänge …« Hier hatte Guinness anscheinend keine Lust mehr, vermessen zu werden und setzte sich hin. »Gut. Dann lass an dieser Stelle eine Lücke. Wir fahren mit der Patientenhistorie fort. Wie alt ist Guinness?« Dad begutachtete Guinness' Schwellung am Auge.

Brenda zuckte nur mit den Achseln.

»Kastriert ist er auch nicht?«, fragte Dad.

»So etwas will Guinness doch nicht, nicht wahr, mein

Kleiner?« Brenda kraulte wieder den Riesenschädel des Katers und stieß ihn mit der Nasenspitze an.

»Seit wann hat er diese Schwellung am linken Auge?« Dad schien die Kuscheleinheit zwischen dem Kater und seinem Frauchen nicht zur Kenntnis zu nehmen.

»Ich weiß auch nicht genau. Vielleicht zwei, drei Tage? Wissen Sie, Doktor, Guinness lässt sich manchmal tagelang nicht blicken. Daher kann ich dazu keine genaueren Angaben machen.«

Dad stöhnte leise auf. Kunden, die keine Ahnung von ihren Haustieren hatten, waren ihm die liebsten.

Ich räusperte mich verlegen. »Gibt es noch mehr von diesen großen Katzen?«, stammelte ich, denn Guinness' grünes Katzenauge hatte mich immer noch fest im Blick.

»Das weiß ich nicht genau«, antwortete Brenda. »Kellas sind extrem selten.«

»Kellas?«, fragte ich. Das klang mehr nach einer Sorte Müsliflocken als nach einer Haustierrasse. Mit ersterem kannte ich mich nämlich gut aus.

»Kellas-Katzen kommen ursprünglich aus Schottland. Hin und wieder werden sie im Freien gesichtet. Ich bin jedenfalls sehr überrascht, eine domestizierte Form anzutreffen … und dazu noch in dieser außergewöhnlichen Größe«, erklärte Dad. Jetzt bekam er wieder diesen Forscherblick, bei dem er alles ringsum zu vergessen schien und der ihn unvorsichtig machte. Denn als er die Schwellung über Guinness' Auge berührte, sprang der Kater auf und fauchte Dad an. Der Untersuchungstisch schwankte unter seinen heftigen Bewegungen hin und her.

Wenn du meinem Dad nur ein Haar krümmst – jetzt blickte ich streng in Guinness' Auge –, *übergebe ich dich dem National Museum of Science in Dublin, und zwar ausgestopft!*

Sofort setzte sich Guinness wie ein Hund auf den Hinterleib und sah mich erwartungsvoll an. Mir dagegen blieb der Mund offen stehen. Mein strenger Blick schien seine Wirkung nicht verfehlt zu haben.

»Mein guter Junge! Brav bist du!«, lobte Brenda.

Diese Rasse sollte wohl eher Killer-Katzen und nicht Kellas-Katzen heißen. Aber Dad ließ nicht weiter mit sich verhandeln und schickte mich zurück ins Wartezimmer.

Maureen und ich saßen angespannt hinter der Rezeption und folgten den Geräuschen, die zu uns herausdrangen. Das heißt, ich war nervös, während Maureen einen Jaffa Cake – diesen mit Orangenmarmelade gefüllten Keks – nach dem anderen aus der Packung zog und verzehrte.

Etwas schepperte laut. Wahrscheinlich hatte Guinness die Petrischale zu Boden gefegt. Es folgten beschwichtigende Worte. »Gut, dann lassen wir das mit der Salbe«, murmelte mein Vater. »Entschuldigen Sie bitte, Doktor Welsh«, ließ sich Brenda vernehmen.

Nach fünf Minuten kamen mein völlig erschöpfter Dad mit Kratzer am Arm und eine mit dem Kater schimpfende Brenda aus dem Behandlungszimmer. Entweder aus reinem Schuldgefühl über den misslungenen Arztbesuch oder weil sie zeigen wollte, dass Guinness keine wilde Bestie war, kaufte sie ein Halsband für ihn, der Größe nach eigentlich für mittelgroße Hunde, sowie zwei 15-Kilogramm-Säcke Diät-Katzenfutter. Von diesem Kauf war Brenda nicht abzubringen, denn Guinness brauchte ganz sicher kein spezielles Futter. Zumindest bezweifelte ich, dass die Killerkatze sich mit diesen trockenen Bröckchen zufriedengab. Wahrscheinlich riss Guinness nachts Schafe, oder Brenda fütterte ihn mit riesigen Steaks.

Nachdem sie die gute Maureen damit genervt hatte, dass

sie sich nicht an die PIN ihrer Kreditkarte erinnern konnte, bat mich Brenda, ihr die Futtersäcke ins Auto zu tragen. Ich zog meine rote Regenjacke an, stülpte die Kapuze über den Kopf, hob die Säcke vor die Brust und trat mit eingeschränktem Sichtfeld nach draußen. Der Wind fauchte und schlug mir die Eingangstür gegen die Schulter. Regen peitschte mir ins Gesicht, während ich mich umzusehen versuchte, ohne meine Ladung zu verlieren.

Ein alter Volvo parkte etwas abseits vom Eingang. Das musste Brendas Wagen sein. Ich wankte hinüber und wollte mit einer Hand die Beifahrertür öffnen. Dabei rutschte mir einer der Futtersäcke aus den Armen. Beim Versuch, ihn mithilfe meines Knies wieder nach oben zu hieven, verlor ich die Balance und landete auf dem Hosenboden. Großartig, statt des Futters, das sicher und trocken auf meinem Schoß lag, war jetzt mein Hintern nass. Ich rappelte mich auf. Nach Art der Eulen versuchte ich meinen Kopf um hundertachtzig Grad zu drehen und meinen Allerwertesten im Seitenspiegel des Autos zu begutachten. Etwas bewegte sich im Auto. Ich stieß einen leisen Schrei aus und tat einen Satz nach hinten. Dabei riss ich den Spiegel mit. Am Steuer saß ein Junge mit kinnlangem dunklem Haar. Mir blieb fast das Herz stehen, während sich auf seinem Gesicht ein Grinsen ausbreitete, obwohl er mich nicht ansah.

»Hast du mich erschreckt!« Verlegen checkte ich den Seitenspiegel, der nur noch über ein Kabel mit dem Rest des Autos verbunden war. Verstohlen linste ich wieder zu ihm hin. Er hatte ein auffallend schönes Profil. Eine Strähne seines schwarzen Haars verdeckte fast seine markanten Wangenknochen. Dazu hatte er lange Wimpern, und ich versuchte, seine Augenfarbe auszumachen. Waren sie blau oder doch eher grün?

Ich besann mich und klopfte an die Scheibe. »Eigentlich wollte ich nur das Futter für euer Kätzchen einladen.«

Anscheinend hatte er keinen Sinn für Humor. Sein Blick war noch immer starr geradeaus gerichtet, als wäre Dads Praxisschild eins der sieben Weltwunder. Aber vielleicht hörte er mich auch einfach nicht durch die geschlossene Scheibe.

Ich riss die Autotür auf. »Hallo? Wohin damit?«, fragte ich und verspürte große Lust, ihm die Säcke auf den Schoß zu werfen, die sich mittlerweile wie Zementsäcke in meinen Armen anfühlten.

»Leg das Futter bitte einfach in den Kofferraum!«, antwortete er leise.

Oh, Mister konnte also reden. Manieren hatte er jedenfalls keine. Zumindest machte er sich nicht die geringste Mühe, mir zu helfen. Das musste also Brendas bescheuerter Neffe sein. Ich umrundete den Wagen, öffnete die Heckklappe des alten Volvos und hievte die Säcke hinein. Mit voller Wucht knallte ich den Kofferraum wieder zu. Da löste sich der Seitenspiegel vollends und krachte zu Boden.

»Wird von der Rechnung abgezogen!« Ich versuchte, cool zu bleiben, obwohl sich in mir eine seltsame Wärme ausbreitete.

»Nicht notwendig. Geht aufs Auto«, erwiderte Brendas Neffe und startete den Motor, weil seine Tante mit Guinness aus der Praxis kam.

»Nett, dich kennengelernt zu haben!«, rief ich ihm im Weggehen zu und schob in Gedanken ein *Hoffe, ich sehe dich nie wieder!* nach. Dass er beim Reingehen wahrscheinlich meinen nassen Hintern gesehen hatte, blendete ich aus.

Kapitel 3

Die anderen Patienten in der Morgensprechstunde waren weitaus weniger beeindruckend. Nach einem Dackel mit einem Angelhaken am Maul, den Dad mit einer lokalen Betäubung schnell entfernt hatte, einer Katze mit Durchfall und zwei Impfungen wollte Dad die Mittagspause nutzen, um zu einem Farmer zu fahren, dessen Kuh Probleme beim Kalben hatte. Zwischendurch hatten wir noch Dolly gefüttert, die wir im größten der Aufwachkäfige untergebracht hatten.

Ich war froh, der Praxis zu entfliehen und Maureens prüfenden Blicken zu entkommen. Rose entschied sich, in der Praxis zu bleiben. Der funktionierende Internetzugang war überzeugend genug, selbst Maureen auszuhalten. So konnte sie weiterhin mit ihren Freundinnen in London chatten.

»Dad und ich gehen los. Soll ich dir ein Sandwich mitbringen?«

»Ja, eins ohne Butter, dafür mit Mayonnaise, Käse, Salat, aber bitte keine Tomatenscheiben«, bestellte Rose und tippte auf der Tastatur herum.

»He! Schau mich wenigstens an, wenn ich dir schon was mitbringen soll! Das ist ja unglaublich«, maulte ich sie an.

»Was ist denn mit dir los? Zu viel Desinfektionsmittel geschnuppert?«

»Es regt mich nur furchtbar auf, wenn ich mit Leuten rede, die mich nicht anschauen. Das ist unhöflich.«

»Gut, Schwesterherz.« Rose warf mir einen koketten Blick zu, der einer Zwölfjährigen wirklich nicht angemessen war. Dann stand sie auf, stützte die Hände in die Seiten und wackelte mit den Hüften hin und her, bis sie vor mir stand. »Schau mir in die Augen, Kleines!«, säuselte sie dabei. Das brachte uns beide zum Lachen, und ich konnte nur den Kopf schütteln, dass mich Brendas Neffe so aufgeregt hatte.

Am Ortsausgang hielten wir an der erstbesten Tankstelle. Ich kaufte Butter, eine Packung Toast, Cheddar, Kaffee, mehrere belegte Sandwiches und zwei Packungen Schokokekse. Normale mit Schokoüberzug und ohne die eklige Orangenmarmelade wie Maureens Jaffa Cakes. An der Kasse griff ich noch nach dem lokalen Tagesblatt, den *Connaught News*.

Zurück im Auto kaute ich mein Eiersandwich und blätterte in der Zeitung, auf dessen Titelseite ein Bild von einer Frau mit ihrem kleinen Sohn abgebildet war. Darunter stand:

Wechselbalg in der Grafschaft Trim aufgetaucht. Mutter möchte, dass die Garda endlich mit der Suche nach dem richtigen Jason beginnt. Vor drei Tagen, so die Mutter, sei ihr Sohn ausgetauscht und ihr ein Wechselbalg untergejubelt worden. Früher sei Jason immer brav gewesen und habe nie geschrien. Jetzt sei er unruhig, unaufmerksam und sehr ungehörig. Dieses Verhalten wurde von der Schulleitung bestätigt (der fünfjährige Jason besucht die Trim Primary School).
Der lokale Arzt in Trim indessen behauptet, dass der kleine Junge unter ADHS leide. Die Mutter aber ist überzeugt, Opfer eines Wechselbalgs geworden zu sein.

Über einen derartigen unwissenschaftlichen Blödsinn konnte ich nur den Kopf schütteln und legte das Schmierblatt zur Seite.

»Liegt nicht meine Schule hier irgendwo?« fragte ich, um mich von meinem Fehlkauf abzulenken.

»Am anderen Ende der Stadt.« Dad schaltete die Scheinwerfer ein, weil es einfach nicht richtig hell werden wollte.

»Das hier nennst du eine Stadt?« Ich blickte aus dem Fenster.

»Streamstown hat immerhin zweitausendfünfhundert Einwohner.«

»Doch so viele?« Ich schüttelte den Kopf. Dad war und blieb ein walisisches Landei. Das hatten anscheinend auch zwanzig Jahre London nicht ändern können.

Wir fuhren über die Landstraße in Richtung Süden. Rechts neben uns war bereits der Atlantik zu sehen. Das türkisblaue, an einigen Stellen fast grün schimmernde Wasser umspielte die großen Felsbrocken, die den Strand säumten. Beim Anblick des Meers musste ich sofort an Brendas Neffen denken. Schnell wandte ich den Blick auf die andere Straßenseite. Dicke Steinmauern umrahmten saftige Wiesen, auf denen zahlreiche Schafe grasten. Stacheliger Ginster blühte in leuchtendem Gelb, als wolle er die graue Wolkendecke necken. Oder uns. Schließlich schien der Regen den Büschen nichts auszumachen.

»Was fangen wir eigentlich mit Dolly an?«, fragte ich, um mich gedanklich von Blake zu lösen.

»Maureen hat eine Frau gefunden, die mutterlose Lämmchen aufzieht. Sie heißt Mary und holt Dolly morgen ab.«

»So schnell?« Ich hatte gehofft, dass Dolly noch ein paar Tage bei uns bliebe. Der Gedanke, sie wieder abgeben zu müssen, stimmte mich wehmütig. Wenn Mum es schon nicht schaffte, bei uns zu sein, so hätte wenigstens das Schaf unsere Familie vervollständigt.

»Können wir Dolly nicht einfach behalten? Und dann bekommt sie irgendwann ein Lämmchen, und wir nennen es Parton«, schlug ich vor.

»Sehr witzig, Cait. Aber es ist eine Heidenarbeit, Lämmchen mit der Flasche aufzuziehen.«

»Das war doch ganz niedlich heute.«

»Du vergisst, dass die Tiere rund um die Uhr gefüttert werden wollen.«

Das wusste ich natürlich, auch wenn ich letzte Nacht davon nichts mitbekommen hatte.

Als wir gegen fünf Uhr in die Praxis zurückkehrten, hatte sich Rose neben Dolly in den Käfig gezwängt und schlief. Darüber war Maureen sichtlich erbost. Ich war mir nicht sicher, ob Rose das nur getan hatte, weil sie Maureen ärgern wollte.

Wir weckten sie auf und fuhren zusammen mit ihr und Dolly nach Hause. Am Abend fütterte ich Dolly mit der Flasche, und Dad bereitete sein berühmtes Omelett zu. Danach brachte ich das Lamm in den Schuppen hinter dem Cottage. Dad meinte, wir sollten Dolly nicht im Haus schlafen lassen, das würde sie zu sehr verwöhnen. Der Schuppen bestand aus soliden Steinmauern. Das Dach war nur lückenhaft mit Blech gedeckt, das Glas der Fenster zerbrochen, aber immerhin schien der Platz trocken zu sein. Ich bereitete Dolly ein Bett aus frischem Stroh, das wir uns bei einem Bauern besorgt hatten. Dann kraulte ich Dolly noch eine Weile den Hals, wünschte ihr eine gute Nacht und zog die Tür hinter mir zu.

Beim Anblick des mit stacheligen Brombeerranken und kniehohem Gestrüpp zugewucherten Grundstücks wurde mir klar, dass der Begriff *Englischer Rasen* in Seans Vokabular anscheinend nicht vorkam. Offenbar hatte er sich lediglich um eine meterhohe Steinmauer gekümmert, die er an einigen Stellen neu verputzt hatte. Als ich merkte, dass meine Turnschuhe sich mit Wasser vollgesogen hatten, ging ich nach drinnen, um mich am Kamin aufzuwärmen, den Dad in der Zwischenzeit eingeheizt hatte.

In der Nacht erwachte ich und suchte im Dunkeln den Fußboden nach meinem Handy ab. Auch wenn ich damit nicht mehr telefonieren konnte, war es immerhin noch als Uhr zu gebrauchen. Das Display leuchtete auf. Es war halb zwei. Ich stöhnte laut auf. Auch die zweite Nacht in meinem neuen alten Bett war nicht besser als die erste. Die verschiedenen Eindrücke der letzten Tage gingen mir durch den Kopf – das Quietschen der Reifen, Grannys glitzernde Asche und Guinness' funkelnde Augen. Und dann Brendas Neffe, dieser arrogante Schnösel, der mich nicht beachtet hatte. Was bildete der sich überhaupt ein? Und was bildete ich mir ein, dass ich mich so furchtbar darüber aufregte?

Jedenfalls wollte ich an meinem ersten Tag ungern mit dunklen Augenringen in der Schule erscheinen. Ich war zwar müde, fühlte mich aber seltsam aufgedreht. Das lag wohl an der Aufregung vor dem ersten Schultag. Ich kam mir albern vor. Erster Schultag, als wäre ich fünf Jahre alt. Dies würde mein vorletztes Jahr an einer Schule sein, bis ich endlich an die Uni gehen konnte, um Tiermedizin zu studieren. Fast musste ich kichern, als vor meinem inneren Auge mein Einschulungsbild erschien. Ich mit einem überdimensionalen Buntstift in der Hand, der meine Zuckertüte darstellen sollte. Eigentlich war der Zuckertütenbrauch in England völlig unbekannt. Aber Mums Vater Walter hatte deutsche Wurzeln. Mum schwärmte immer noch von ihm, obwohl er bereits viele Jahre vor Granny gestorben war. Jedenfalls zeigte sich Mum immer ganz angetan von der deutschen Kultur. Zu einer echten Zuckertüte hatte es dann doch nicht gereicht, und Mum hatte den Riesenbuntstift gebastelt und sich regelrecht selbst übertroffen. Ich fand den Namen damals schon irreführend. Warum heißt etwas Zuckertüte, wenn es statt Süßem nur kiloweise Nüsse, Rosinen und Cracker enthält? Mum musste da echt etwas falsch verstanden haben.

Ich schloss die Augen und wollte einfach nur schlafen. Hier, am westlichsten Zipfel des Landes, hinter dem sich meilenweit der Ozean erstreckte, fand mich noch nicht mal der Schlaf. Dafür war es ungewöhnlich ruhig. Der Wind war zu sanftmütig, um an der Regenrinne zu wackeln, und auch der Regen ruhte sich aus. Aus der Ferne drang ein Jammern an mein Ohr. Ich riss die Augen auf und sah Roses Silhouette vor mir. Ihren Wuschelkopf hätte ich überall erkannt.

»Kann ich bei dir schlafen?«

Noch bevor ich ihre Frage beantworten konnte, hatte sie sich bereits unter meine Bettdecke gedrängelt und hielt mir ihre kalten Füße an die Waden. Wieder erklangen die jämmerlichen Rufe.

»Hörst du das?«, flüsterte meine Schwester mir ins Ohr. »Es klingt so gruselig.« Rose rutschte noch tiefer unter meine Decke.

»Sei mal still!«, bat ich. Angestrengt versuchte ich, die Geräusche einzuordnen, die wie ein wimmerndes Baby klangen. Das Bild der Mutter mit ihrem Sohn Jason tauchte in meinem Kopf auf. »Vielleicht sollten wir Dad Bescheid geben«, schlug ich vor.

»Gut, aber ich komm mit«, stimmte Rose zu.

»Nein, ich finde es besser, wenn du im Bett bleibst. Es ist kalt und …«

»Kommt nicht infrage.«

Wir schlichen hinüber zu Dads Schlafzimmer. Wir hätten auch laut auftreten können, aber zu schleichen – auch wenn es albern war – kam uns passender vor. Rose trat mir dabei zweimal auf die Füße, weil sie versuchte, so dicht wie möglich bei mir zu bleiben. Dann knipste sie das Licht an.

Wir blickten beide auf ein leeres Bett. Dass Dad hier gelegen hatte, war deutlich zu erkennen. Das Bettlaken war zerwühlt, die Bettdecke verknittert.

»Wahrscheinlich konnte er bei diesen Geräuschen auch nicht schlafen«, sagte ich so gelassen wie möglich. Es würde ganz sicher eine vernünftige Erklärung geben.

»Dad?«, rief Rose ein paarmal, während wir die Treppe hinabstiegen. Bis auf das Knarren der Stufen war nichts zu hören. Jetzt fühlte auch ich mich unbehaglich. Dads Regenjacke hing nicht mehr an der Flurgarderobe, und auch seine Stiefel waren nirgends zu sehen.

»Meinst du, ihm ist was passiert? Als ihr in der Mittagspause weg wart, hat mir Maureen den Zeitungsabschnitt mit dem Wechselbalg gezeigt. Vielleicht werden hier ja tatsächlich Kinder von Fairies geholt und irgendwo abgelegt.«

»Maureen ist seltsam. Lass dich von der nur nicht verrückt machen«, beruhigte ich Rose. »Ich verstehe auch gar nicht, wieso die Frau Zeit hat, während der Arbeit so einen Blödsinn zu lesen.«

»Aber es hat doch in der Zeitung gestanden.«

»Das heißt noch lange nicht, dass es stimmt. Du weißt doch, dass man hier gern Geschichten erfindet. Wahrscheinlich will man damit den Tourismus in dieser trostlosen Gegend ankurbeln.« Super, dass Maureen jetzt auch noch versuchte, Rose Angst zu machen, bloß weil sie uns nicht leiden konnte.

Behutsam öffnete ich die Haustür.

»Vielleicht haben sie ihn auch geholt.« Roses Stimme klang verängstigt. Das Kindergeschrei war nicht mehr zu hören, dafür jaulte der Wind wie ein ausgesetzter Hund. Etwas knallte zu Boden, und mein Herz blieb für einen Moment stehen. Rose krallte sich an meinem Arm fest.

»Rose, bitte lass los! Sonst habe ich deinetwegen morgen einen blauen Fleck am Oberarm.«

»Verdammter Regen, der hat die Wege aufgeweicht.« Es war Dads Stimme. »Was macht ihr denn hier draußen? Hinein mit euch!«

Rose achtete nicht auf seine Anordnung und rannte hinaus. Dad trug einen Metalleimer in der Hand. Und nun wurde mir alles klar. Er war draußen gewesen, um Dolly die Flasche zu geben. Und das Schreien kam von ihr. Natürlich hatte es eine einleuchtende Erklärung für die Vorgänge gegeben. Wie hatte ich nur daran zweifeln können? Musste an der Gegend liegen, die einem mit ihrem Dauerregen langsam das Gehirn auswusch.

»Wo warst du?« Rose war anscheinend mit ihren Schlussfolgerungen noch nicht so weit.

»Dolly füttern. Was sonst sollte ich nachts hier draußen machen? Konnte sowieso nicht schlafen bei diesem Lärm, den sie macht. Morgen wird sie abgeholt. Es ist ihr bestimmt zu einsam hier.« Zur Bestätigung schrie Dolly wieder los. »Dieses Schaf macht mich wahnsinnig«, murmelte Dad vor sich hin und verschwand wieder im Garten.

Dolly ist bestimmt nicht die Einzige, die sich hier einsam fühlt, dachte ich mir im Stillen und fragte mich, wann Mum endlich zu uns stoßen würde.

Zurück in der Küche saßen Dad, Rose und ich am Tisch und tranken heiße Milch, weil Rose meinte, nach dieser Aufregung unmöglich schlafen zu können. Mir hingegen fielen fast von selbst die Augen zu. Aber Rose war immer noch hellwach und erzählte von ihrer alten Freundin Evelyn, die nun auch einen Hund besitze und ihn sogar mit in die Schule nehmen dürfe.

»Vielleicht kannst du ja Dolly mit in die Schule nehmen«, sagte ich und verwies auf das schlafende Lämmchen, das nun doch neben dem Küchenherd lag. Dolly hatte wieder wie ein Baby geschrien. Erst als sie neben dem Ofen auf ihrer Decke lag, kehrte im Haus endlich Ruhe ein.

Kapitel 4

Nachdem wir Rose am nächsten Morgen an der Grundschule rausgelassen hatten – ohne Dolly –, hielt Dad vor meiner neuen Schule. Das verschnörkelte Eisentor war weit geöffnet und bestätigte, was ich schon aus der Ferne vermutet hatte. Der rechteckige graue Betonklotz musste das Schulgebäude sein und fügte sich wunderbar in das graue Farbschema des heutigen Tages ein. Der wolkenverhangene Himmel versprach, sich jeden Augenblick mit einem neuen Regenguss zu entleeren.

Roses Schule hatte ausgesehen wie ein gemütliches Bed & Breakfast. Meine Schule dagegen wirkte, als hätte der Architekt bisher nur Gefängnisgebäude entworfen. Ich war enttäuscht und warf Dad einen vorwurfsvollen Blick zu. Der aber zuckte nur mit den Achseln, gab mir einen Kuss und wünschte mir viel Spaß. Keine Ahnung, warum sich Eltern immer einbilden, dass Schule Spaß machen muss. Regelmäßiger Schulbesuch störte mich zwar nicht, aber trotzdem war es eine Pflicht, eine Notwendigkeit wie Zähneputzen und Abendessen. Beschäftigungen eben, die man nicht mehr diskutierte, zumindest, wenn man älter als fünf Jahre war.

Ich schmiss die Beifahrertür des Vans mit mehr Schmackes als notwendig zu. Hoffentlich würde das nicht zu einer neuen Angewohnheit werden. Dad ließ sich von dem lauten

Knall aber nicht die Laune verderben und winkte mir stattdessen beim Losfahren freundlich hinterher.

Der Schulhof war leer. Wahrscheinlich hatte der Unterricht schon begonnen. Ich hasste es, zu spät zu kommen. Dann würde ja gleich noch mehr auffallen, dass ich neu war. Hatte Dad sich mit den Zeiten vertan? Ich hätte mich besser selbst um die Anmeldung kümmern sollen. Mir blieb nicht viel Zeit, mich darüber weiter aufzuregen, denn der Regen hatte auch kein Mitleid und tropfte mir schon wieder auf den Kopf. Ich rannte die grauen Stufen zu einer Glastür hinauf, über der in großen weißen Lettern *Streamstown Secondary School* stand.

Nachdem ich mich durch die schwere Glastür geschoben hatte, ging im selben Augenblick das Licht in der Eingangshalle an. Die Wände waren weiß und mit großen abstrakten Malereien bestückt, die in verschiedenen Farben leuchteten. Auf Eisenstelen prunkten aus Bronze gegossene Krebse und hielten angriffslustig ihre Zangen in die Luft. Das Beeindruckendste war allerdings ein ausgestopftes Tier, ein besonders großes Exemplar eines Irischen Wolfshunds. Ich trat näher, um die Schrift auf dem Schild entziffern zu können. *In Ehren für Schulleiterin Quinn* stand auf dem Sockel.

Ich betrat das Sekretariat, das sich auf der gegenüberliegenden Seite der großen Eingangstür befand.

»Bin gleich bei dir, Schätzchen. Ich führe nur noch schnell dieses Telefonat zu Ende.« Die Sekretärin hielt einen Telefonhörer in der Hand, der ihren Kopf überragte und tatsächlich noch mit einem Kabel zum Telefon verbunden war. Das Telefon hatte die gleiche Farbe wie das Gebäude – mausgrau. Musste ein Komplettangebot gewesen sein, grauer Betonklotz inklusive grauem Telefon. Graue Wolken gab es gratis dazu.

»Das musst du dir mal vorstellen … aber wer hätte das gedacht? Jetzt ist sie jedenfalls da. Ich ruf später zurück!« Mit einem *Bling* legte sie den Hörer in die dafür vorgesehene Halterung zurück. Ich musste zugeben, dass diese alten Geräte irgendwie faszinierend waren. Vielleicht hatte die Schulleiterin eine Vorliebe für Antiquitäten. Auf jeden Fall aber für kuriose Kunstwerke.

»Willkommen in Streamstown!« Die Sekretärin mit dem pinkfarbenen Band im Haar lächelte mich an. Ihre Mundwinkel zuckten, und ihre Lider mit den mascaraverstärkten Wimpern flatterten auf und ab.

Willkommen im 19. Jahrhundert, hätte ich fast gesagt, aber ich hielt mich zurück, murmelte stattdessen ein »Dankeschön« und blickte auf ihr Namensschild, das auf ihrem stattlichen Busen thronte: *Mrs Hummel.* Offensichtlich noch jemand mit deutschen Vorfahren. Bevor ich etwas sagen konnte, hob Mrs Hummel zu ihrer Begrüßung an.

»Du musst Caitleen Welsh sein. Wie schön! Die Tochter des Tierarztes.« Die Sekretärin tätschelte mir die Hand. »Wir sind ja so froh, hier wieder einen Tierarzt zu haben.« Dann stieß sie einen tiefen Seufzer aus und wühlte in ihren Unterlagen.

»Können Sie mir sagen …«

»Ja, du hast recht«, unterbrach sie mich. »Ich sollte nicht so viel schwatzen, sondern mich lieber um dich kümmern.« Dabei rieb sie sich die Hände. »Ach, hier.« Mrs Hummel drückte ihren fleischigen Zeigefinger auf ein Papier auf ihrem Holztresen. »Du hast Glück. Doppelstunde Kunst bei Miss Kelly. Raum hundertzehn. Du wirst sie mögen. Alle Schüler mögen sie.«

Mrs Hummel strahlte mich an, und ihre Lider flatterten wieder. Mir dagegen zog es die Mundwinkel nach unten.

Hatte ich mich verhört? Doppelstunde Kunst? Da musste es sich um einen Irrtum handeln.

»Für Kunst hatte ich mich gar nicht eingeschrieben. Ich belege den naturwissenschaftlichen Zweig«, erklärte ich Mrs Hummel, die schon aufgrund ihres Namens dafür Verständnis haben musste. Oder auch nicht, als ich ihr pikiertes Gesicht sah.

»Schätzchen. Jeder hier hat Kunst, das kann man nicht abwählen.«

»Oh nein!«, entwich es mir. Es gab an dieser Schule nicht mal Uniformen … und dann noch Kunst als Pflichtfach? Musste Mums Einfall gewesen sein, mich hier anzumelden. »Haben Sie vielleicht einen Stundenplan für mich?« Ich wollte wenigstens seelisch und moralisch für weitere Überraschungen gewappnet sein.

»Natürlich, Schätzchen. Den kannst du haben.« Sie schob mir einen Zettel über den braunen Holztresen.

»Danke«, murmelte ich, steckte den Plan in meine Jackentasche und ging zur Tür hinaus.

»Keine Ursache, Schätzchen. Dafür bin ich doch da!«, rief mir Mrs Hummel hinterher, während sie bereits wieder den Telefonhörer in der Hand hielt. Sie schien das Gespräch fortzuführen, das sie meinetwegen unterbrochen hatte.

Ich war der Wegbeschreibung von Mrs Hummel gefolgt und stand nun im ersten Stock vor einer Tür mit der Aufschrift *Jeder Mensch ist ein Künstler.* Das Problem ist nur, wenn nicht jeder einer sein *möchte*, dachte ich, klopfte an und spähte hinein. An den Tischen saß niemand. Vielleicht fiel der Unterricht aus? Das wäre ein Segen gewesen!

Dann aber sah ich, wie sich zwei Beine unter einem Tisch bewegten. Ich sah genauer hin. Die Schüler saßen nicht an ihren Bänken, sondern lagen darunter. Was sollte das denn bitte schön sein? Die Schule war noch abgefahrener, als ich befürchtet hatte. Ich wollte die Tür gerade so schnell wie möglich wieder schließen – und zwar von außen –, als ich meinen Namen hörte.

»Caitleen! Wie schön!«

Freudestrahlend kam mir eine junge Frau entgegen. Sie trug ein blaues Kleid, das mit gelben Sonnenblumen bedruckt war. Das Haar hatte sie kunstvoll zu einem Dutt hochgesteckt. Meiner Schwester Rose machte ich auch öfter mal die Haare. Allerdings benutzte ich dafür Haarnadeln und keine Buntstifte, wie sie aus der Frisur dieser Frau herausragten. Sie schüttelte mir die Hand.

»Kelly ist mein Name.«

»Schön, Sie kennenzulernen«, log ich. Ich wollte nach Hause. Und zwar nach London.

»Am besten legst du dich dort hinten unter den Tisch und fängst gleich an. Deinen Platz haben wir schon für dich vorbereitet.«

Vorbereitet? Ich folgte ihrer Handbewegung, die auf einen Tisch in der dritten Reihe deutete, unter dem niemand lag.

»Ich soll *was*?«

»Keine Sorge, Caitleen, wenn der Boden zu hart ist, nimmst du dir einfach eine Yogamatte. Das schont deinen Rücken.«

»Es ist nicht mein Rücken, der mir Sorgen bereitet.« Sorgen bereitete mir Miss Kelly, aber das behielt ich besser für mich.

»Ach, natürlich! Du willst sicherlich wissen, woran wir gerade arbeiten.«

Arbeiten nannte man das? Die Schüler malten auf die Unterseite der Tische. Also, an meiner alten Schule durften wir die Tische nicht bemalen, was natürlich manche nicht davon abhielt, es trotzdem zu tun.

»Heute wollen wir nachempfinden, wie die großen Meister der Renaissance sich gefühlt haben mussten, als sie ihre wunderbaren Deckengemälde schufen …«

»Miss Kelly, ich glaube, hier gab es ein Versehen«, unterbrach ich ihre Schwärmerei. Ich wollte ihr einfach nicht mehr zuhören.

»Michelangelo kennst du sicher. Die Sixtinische Kapelle, ein Meisterwerk. Warst du schon mal in Italien?«

»Nein, aber im Sekretariat. Und dorthin muss ich jetzt ganz dringend noch mal zurück. Denn hier liegt ein Fehler vor. Ich belege keinen Kunstunterricht.«

Unbeeindruckt drückte mir Miss Kelly das Set mit der Pastellkreide in die Hand.

Ich winkte ab. »Ich kann überhaupt nicht malen. Das Talent meiner Mutter ist da ganz klar an mir vorbeigezogen«, versuchte ich mich herauszureden. »Selbst beim Malen nach Zahlen habe ich meine Schwierigkeiten. Die vielen verschieden Farben und Nummern, meine ich.«

Miss Kelly war sich anscheinend nicht sicher, was ich meinte. »Jeder kann malen«, antwortete sie nur und setzte ihrerseits ihr bestes Lächeln auf. Und mir dämmerte, dass der Spruch, der eigentlich ermutigen sollte, auch als Strafe betrachtet werden konnte.

Nach und nach lugten Schüler unter den Tischen hervor und wollten sehen, was hier los war. Ich gab mich geschlagen. Zumindest vorerst. Ich nahm eine der Yogamatten, auf die Miss Kelly gedeutet hatte, und ging zu meinem Platz.

Zum Glück konnten mich in dieser Stunde nicht alle gleichzeitig anstarren. Nur beim Vorbeigehen hörte ich hier und da ein »Hi, Caitleen!« Ich begutachtete die Beine und

Schuhe der anderen Schüler. Einige von ihnen trugen Lederhalbschuhe, die mich an Mums Oxfords erinnerten. Manche sahen recht teuer aus, davon lenkten mich die Wollsocken, die viele von ihnen dazu trugen, auch nicht ab. Soweit ich erkennen konnte, hatten nur zwei Schüler Turnschuhe an wie ich.

An meinem Platz angekommen, schob ich die Matte unter meinen Tisch und ließ mich darauf nieder. Ich erwartete den Anblick von Kaugummibergen an der Tischunterseite, doch stattdessen klebte dort ein großer Bogen Papier, der sorgsam mit Blu Tack an den Ecken befestigt war. Das meinte sie also mit *vorbereitet*. Ich wandte den Kopf zur Seite, um zu sehen, womit sich meine Unter-dem-Tisch-Nachbarn wohl beschäftigten. Wenn ich gehofft hatte, dass sie das Ganze auch so bescheuert fanden wie ich, wurde ich enttäuscht. Der Junge rechts neben mir schien so in seine Aufgabe vertieft zu sein, dass er mich gar nicht wahrnahm. Leider konnte ich nichts von seinem Bild erkennen, sosehr ich mich auch anstrengte. Es blieb mir nichts weiter übrig, als auf mein leeres Papier zu starren.

»Wir führen unsere Arbeit nächste Woche fort«, ließ Miss Kelly verlauten, nachdem es zur Pause geläutet hatte. Ich verdrehte die Augen und stöhnte leise auf. Natürlich hatte ich in der Stunde nicht einen Strich gezeichnet.

»Brauchst du Hilfe? Ich bin Cara.« Ein Mädchen hatte sich vornüber gebeugt und lächelte mich an. Ihre langen lockigen Haare berührten fast den Fußboden. Ich wollte mich aufsetzen, stieß dabei aber mit dem Kopf an die Unterseite des Tischs.

»Autsch! Ich bin es nicht gewohnt, in der Waagrechten zu arbeiten«, nuschelte ich ärgerlich und rieb mir die Stirn.

»Keine Angst, ich auch nicht«, feixte Cara mit ihren lustigen Sommersprossen und ihrem roten Haar.

Ich griff nach meiner Jacke, zerrte den Stundenplan heraus und versuchte die Kürzel zu entziffern. Cara war schneller.

»Englisch bei O'Cleary. Komm mit, da muss ich auch hin.«

»Oh, danke«, sagte ich erleichtert. »Ich bin übrigens Caitleen und neu hier.«

»Dachte ich mir schon.« Natürlich wusste Cara, dass ich neu war.

»Ich bin die Tochter des neuen Tierarztes Doktor Welsh«, versuchte ich es weiter.

»Ich weiß.« Cara grinste mich an. »Neuigkeiten breiten sich so schnell aus wie Sumpfbrände. Keine Chance, hier irgendwas geheim halten zu wollen.«

»Den Eindruck hatte ich ehrlich gesagt auch schon«, räumte ich ein und rollte meine Yogamatte zusammen.

»Komm schon! Wir wollen doch O'Cleary nicht verpassen.« Cara nahm mich an der Hand und zog mich aus dem Klassenzimmer.

»Warte. Die muss ich doch noch abgeben.« Ich wedelte mit meiner Schaumgummimatte, drückte sie Miss Kelly in die Hand und rannte Cara hinterher.

Cara saß im Englischunterricht nicht neben mir, sondern im Sitzkreis schräg gegenüber. Ihre Augen funkelten, und mir wurde bald klar, dass es nicht nur die Gedichte von William Butler Yeats waren, die Cara so begeisterten. Denn nach einer kurzen musikalischen Einstimmung legte Mr O'Cleary seine Gitarre zur Seite und las aus dem Gedichtband vor. Ich musste zugeben, so wie er die Verse vortrug, klangen sie viel interessanter als in meiner alten Schule. Er webte einen Singsang in seine Lesung mit ein, dem ich mich nur schwer entziehen konnte. Das Ende der Unterrichtsstunde kam verblüffend schnell.

»Komm, jetzt zeige ich dir das Schulgelände, das gefällt dir bestimmt«, sagte Cara in der Pause zu mir. Sie hakte sich bei mir ein und zog mich zum Ausgang. Schon ein oberflächlicher Blick nach draußen genügte, um festzustellen, dass der Himmel immer noch so wolkenverhangen war wie zu Beginn der Schulstunden.

»Ändert sich das Wetter hier eigentlich nie?«, jammerte ich.

»Eigentlich ständig.« Plötzlich tauchte ein Junge vor uns auf und beantwortete meine Frage, die eigentlich an niemanden gerichtet war.

»Das ist Andrej, unser Wettergott.« Der ironische Unterton in Caras Stimme war nicht zu überhören.

Wettergott Andrej glich in nichts einer griechischen Schönheit. Sein Gesicht war übersät mit roten Pusteln und vernarbten Pickeln. Das schien sein Selbstbewusstsein aber nicht zu schmälern. Denn bei dem Wort *Wettergott* richtete er sich plötzlich auf und posierte wie eine antike Götterstatue. Ich musste zugeben, dass bei seinen Posen recht beeindruckende Muskelberge zum Vorschein kamen. Ich hätte das als arrogantes Gehabe abtun können, aber ich sah, dass er sich einen Spaß daraus machte, denn aus seinen grünen Augen lachte der Schalk.

»Du stehst doch auf Muskelpakete, Cara. Hier, fühl mal!« Er ergriff Caras Hand und legte sie auf seinen Bauch. Offensichtlich hatte er dort ein Sixpack versteckt.

»Lass das, Andrej!« Genervt zog Cara ihre Hand weg.

Wir traten aus dem Schulgebäude, und eine frische Brise schlug uns entgegen. Nach Andrejs Wettervorhersage würde es in wenigen Minuten wieder regnen, wenn auch nur für kurze Dauer. Dass *kurz* eine Frage der Auslegung war, verdeutlichte mir der Anblick einer Gruppe von Schülerinnen, die bereits draußen standen. Deren Röcke fand ich eindeutig zu kurz. Andrej aber wahrscheinlich nicht, denn sein Blick war meinem gefolgt, und obwohl er immer noch übers Wetter referierte, zeichnete sich auf seinem Gesicht ein breites Grinsen ab.

»Hör nicht auf ihn! Jede kostenlose Wetter-App ist genauer als seine Vorhersagen«, warnte mich Cara.

Wenn Andrej sich beleidigt fühlte, dann ließ er sich das jedenfalls nicht anmerken. »Nur dass du hier keinen Internetempfang hast. Also musst du doch auf mich hören«, gab Andrej selbstzufrieden zurück.

Ich kramte mein Telefon aus der Tasche und sah, dass ich hier auch kein Netz hatte.

»Kannst du total vergessen.« Cara musterte mich mit mitleidigen Blicken. »Hier ist es einfacher, sich mit Rauchzeichen zu verständigen, als auf guten Handyempfang zu hoffen.«

Auch das noch! Wo war ich nur gelandet? Grimmig starrte ich auf mein Display, das sich nicht die geringste Mühe gab, auch nur einen Balken aufzubauen. Also steckte ich mein Telefon wieder ein.

»Ich schätze, nicht mal Rauchzeichen würden bei diesem Wind funktionieren«, murmelte ich missmutig und schlang die Arme um den Oberkörper. Der feuchte Wind war unangenehm.

»Wird schon nicht regnen. Andrej ist einfach nur pessimistisch. Das liegt an seiner russischen Seele«, meinte Cara, die mein Unbehagen bemerkt hatte. Nach und nach strömten weitere Schüler auf den Hof.

»He, ich komme aus Polen und bin stolz auf meine Herkunft! Lieber ein bisschen Melancholie in der Seele, als das Grinsekätzchen der Schule zu sein«, ätzte Andrej und setzte noch ein »Miauuu« obendrauf, das sogar Cara wieder zum Lachen brachte. Ihm konnte offenbar niemand böse sein.

Hin und wieder sah ich mich suchend auf dem Schulhof um und hoffte, Brendas Neffen zu entdecken. Irgendwie hatte er etwas Faszinierendes an sich. Auch wenn er abweisender war als meine wetterfeste Jacke, die ich unter den Armen festzurrte.

Andrej, der Wettergott, hatte mit seiner Vorhersage doch recht gehabt. Dicke Regentropfen trommelten gegen die Fenster des Klassenzimmers, als wir im Matheunterricht bei Mr Giorra saßen. Schon vor dem Unterricht hatte sich Cara darüber beklagt, wie superlangweilig der war. Dabei war mir nicht klar, ob sie den Matheunterricht oder den Lehrer meinte. Aber mir war das egal, ich mochte Mathe. Es gab eine Aufgabe und dazu eine Lösung. Die entweder richtig oder falsch sein konnte. So einfach war das, zumindest für mich.

Was mich allerdings ablenkte, war Mr Giorrias Aussehen. Dem Namen nach hatte ich ihn für einen Italiener gehalten oder dass er zumindest italienischer Abstammung war. Das wäre wirklich mal eine angenehme Überraschung gewesen. Aber ich hatte mich getäuscht. Statt dunklem Teint und schwarzem Haar war er blass und sah aus, als gehöre er der Familie der Leporidae an, also der Hasen. Vielleicht sah ich das auch nur so, weil ich die Tochter eines Tierarztes war. Allerdings hatte er eine unverkennbare Ähnlichkeit mit einem Hasen, so leid mir dieser Vergleich bei einem Lehrer auch tat, der eins meiner Lieblingsfächer unterrichtete. Aber mit seinen großen Schneidezähnen, die immer aus seinem

Mund hervorlugten – auch wenn er nicht sprach –, seiner fliehenden Stirn und den Augen, die recht weit außen in seinem Gesicht saßen, sah er einfach so aus. Sein brauner Anzug und das weiße Hemd, das auf seiner Brust prangte wie ein weißer Felllatz, unterstrichen dieses Image.

Dann glitt mein Blick zu seinen Füßen hinunter. Sie waren riesengroß und steckten in schicken braunen Lederschuhen. Ich stellte mir vor, wie er ein großes Bund Möhren aus seiner schlammbraunen Aktentasche zog und daran knabberte (alle Mathelehrer liefen mit braunen Aktentaschen herum, warum auch immer). Stattdessen zog er aber einen Stapel Arbeitsblätter heraus und bat eine Schülerin namens Saoirse, sie auszuteilen.

Es waren eigentlich einfache Aufgaben, aber irgendwie konnte ich mich nicht richtig konzentrieren. Einige Schüler saßen auf großen Gymnastikbällen und hüpften immer auf und ab, als würde ihnen das beim Denken helfen. Anderen war es sogar erlaubt, durch den Raum zu tigern. Wo war ich hier bloß gelandet? Ich sah wieder nach vorn auf Mr Giorria. Wenn der jetzt auch noch mit dem Herumgehopse anfing, drehte ich durch.

Stattdessen wühlte er jetzt in seiner Tasche und zog eine Saftflasche heraus. Ich traute meinen Augen kaum. Das war doch nicht etwa Möhrensaft? MÖHRENSAFT! Das durfte doch nicht wahr sein, aber als ich mich umblickte, schien das niemanden zu stören.

»Wie lautet die Antwort, Miss Welsh?«

»Möhrensaft?«

»Ja, das stimmt. Frisch gepresst heute Morgen. Allerdings ist diese Antwort nicht kompatibel zu der Frage, die ich Ihnen gestellt hatte.«

Die gesamte Klasse kicherte, und ich fühlte, wie mir die

Röte ins Gesicht schoss. Verdammt. Ich hatte seine Frage nicht verstanden. Ich konnte doch auch nichts dafür, dass er wie Bugs Bunny aussah. Und schlimmer noch … jetzt dachte er, ich sei eine Matheniete. Ich senkte den Blick und starrte auf meinen Aufgabenzettel. Sonst war ich mit meinen Gedanken doch nie ständig woanders. Musste an dieser Gegend mit all diesen Verrückten liegen.

Am Ende der Stunde gab er uns zwei Seiten aus dem Lehrbuch als Hausaufgaben auf. Während die Klasse stöhnte, freute ich mich insgeheim darauf. Ich wollte beweisen, dass ich das konnte.

Kapitel 5

Mein Rucksack wog mindestens eine Tonne, als ich mit Cara das Schulgebäude verließ. Mrs Hummel hatte mich nach dem Unterricht noch mit allen Schulbüchern versorgt. Es gab auch Spinde, aber ich hielt es für klüger, mir zu Hause erst mal einen Überblick über das Schulmaterial zu verschaffen.

Und über den Jungen, der superlässig an der Eingangspforte des Schulgeländes lehnte. Ich erkannte ihn sofort. Er war es, der mich gestern vor der Praxis so abfällig behandelt hatte – Brendas Neffe.

Ich stieß Cara in die Seite. »He, sag mal, wer ist eigentlich dieser große dunkelhaarige Typ dort?«

»Wo?« Cara drehte sich um.

»Nicht dort hinten. Vorn am Eingang. Und bitte weniger auffällig!«, flüsterte ich und starrte nach unten.

»Ah, wie ich sehe, hast du einen exzellenten Geschmack«, kicherte Cara. Ich verdrehte die Augen. »Blake, glaube ich. Er war mal auf der Streamstown. Aber er hat die Schule abgebrochen.«

»Abgebrochen?« So einer war das also. Hätte ich mir denken können.

»Na ja, stimmt nicht ganz. Er hat nach dem Junior Certificate mit der Schule aufgehört. Dabei soll er echt gut gewesen sein.«

»Kennst du ihn näher?«, fragte ich so beiläufig wie möglich.

»Wir hatten nie Kurse zusammen. Aber ich könnte mich mal umhören.« Cara lächelte mich verschwörerisch an.

»Nicht so wichtig. Ich dachte nur, ich hätte ihn gestern schon mal in der Praxis gesehen. War mit seiner Tante da. Die haben so 'ne Riesenkatze«, brabbelte ich los.

»Von Katzen weiß ich nichts ...« Cara blickte sich suchend auf dem Schulgelände um. »Ich frag mich mal wieder, wo Anis steckt.«

»Anis?«, hakte ich nach.

»Die gehört auch zu meiner Sippe.« Cara verdrehte die Augen. »Besser, du sprichst sie mit Ani an. Sie mag ihren Namen nicht. Meine Mutter hatte während ihrer drei Schwangerschaften eine Vorliebe für bestimmte Gewürze. Pepper, Anis und Caraway. Ich habe es wohl noch am besten getroffen.«

»Und ich dachte schon, *meine* Mum ist seltsam«, lachte ich.

»Anis ist jedenfalls im letzten Schuljahr. Die hat's gut.«

»Wir haben auch nur noch anderthalb Jahre«, gab ich zurück.

»Falls ich es schaffe. Am liebsten hätte ich auch schon nach dem Junior Cycle aufgehört. Aber Mum lässt mich nicht. Dabei will ich doch einfach nur Musik machen. Jedenfalls wird sie durchdrehen, wenn ich am Ende des Schuljahrs die Prüfungen verhaue. Ist echt ätzend, wenn man so Streberschwestern hat wie ich«, stöhnte Cara und zog ihr Tuch fester um den Hals, da der Westwind schon wieder kräftig an uns zerrte.

Ich fragte mich, ob Rose manchmal genauso dachte. Schule fiel mir leicht, dafür lag mir das Künstlerische nicht so. Mit leichtem Schaudern dachte ich an den Unterricht von Miss Kelly.

»Die Gegend ist jedenfalls voll von komischen Gestalten, Menschen und Tieren«, sagte Cara und baute sich vor mir auf. Dabei schob sie sich genau in das Blickfeld von Brendas Neffen. »Aber das ist auch das Schöne an dieser Gegend und ein Grund, warum uns meine Mum hier aufziehen will. Hier gibt es ziemlich viele Blow Ins«, fuhr Cara fort, und wir gingen zum Parkplatz hinter der Schule.

Okay. Dann war ich also auch ein Blow In. Eine Zugewehte. Irgendwie klang das nett, auch wenn es nicht ganz stimmte. Schließlich stammte Granny aus dieser Gegend. Was mich gleich wieder daran erinnerte, dass Grannys Asche auch weggeweht wurde und ich noch keine Ahnung hatte, wie ich das Mum beibringen sollte. Aber noch blieb mir etwas Zeit, bevor sie nach Hause käme.

Ein dröhnendes Geräusch zog plötzlich an meinen Nerven und lenkte mich von meinen Gedanken ab. »Da ist wohl jemand stolz, dass er endlich die Hupe in seinem Auto entdeckt hat«, bemerkte ich.

»Das ist übrigens Anis.« Cara wies auf einen alten orangefarbenen Opel Corsa, der langsam vorfuhr. Ich konnte kaum unterscheiden, ob die Farbe Lack oder Rost war. Caras Schwester kurbelte das Fenster herunter.

»Sorry, ich wollte nicht …«, stotterte ich.

»Kein Problem. Manchmal ist sie echt peinlich.«

»Cara, schwing deinen Allerwertesten hier rein!« Ani hatte das gleiche dunkelrote Haar wie ihre Schwester, das unter einem breiten Band hervorlugte.

»Das ist Caitleen. Sie ist die Tochter des neuen Tierarztes in der Stadt«, stellte mich Cara vor. »Und das ist Anis«, erklärte Cara lachend.

»Ani heiß ich«, korrigierte sie und musterte Cara mit einem strafenden Blick. Dann wandte sie sich lächelnd an mich. »Freut mich, dich kennenzulernen, Caitleen. Jetzt müssen wir aber los. Mum wartet schon.«

»Sie hat's eilig, hier loszukommen. Sie hat nämlich einen neuen Freund«, flüsterte Cara und formte die Lippen zu einem Kussmund.

»Cara!« Ani trat aufs Gaspedal, um anzudeuten, dass sie auch ohne Cara losfahren würde. Der Motor heulte auf.

»Also, mach's gut!«, beeilte sich Cara zu sagen, riss die Tür auf und warf ihre Tasche auf den Rücksitz. Dann setzte sie sich vorn neben Ani.

»Du auch. Bis morgen dann.«

Nachdem Ani gewendet hatte, fuhren sie an mir vorbei. Cara drückte auf die Hupe, was ihr den Groll ihrer Schwester einbrachte, mir aber ein Lachen entlockte. Dann drehte sich Cara noch einmal zu mir um. Durch die Heckscheibe des Autos sah ich, dass sie eine Grimasse schnitt und dabei auf Ani deutete, die sich glücklicherweise nur aufs Autofahren konzentrierte. Für einen ersten Schultag lief es gar nicht so schlecht. Ich mochte Cara und ihre offene, freundliche Art. Glücklicherweise hatte Cara ältere Geschwister, die schon einen Führerschein besaßen. Sie musste nicht mehr mit dem Bus fahren. Ich seufzte.

Verdammt, mein Bus! Ich hechtete über den Schulhof. Schmerzhaft hüpfte der Rucksack auf meinen Schultern auf und ab. Am Schultor angekommen, sah ich zuerst die menschenleere Bushaltestelle und dann gerade noch, wie der Bus um die Ecke bog. War ja klar. Dann riss einer der Schulterriemen meines Rucksacks. Jetzt fehlte nur noch ein Regenschauer, und die Szene wäre eine filmreife Nummer gewesen.

Ich überquerte die Straße und hoffte, an der Haltestelle

zu erfahren, wann der nächste Bus fuhr. Natürlich hing hier kein Fahrplan, nur ein Plakat, das eine Booley House Party ankündigte, einen Abend mit irischer Musik und Tanz. Darauf waren drei Musiker zu sehen – eine junge Frau mit Geige, ein Mann mit tellergroßer Trommel und ein junger Typ mit so etwas wie einer Gitarre. Keine Ahnung, was das für ein Instrument war. Mit Musik kannte ich mich nicht besonders aus. Und dann noch Tanz! Hatten die hier denn nichts anderes im Kopf als zu tanzen? Sollten lieber Fahrpläne aushängen.

»Na, schmiedest du bereits Pläne für kommenden Dienstag?«

Ich drehte mich um. Voll lässig lehnte Blake an einem Pfosten des Schultors. Außerdem trug er eine Sonnenbrille. Als wäre die bei diesem Wetter absolut notwendig.

Ich antwortete nicht auf seinen Spruch. »Kennst du dich mit den Bussen hier aus?«, fragte ich stattdessen.

»Sorry. Ich fahr nicht Bus. Kann dir aber sagen, dass die Booley Partys hier echt Tradition haben.«

»Gehst du da hin?«, fragte ich, bevor sich mein Gehirn einschalten konnte.

Blake zuckte mit den Achseln und blickte weiter in den wolkenverhangenen Himmel hinauf. Er hielt es offenbar für unnötig, meine Frage zu beantworten. Seine Arroganz ging mir echt auf den Keks. Für wen hielt er sich überhaupt? »Mutige Farbe übrigens«, war alles, was er noch herausbrachte. Und da er wohl merkte, dass ich nicht folgen konnte, wies er auf meine rote Windjacke. »Steht dir nicht.«

Ich senkte den Blick und begutachtete meine Kleidung. Als ich das merkte, wurde ich wütend auf mich, aber auch auf diesen hochnäsigen Typen. Um ein Haar hätte ich ihm meine komplette Lehrbuchsammlung um die Ohren gehauen. Schade, dass wir im Englischunterricht nur einen Band mit Gedichten durchgenommen hatten und nicht die tausendseitige Schwarte *Ullysses* von James Joyce.

»Und dir steht die Sonnenbrille nicht«, gab ich wütend zurück. »Falls du dich sonnen willst, kannst du hier lange warten. Aber die Hoffnung stirbt ja bekanntlich zuletzt«.

»Die Hoffnung sollte man nie aufgeben, nicht wahr, Cait?«

»Für dich immer noch Caitleen!« Woher er meinen Namen kannte, war mir ein Rätsel. Andererseits hatte Cara schon angedeutet, dass in dieser Gegend nichts geheim blieb.

Ich schüttelte nur den Kopf, nahm meinen schweren Rucksack wieder in die Hand und beschloss, zur Praxis zu laufen. Nichts wie weg von diesem Idioten.

Ich war gerade mal hundert Meter gegangen, da zwängte sich ein Sonnenstrahl durch die dicke Wolkendecke. Jetzt nur nicht umdrehen!, sagte ich zu mir selbst. Den Triumph wollte ich dem Typ nicht gönnen. Glücklicherweise war Streamstown ein Touristenkaff mit guter Beschilderung, sodass ich den Weg zum Ortskern ohne Weiteres fand. Von dort war es dann kein Problem mehr, mich zur Praxis durchzufragen. Erschöpft kam ich nach einer halben Stunde dort an.

»He, was machst du denn hier? Sehnsucht nach mir? Wie war dein erster Tag?« Wenigstens Dad schien sich zu freuen, dass ich in seiner Praxis auftauchte. Das lag hoffentlich nicht nur an seinem verzweifelten Versuch, irgendwas in seinen Computer zu tippen. Technik war nicht gerade seine Stärke. Und wahrscheinlich auch einer der Gründe, warum er zugestimmt hatte, in diese Pampa zu ziehen.

»War ganz in Ordnung«, sagte ich und rieb mir die Schulter, nachdem ich meinen Rucksack auf einem Patientenstuhl abgelegt hatte.

»Nicht darauf!«, schimpfte Maureen sofort. »Die Stühle müssen für die Kunden frei bleiben.«

»Es ist aber doch gerade gar keiner da.«

Maureens Laune schien wie das Wetter kein Hoch zu kennen. »Darum geht es nicht«, fuhr sie mich an und wedelte mir mit zwei braunen Umschlägen vor der Nase herum. Damit machte sie sich auf den Weg zum Postamt.

»Wo steckt Rose überhaupt?« Ich blickte mich um und konnte ihre Schultasche nirgends entdecken. *Drop as you go* war nämlich eine von Roses Spezialitäten, neben dem kalorienschweren Schokokuchen, den sie gern buk, wenn Mum nicht da war. Mir knurrte der Magen.

»Sie ist bei einer Schulfreundin«, antwortete Dad, ohne vom Rechner aufzublicken.

»Rose ist gleich am ersten Schultag bei einer Schulfreundin?« Ich schüttelte den Kopf. »Meinst du nicht, es ist gefährlich, wenn sie einfach mit Fremden mitgeht? Schließlich kennst du die Familie ja gar nicht.«

»Verdammte Technik!«, schimpfte Dad. Ich blickte ihm über die Schulter. Er war mit dem Anlegen einer neuen Kundendatei beschäftigt. »Mrs Jones' Katze ist bei mir in Behandlung.«

»Du hast die Praxis doch erst seit gestern«, erinnerte ich ihn.

»Seit einem Monat, mein Schatz. Du vergisst, dass ich schon vor unserem Umzug drei Wochen hier gearbeitet habe. Außerdem sind alle Daten in diesem Rechner enthalten. Welche Katzenrasse Mrs Jones hat, ihre Telefonnummer, ihre Adresse, ihr Alter.«

»Ist das zulässig? Das mit dem Alter, meine ich.«

»Ha, der war gut. Natürlich meine ich das Alter der Katze«, lachte er.

»Sehr lustig«, entgegnete ich lahm und griff nach einer Box auf der Theke, in der Tütchen mit Bonbons zum Verkauf angeboten wurden. Der Erlös ging an den lokalen Tierschutzverein.

»Ich müsste es nur endlich schaffen, diese verdammte Kundendatei zu laden.« Dads Gesicht wurde wieder ernst. »Möchte wissen, was Maureen heute Morgen schon wieder angestellt hat. Diese Frau treibt mich in den Wahnsinn.«

Das war typisch für Dad, seine technischen Unzulänglichkeiten anderen in die Schuhe zu schieben.

»Wie wär's mit einem Toffee?«, lenkte ich ihn ab. Allerdings hätte ich es Maureen auch zugetraut, irgendwelchen Mist gemacht zu haben. »Ich erledige das für dich, Dad, kein Problem.«

»Danke, mein Schatz! Dafür mache ich uns einen Tee.« Dad stand schnell auf und räumte den Platz am Rechner, so als hätte er Angst, ich könnte es mir noch anders überlegen. »Ich muss mich um den Kater von Miss Morris kümmern, der noch auf seine Kastration wartet.« Pfeifend begab sich Dad nach hinten.

Zwei Teetassen später hatte ich es geschafft, mich durch das Programm zu klicken, um die neuen Daten einzugeben. Aus Langeweile scrollte ich mich durch die Kundenkartei und fand mich plötzlich auf Brenda O'Hallorans Eintrag wieder.

Guinness war schon mal hier gewesen, vor zwei Jahren. Er hatte sich vom alten Tierarzt O'Sullivan einen Dorn aus seiner Pfote entfernen lassen. Dann las ich mich durch den gestrigen Eintrag und musste feststellen, dass Maureen doch nicht alles ordnungsgemäß eingegeben hatte. Da war ein Zahlendreher bei der Größe drin, denn statt 105 Zentimeter Länge war Guinness nur noch 51 Zentimeter lang. In der

Spalte Gewicht war noch gar nichts eingetragen. Wir hatten vergessen, ihn zu wiegen. Dann kritzelte ich die Adresse von Brenda O'Halloran auf einen Werbezettel für Zeckentabletten: Harbour Road 7. Ich wunderte mich mal wieder darüber, was ich da gerade getan hatte, und holte schnell mein Mathebuch aus der Tasche, um mich von Blake abzulenken.

Der weitere Nachmittag verlief ruhig. Hin und wieder klingelte das Telefon. Ich vergab zwei Termine an Hundebesitzer, die am nächsten Morgen in die Praxis kommen wollten. Verkaufte einmal Kolostrum und unterhielt mich mit der alten Miss Morris, die es kaum erwarten konnte, ihren Kater endlich abholen zu können.

Am Abend verstaute ich noch lustlos ein paar Bücher in meinem Regal. Ich spürte die Anstrengungen des Tages. Meine Schultern schmerzten, und ich fühlte mich irgendwie staubig, obwohl es fast den ganzen Tag geregnet hatte. Mrs Jones war so freundlich gewesen, Rose bei uns zu Hause abzuliefern. Sie hatte tatsächlich schon gegessen, war müde und verschwand sofort in ihrem Zimmer. Ich duschte. Der Boiler war gnädig und spuckte heißes Wasser aus, wenn auch nur für drei Minuten. Die reichten gerade so, um mir das Shampoo aus dem Haar zu spülen. Ich fiel ins Bett und schlief sofort ein.

Kapitel 6

Am nächsten Tag fühlte ich mich beim Anblick meiner neuen Schule aka Betonkasten schon wohler. Das lag auch daran, dass ich pünktlich war. Noch hatte ich den Luxus, dass Dad mich früh mitnehmen konnte.

Viele Schüler standen auf dem Schulhof und genossen die Sonne, die sich großzügig am Himmel zeigte. Die warmen Strahlen auf dem Gesicht taten auch mir gut und waren ein weiterer Grund für meine gute Laune. Ich sah mich nach bekannten Gesichtern um und erkannte Eddi, der gestern im Englischunterricht lautstark mit Mr O'Cleary gesungen hatte. Er beugte sich vornüber und band sich die Schnürsenkel zu. Und dann popelte er in der Nase. Auffälliger ging es wohl wirklich nicht.

Ich spähte über den Schulhof auf der Suche nach Cara ... und obwohl ich es mir nicht eingestehen wollte, auch nach Brendas Neffen. Cara war im Getümmel schnell auszumachen. Ihre Haarmähne tanzte im leichten Wind, und die Ärmel der dünnen lilafarbenen Bluse, die unter ihrer Strickjacke hervorlugten, flatterten mit. Sie unterhielt sich angeregt mit einem Typen, der wohl zum Sportteam der Schule gehörte. Er stützte sich lässig auf seinen Hurlingschläger und schien Cara bestens zu unterhalten. Jedenfalls lächelte sie die ganze Zeit und bekam es nicht mal mit, als ich ihr die Frage »Wie geht's?« hinüberwarf.

Eddi war es trotz seiner intensiven Nasenerforschung allerdings aufgefallen, dass ich wohl etwas verloren dastand.

»Hi, Caitleen! Ein herrlicher Morgen.«

»Oh, hi, Eddi!«, erwiderte ich.

Er brachte es doch tatsächlich fertig, mir die Hand zur Begrüßung hinzuhalten. Ich war ja viel gewohnt, aber das fand ich superеklig. Daher warf ich die Arme wie eine Sonnenanbeterin in die Luft.

»Ist sie nicht herrlich, die Sonne?«, frohlockte ich. »Wärmt sie nicht wunderbar unsere Seele?«

Angesichts meines ekstatischen Ausbruchs war Eddi sichtlich verblüfft. Ich ehrlich gesagt auch, aber es zeigte Wirkung. Er senkte die Hand, murmelte etwas wie »Ich wünsche dir auch einen schönen Tag« und verschwand hinter der Glastür der Schule.

Ich hatte es also geschafft, Eddi zu vertreiben, allerdings auch einige verwunderte Blicke auf mich gezogen.

»He, muss ich mir Sorgen machen?«, fragte Cara, die zu mir herüberkam. Andrej hing ihr nun an den Fersen.

»Danke. Alles gut! Es war … nur …«, stotterte ich. »Weil Eddi …«

»Da hat Eddi wohl einen neuen Fan. Wie niedlich!«

Die Stimme gehörte einem Mädchen aus meinem Unterricht. Sie war mir am Tag zuvor schon unangenehm aufgefallen.

»Veronica, verzieh dich! Die Luft wird dünn«, konterte Cara. Offensichtlich war ich nicht die Einzige, die Veronica bescheuert fand.

Veronica hatte langes, glattes blondes Haar, dunkle Augen und eine spitze Nase, die sie rümpfte wie ein Mäuschen. Oder wie eine Ratte. Sie war ein Augenschmaus für die Jungs der Schule. Ich sah, wie Andrejs Blicke ihre langen Beine scannten wie ein Produkt an der Supermarktkasse. Was auch Veronica auffiel und ihr ein arrogantes Lächeln ins Gesicht hexte.

»Da musst du dich aber hinten in der Fanline anstellen. Die gute Mrs Kavanagh steht nämlich auch auf Eddi.« Lachend verschwand Veronica in einer Mädchengruppe, die sich auf der Schultreppe in Richtung Eingang bewegte.

Cara boxte Andrej in die Seite. »Dir läuft gleich der Sabber aus dem Mund!«

»Stimmt. Ein Bernhardiner speichelt weniger als du«, gab ich ihr recht.

»Ihr seid nur eifersüchtig«, meinte Andrej und legte uns die Arme um die Schultern. »Ich wusste immer, dass du auf mich stehst«, neckte er Cara und drückte ihr einen Kuss auf die Wange.

»Danke. Aber da lege ich mir doch lieber einen Hund zu. Dem läuft weniger Speichel aus dem Maul.«

»Wie wär's mit einem Shar Pei oder einem Papillon?«, schlug ich vor.

»Mit wem?«, fragten Andrej und Cara im Chor.

»Oder einem Welsh Corgi? Die Queen ist ganz begeistert von ihnen.« Wenn ich einmal in Fahrt war, konnte mich so leicht keiner bremsen.

»Horku…«, nuschelte Cara. Mein Geflachse wurde ihr langsam zu viel.

»Ist das auch eine Hunderasse, die nicht so viel sabbert?« Davon hatte ich noch nie etwas gehört.

»Hör zu!«, zischte Cara und trat dicht an mich heran. »Vielleicht solltest du dich mit etwas anderem beschäftigten, als ständig in der Praxis deines Vaters abzuhängen.«

»Ich hänge nicht ab«, verteidigte ich mich. »Außerdem war ich erst zweimal dort.«

»Komm doch nach der Schule mit uns ins *Beans!*«, schlug Andrej vor. »Sonst lernst du noch die ganze Enzyklopädie der Katzenrassen auswendig. Hunde hast du ja bereits ausgiebig studiert.« Andrej gab Cara erneut einen Schmatz auf die Wange, den sie sich mit theatralischer Geste aus dem Gesicht wischte.

»Seh euch später in der Mensa«, verabschiedete sich Andrej.

»Hat wirklich ein Problem mit Spucke, der Typ«, lästerte Cara. Als es zum Unterricht läutete, hakte sie sich bei mir ein, und wir folgten den letzten Schülern ins Innere des Gebäudes.

Nach einer Doppelstunde Mathe – heute hatte ich aufgepasst und konnte Mr Giorria mit mehreren richtigen Antworten zufriedenstellen – hatten wir Biologie. Auch ein Fach, das mir leicht von der Hand ging, im Gegensatz zu Kunst. Mich schüttelte es jetzt schon wieder, wenn ich an nächste Woche dachte. Ich würde bestimmt noch von Miss Kelly träumen, wie sie einen Stift aus dem Haar zieht und mich damit aufspießt, weil ich kein ordentliches Gemälde zusammenbekomme.

Nachmittags stand Geschichte bei Mrs Kavanagh auf dem Lehrplan. Sie war ein Urgestein, wie Cara sie liebevoll nannte. Bereits Caras Mum hatte bei ihr Unterricht gehabt, und schon damals waren sich die Schüler über ihr Alter nicht einig geworden. Ihr Wissen war immens, und nie brachte sie Unterlagen mit zur Stunde. Sie war so etwas wie ein lebendiges Archiv, und man munkelte, dass sie schon drei Ehemänner überlebt hatte. Jetzt stand sie vor uns.

Mrs Kavanagh trug ein schickes Kostüm in Altrosa mit goldenen Knöpfen. Ihre winzigen Füße steckten in perlmuttfarbenen Pumps. Ihre Wangen schimmerten ähnlich wie ihre Schuhe. Hätte sie noch einen Hut aufgehabt, dann hätte sie ausgesehen wie die Queen. Da kamen mir die Corgis wieder in den Sinn, und ich fragte mich, ob Mrs Kavanagh auch Hunde hielt. Corgis hätten ihr außerordentlich gut gestanden.

Sie zupfte eine ihrer kurzen weißen Stirnlocken zurecht, hustete zweimal vornehm in ihre Hand und begrüßte mich. Sie fragte – wie sie es ausdrückte – nach meinem »Befinden«. Außerdem bat sie mich, nach dem Unterricht zu ihr ins Büro zu kommen. Ich sollte ein Essaythema auswählen. Ein dezentes Hörgerät an ihrem rechten Ohr sorgte dafür, dass meine Bestätigung ankam.

»Letzte Woche hat Tim mit seinem Vortrag über die Seereisen des Heiligen Brendan begonnen.« Die Geschichtslehrerin nickte einem kleinen blonden Jungen zu, der sogleich errötete. »Überlieferungen zufolge machte sich Sankt Brendan mit seinen Gefährten auf die Suche nach … welchem Ort?« Erwartungsvoll musterte Mrs Kavanagh ihre Schüler.

»Die Alte hätte mal nach Tír na nÓg mitfahren sollen«, flüsterte jemand. Veronica, die in der Reihe vor mir saß, kicherte verhalten. Ihre Banknachbarin stimmte mit ein. Jedenfalls hielt sie sich die Hand vor den Mund.

»Autsch!« Cara neben mir verzog das Gesicht. »Hoffentlich hat sie das nicht gehört.«

»Tír na nÓg ist die Insel ewiger Jugend. Vielen Dank für deinen Hinweis, Ronan«, fuhr Mrs Kavanagh unbeeindruckt fort. »Wortwörtlich heißt es übrigens ›Land der ewigen Jugend‹, aber Sankt Brendan war überzeugt, dass es eine Insel sei. Tim, kannst du nun bitte mit deinem Vortrag über die Navigatio Sancti Brendani fortfahren?«

Tim trat zum Whiteboard und heftete ein Bild an. Die Zeichnung zeigte ein kleines Holzboot mit mehreren Mönchen, das auf einem Meeresungeheuer gestrandet war.

»Sankt Brendan war ein irischer Mönch, der im sechsten Jahrhundert lebte. Die Suche nach Tír na nÓg wird in manchen Manuskripten auch als Reise zum Garten Eden interpretiert. Man nimmt jedenfalls an, dass er bis zu den Färöerinseln und Neufundland reiste. Die geheimnisvolle Insel Tír na nÓg soll er am Ende auch erreicht haben. Für mehrere Jahrhunderte wurde diese Insel, auch Saint Brendans Island genannt, in den Weltkarten verzeichnet. Mit weiteren Entdeckungen anderer Seefahrer verschwand dieser Ort jedoch aus der Welt der Kartografen.«

Cara gähnte und stöhnte unterdrückt.

»Hältst du bitte die Hand vor den Mund? Sonst sieht es so aus, als würdest du arme Seeleute verschlingen«, witzelte ich.

»Sorry!« Cara gähnte gleich noch einmal. Diesmal allerdings hinter vorgehaltener Hand. »Aber wie kannst du dieses Thema spannend finden?«

Ich hob die Schultern. Ich hatte mir zu dem Vortrag Notizen gemacht, auch wenn für meinen Geschmack der Heilige Brendan seiner Fahrt zu viel Unsinn hinzugedichtet hatte. Die Monster, denen er auf seiner Reise begegnet war, hätten sich bei genauer Betrachtung wahrscheinlich als Wale herausgestellt, während der glitzernde Kristallpalast in Wirklichkeit ein Eisberg gewesen war.

»Ich bräuchte mal einen starken Tee. Also, nach der Schule treffen wir uns im *Beans*.« So wie Cara es formulierte, war es keine Frage.

»Miss McCarthy, möchten Sie vielleicht fortfahren, wenn Sie mein Unterricht so langweilt?«

Schuldbewusst zog Cara den linken Mundwinkel nach

unten. Mrs Kavanagh wartete allerdings keine Antwort ab, sondern bat den armen Tim, mit seiner Lesung aus den Reisen des Heiligen Brendan fortzufahren. Er hatte es zunehmend schwer, seine Zuhörer zu fesseln. Jemand murmelte etwas von Eis essen. Denn nun schienen die ersten Sonnenstrahlen des Tages ins Klassenzimmer, und jeder dachte nur noch daran, so schnell wie möglich ins Freie zu gelangen.

Nach dem Nachmittagsunterricht versprach ich Cara, ihr ins *Beans* zu folgen. Aber zuerst wollte ich mein Essaythema von Mrs Kavanagh abholen. Ihr Büro lag im zweiten Stock. Ich stieg die Treppen hinauf und fluchte leise vor mich hin. Mein Rucksack war schwer, weil ich am Morgen Dads Buch *Überblick über die Kleintierrassen* eingepackt hatte.

Ich wollte nach der Schule tatsächlich in die Praxis, allerdings nicht zum Abhängen, wie Cara es formuliert hatte, sondern um genau in diesem Buch etwas über die Kellas-Katzen zu lesen. Leider war das Buch über Kleintiere nicht gerade klein, sondern ganz im Gegenteil groß und schwer. Aber gut. Brendas Kater war auch nicht gerade klein.

Mrs Kavanaghs Zimmer lag am Ende des Flurs. Vorsichtig öffnete ich die Tür, nachdem sie auf mein Klopfen nicht geantwortet hatte. Auf dem Schreibtisch türmten sich hohe Papierstapel. Sogar der Fußboden war bedeckt, und Papiertürme wuchsen wie Stalagmiten in die Höhe. Bücher waren kreuz und quer in Regale gestopft, die zwei Wände des Raums wie eine dicke Panade verdeckten. Die Regalbretter bogen sich unter der Last der Bücher bereits leicht durch.

Es raschelte, und ich zuckte zusammen. Dann beugte ich mich vornüber und spähte unter den Schreibtisch. Und tatsächlich sah ich zwei Beine mit perlmuttfarbenen Schuhen im Papiermeer schwimmen.

»Mrs Kavanagh, ich bin's, Cait«, sagte ich vorsichtig. Schließlich wollte ich die ältere Dame nicht erschrecken. Als Antwort raschelte es nur zurück.

»Hallo? Hören Sie mich?«, versuchte ich es weiter, diesmal lauter. Aufgeschreckt durch meine Worte, tauchte Mrs Kavanagh aus ihren Papierwogen auf.

»Ach, du bist es!«, schrie sie mich an. »Ich habe dich wohl nicht gehört.« Offenkundig nicht, dachte ich.

»Ich sollte mir mein Essaythema bei Ihnen abholen!«, schrie ich zurück.

»Bitte nicht so laut!« Mrs Kavanagh verzog das Gesicht und fummelte an ihrem Ohr herum. »Wie war noch mal dein Name?«, fragte sie mich. Obwohl sie für den Schulstoff keine Unterlagen benötigte, schien sie doch Probleme mit ihrem Namensgedächtnis zu haben.

»Caitleen Welsh.«

»Ich weiß, mein Kind. Ich meinte natürlich den Mädchennamen deiner Mutter. Ich hätte es besser formulieren sollen.«

»Meiner Mutter? Ist das für meinen Essay wichtig?«

Mrs Kavanagh lachte auf. »Nein, nein, es interessiert mich nur.«

»Claire Hickey, wenn Sie es genau wissen wollen. Meine Granny, Aurelia Hickey, stammte aus dieser Gegend.«

Mrs Kavanagh hielt inne und murmelte etwas Unverständliches vor sich hin. Dann musterte sie mich ernst, als nähme sie mich erst jetzt richtig wahr. »Tja, mein Kind, Geschichte erforschen heißt, auch die schlimmen Seiten der Menschheit zu betrachten. Aber einen Moment bitte! Ich habe die Themenliste hier irgendwo liegen.« Mrs Kavanagh tauchte wieder ab und verschwand unter ihren Papierhaufen.

Toll, dachte ich, aber mir langt das Generve in der Gegenwart. Und wenn sie jetzt erst mit dem Suchen anfängt, wird mein Kaffee kalt. Cara hatte bestimmt schon bestellt. Oder das Café hatte bereits geschlossen, bis ich dort ankam. Ich stöhnte leise.

»Ich hatte die Liste erst vorhin in den Händen. Sie muss irgendwo auf meinem Schreibtisch sein.«

Schön, dass sie das Suchgebiet auf schlappe vier Quadratmeter reduzieren konnte. Die Stapel auf ihrem Schreibtisch waren mindestens so hoch, wie der Tisch breit war.

»Kann ich Ihnen helfen?«, bot ich ihr an, weil ich hier nicht übernachten wollte.

»Nett von dir, Caitleen, aber ich habe es schon gefunden.« Dabei zog sie aus der Mitte des Stapels einen Bogen Papier hervor und brachte den Turm gefährlich ins Wanken. Wie sie es bewerkstelligte, dass er nicht umfiel, blieb mir ein Rätsel, aber ich war dankbar, dass ich nun doch nicht Stunden warten musste.

»Lass uns mal sehen, was noch zu haben ist«, murmelte sie und studierte die Liste. »Der Heilige Patrick ist natürlich schon weg, und Sankt Column wird dich nicht sonderlich interessieren.« Sie schob die Brille zurecht und hielt sich das Ende ihres Stifts an den Mund, als würde sie eine Zigarette rauchen. »Ach, dumme Angewohnheit von mir! Habe ja auch erst vor Kurzem aufgehört«, entschuldigte sich Mrs Kavanagh. »Das mache ich nur, wenn ich einen bemerkenswerten Gedanken habe. Oder einen unangenehmen ...« Wieder hielt sie den Stift an die Lippen. »Mhm ... Ich hätte noch die Heilige Magdalena im Angebot. Wie wäre es damit?« Sie musterte mich fragend.

Hatte ich eine Wahl? »Die Heilige Magdalena ist schon okay, danke.« Schließlich konnte es mir egal sein, mit wem ich mich herumschlagen musste. Ich verstand auch nicht, warum sie so viel Wert darauf legte, alle diese Heiligen im Unterricht zu behandeln. Wir hatten ja nicht Religion, sondern eben Geschichte bei ihr.

»Entsprechendes Material findest du in der Schulbibliothek.«

Ich nickte und nahm den Zettel mit der Literaturliste entgegen.

»Hickey ist ein recht seltener Name in dieser Gegend«, bemerkte sie betont beiläufig.

»Möglich«, antwortete ich und warf einen Blick auf die Bücherliste.

»Nun, dann entlasse ich dich hiermit, damit du noch einen Sitzplatz bekommst.« Jetzt wirkte sie wieder heiterer. »Das *Beans* ist immer recht voll nach dem Unterricht.«

»Woher wissen Sie …?«

»Ach, Kindchen, ich weiß so vieles! Mehr, als mir manchmal lieb ist. Nun aber husch!« Mrs Kavanagh schob mich aus dem Büro. »Ich habe schließlich noch zu tun. Außerdem möchte ich bei diesem Wetter auch noch ein Eis essen.«

Verdattert stand ich im Flur, als sich die Tür hinter mir schloss.

Nach zwanzig Minuten zu Fuß hätte ich das Café nach Caras Beschreibung am Ende der Main Road neben einem Gemüsehändler finden müssen. Nun stand ich hier, aber alles, was ich vorfand, war ein Metallschild, das eher wie ein großer Stiefel als wie eine Kaffeebohne aussah. Darauf war mit grüner Farbe schwungvoll *Broghan's* gemalt. War das der Name des Cafés? Irgendwas mit *B* war es doch gewesen. Verflixt! Ich hätte mir den Namen aufschreiben sollen, aber Mrs Kavanagh hatte mich mit ihrer komischen Fragerei ganz durcheinandergebracht. Verrückte alte Lady.

Für ein Café war es hier seltsam menschenleer. Und auch still. Niemand saß auf der einsamen Bank vor dem großen Schaufenster, hinter dem alter Krimskrams ausgestellt war. Ich entdeckte hölzerne Schuhleisten in verschiedenen Ausführungen sowie seltsame Geräte, für die ich keinen Namen hatte. Ich drückte die Nase gegen die Scheibe und sah, dass irgendwo im Innern ein schwaches Licht brannte. Die Tür stand halb offen.

»Hallo?«, rief ich zaghaft in die Dunkelheit.

»Komm rein!«, antworte eine Stimme. »Bin gleich bei dir.« Eigentlich wollte ich nur nach dem Café fragen, aber ich folgte der Männerstimme, die weder freundlich noch bedrohlich klang.

Langsam gewöhnten sich meine Augen an das dämmrige Licht. Die Wandregale waren gefüllt mit Schusterleisten und halb fertigen Schuhen. Ich griff nach einem Modell und strich über das weiche und leicht kühle Leder. Es erinnerte mich an Grannys Sofa. Ich stellte den Schuh zurück ins Regal. Im Raum erkannte ich eine Werkbank mit verschieden großen Zangen, Hämmern und Ahlen. Ein Glas mit Pinseln und ein Kanister standen darauf, über dessen Rand Leimtropfen quollen. Auf dem Boden lagen überall Lederreste und Nägel. Ich hoffte, dass die Sohlen meiner Turnschuhe dick genug waren, denn eine durchbohrte Fußsohle war das Letzte, was ich heute gebrauchen konnte.

»Broghan mein Name. Master Broghan«, drang es mir ans Ohr, und die Stimme bekam ein Gesicht. Ein Mann trat aus dem Dunkel hervor. Er trug einen langen grauen Vollbart, der seine Lippen vollkommen verdeckte und ihm bis zur Brust reichte. Seine smaragdgrünen Augen wurden von buschigen Augenbrauen überwölbt, die wild in alle Richtungen standen. Unter seiner Arbeitsschürze trug er ein grünes

Hemd mit dicken goldenen Manschettenknöpfen. Ich musterte ihn neugierig.

»Schicke Schuhe. Einige Leute an meiner Schule tragen auch solche.« Ich deutete auf die braunen Lederstiefel an seinen Füßen, die am Schaft mit goldenen Schnallen verziert waren.

»Die sind natürlich von mir«, sagte der Mann mit unverkennbarem Stolz und betrachtete abschätzig mein sportliches Schuhwerk. »Und es wird Zeit, dass du auch etwas Vernünftiges trägst.«

Ich blickte auf meine Schuhe, die zugegebenermaßen unter Regenwetter und Matsch gelitten hatten. »Eigentlich wollte ich nur wissen, wo sich das Café befindet. *Beans* oder so.«

»Das sage ich dir, wenn ich mit dir fertig bin.« Master Broghan drückte mich in einen Sessel. Bevor ich protestieren konnte, hatte er meinen Schuh ausgezogen und vermaß meinen rechten Fuß. Ich war viel zu überrascht, um ihm Widerstand zu leisten. Die ganze Situation war einfach zu ungewöhnlich. Er nahm Maß von meinen Zehen, dem Spann sowie der Ferse und machte sich auf einem kleinen Zettel Notizen mit einem Bleistift, den er hinter dem Ohr hervorgezogen hatte.

»Haben Sie viele Kunden?«

»Zu viele. Anderer Fuß!«, antwortete Master Broghan knapp.

Ich wagte mich nicht zu widersetzen. Gehorsam zog ich meinen zweiten Schuh aus und legte meinen Fuß in Master Broghans raue Hände. Zwar spürte ich kaum etwas durch meine Socken hindurch, aber seine Hände sahen aus wie Felsbrocken.

»Dein linker Fuß ist fast ein Viertel Inch kürzer als der rechte. Der Spann ist dafür etwas höher.«

»Ist mir noch nie aufgefallen.« Für meine Antwort hatte Master Broghan kein Verständnis und schüttelte nur mit dem Kopf. Wie konnte man seine Fußmaße nicht wissen … unfassbar!

»Ich nehme an, du brauchst was Leichtes, aber Robustes. Schön, aber praktisch.« Es war keine Frage, wie er es formulierte. Ich glaube, in seinem Kopf entstand bereits das Bild des perfekten Schuhs für mich.

»Sicher«, stimmte ich zu. »Warum eigentlich nicht?«, ergänzte ich nach einer Weile.

Ja, warum eigentlich nicht? Die Antwort hatte ich schon im Kopf parat. Weil diese maßgeschneiderten Schuhe wahrscheinlich mehrere Hundert Euro kosten würden. Weil ich keine mehrere Hundert Euro besaß. Weil ich sonst Dad anpumpen müsste und der sich ernsthaft fragen würde, ob ich meinen Verstand verloren hatte. Und weil ich mich das sogar gerade selbst fragte.

»Gut. Ich schicke sie dir zu, wenn sie fertig sind. Es wird einige Tage dauern.«

Ich nickte, zog meine alten Treter wieder an, die mir nun tatsächlich sehr armselig vorkamen, und rannte aus dem Laden.

Kapitel 7

Das musste es sein. Statt eines Stiefels hing an der Hauswand des in Türkis gestrichenen schmalen Hauses eine weiße Keramikkanne mit blauen Punkten. Daraus tröpfelte Wasser in eine ebenso große Teetasse, die darunter stand.

Master Broghan hatte mir noch einmal den Weg erklärt, indem er mit dem Zeigefinger auf seiner staubigen Werkbank die Straßen nachgezeichnet hatte. Ich hätte vor Master Broghans Laden eher abbiegen sollen, dort, wo die Zange lag, und nicht erst beim Lederrest, der Miss Siucras Feinkostladen darstellte.

Beim Eintreten rollte mir eine Welle aus Stimmen, Musik und Wärme entgegen. Ich zog meine Jacke aus und hängte sie an den Schnabel einer Miniaturteekanne, die als Garderobenhaken diente.

Mein Blick schweifte über die Köpfe hinweg. Im Gegensatz zu Master Broghans Schusterwerkstatt war im *Beans* einiges los. Das Café schien der Sammelplatz für ganz Streamstown zu sein. An einem der runden Holztische sah ich Mrs Bird. Ich erkannte sie an den bunten Strähnen im Haar. Sie war eine von Dads Kundinnen. Ihr Papagei litt unter Gleichgewichtsstörungen. Sie nippte an ihrer Porzellantasse und führte Selbstgespräche. Weiter hinten, an einem der größeren Tische, genossen mehrere Lehrer ihren Kuchen. Mrs Hummel war eine von ihnen und nickte mir zu, als sie mich entdeckte. Dann vertiefte sie sich wieder in ihr Gespräch mit einer anderen Dame.

Die Bedienung, eine junge Frau mit strubbeliger Kurzhaarfrisur, eilte zwischen den Tischen hin und her und servierte Tee in silberfarbenen Kannen. Und natürlich waren auch zahlreiche Schüler anwesend. Nur Cara konnte ich in dem Gewimmel nirgends entdecken.

»Da bist du ja endlich!« Andrej stand plötzlich vor mir und musterte mich vorwurfsvoll. »Cara ist schon los. Hat ewig auf dich gewartet.«

»Sorry, ich wurde aufgehalten«, antwortete ich wahrheitsgemäß. Dass ich mir maßgeschneiderte Schuhe anfertigen ließ, verriet ich lieber nicht. Zwei weitere Gäste drängten sich an uns vorbei.

»Nicht so viel flirten! Wir müssen los. Coach Huck wartet nicht gern«, sagte ein großer stämmiger Junge und klopfte Andrej auf die Schulter. Ich erkannte ihn sofort. Es handelte sich um den Typen, den Cara auf dem Schulhof ständig angelächelt hatte.

»Liam hat recht, unser Training beginnt in einer halben Stunde.« Andrej wies entschuldigend auf seinen Hurlingschläger.

»Ist okay. Dann geh ich eben wieder«, sagte ich und suchte nach meiner Jacke.

»Ich möchte ja gern mit dir spielen, Mäuschen, aber wie Andrej sagt, warten unsere Jungs. Ohne uns bewegt sich im Team doch keiner. Trinken sonst die ganze Zeit nur Tee.« Liam schien sich für den absoluten Feger zu halten, und ich fragte mich, was Cara an diesem Deppen fand.

»Bis morgen, Cait, und sorry noch mal«, sagte Andrej und zog Liam mit sich aus dem Café.

Unschlüssig, was ich nun tun sollte, sah ich mich um.

Mein Blick blieb an einem schwarzhaarigen Jungen hängen, der sich gerade in eine Zeitung vertiefte. Es war Blake. Er musste meine Anwesenheit spüren, denn er hob den Kopf und blickte mir in die Augen. Wie ein aufgeschrecktes Tier versteckte ich mich hinter den Jacken an der Garderobe. *Was tust du da?*, ermahnte ich mich selbst. *Dein Verhalten ist total bescheuert.* Dieser Schnösel brachte mich völlig durcheinander. An der Nasenspitze entlang lugte ich zwischen den Mänteln und Jacken hervor. Blake nahm einen Schluck aus seiner Tasse und würdigte mich keines weiteren Blicks. Ich atmete tief durch. Wahrscheinlich hatte ich mir nur eingebildet, dass er mich angesehen hatte.

»Dürfte ich bitte meinen Mantel haben?« Erschrocken drehte ich mich um. Mrs Bird lächelte mich freundlich an.

»Welcher ist es denn?«, stotterte ich. Ihre pinkfarbenen und grünen Strähnen im Haar verwirrten mich.

»Sei so gut und gib mir den roten, Schätzchen! Der dürfte meiner sein.« Schade, es war genau der, hinter dem ich mich schützend versteckt hatte. Ich nahm das edle Modell vom Kannenschnabel und reichte es ihr.

»Der fühlt sich unheimlich weich an.« Ich strich über den Mantel.

»Merinowolle ist wundervoll. Und erst die Farbe! Leider mögen manche kein Rot, aber egal. Hilfst du mir, ihn anzuziehen? Und könntest du bitte kurz den Karton mit den Törtchen halten? Romeo kann es nicht leiden, wenn sie zusammenfallen.«

Romeo war Mrs Birds Papagei, und zusammen waren die beiden bestimmt über zweihundert Jahre alt. Oder sogar noch älter.

Ich hielt der netten alten Frau die Tür auf, winkte ihr nach, sah, wie sie die Straße überquerte und in *Peterson's*

Paper und Cigar Shop verschwand. Brendas Neffen hatte ich dabei komplett vergessen … wozu Sahnetörtchen doch fähig waren. Dann überlegte ich, mir wenigstens ein Stück Kuchen für später einpacken zu lassen.

Als ich mich zur Theke umwandte, verfingen sich unsere Blicke erneut. Nur knapp widerstand ich der Versuchung, wieder hinter die Garderobe zu schlüpfen, und starrte stattdessen zurück. Mein Herz pochte wie wild. Blake hatte die Hände auf den Tisch gelegt. Seine aufrechte Haltung wirkte irgendwie anmutig. Das intensive Leuchten seiner blaugrünen Augen nahm ich sogar aus einigen Metern Entfernung wahr, und es zog mich förmlich zu ihm hin. So musste sich das Meer anfühlen, wenn es durch die Kraft des Monds bewegt wurde.

Für eine Sekunde vergaß ich, dass wir nicht allein waren. Die Stimmen ringsum wurden leiser, das bunte Treiben der Gäste und das Umhereilen der Bedienung verlangsamten sich. Bis ich mit meinem Bein an einem Stuhl hängen blieb. Ein Mädchen drehte sich um.

»Kannst du nicht aufpassen?«

»Sorry«, murmelte ich. Sie unterhielt sich weiter, und ich setzte mich schnell zu Blake an den Tisch. In seinem Gesicht zeichnete sich ein Lächeln ab.

»Ich bin Cait.« Wieder musste ich mich konzentrieren, um nicht in seinen blaugrünen Augen zu versinken.

»Ich weiß. Was willst du?« Er sah mich erwartungsvoll an.

»Oh«, stotterte ich verlegen. Ich hatte ganz vergessen, dass ich gar nicht mit Blake, sondern mit Cara verabredet war. »Ist es in Ordnung, wenn ich mich zu dir setze?«, schob ich vorsichtig nach.

»Du sitzt ja bereits.« Blake fuhr sich durchs Haar. »Aber

ich wollte eigentlich wissen, was du trinken möchtest. Du bist sehr unterhaltsam.«

Unterhaltsam? Im Sinn von albern? Ich war mir nicht sicher, ob seine Bemerkung als Kompliment gemeint war.

»Weißt du, was man hier sagt, wenn jemand verwirrt ist?«, fuhr er fort. Ich überhörte seine Frage und starrte ihn nur an. Hier roch es plötzlich so wunderbar nach Meer und Salz. »Sie ist mit den Fairies«, beantwortete Blake seine Frage selbst. Prima, jetzt dachte Blake auch noch, ich sei geistig verwirrt. Er hätte mal Granny kennenlernen müssen.

»Einen Kaffee, danke«, brachte ich mühsam zustande. Er musste denken, ich hätte nur zwei Synapsen im Hirn. »Epidemiologischen Studien zufolge soll Kaffee ja das Alzheimerrisiko verringern«, fügte ich klugscheißerisch hinzu.

Blake zuckte nur mit den Achseln, ging hinüber zur Theke und sprach mit der Bedienung. Kurz darauf kam er wieder, stellte einen Teller mit zwei Tortenstücken vor mir ab und schob eine Kuchengabel zu mir herüber.

»Du lebst also bei deiner Tante?«, fragte ich schnell, bevor ich wieder was Blödes sagen konnte. Mit der Fingerspitze fuhr ich über die Zacken der Gabel.

Blake nickte. Okay, mit Informationen ging er sparsam um. Ich versuchte es weiter. »Wo kommst du dann eigentlich her?«

Er zog die Brauen zusammen. In diesem Moment kam die Kellnerin und stellte einen Pott Kaffee ab. Die Mischung aus Salz- und Kaffeeduft, die in der Luft hing, war irgendwie seltsam. »Also … ich meine, wo leben deine Eltern?«, wagte ich einen zweiten Versuch.

»Nicht hier auf dem Festland. Ich wohne bei Brenda.«

Ich hatte schon von Familien gehört, die auf vorgelagerten Inseln lebten und ihre Kinder die Woche über aufs Festland schickten, weil es dort draußen keine Schulen mehr gab.

»Deine Eltern leben von der Fischerei?«, versuchte ich aus Blakes Antwort abzuleiten.

»So ähnlich. Ja.« Dann griff er wieder nach seiner Zeitung, die auf dem Tisch lag, und blätterte darin. Damit war für ihn das Thema offenbar beendet. Vielleicht war es ihm unangenehm, über seine Familie zu sprechen. Inselbewohner standen manchmal in dem Ruf, einfach, eigenbrötlerisch und vor allem verrückt zu sein. Überhaupt gab es nicht mehr viele Menschen, die noch dort lebten. Das Wetter war schon auf dem Festland harsch und rau. Ich mochte mir gar nicht vorstellen, wie es im Winter auf einer solchen Insel sein mochte, umgeben von den graublauen Wogen des wütenden Wintermeers.

Ich studierte Blakes Hände. Er hatte schlanke Finger, und seine Nägel waren sauber. Dass er eine Karriere als Fischer anstrebte, um Krabben aus den Netzen zu pulen, schien mir unwahrscheinlich.

Wieder roch es im Café intensiv nach der See. Ich fragte mich, ob es daran lag, dass der Wind die Meeresluft so weit in die Stadt hereintrug. Dann schnupperte ich an meinem Kaffee, und dabei fiel mein Blick auf den Salzstreuer, der auf den Tisch stand.

»Seltsam. Ist das ein besonderes Meersalz, das man hier verwendet?«, fragte ich Blake und hielt mir den Salzstreuer an die Nase.

Er runzelte die Stirn, und sein Lächeln war plötzlich wie ausgelöscht.

»Riechst du das nicht?« Ich hielt ihm den Salzstreuer unter die wohlgeformte Nase.

»Ich muss los.« Blake erhob sich und trank im Stehen

noch seine Tasse leer. Dann stellte er die Tasse zurück auf den Tisch. Ohne sich noch einmal umzudrehen, verließ er das Café.

Verdattert blieb ich sitzen. Was war denn das gewesen? Hatte ich mir Blakes Lächeln nur eingebildet? Hatte ich ihn etwa beleidigt?

»Kann ich dir noch etwas bringen?«, fragte die Bedienung mit dem kurzen Haar.

»Nein, danke«, sagte ich und stellte den Salzstreuer zurück auf den Tisch. »Ich möchte zahlen.« Die ganze Situation war so demütigend. Schnell legte ich einige Münzen auf den Tisch und stand auf.

An der Garderobe zog ich meine Jacke über und hob meinen Rucksack auf. Ich wollte so schnell wie möglich von hier verschwinden.

»Weißt du zufällig, ob Blake morgen zu dem Alumnitreffen geht? Principal Quinn will den Ball besprechen.« Ein Typ aus der Abschlussklasse der Streamstown stand vor mir.

»Woher soll ich das wissen?«, gab ich schnippisch zurück.

»Sorry. Ich dachte nur, ihr kennt euch.«

»Dachte ich auch«, antwortete ich und drückte mich an ihm vorbei.

»He, warte, dein Kuchen!« Die Kellnerin kam hinter mir her und hielt mir die Schachtel hin. »Und dein Geld. Es wurde schon alles bezahlt.«

Hastig griff ich nach dem Karton und dem Geld und stürmte hinaus.

Am nächsten Morgen packte ich den Kuchen samt Schachtel wieder in meinen Schulrucksack und hoffte trotz Blakes unverschämter Art, ihn wiederzusehen. Ob ich dann allerdings den Kuchen mit ihm essen oder ihm die Stücke an den Kopf werfen würde, darüber war ich mir noch nicht klar.

In der Mittagspause mied ich die Mensa und ging nach draußen. Endlich hatte es aufgehört zu regnen. Schüler der Unterstufe machten Wettsprünge über die Pfützen. Am Schultor stiegen einige ältere Jungs in ein Auto ein. Wahrscheinlich war das Alumnitreffen schon vorbei, und ich hatte Blake verpasst. Meine Hoffnung, ihn wiederzusehen, fiel in sich zusammen wie die Sahnecremestücke in meinem Rucksack. Ich wollte beides so schnell wie möglich entsorgen. Meine Hoffnung und die Törtchen.

Ich ging hinüber zu der schwarzen Mülltonne mit dem blauen Deckel. Die war zwar nur für Papier bestimmt, aber schließlich steckte der Kuchen ja in einer Schachtel, und die klebrige Masse wollte ich nicht noch herauskratzen müssen. Gerade wollte ich mein Päckchen mit dem Sahnekuchen versenken, als jemand mir eine schwere Hand auf die Schulter legte. Es war die Pranke von Principal Quinn. Vor Schreck fischte ich die Schachtel wieder aus dem Container und versteckte sie hinter dem Rücken.

»Na, Caitleen? Wie hast du dich eingelebt?« Mit ihrem breiten Mund lächelte mich Quinn an. Glücklicherweise waren ihre Zähne sauber aneinandergereiht und zeigten keine Auffälligkeiten. Hätte sie noch scharfe Eckzähne gehabt, dann wäre meine Fantasie mit mir durchgegangen.

»Gut. Danke.« So unauffällig wie möglich wollte ich den Kuchen im Rucksack verschwinden lassen.

»Was hast du in dem Päckchen?«

»Ach, nur Kuchen ...«, antwortete ich so beiläufig wie möglich. »Ich wollte gerade ...«

»Du weißt sicher, dass wir an dieser Schule eine strenge Recycling-Politik betreiben. Karton kannst du hier entsorgen, aber Lebensmittel bitte in die Biotonne auf dem hinteren Schulhof.«

»Das war ein Versehen. Entschuldigen Sie bitte! Kommt nicht wieder vor.«

»Kein Problem, Schätzchen. Du wirst dich schon noch richtig eingewöhnen. Uns ist doch sehr daran gelegen, dass du dich hier wohlfühlst und natürlich auch an die Regeln hältst. Das verstehst du doch, nicht wahr?«

»Natürlich, ich habe einfach nicht nachgedacht.«

»Ich wünsche dir jedenfalls einen schönen Tag. Ach, und bei Gelegenheit stelle ich mich mal deinem Vater vor.«

»Wegen des Kuchens?« Das durfte doch nicht wahr sein, dass sie wegen eines Entsorgungsfehlers gleich zu Dad rannte. Ich schüttelte den Kopf.

»Sicher nicht. Wo denkst du hin, Caitleen?«, entrüstete sich Principal Quinn. »Aber meine Irish Wolfshounds brauchen mal wieder eine Entwurmung. Ich nehme immer die Großpackung.«

Gut, dass mir der Appetit auf Kuchen schon vorher vergangen war.

Nachdem Principal Quinn eine weitere Gruppe von Schülern belästigt hatte, setzte ich mich auf eine Bank unter der dicken Linde und begutachtete den Inhalt der Schachtel. Der Kuchen erinnerte mittlerweile eher an ein kubistisches Kunstwerk von Picasso als an Tortenstücke. *Danke, Mum, dass du mich so intensiv mit Kunst geimpft hast.*

Mum hatte uns Kindern immer Kunstbücher statt Bilderbücher untergejubelt. Vielleicht wären die Geschichten von Teddy Tatze und Mäuschen Pieps doch besser für meinen Seelenzustand gewesen.

»He, was hast du da?«, fragte Cara, als ich den Deckel des Kartons gerade schließen wollte.

»Kuchen«, antwortete ich lahm und blickte auf. Cara stand mit Andrej und einer mir unbekannten Schülerin vor mir.

»Und das sagst du erst jetzt, nachdem ich mich durch das Sandwich meiner Mutter gequält habe? Du warst also nicht in der Mensa, weil du alles allein verputzen wolltest.«

»Ganz sicher nicht«, empörte ich mich. »Im Gegenteil, ich war gerade dabei, den Karton zu entsorgen«, fügte ich hinzu.

Doch Cara hatte bereits gierig die Schachtel geöffnet und fischte einzelne Stückchen heraus. »Lecker!«, rief sie und mampfte vor sich hin. »Den Kuchen verstehe ich als Ausgleich dafür, dass du gestern nicht mehr aufgekreuzt bist.«

»Tut mir leid, ich wurde aufgehalten. Allerdings bin ich nicht sicher, ob der Kuchen nicht schon verdorben ist«, warnte ich sie und linste in die Schachtel, die einen eher unappetitlichen Anblick bot.

Aber als Cara immer wieder »Mhm, ist der lecker!« rief, tat ich es ihr gleich und musste ihr zustimmen. Der Kuchen schmeckte köstlich. Andrej griff ebenfalls zu, während das andere Mädchen irgendwas von Diät faselte.

»Selbst schuld«, murmelte Cara und schob sich den letzten Tortenrest in den Mund.

Nach der Doppelstunde Französisch hatten wir endlich Schulschluss. Den Schulbus hatte ich heute zum Glück erwischt. Erleichtert ließ ich mich auf einen freien Sitz fallen. In meinem Kopf ging ich eine Liste mit Aufgaben durch, die es noch zu erledigen galt. Ich würde mich endlich um die Umzugskisten kümmern, derer sich zu Hause noch keiner erbarmt hatte. Ich würde Hausaufgaben machen und mich durch die langen Gedichte von Yeats kämpfen. Mit meiner Recherche für meinen Essay würde ich nächste Woche anfangen. Schließlich waren es noch knapp drei Monate bis zum Abgabetermin Anfang Juni.

Kleine Tropfen sammelten sich an der Fensterscheibe des Busses, als Pat endlich den Motor startete. Die letzten Schüler stiegen ein. Mit dem Zeigefinger berührte ich einen Tropfen an der Glasscheibe und folgte ihm, als er die Scheibe entlangrann.

Pat wollte gerade Türen schließen, da sprang ich wie vom Ginster gestochen auf und rannte zum mittleren Ausgang des Busses. Aber ich schaffte es noch, mich nach draußen zu drängeln. Nur mein Rucksack verfing sich in den Türen. Ich steckte fest und zappelte wie ein Käfer, dem man gerade die Flügel ausrupfte. Die Türen öffneten sich wieder und gaben den Rucksack frei. Und der landete mit mir auf dem Gehweg. Der Riemen, den ich gestern mühsam mit Dads gutem OP-Garn zusammengeflickt hatte, war wieder gerissen.

»Bist du verrückt? Hast du dich verletzt?«, brüllte Pat. Schüler pressten die Nasen an die Fensterscheiben, um zu sehen, was los war.

»Nichts passiert«, murmelte ich, stand hastig auf, zog meine Kleidung zurecht und lächelte Pat an, der gerade aus dem Bus steigen und mir helfen wollte.

»Sorry, ich hatte nur etwas vergessen.« Ich packte meinen Rucksack und rannte los.

»Ich kann aber nicht auf dich warten, Mädchen!«, schrie mir Pat hinterher. Ich winkte nur ab.

Nachdem der Bus hinter der nächsten Kurve verschwunden war, schlug ich die Hände über dem Kopf zusammen und wunderte mich tatsächlich über mich. Ich war aus dem Bus gesprungen, weil ich den bescheuerten Einfall hatte, bei Blake vorbeizuschauen. Ich konnte mir absolut nicht erklären, warum mich dieser Typ so beschäftigte. Irgendwas faszinierte mich an ihm. Vielleicht, weil er nicht greifbar war und mir wie Wasser durch die Finger rann. Und ich schon immer diesen Drang verspürte, Dingen auf den Grund zu gehen. Ich würde Brenda einen Besuch abstatten.

Nach einem halbstündigen Fußmarsch war ich unten am Pier gelandet. Die kleinen Stadthäuser waren alle in unterschiedlichen Farben gestrichen und leuchteten wie der Inhalt einer Packung Skittles. Möwen kreisten schreiend in der Luft und hofften auf die Ankunft des nächsten Fischkutters. Meeresgeruch stieg mir wieder in die Nase und roch so frisch, so lebendig. Und das erinnerte mich an Blake.

Brenda O'Hallorans Haus war in leuchtendem Gelb gestrichen und bot einen hübschen Kontrast zur blauen Tür. Leider fand ich keine Klingel. Sollte ich anklopfen? Aber unter welchem Vorwand? Hausbesuch bei Guinness? Das würde mir Blake nicht abnehmen. Voller Neugier wagte ich einen Blick durchs Fenster ins Innere des Gebäudes.

Plötzlich bewegte sich die Gardine. Erschrocken drückte ich mich an die Hauswand. Hoffentlich hatten weder Brenda noch Blake meine lächerliche Aktion beobachtet. Ohne mich noch einmal umzudrehen, rannte ich los, zu Dad in die Praxis.

Ich war immer noch außer Atem, als ich neben Maureen an der Rezeption saß, um Dads Bestellung zu notieren, und kam mir unglaublich bescheuert vor.

Ein Farmer betrat die Praxis. Er trug die hier üblichen kniehohen grünen Gummistiefel und eine wasserdichte Gummiregenjacke. Für den Hersteller musste der Begriff *atmungsaktiv* ein Fremdwort gewesen sein. Denn die Körperausdünstungen des Farmers hinterließen eine Fährte aus Schweißgeruch, die auch Maureens Raumspray, das sie fleißig jede Stunde versprühte, nicht zu überdecken vermochte. An seinen Stiefeln klebten dicke Erdbrocken, und er hinterließ dunkle Fußabdrücke auf den grauen Fliesen. Ich rechnete schon damit, dass Maureen laut loskeifte.

Weit gefehlt. »Wie geht's dir, Geralt?«, säuselte Maureen, und ihre Kursänderung machte mich hellhörig.

»Nicht schlecht, Maureen«, grüßte Geralt, und sein breites Grinsen entblößte eine lückenhafte Zahnreihe. »Gut siehst du aus. Das schlechte Wetter scheint dir nichts anhaben zu können.«

Was war das denn bitte? Ich linste wieder auf meine Bestellzettel. Ein Schmachtversuch von Geralt? Frühlingsanfang, und schon drehten alle durch. Ich inklusive, wenn ich an meine Stalkingaktion bei Blake dachte.

»Ach«, hauchte Maureen, »du alter Schmeichler.« Ich hob den Kopf und sah, wie sie sich nervös über das Haar strich. Dann rückte sie die Brille zurecht und lächelte Geralt mit ihren schmalen Lippen an. »Was kann ich für dich tun?«

»Du könntest einiges für mich tun.« Geralts Grinsen wurde noch breiter. »Aber das kann ich in Anwesenheit von Kindern nicht sagen.«

Ich unterdrückte ein Würgen. Mit einer leichten Kopfbewegung deutete er in meine Richtung und hüstelte. Schnell konzentrierte ich mich wieder auf die Bestellung. Es hätte mich nicht gewundert, wenn ihm gleich der Schleim aus dem Mundwinkel getropft wäre.

Vieles machte mir nichts aus, während andere schon Magenkrämpfe bekamen. Ich konnte zum Beispiel Blut aus offenen Wunden sickern sehen. Einmal war eine Wunde schon so alt, dass sich Maden darin angesiedelt hatten. Okay. Das war schon eklig, aber nichts im Vergleich zu diesen schlüpfrigen Bemerkungen, die mein Gesicht vor Ekel grün verfärbten und Maureens Hals einen Rotstich verliehen. Wenigstens schien ihr die plumpe Anmache auch unangenehm zu sein. Ob deswegen oder wegen der Tatsache, dass ich zuhörte, war egal. Ich wäre ja in den Hinterräumen verschwunden, aber ich hatte Dad versprochen, die Bestellliste für die Medikamente fertig zu machen. Jetzt im Frühjahr hatten wir einen unglaublichen Durchlauf an Waren. Andererseits, bevor ich mich auf die Unterlagen erbrach …

»Das Wetter ist auch eine Katastrophe. Nur Regen und Sturm! Aber sag, Geralt, wie geht es deiner Schwester Betsy?«

Danke, Maureen. Für diesen Kurswechsel war ich ihr echt was schuldig.

»Ach die!« Geralt machte eine abfällige Handbewegung. »Die hätte ich am liebsten schon auf dem Viehmarkt letzte Woche verkauft, aber niemand wollte sie haben. Nicht mal geschenkt.« Er prustete los, und sein Lachen war so dreckig wie sein Schuhwerk.

»Sei nachsichtig mit Betsy! Es ist eine Schande, dass sie nie geheiratet hat. Das muss frustrierend sein. Aber jetzt ist sie schon so alt, die Ärmste. Und … nun ja, da kann man nichts machen.«

Der Spruch war ja der Hammer! Mir entwich ein Zischen, das in Maureens Ohren wie ein Lachen klang.

»Ich weiß nicht, was daran so lustig ist, Caitleen! Die arme Frau kann froh sein, dass sie einen Bruder hat, der sich so liebevoll um sie kümmert.«

Statt darauf zu antworten, setzte ich ein Lächeln auf und wandte mich an Geralt. »Was können wir für Sie tun? Doktor Welsh ist noch im OP. Er wird gleich zu Ihnen kommen«, versuchte ich die schleimige Unterhaltung wieder in sichere Bahnen zu lenken.

»Was kann *ich* für dich tun?«, echote nun Maureen und

strafte mich mit einem Kopfschütteln ab. Ich verdrehte die Augen.

»Eine meiner Kühe gibt wieder keine Milch. Das Kalb ist schon so schwach, dass es nicht mehr aufstehen will«, antwortete Geralt. »Nur Ärger mit den Weibern.«

»Könnte sich um Mastitis …«

»Ach, das kenne ich!«, unterbrach mich Maureen. »Wahrscheinlich waren *sie* wieder nachts da und haben die Milch weggetrunken. Jetzt im Frühjahr sind *sie* immer so hungrig.«

»Ja, das habe ich mir auch schon gedacht und rote Bänder an die Stalltür gebunden.«

Ich versuchte gerade rauszufinden, wen Maureen mit *sie* meinte, als sie sich über die Rezeption zu ihm hinüberbeugte. »Ach je, manchmal schreckt Rot sie nicht ab«, flüsterte sie. »Am besten stellst du einen Topf mit Eisennägeln auf den Herd. Der muss die ganze Nacht köcheln. Das wird *sie* vertreiben. Ein erfolgreich erprobtes Rezept, glaub mir!«

Jetzt blieb mir tatsächlich die Spucke weg. Hatte ich richtig gehört, dass Maureen dem Farmer weismachen wollte, kochendes Wasser mit Eisennägeln könne eine Kuh heilen? Und was meinte sie mit Rot? Diese Frau war noch unfähiger, als ich sie ohnehin eingeschätzt hatte.

»Wahrscheinlich hast du recht. Ich werd's mal damit versuchen. Betsy hat auch schon vermutet, dass *die Fairies* nachts wieder die ganze Milch weggesoffen haben. Manchmal ist sie ja doch zu was zu gebrauchen«, resümierte Geralt. »Ich lad dich mal auf einen Pint ein. Hast mir ja grad 'ne Menge Geld gespart, Süße«, säuselte er, drehte sich auf seinem verdreckten Absatz um und verließ die Praxis.

Hatte ich das richtig gehört? Die beiden sprachen über Fairies, als existierten die wirklich. Ich war viel zu geplättet, um Farmer Geralt aufzuhalten.

Maureen, sichtlich zufrieden mit ihren Ratschlägen, widmete sich wieder ihren Kassenbelegen. Dad hatte mir gestern erzählt, dass die übrigens nie stimmten. Wahrscheinlich waren *die* auch dafür verantwortlich, Geld aus der Kasse zu nehmen oder Zahlendreher einzubauen. In mir brodelte es.

»Maureen, ich hätte es besser gefunden, wenn Sie mit Ihrer Diagnose auf meinen Vater gewartet hätten«, legte ich wütend los.

»Es gibt Dinge, die hat dein Vater auch nicht auf der Universität gelernt. Das versteht man nur, wenn man von hier ist«, antwortete Maureen und rümpfte die Nase.

Die Tür öffnete sich hinter uns. »So, fertig mit der Kastration. Maureen, wären Sie bitte so nett und würden den OP-Raum für mich säubern?« Dad kam im richtigen Augenblick, sonst hätte ich mich mit Maureen angelegt.

»Wissen Sie, Doktor Welsh, ich stecke bis zum Hals in Arbeit. Wie soll das ein einziger Mensch alles bewältigen? Die Kundenbetreuung, die vielen Telefonate und dazu noch die endlosen Reinigungsarbeiten … es ist einfach nicht zu schaffen.«

»Es ist wirklich nicht viel, Maureen. Den groben Schmutz habe ich schon beseitigt. Ich halte für Sie die Stellung an der Rezeption.«

Nur widerwillig erhob sich Maureen von ihrem Thron. Sobald sie im Hinterzimmer verschwunden war, wollte ich Dad von ihren abstrusen Ansichten erzählen. Wahrscheinlich glaubte sie noch an Fairies. Wie lächerlich. Sie schien sich aber absichtlich viel Zeit zu lassen, und mein Blick auf die Uhr verriet mir, dass Dad und ich losmussten.

»Müssten wir nicht Rose abholen?«, fragte ich Dad.

Das Telefon klingelte. Dad nahm ab.

»Oh ja, natürlich. Bin gleich da.« Er legte auf. »Verdammt!

Das war die Schule. Ich habe Rose total vergessen. Steig schon ins Auto ein!«

»Das arme Kind. Wartet bestimmt schon seit Stunden auf seine Eltern. Wann kommt Ihre Frau denn wieder, Mr Welsh?«, fragte Maureen mit süßer Unschuldsstimme. Das war ganz klar eine Anschuldigung und keine normale Frage.

Dad überhörte Maureens Bemerkung und wies sie nur noch an, sich um den Hund zu kümmern, der allmählich aus seiner Narkose aufwachte.

Zwanzig Minuten später hielten wir vor der Rainbow Primary School und holten eine grimmig blickende Rose ab.

»Schön, dass ich mal wieder die Letzte bin, die abgeholt wird. Das Beste wird sein, wenn ich gleich in der Schule übernachte.«

Zugegeben war weit und breit kein Auto mehr auf dem Schulparkplatz zu sehen. Selbst der Aufsichtslehrer war bereits nach Hause gefahren, nachdem Dad zugesichert hatte, gleich zu kommen.

»Wie war dein Tag, mein Schatz?« Dad versuchte Rose einen Kuss auf die Wange zu drücken, den sie aber gekonnt abschmetterte.

»L-A-N-G! Auch der beste Theaterkurs ist nachmittags mal zu Ende«, war alles, was Rose dazu sagte.

Die Stimmung im Auto war angespannt. Ich merkte Dad an, wie er Mum herbeisehnte. Die ganze Arbeit in der Praxis plus die verrückten Kunden und Angestellten spannten ihn ganz schön ein. Ich beschloss, Dad später von Maureens wirrem Zeug zu erzählen, denn jetzt hatte er genug um die Ohren. Irgendwie tat er mir leid, aber ich wusste auch nicht, wie ich die Situation besser machen konnte.

Glücklicherweise war es gar nicht nötig. Denn als wir daheim ankamen, fand Rose eine selbst gemalte Postkarte von Mum im Briefkasten. Darauf waren mit Aquarell verschiedene Macarons abgebildet, die durchaus lecker aussahen. Nur der Hinweis in Mums Handschrift verdarb mir den Appetit. *Die kann man auch mit Dinkelmehl backen und mit einer Spinat-Kürbis-Creme füllen.* Ich hoffte inständig, dass sie dieses Rezept nie ausprobieren würde. Trotzdem freute ich mich auf Mum, die am Sonntag endlich wieder bei uns sein wollte.

Zum Abendessen bereitete uns Dad mal wieder Omelett zu. Gut, dass Mum noch nicht da war, sonst hätte sie sich sicher über unseren Eierkonsum aufgeregt und was von erhöhtem Cholesterinspiegel erzählt. Denn das war das Einzige, was ich nicht vermisste, wenn sie fort war – ihre Kochkünste.

Selbst Rose beschwerte sich nicht, dass es zum dritten Mal in dieser Woche Eier gab. Stattdessen fing sie nach dem Essen mit dem Falten von Papierkranichen an. Seit sie mit Mum mal eine Origamiausstellung besucht hatte, war sie total begeistert von dieser Papierkunst. Wie schön, Rose dabei zuzusehen, wie sie friedvoll dasaß und sorgfältig einen Vogel nach dem anderen zauberte. Dad war noch mal in die Praxis gefahren, und ich brauchte eine Weile, um Rose zu überreden, gegen zehn Uhr endlich ins Bett zu gehen.

Eigentlich wollte ich am Abend noch weiter Yeats lesen, aber ich war einfach zu müde von diesem Tag, sodass mir nach drei Zeilen die Augen zufielen.

Kapitel 8

Sonntagmorgen, und der Regen zeigte kein Erbarmen. Er trommelte wie wild auf das Blechdach der kleinen Hütte im Garten. Da half es auch nichts, dass ich mir das Kopfkissen über die Ohren zog. Selbst unsere Regenrinne gluckste, weil sie nicht mit den Wassermassen fertig wurde. Langsam öffnete ich die Augen. Mein Zimmer war noch immer in ein Halbdunkel gehüllt. So fühlte ich mich auch – weder müde noch wach. Irgendwie dazwischen. Also schloss ich die Augen wieder. Wahrscheinlich war es einfach noch zu früh, um aufzustehen.

Aber dann rollte sich in meinem Kopf schon eine To-do-Liste des Tages aus. Aufräumen und Kisten auspacken, mit Rose Kuchen backen, Kaffee kochen, die Urne drapieren.

Die Urne! Auf einmal war ich hellwach. Ich musste mir etwas einfallen lassen, bis Mum nach Hause kam. Mit einem Schwung stand ich auf.

Auf einmal hatte sich das Trommeln des Regens in meinem Kopf ausgebreitet. Es pochte wie wild gegen meine Stirn. Ich schloss die Augen. Das machte es aber nicht besser. Im Gegenteil, mir wurde schwindelig. Schnell setzte ich mich wieder auf die Bettkante und atmete tief durch. Alles der Reihe nach, sagte ich zu mir selbst. Fang mit einer Tasse Kaffee an. Eine gute Tasse Kaffee hatte das Chaos in meinem Kopf schon oft geordnet. Im Gegensatz zu Tee, der mich langsam und behutsam in den Tag beförderte, war Kaffee mein Schlaghammer. Diesmal erhob ich mich langsam und schlurfte hinunter zur Küche. Schon auf halber Treppe stieg mir ein unangenehmer süßsäuerlicher Geruch entgegen, der so gar nicht zu meinen olfaktorischen Vorstellungen passte. Jetzt stieß ich ein ähnliches Geräusch aus wie unsere Regenrinne, mein Unwohlsein rutschte vom Kopf in die Magengegend und rumorte ordentlich in meinen Eingeweiden.

Ich betrat die Küche. Dort stand Dad wie immer gut gelaunt mit einer Kochschürze um die Hüfte, trällerte ein Liedchen und schob einen Braten in den Ofen.

»Dad. Was ist das?«, fragte ich ungläubig.

»Dolly Partons *Joline.* Müsstest du doch langsam kennen.« Dad wischte sich die Hände an der Schürze ab.

»Ich meine das da!« Ich deutete auf den Ofen. »Das wird doch nicht …« Ich hielt mir die Nase zu.

»Doch, Kaninchen. Eine Spezialität. Hat mir zumindest Farmer Lacey gesagt.«

Ich konnte es nicht fassen, dass Dad sich von Lacey hatte überreden lassen, einen Kaninchenbraten zuzubereiten. Besagter Farmer war nämlich ein Kunde von Dad, der mit dem Kaninchen wahrscheinlich seine Schulden begleichen wollte. Er ging regelmäßig mit seinem Frettchen auf Kaninchenjagd. Schon bei diesem Gedanken sank mein Appetit Richtung null. Dad öffnete gerade wieder die Backofentür, und der süßsäuerliche Geruch verursachte mir Übelkeit. Der Gestank war nicht zum Aushalten. Ich drehte meinen Kopf angewidert zur Seite.

»Bist du dir sicher, dass du Mum damit eine Freude machst? Es riecht fürchterlich«, beklagte ich mich. Mum wollte an diesem Abend zurück sein.

»Aber sie mag doch französischen Hahn in Rotwein. Das

ist doch fast das Gleiche«, versuchte Dad mich zu überzeugen.

»Coq au Vin heißt dein französischer Hahn.« Ob sie den allerdings wirklich mochte, blieb mal dahingestellt. Ich kannte Mum. Wenn ihr etwas nicht schmeckte, spülte sie das gern mit ein paar Gläsern Rotwein hinunter. »Und sie isst sowieso kaum noch Fleisch«, erinnerte ich Dad, während ich ans Fenster trat, um es so weit wie möglich zu öffnen. Aber kaum hatte ich mich umgedreht, schlug es der Wind wieder zu. Diese Prozedur unternahm ich dreimal, dann gab ich auf. Noch unangenehmer als das Kaninchen wäre eine kaputte Scheibe gewesen, während draußen der Regen tobte. Auch wenn sich bei dem süßsäuerlichen Geruch mein Magen zusammenzog.

Schnell goss ich mir einen Kaffee ein und ließ Dad mit seinem Kaninchen in Rotwein allein. Da war mir Mums Rohkostteller tausendmal lieber. Wenigstens stank der nicht. Ich ging hinüber ins Wohnzimmer.

»Tür zu!«, fuhr mich Rose an. »Und pass auf, wo du hintrittst!« Im ganzen Zimmer verteilt lagen Papierkraniche. An die hundert mussten es bereits sein.

»He, entschuldige mal! Was ist denn das für ein Ton?«, erboste ich mich, während ich einen kleinen weißen Papierkranich vom Fußboden aufhob, dem ich beinahe auf den Schnabel getreten wäre.

»Der Gestank aus Dads Küche macht sich hier sonst auch noch breit«, bellte Rose zurück und griff nach einem neuen Stück Papier.

Ich nickte verständnisvoll. Wie viele Räume mochte er schon damit verseucht haben? Der Rückzug ins Freie war bei diesem Wetter leider auch keine Lösung. Vielleicht hätte sich Schnupfen als einzige Rettung erwiesen.

»Wow! Hast du die ganze Nacht durchgefaltet?«, fragte ich beeindruckt und beobachtete, wie Roses Finger in Sekundenschnelle einen weiteren Kranich falteten.

»Nein. Nicht ganz. Aber bei dem Regen kann ja kein Mensch schlafen.«

Ich pflichtete ihr bei und fragte mich, ob es wieder zu Überflutungen kommen würde.

»Könntest du mal den Kamin anheizen?« Rose rieb sich ihre Oberarme. »Mir ist kalt.«

Ich blickte zum Kaminsims mit Grannys Urne hinüber. Bisher war noch niemandem aufgefallen, dass sie leer war. Das sollte auch so bleiben.

»Außerdem dürfte der Torfgeruch den Gestank des Hasen übertünchen«, meinte Rose und steckte sich den Zeigefinger demonstrativ in den Hals. Rose war clever, keine Frage. Auch wenn es sich technisch gesehen um keinen Hasen, sondern um ein Kaninchen handelte.

»Ob das reicht?«, gab ich zu bedenken. Ich roch an meinem Pyjama und hatte das Gefühl, dass der süßsaure Geruch schon in jede Faser gekrochen war.

»Vielleicht sollten wir das ganze Haus in Brand stecken, um den Geruch loszuwerden«, setzte Rose noch einen drauf und grinste mich an.

»Wag es ja nicht!« Ich hielt ihr drohend den Zeigefinger vors Gesicht. »Deine Kraniche würden lichterloh brennen. Dann wäre die ganze Mühe umsonst gewesen.« Wahrscheinlich klang ich so überzeugend, dass Rose mich argwöhnisch beäugte.

»Das sollte ein Witz sein. Das mit dem Haus, meine ich.«

»Davon gehe ich doch aus.« Ich bückte mich und stocherte mit dem Schürhaken im Kamin herum. Da lag genügend Asche, um Grannys Urne aufzufüllen. Die Vorstellung war einfach zu simpel, kein Wunder, dass sie mir erst jetzt eingefallen war.

»Du holst bitte noch Torf, während ich den Kamin ausfege«, wies ich Rose an.

»Kannst du nicht beides machen? Ich bin beschäftigt«, maulte Rose zurück.

Ich stach ihr leicht mit dem Schürhaken ins Bein. »Geteilte Arbeit ist halbes Leid.«

»Das Sprichwort geht anders. Außerdem nervst du.« Widerwillig erhob sich Rose, schnappte sich den Korb und verließ den Raum.

In Windeseile befüllte ich die Urne mit Asche. Schnell putzte ich mit dem Ärmel noch über den Marmor der Urne, um die Spuren meiner Tat zu verwischen. Dann platzierte ich die Urne wieder auf den Kaminsims und verschränkte zufrieden die Arme. Genau im rechten Augenblick, denn Rose kam zurück und stellte den mit Torf gefüllten Korb vor mir ab.

»Als ich sagte, du sollst den Kamin sauber machen, meinte ich nicht, dass du hineinkriechen sollst.« Rose deutete auf mein Gesicht. »Ich weiß ja, dass du immer alles genau machen willst, aber jetzt übertreibst du.«

»Ich habe Grannys Urne mit Torfasche gefüllt. Was sagst du dazu. Es wird niemandem auffallen!« Stolz zeigte ich auf den sauberen Kaminsims.

»Großartige Idee, aber jetzt bist du voller Dreck.« Rose leckte sich über die Finger und wollte mir die Wange säubern.

»Lass das!« Ich stieß sie weg. »Aber wusstest du, dass es Glück bringt, Schornsteinfeger zu umarmen?« Lachend versuchte ich, meine Schwester in die Arme zu nehmen.

»Du bist widerwärtig!«, rief Rose und ergriff die Flucht.

Doch als ich sie eingefangen hatte, konnte sie sich das Lachen nicht verkneifen.

»Geh dich waschen. Los jetzt! Du ruinierst meine ganze Arbeit. Mum wird bald hier sein«, grummelte Rose, sammelte die Kraniche ein und legte sie auf den kleinen Couchtisch.

Nachdem ich im Wohnzimmer den Kamin angeheizt hatte, gab ich mir alle Mühe, unser Cottage einigermaßen auf Vordermann zu bringen. Seit unserer Ankunft war diesbezüglich nicht viel passiert. Die Küche mied ich allerdings. Darum sollte sich besser Dad kümmern. Rose war immer noch mit ihrer Dekoration beschäftigt, band die Kraniche zu Girlanden zusammen und dekorierte damit das Treppengeländer sowie sämtliche Türrahmen.

Ich machte mich daran, einige der beschrifteten Kisten nach oben zu wuchten und zu vermeiden, dass unsere Sachen den Bratengestank aufsogen. Mitten auf der Treppe öffnete sich der Boden eines Kartons, und Mums Kunstmagazine verteilten sich auf den Stufen. Ich sammelte die Hefte wieder ein und brachte sie ins Schlafzimmer meiner Eltern. Das war eindeutig die letzte Kiste, die ich hier hochgeschleppt hatte, fluchte ich auf meinem Weg nach unten.

Auf der Treppe trat ich auf einen Zeitungsausschnitt, der wahrscheinlich auch aus Mums Kiste stammte. Was wollte sie denn noch alles aufheben? Ich hob das Papier auf. Der Artikel handelte von Irlands letzter Magdalenenwäscherei. Was interessierte Mum denn eine Wäscherei? Ich faltete das Papier zusammen und schob es in die Hosentasche. Obwohl ich über Mums Sammelwut nur den Kopf schütteln konnte, freute ich mich darauf, dass sie sich bald endlich wieder um den Haushalt kümmern würde.

Kapitel 9

Es war Montagmittag, und die Mensa summte wie ein Bienenstock.

»Na, wie war dein Wochenende?«, fragte mich eine gut gelaunte Cara, als ich mich in der Mittagspause neben sie setzte. Die ganze Schule schien ein aufregendes Wochenende erlebt zu haben. Eine Gruppe von Jungs erzählte von Surfabenteuern am Dog's Beach. Veronica hörte ich lautstark von ihrer Teilnahme am Irish-Dancing-Wettbewerb in Dun Loighna berichten. Sie sah furchtbar aus, weil ihr anscheinend vor dem Wettbewerb die Tönungscreme ausgerutscht war. Ihr Gesicht und ihre Hände waren in ein unappetitliches und vor allem ungleichmäßiges Hundeleckerli-Braun gefärbt. Auch zeugte ihr Haar noch von den Überresten einer Föhnwelle. Fröhlich kaute sie auf einem Stück Fudge herum, das die Lehrerin für Irisch im Unterricht verteilt hatte.

Vom Irisch-Unterricht war ich befreit und hatte dafür zwei Stunden Deutsch gehabt. Ich mochte Deutsch, denn schließlich hatte ich auch deutsche Wurzeln, weil die Familie von Mums Vater ursprünglich aus Deutschland kam. Jetzt wünschte ich nur, er hätte in meinen Kindergartenjahren mit mir öfter deutsch gesprochen, dann müsste ich nicht jeden bestimmten Artikel der Substantive auswendig lernen.

»Hier, fang auf!« Andrej warf mir ein in goldenes Bonbonpapier eingewickeltes Stück Fudge zu. Es landete mit leisem *Plong* in meiner Teetasse.

»Danke«, sagte ich, fischte es mit meinem Teelöffel heraus und legte das tropfnasse Ding zurück auf den Teller. Irgendwie war mir heute nicht wohl. Selbst ein Karamellbonbon konnte mich nicht aus der Reserve locken.

»Du guckst so komisch«, stellte Cara besorgt fest. »Alles in Ordnung bei dir?«

Ich nickte und nahm einen weiteren Schluck von meinem Tee. Aber eigentlich war nichts in Ordnung. Mum war nicht gekommen. Wir saßen bereits am fein gedeckten Tisch zum Dinner, als das Telefon klingelte und Mum am anderen Ende der Leitung war. Aufgrund des Wetters war die Straße nicht befahrbar, und die Buslinie fiel aus. Mum hatte sich entschlossen, noch eine Nacht, vielleicht auch zwei bei einer anderen Künstlerin zu verbringen, die in Irland gerade Verwandte besuchte. Dad hatte Mum angeboten, sie in Galway abzuholen, aber das wollte sie nicht.

Rose sagte nicht viel dazu, sondern stand einfach vom Tisch auf und ging in ihr Zimmer. Dazu meinte sie, sie sei einfach zu müde und nicht mehr hungrig. Dabei riss sie die Girlande mit den Kranichen vom Geländer und knüllte sie zusammen.

Auch ich verspürte nicht den leisesten Appetit. Aber Dad hatte sich so viel Mühe gegeben. Obwohl er zu lächeln versuchte, stand ihm die Enttäuschung ins Gesicht geschrieben. Vor lauter Mitleid mit ihm ließ ich mir von ihm eine Ladung Kaninchen mit Kartoffeln auf den Teller hieven.

»Interessanter Geschmack.« Mehr brachte ich nicht heraus, während ich auf einem zähen Stück Fleisch herumkaute. Es schmeckte tatsächlich noch ekelhafter, als es roch.

Auch Dad trank mehr Rotwein als sonst üblich. Wahrscheinlich trank er für Mum mit. Wir schwiegen uns eine Weile an, bevor Dad den Abend beendete und mich mit der lausigen Erklärung ins Bett schickte, ich bräuchte meinen Schlaf. »Wird ein langer Tag morgen …«, murmelte er noch und verschwand nach oben.

»Mein Dad hat ein Kaninchen mit nach Hause gebracht«, setzte ich an, um Cara von dem missglückten Dinner zu erzählen.

»War es verletzt? Ist ja nett, dass dein Vater sich selbst um wild streunende Kaninchen kümmert«, sagte Cara.

»Eigentlich war es gedacht für …«

»Wenn es ihm wieder besser geht, solltet ihr es freilassen«, unterbrach mich Cara und fischte nach dem nassen Fudge, das auf Andrejs Teller lag.

»Freilassen?« Ich spürte schon, dass heute wieder nicht mein Tag war. Es dürfte sich als schwierig erweisen, das halb verdaute Karnickel, das mir noch im Magen lag und für mächtiges Rumoren sorgte, wieder freizulassen. Aber das verschwieg ich lieber. Vielleicht war Cara ja Vegetarierin. Darüber hatte ich mir noch gar keine Gedanken gemacht.

»Oder wollt ihr es einsperren?« Cara klaubte sich ein Stück Karamell aus den Zähnen. »Ich glaube nicht, dass sie sich als gute Haustiere erweisen. Sind ja Wildtiere.«

»Ich weiß, dass sie Wildtiere sind«, maulte ich genervt.

»Ich meine ja nur«, erwiderte Cara schulterzuckend und schob sich einen Kartoffelchip nach dem anderen in den Mund.

Jetzt mischte sich auch noch Veronica ein. »Ich finde, alle Tiere sollten frei sein. Wie jemand sich Hasen halten kann, ist mir unbegreiflich. Ich habe sogar schon gehört, dass manche die essen. Barbarisch!« Mit diesen Worten griff sie nach der Chipstüte, die ihr Cara sofort wieder aus der Hand schlug. »Kohlenhydrate machen sowieso fett«, zischte Veronica beleidigt zurück.

Mein Magen krampfte sich noch heftiger zusammen. Ich kam mir auf einmal vor wie eine Verbrecherin und hatte das Gefühl, auf meiner Stirn stünde *Cait frisst Hasen.* Ich versuchte von dem Thema abzulenken, indem ich Cara fragte, wie ihr Wochenende gewesen sei, aber die nervige Veronica war nicht zu bremsen.

»Meine Granny hat mal gesehen, wie sich eine alte Frau in einen Hasen verwandelt hat.«

»Die Geschichte kenne ich«, fing Babs an, die zu Veronicas Clique gehörte und nun auch an unserem Tisch stand. »Die Frau war eine Hexe und bekannt dafür, dass sie Milch von den Kühen stahl. In Gestalt eines Hasen erkannte sie schließlich keiner.«

»Das sind doch nur Geschichten! Märchen nennen wir das«, gab ich unwirsch zurück. »Außerdem habe ich von einem Kaninchen gesprochen und von keinem Hasen.«

»Kann gut sein«, pflichtete Cara mir bei. »Aber ich würde trotzdem keinen anrühren. Schließlich sagt man, dass in ihnen die Seelen der Toten weiterleben.«

»In einem Kaninchen?« Weiter kam ich nicht, denn plötzlich bekam ich dermaßen schlimmes Magendrücken, dass ich vom Tisch aufsprang, zu den Toiletten rannte und mich übergab. Leider musste ich feststellen, dass ich das Kaninchen sowieso schon komplett verdaut hatte.

Ich verließ die Waschräume, als ich Cara wartend vor der Tür entdeckte.

»Alles klar bei dir? Du siehst so blass aus. Ist dir nicht wohl?«

»Nein. Alles gut. Ich glaube, ich habe mir nur 'ne leichte Grippe eingefangen.«

»Bist du sicher?«, fragte sie und reichte mir meinen Rucksack, den sie aus der Mensa mitgenommen hatte.

»Ja, danke.« Ich schwor mir, nie wieder einen Kaninchenbraten, geschweige denn einen Hasenbraten, anzurühren. Auch wenn ich nicht an solchen Unfug glaubte, aber nur die Vorstellung, einen meiner Vorfahren verspeist zu haben, fand ich widerwärtig.

Wir stiegen die Treppen zur ersten Etage hinauf. Einige Schüler aus unserer Klasse kamen uns entgegen. Ich drehte mich nach ihnen um. »Mathe fällt aus«, teilte uns Tim im Vorbeigehen mit.

Ich blieb auf der Stufe stehen. Hatte ich richtig gehört? »Mathe fällt aus?«, schrie ich panisch und packte Tim an den Schultern, dem vor Schreck gleich die Bücher aus der Hand fielen.

Hilfesuchend wandte sich Tim an Cara, und beide verständigten sich mit einem Blick, dass ich total verrückt geworden war. Vielleicht drehte ich ja gerade wirklich durch. Ich ließ Tim los, der hektisch seine Bücher einsammelte und sich aus dem Staub machte, ohne ein Wort zu verlieren.

Dafür zog ich nun Cara am Ärmel. »Weißt du, warum Mr Giorria nicht gekommen ist?«

»Mein Gott, Cait, beruhige dich doch erst mal!« Sie presste mir eine Hand auf die Stirn. »Du fühlst dich heiß an.«

»Ich habe nichts … Es ist nur so …«, stotterte ich.

»Ich weiß, du magst Mathe, aber deshalb musst du nicht gleich austicken, wenn es mal einen Ausfall gibt«, tadelte mich Cara. »Auch wenn es eine Doppelstunde ist«, fügte sie lachend hinzu.

Konnte ich Cara sagen, dass ich den guten alten Mr Giorria vielleicht verspeist hatte? Ich merkte, wie mir die Farbe aus dem Gesicht wich. Ich hielt mich am Geländer fest. Ich wusste ja, dass das alles totaler Blödsinn war. Und trotzdem fühlte es sich so seltsam an. *Alte Frauen, die sich in Hasen verwandeln, die Seelen der Toten.* In meinem Kopf drehte sich alles, ebenso in meinem Magen. Gut, dass er bereits leer war, sonst hätte ich mich gleich wieder übergeben.

»Du wirst schon wieder so blass. Bist du sicher, dass ich dich nicht doch nach Hause bringen soll? Ich könnte Anis fragen. Oder im Sekretariat deinen Dad anrufen.«

»Nein danke, lass mal! Es wird schon wieder. Wahrscheinlich habe ich mir was eingefangen oder was Schlechtes gegessen.«

»Bist du sicher?«

»Ja, alles gut. Außerdem muss ich noch in die Bibliothek, um für meinen Essay zu recherchieren. Die frische Luft auf dem Weg zur Bibliothek tut mir sicher gut.«

»Kennst du den Weg?«, fragte Cara vorsichtig und musterte mich immer noch leicht mitleidig. Ich warf ihr einen Blick zu, der unmissverständlich war. »Ganz, wie du willst. Ich ziehe jetzt jedenfalls los. Vielleicht willst du später ins *Beans* nachkommen.«

»Ich glaube nicht. Danach fahre ich gleich nach Hause und lege mich hin, damit ich morgen wieder fit bin.«

»Genau. Sonst verpasst du noch unsere Booley Party!« Cara nahm mich an der Schulter und betrachtete mich mit eindringlichen Blicken.

»Bowling? Keine Lust. Danke.« Ich rieb mir über den Magen.

»Booley! Hast du noch nicht die Plakate gesehen? Selbst Mrs Kavanagh sagt, wir sollten alle kommen.«

»Ich wusste gar nicht, dass der Besuch von Partys Bestandteil unserer Schulbildung ist«, murrte ich. Die hatten hier echt alle einen Knall.

»Nein, aber ein absolutes Muss, wenn man hier wohnt. Es ist auch keine gewöhnliche Party, sondern Teil deiner kulturellen Einführung.«

»Das klingt schon wieder verdammt nach Kunst.«

»Ach, komm schon! Früher verbrachten die Schäfer zusammen mit ihren Tieren den Sommer in den Bergen. Dann schliefen sie in kleinen Steinhütten, den Booleys. Zusammen mit anderen Farmern saß man während der langen, hellen Nächte zusammen und musizierte, sang oder erzählte sich Geschichten«, führte Cara begeistert aus.

»Na, schauen wir mal. Morgen Abend will Mum kommen.« Im Moment verspürte ich nicht das geringste Bedürfnis nach einer Party. Von Geschichten hatte ich ja erst mal genug, ganz zu schweigen von meinem Magen, der inzwischen seltsam knurrte.

»Falls sie kommt«, bemerkte Cara und bedachte mich mit einem mitleidigen Blick. Ich hatte ihr erzählt, dass Mum uns sitzen gelassen hatte. »Sorry, war dumm von mir!«, fügte sie schnell hinzu, als sie meine Miene sah. »Natürlich kommt deine Mum morgen, aber trotzdem solltest du dir die Booley Party nicht entgehen lassen. Also, keine Ausreden!« Dann verabschiedete sich Cara von mir und lief die Treppen hinunter zum Ausgang.

Ich schlenderte langsam über das Schulgelände zur Bibliothek hinüber. Der Weg führte über eine säuberlich angelegte Rasenfläche. Vereinzelt standen dort große Bäume mit noch blätterlosen Zweigen. Nur das dunkle Grün des Schwarzdorns zeigte sich bereits. Unter meinen Füßen knirschten die gelbbraunen Kieselsteine. Ich genoss die paar Minuten an der frischen Luft. Der leichte Nieselregen hatte meine Übelkeit sanft abgewaschen und meinen Kopf geklärt. Meine Panikattacke kam mir total bescheuert vor. Was hatte ich mir nur gedacht? Dass ich den Mathelehrer verspeist hatte? Lachhaft! Langsam kam ich wieder zur Besinnung. Eine gute Dosis Bücher würde jetzt garantiert zu meiner Heilung beitragen.

An dem alten Herrenhaus, in dem sich die Bibliothek verbarg, hatten sich durch das feuchte Wetter grüne Flechten gebildet und lockerten das Grau der Außenwände auf. Die großen weißen Fensterrahmen leuchteten und verliehen dem Gebäude ein stattliches Aussehen. Stufen aus grünem Marmor führten zum Haupteingang hinauf. Ich musste mich mit dem ganzen Oberkörper gegen die hölzerne Flügeltür werfen, um sie zu öffnen. Ich hob den Kopf, um den imposanten Kronleuchter zu betrachten, der die Eingangshalle in warmes Licht tauchte. Hinter einer Glasscheibe saß eine ältere Dame mit silbrigem Haar und lächelte mich an.

»Gefällt es dir hier?«, fragte sie, als ich an den Schalter trat.

»Ja, es ist wunderschön. Nicht schlecht für eine Schülerbibliothek.«

»Die Bibliothek ist ja nicht nur für Schüler gedacht. Im Gegenteil, ihr könnt euch glücklich schätzen, dass ihr sie überhaupt benutzen dürft.« Nun fing sie an, etwas über die vier Arten von Marmor zu referieren, die es in Irland gab. Dann klärte sie mich darüber auf, dass Bücher nur auf Bestellung ausgehändigt wurden, und das nahm mindestens zwei Tage in Anspruch. Das war ja eine halbe Ewigkeit! Wer hatte denn für so was bitte schön noch Zeit?

In dem kleinen Raum, in den mich die Bibliothekarin

führte, standen Tische mit Computerbildschirmen. Ich atmete erleichtert auf. Immerhin musste ich mich nicht durch ein Karteikartensystem wühlen.

»Sharon, unsere Praktikantin, wird dir einen Platz zuweisen.«

Ein Mädchen mit langem braunem Haar und einer markanten Brille auf der Nase trat zu uns und nickte mir freundlich zu.

»Du hast Glück! Ein Platz ist noch frei.«

Sharon deutete auf den leeren Stuhl neben ... Blake. Sein schwarzes Haar und seinen hübschen Nacken, der weich und samtig aussah, hätte ich überall wiedererkannt. Ich widerstand nur schwer der Verführung, ihn wie einen Kater zu kraulen. Er trug wie immer ein weißes T-Shirt. Am Hals sah ich eine silberne Kette aufblitzen. Ich war mir sicher, dass er meine Anwesenheit spürte, denn seine Schultern schienen sich plötzlich zu verkrampfen, und er hob die Finger von der Tastatur.

Ich legte den Rucksack ab und hängte die Jacke über einen Stuhl. Es knarrte, als ich mich setzte, und ich räusperte mich verlegen. Statt mich auf die Suchmaske des Bibliotheksprogramms zu konzentrieren, beobachtete ich Blake aus den Augenwinkeln.

»Sehe ich dich morgen bei Jenny?«, fragte ihn jemand.

Selbst in der Bibliothek schienen ihn viele zu kennen. Ein Nicken von Blake folgte. Aha. Jenny war offenbar eine seiner zahlreichen Freundinnen. Na ja, eigentlich sollte es mir egal sein, mit wem sich Blake so traf. Eilig tippte ich den Namen einer Wissenschaftlerin, der auf meiner Liste stand, ins Programm und schrieb die ISBN-Nummern der aufploppenden Bücher auf den Bestellzettel. Plötzlich kribbelte meine Haut wieder ganz furchtbar, und ich wurde wütend. Blakes

Anwesenheit störte mich total. Was wollte er hier überhaupt? Wenn er so wissbegierig war, konnte er doch wieder zur Schule gehen, um sein Leaving Certificate zu machen. Anderseits würde mich seine Gegenwart dann vom Lernen abhalten. Also war das doch keine so gute Idee.

Wieder linste ich zu ihm hinüber, und dabei ertappte er mich. Schnell sah ich wieder weg und suchte weiter nach Material für meinen Essay. Holy Shit, wie sollte ich mich während seines Beiseins bloß konzentrieren? Ich spürte, wie mir schon wieder furchtbar warm wurde. Wo waren die Zeiten, in denen ich in zugigen, kalten Bibliotheken gesessen und mir einen abgefroren hatte?

»Alles okay bei dir?« Sharon blickte mir über die Schulter und warf einen Blick auf meine Literaturliste. Aber noch bevor ich antworten konnte, war sie schon schneller. »Gib doch mal *Sünderin* ein! Echt traurig, was im Lauf der Geschichte aus ihr gemacht wurde. Opfer irgendwelcher Sexfantasien.«

Jetzt hatte Sharon es tatsächlich geschafft, dass ich mit einem hochroten Kopf dasaß. Da war es auch nicht sonderlich hilfreich, dass ich Blake leise lachen hörte.

»Ich rede von Maria Magdalena«, klärte Sharon mich auf.

»Ach so. Danke, aber jetzt habe ich erst mal genug Literatur.«

So weit war ich mit meinen Forschungen auch schon gekommen, dass Maria Magdalena im 19. Jahrhundert nicht mehr als treue Begleiterin von Jesus angesehen wurde, sondern als die Heilige der Prostituierten. Daher wurden die Wäschereien nach ihr benannt, in denen unverheiratete schwangere Frauen ohne Bezahlung arbeiten mussten. Die Babys nahm man ihnen nach der Geburt einfach weg und gab sie zur Adoption frei. Ich überlegte, ob dieser Aspekt

Mrs Kavanagh wohl interessieren würde. Warum Mum aber auf solche düsteren Geschichten stand, hatte sich mir noch nicht erschlossen. Aber das wollte ich an dieser Stelle nicht mit Sharon diskutieren.

»Falls du mehr über Maria Magdalena erfahren willst, frag mich ruhig! Ich habe letztes Jahr ein Seminar zu Genderfragen an der Uni belegt.«

»Wozu?« Ich kam gerade nicht mehr mit und wollte nur schnellstmöglich von hier verschwinden. Blake machte mich furchtbar nervös, und Sharons Geistesblitze halfen auch nicht wirklich bei der Bewahrung eines kühlen Kopfs.

»Ich bin fertig für heute. Kann ich dir die Liste geben? Mein Bus müsste gleich kommen.«

Schnell drückte ich Sharon meinen Bestellzettel in die Hand und bedankte mich. Hastig griff ich nach meiner Jacke, setzte den Rucksack auf, und ohne Blake einen letzten Blick zu schenken, verließ ich die Bibliothek.

Kapitel 10

»Vielleicht ist Blake ja auch da«, frohlockte Cara, die unter dem Tisch neben mir liegend an ihrem Kunstwerk arbeitete. Seit der ersten Schulstunde drängte sie mich unentwegt, sie zur Booley Party zu begleiten. »Außerdem ist Jenny grandios, eine der besten Fiddle-Spielerinnen Irlands. Die musst du dir unbedingt anhören!«, schwärmte sie weiter. Wie sich herausstellte, war Jenny die Gastgeberin der Booley Party und nicht, wie ich irrtümlich vermutet hatte, eine von Blakes Freundinnen. Obwohl das eine das andere ja nicht ausschloss, resümierte ich grimmig.

Jeder schien sich auf den Abend zu freuen, und die meisten Eltern schienen nichts dagegen zu haben, wenn ihre Sprösslinge daran teilnahmen. Ich war mir immer noch nicht sicher, ob ich gehen sollte. Zu wissen, dass Blake auf der Party wäre, fand ich anziehend und abstoßend zugleich. Was, wenn er mich wieder so seltsam behandelte? Oder schlimmer noch – mich ganz ignorierte? Es ärgerte mich schon wieder, dass er so viel Raum in meinen Gedanken einnahm.

Lustlos malte ich einige Kringel auf das Papier. Meine künstlerische Ader ließ mich mal wieder im Stich, und auch Miss Kelly musste langsam einsehen, dass meine Pastell-Engelchen so gar nichts mit der Sixtinischen Kapelle gemeinsam hatten. Sie sahen eher aus wie Bestandteile der

Grießklößchensuppe meines deutschstämmigen Grandads, der immer so gern gekocht hatte. Mit Blick auf mein missratenes Bild willigte ich ein, mit Cara zur Party zu gehen. Wie tief konnte ich noch sinken, nachdem ich bereits am Boden lag?

Mum war immer noch nicht zu Hause eingetroffen, als Ani und Cara mich abends abholten. Rose hatte auf großartige Dekorationen verzichtet und nur einen Kranich, der ihre Wut überlebt hatte, auf Mums Bettseite gelegt.

Caras Schwester ließ uns vor einer alten Villa in der Nähe von Carna raus, um dann nach einem geeigneten Parkplatz zu suchen. Das Haus hatte natürlich nichts mit den traditionellen kleinen Steinhütten zu tun, die sich die Schäfer mit ihren Tieren oben in den Bergen früher geteilt hatten. Die Eigentümer des zweistöckigen Gebäudes waren reiche Engländer, beide Professoren in Cambridge, die nur in den Sommermonaten hier wohnten und das Haus in der restlichen Zeit für irische Kulturveranstaltungen zur Verfügung stellten. Das hatte mir Cara während der Autofahrt erklärt.

Draußen war es noch hell, aber die Lichter der Villa waren bereits angeschaltet. Am Eingang standen Schüler, die Cara begrüßten und mir zunickten. Musik spielte im Hintergrund, heitere Stimmen und Gelächter schlugen uns entgegen, als wir uns in einem geräumigen Zimmer mit Stuck und Parkettboden einfanden.

Cara hatte sich bereits unter das Volk gemischt und mir versprochen, etwas zu trinken zu holen. Jetzt war aber weit und breit nichts von ihr zu sehen. Meine Cola hatte ich mir inzwischen selbst besorgt. Es beruhigte mich, etwas in der Hand zu halten, und ich nippte lässig an meinem Becher.

Dann wollte ich Cara suchen und drängelte mich durch

die Menge. Niemand nahm Notiz vor mir, alle waren in Gespräche vertieft. Irgendeiner grölte laut los, und ich drehte mich um. Dabei stieß ich gegen den Rücken eines Typen. Meine Cola ergoss sich auf einem weißen T-Shirt und färbte es in ein unappetitliches bräunliches Gelb. Wäre es mir nicht klar gewesen, hätte ich das Ungemach – ohne den Geruch – auch als riesigen Schweißfleck deuten können.

»Sorry, tut mir leid!«, murmelte ich und rieb hastig über den Fleck, als könnte ich ihn auf magische Weise beseitigen. Was mir leider nicht gelang.

Wie in Zeitlupe drehte sich der Typ im weißen T-Shirt zu mir um. Meine Hand haftete jetzt nicht mehr auf seinem Rücken, sondern war durch die Bewegung auf seinen Oberkörper gerutscht. Unter meiner Handfläche spürte ich seinen Herzschlag. Eigentlich brauchte ich nicht aufzublicken, um zu wissen, wessen T-Shirt ich eingesaut hatte. Eine Duftmischung aus Meer und Salz schlug mir entgegen. Ich starrte auf die silberne Kette mit einem spiralförmigen Anhänger. War das nicht Grannys Schüsselmuster?

»Du kannst deine Hand ruhig wieder wegnehmen.«

»Dafür ist es zu spät. Die Schüssel ist nun mal kaputt.«

»Die *was*?« Blake griff nach meinem Handgelenk und umklammerte es ungewöhnlich lange.

»Vergiss es!«, murmelte ich. Langsam erwachte ich aus meinem Déjà-vu-Erlebnis und spürte, wie mein Puls in seiner Hand tobte. Sicher spürte Blake meine Aufregung. Er sah mich an, und ich hielt seinem Blick stand. Hoffentlich bildete er sich nicht zu viel ein … obwohl ich merkte, dass mein Körper innerlich in Flammen aufging. Warum konnte ich nicht auf *Pause* drücken, um einen klaren, kühlen Gedanken zu fassen? Funktionierte leider nicht. Ich funktionierte nicht.

Gib einen lässigen Kommentar ab!, riet mir die Stimme in meinem Kopf. »Sorry. Ich klebe fest.« Oh nein. In Gedanken ohrfeigte ich mich. Das hatte ich doch nicht ernsthaft gesagt.

Blake zog die Brauen zusammen, trat noch dichter an mich heran und hielt mich immer noch fest. Seine Nasenspitze war vielleicht zehn Zentimeter von meinem Gesicht entfernt. Ich schluckte und vergaß zu atmen. Ich sah nur in seine blaugrünen Augen, die mich sofort entführten … an einen anderen Ort. Darin sah ich das Meer, wie es mich am liebsten fortgezogen hätte. In meinen Gedanken rannten wir beide am Strand entlang. Die Wellen umspielten unsere Füße. Er umschloss mich mit seinen Armen und …

»Das hat ja noch kein Mädchen zu mir gesagt«, lachte Blake. »Du solltest dir nicht so viele Liebesschnulzen ansehen.«

Peng! Der Film in meinem Kopfkino war gerissen. Es hatte mich kalt erwischt. Reflexartig, als hätte ich die Finger in Eiswasser getaucht, entzog ich ihm meine Hand. Ich kam mir vor wie der größte Idiot aller Zeiten. Zudem fühlte ich mich schrecklich durstig.

»Ich sehe mir gar keine … Liebesfilme an«, stammelte ich und gab mir allergrößte Mühe, mich von ihm zu lösen.

»Und du solltest auch keine Cola trinken. Wasser klebt weniger. Soll ich dir eins bringen?«

Ich schüttelte den Kopf.

»He, lange nicht gesehen, Kumpel!« Ein Mitschüler namens Owen schlug Blake auf die Schulter und grinste mich komisch an. Außerdem schwankte er leicht hin und her.

»Hi, Owen!«, antwortete Blake. »Gehen wir in die Küche! Du brauchst auch dringend ein Glas Wasser.«

»Bier wär mir lieber.«

Aber Blake schüttelte den Kopf und zog Owen mit sich nach draußen.

Wo steckte Cara überhaupt? Es wäre doch oberpeinlich, wenn ich jetzt nach ihr suchte, um nur wieder auf Blake zu treffen. Und so stand ich allein herum und fühlte mich total verunsichert. Glücklicherweise war jeder aber so mit sich selbst beschäftigt, dass niemand Notiz von mir nahm. Ringsum hatten sich Grüppchen gebildet, jeder schien Spaß zu haben. Abgesehen von mir.

Ich verzog mich in die hinterste Ecke und setzte mich mit angezogenen Beinen auf den warmen Holzfußboden. Leider verfügte er über keine Falltür, in der ich verschwinden konnte.

Eine junge Frau mit langem blondem Haar, das ihr offen über einen schwarzen Rollkragenpullover fiel, betrat den Raum.

»Jenny!«, riefen einige der Anwesenden voller Freude und erhoben ihre Trinkbecher. Ich erkannte die Frau von dem Booley-Poster. In der Hand hielt sie ihre Fiddle. Sie winkte zurück, lächelte, klemmte sich die Geige unter das Kinn und begann zu spielen. Ein weiterer Typ gesellte sich zu ihr und begleitete sie mit einer Handtrommel. Es musste sich um ein bekanntes Lied handeln, denn fast alle im Raum klatschten dazu und sangen den Tune mit. Einige Schüler kamen mit Suppenlöffeln aus der Küche und schlugen sie im Takt aneinander. Das klang überraschend harmonisch.

Nach einer Weile legte Jenny die Fiddle zur Seite und begrüßte die Gäste. Es folgte ein kurzer Small Talk über das Wetter. Den Spruch, dass es in Irland nur zwei Jahreszeiten gebe, nämlich Frühling und Herbst, kannte ich bereits. Die Story von jemandem, der sich im Sumpf verirrte, weil er Irrlichtern gefolgt war, allerdings nicht.

Ich erfuhr, dass Jenny nicht nur Musikerin war, sondern auch traditionelle Geschichtenerzählerin, eine Seanchaì. Alle hingen gebannt an ihren Lippen. Eigentlich waren das doch Geschichten für Kinder, hier jedoch hörte jeder zu. Nur einmal schrie jemand: »He, Owen! Haben dich die Fairies nach deinem Pubbesuch letztens nicht auch entführt?« Dem Ausruf folgte schallendes Gelächter.

In der Pause ging ich in die Küche, um meinen leeren Becher aufzufüllen. Da standen Cara und Blake und unterhielten sich angeregt. Dafür, dass mir Cara weismachen wollte, ihn überhaupt nicht zu kennen, kam mir das Gespräch verdächtig vertraut vor.

Wie sollte ich mich verhalten? Ich hätte mich natürlich lässig dazugesellen können, aber irgendwie war ich enttäuscht von Cara. Dass sie mich so einfach vergaß, bloß weil der Typ jeden in seinen Bann zog. War ich eifersüchtig? Auch zwei Mädchen, die ich in der Schule gesehen hatte, beobachteten Blake und tuschelten hinter vorgehaltener Hand. Blake hatte wahrscheinlich seinen ganzen Fanklub mitgebracht. Und Cara schien auch Mitglied zu sein.

Sie sah heute aber auch einfach bestechend aus. Ihre rötlichen Locken glänzten, und ihr blasser Teint wirkte irgendwie elfenhaft. Ihr smaragdgrünes Samtoberteil mit Fledermausärmeln bot einen guten Einblick in ihre weiblichen Reize, die sonst immer hinter den psychedelischen Mustern ihrer Hippieblusen verschwanden. Ich hingegen fühlte mich plötzlich so öde und langweilig wie der Beipackzettel eines Medikaments. Blake und Cara gaben ein hübsches Paar ab. Ich musste schlucken und kam mir plötzlich wie ein dreizehnjähriges Mädchen vor, das man nicht zum Tanz aufgefordert hatte. Oder wie die letzte übrig gebliebene Spielerin, die man beim Aufteilen im Sportunterricht nur in eine Mannschaft aufnehmen musste, weil der Lehrer es verlangte.

Ich wollte nichts lieber als nach Hause, mich ins Bett legen, mich bedauern und mich furchtbar über meine Eltern aufregen, die es echt fertiggebracht hatten, in diese Gegend zu ziehen. Ich fühlte mich völlig fehl am Platz.

Eigentlich sollte ich später mit Cara und Ani heimfahren, aber ich hielt es einfach nicht länger aus. Ich drehte mich um und wollte gerade gehen, als Cara mich wahrnahm.

»Warte!« Cara hatte mich eingeholt. »Ich habe dich schon überall gesucht.«

»War wohl nicht ganz so erfolgreich«, murmelte ich und zog ein finsteres Gesicht. Blake, der langsam auf uns zukam, sagte nichts, sondern nippte nur an seinem Becher. Wahrscheinlich ist es Wasser, dachte ich zynisch.

»Sorry, ich habe mich nur kurz mit Blake unterhalten. Wusste gar nicht, dass er auch hier ist. Komm, ich stelle euch einander vor.«

»Lass mal, kein Bedarf. Ich will nach Hause.«

»Du kannst doch jetzt nicht los«, widersprach Cara und deutete auf die Leute, die sich langsam wieder in Richtung Wohnzimmer begaben. »Jenny ist doch noch gar nicht fertig.«

»*Ich* bin aber fertig«, murrte ich. »Und müde!« Demonstrativ gähnte ich in Caras Richtung.

»Bist du sicher, dass du nicht noch warten willst, bis Anis los will? Es ist bereits dunkel und nass.«

»Sie schafft das schon.« Blake hatte sich nun zu uns gesellt und grinste unverschämt. »Außerdem ist mein T-Shirt gerade trocken geworden, und das soll auch so bleiben.«

Lachte er mich an oder aus? Der Typ war der Gipfel der Dreistigkeit. Seine Launen wechselten schneller hin und her als ein Ball beim Tischtennis. Jetzt nur nicht einknicken! »Natürlich kenne ich den Weg«, antwortete ich spitz.

Der sollte sich bloß nichts einbilden. Es gab mal Zeiten, da ließen Typen ein Mädchen nachts nicht allein nach Hause gehen. Aber gut. Wahrscheinlich wollte er mit Cara allein sein.

»Oh, ich habe euch noch gar nicht miteinander bekannt gemacht. Cait, das ist Blake«, sagte Cara mit einem Lächeln im Gesicht und zog dann die Augenbrauen erwartungsvoll nach oben, so als müsse sie mir noch irgendwas mitteilen. Leider war ich an diesem Abend nicht offen für Pantomimespielchen. Dieser Blake regte mich einfach zu sehr auf.

»Wir haben uns schon kennengelernt. Danke Cara, spar dir die Mühe!«, gab ich schnippisch zurück.

»Oh, okay.« Caras Blicke schweiften neugierig zwischen uns beiden hin und her. Dann wandte sie sich an Blake. »Dann weißt du wahrscheinlich, dass Cait die Tochter von unserem neuen Tierarzt Doktor Welsh ist.«

»Ich habe keine Tiere, aber danke für die Info«, antwortete Blake mit lässigem Schulterzucken.

»Stimmt. Deine Tante hat kein Kätzchen daheim, sondern ein Monster.«

Da war es wieder, sein unverschämt gut aussehendes Grinsen, das mich so anfällig machte. Ich musste von hier verschwinden. Ganz schnell. Hastig verabschiedete ich mich von Cara, ohne Blake Beachtung zu schenken.

»Pass auf dich auf!« Cara wirkte sichtlich besorgt. »Bist du sicher, dass du den Heimweg findest?«

»Du solltest lieber auf *dich* aufpassen, Cara«, sagte ich und warf Blake einen finsteren Blick zu. »Hier wimmelt es nur so von Irrlichtern, die auf ihr nächstes Opfer lauern.«

Wie es schien, fand er meine Worte recht amüsant. Ich

hingegen schüttelte nur genervt den Kopf. Er sah aus, als wolle er auf meine Warnung eingehen, biss sich dann aber auf die Lippen. Das war auch gut so, sonst hätte ich noch eine Beleidigung herausgehauen. Glücklicherweise erinnerte ich mich rechtzeitig daran, dass ich eigentlich gehen wollte, ohne einen verzweifelten Eindruck zu hinterlassen.

Als die Tür hinter mir zufiel, bereute ich meine Entscheidung sofort. Es regnete Bernhardiner und Maine Coons. Das Sprichwort kannte man nur, wenn man in dieser Gegend wohnte, hatte also absolut nichts damit zu tun, dass ich die Tochter eines Tierarztes war. Bei diesen Wassermassen wäre ich innerhalb von Sekunden durchgeweicht gewesen. Aber jetzt wieder zurückzugehen wie ein reuiger Hund zu seinem Herrchen, diesen Triumph gönnte ich den beiden nicht.

Trotzdem ärgerte ich mich, schließlich hätte ich mich auf der Party auch weiterhin in meine Ecke verziehen und mich in Selbstmitleid baden können. Dafür badete ich jetzt im Regen, und die Beleuchtung der Einfahrt war durch die Regenwand kaum sichtbar. Ich seufzte, als ich mich noch einmal umdrehte und auf die beleuchteten Fenster des Hauses blickte.

Ich griff in meine Jackentasche. Glücklicherweise hatte ich aus Gewohnheit mein Telefon einstecken. Ich schaltete die integrierte Taschenlampen-App an. Der Akku würde hoffentlich bis nach Hause durchhalten.

Nachdem ich dreihundert Meter die Hauptstraße entlanggegangen war, erreichte ich eine Weggabelung. Die Nebenstraße führte durch den Bog. Die Strecke war ich mit Dad an meinem ersten Tag in der Praxis schon gefahren, allerdings im Hellen. Die Bog Road führte durch die Sumpfwiesen, verband den nördlichen mit dem südlichen Teil der Gegend und war somit viel kürzer als die Küstenstraße mit den vielen Einbuchtungen.

Ich war immer noch wütend, und das gab wahrscheinlich den Ausschlag, mich für die holperige Bog Road zu entscheiden. Schließlich war auch die Hauptstraße unbeleuchtet.

Nach ungefähr einer halben Stunde – es war mittlerweile schon halb elf – fragte ich mich, ob ich vielleicht die Abzweigung verpasst hatte, die mich wieder zur Hauptstraße geführt hätte. Ich leuchtete in die sumpfigen Weiten hinein, doch die gnadenlose Dunkelheit verschlang das suchende Glimmerlicht. Und auch der Akku auf meinem Telefon leuchtete nun strafend rot. Damn it! Diese Taschenlampe verbrauchte mehr Energie als geplant. Ich lief hin und her und versuchte die Abzweigung zu finden. Aber unter dem Lichtkegel kamen nur Grasbüschel und Steine zum Vorschein. Großartig! Ich hatte es also geschafft, mich auch ohne Irrlichter zu verirren. Das war alles Blakes Schuld.

Ich fluchte, so laut ich konnte. Warum konnte ich auch die blöden Berge nicht sehen? Dann hätte ich gewusst, wo ich ungefähr war. Warum konnte nicht wenigstens der Regen aufhören? Warum konnten die Wolken nicht einfach das Mondlicht durchlassen? Warum konnte ich meinen Stolz nicht ruhen lassen? Wohin hatte er mich geführt? Hier ins Nirgendwo. Nein, eigentlich war es die Schuld meiner Eltern, dass wir überhaupt hergezogen waren. Ich schimpfte vor mich hin und hoffte einfach, dass auch dieser unbekannte Weg mich in die Zivilisation zurückbrachte.

Plötzlich starrten mich zwei leuchtend gelbe Augen an. Vor Schreck glitt mir das Telefon aus der Hand. Lass es bitte ein Schaf sein!, betete ich zu wem auch immer. Aber es half nichts, denn Schafe hatten nicht so furchtbar stechende Augen. Ich hörte meinen eigenen Atem. Oder war es der von diesem Vieh? Tausenderlei ging mir gleichzeitig durch den Kopf und donnerte wie ein Schnellzug durch mein Gehirn. Sollte ich wegrennen und laut schreien? Niemand würde mich hören. Wie weit würden mich meine Beine tragen? Was, wenn dieses Tier, das langsam auf mich zukam, mir gleich an den Hals sprang? Ich würde verbluten. Wilde Tiere würden an mir nagen, falls das Ungetüm ihnen nicht zuvorkam. Und an mir nagte bereits die Angst.

Ich bewegte mich langsam rückwärts. Nur nicht rennen! Das wusste ich aus dem Hundehandbuch meines Dads. Das würde seinen Jagdinstinkt reizen. Galt das auch für andere Kreaturen? So ein blödes Irrlicht schien mir vergleichsweise harmlos im Gegensatz zu diesem Vieh.

Der Abstand vergrößerte sich. Jetzt lagen wenigstens einige Meter zwischen uns. Plötzlich piepste mein Telefon. Für den Bruchteil einer Sekunde dachte ich schon, ich hätte Empfang. Hastig blickte ich auf das Display. Leider zeigte es mir nur an, dass der Akku am Ende war. Und ich war es auch. Niemand würde mich hier je orten.

So schnell ich konnte, rannte ich den unebenen Weg entlang. Der Regen hatte aufgehört, aber die Erde unter meinen Füßen war matschig und rutschig. Ich wagte mich nicht umzudrehen und hoffte irgendwie, dass das Vieh dadurch verschwand.

Der Boden wurde immer unebener. Ich war vom Weg abgekommen, trat in Wasserlöcher, meine Turnschuhe sogen sich voll und erzeugten bei jedem Schritt schmatzende Geräusche. Immer wieder knickte ich mit dem Knöchel um. An einem Sumpfbüschel verhakte sich mein Fuß. Ich fiel, und mein Kopf stieß auf etwas Hartes. Ein stechender

Schmerz durchfuhr mich. Ich hatte keine Kraft mehr zum Aufstehen. Mein Knöchel brannte. Etwas Feuchtes wischte mir über das Gesicht. Dann schaltete sich mein Bewusstsein aus.

Kapitel 11

Ich öffnete die Augen und fand mich auf einer Bank wieder. Darauf saß ich, als würde ich mich von einem Spaziergang ausruhen. Nur dass es mitten in der Nacht war. Meine Ohren vernahmen das Klappern der Eisendrähte an den Schiffsmasten. Der Regen hatte aufgehört, und über mir schmückten Hunderte von Sternenlichtern den klaren Himmel. Es hätte beinahe festlich gewirkt, wäre mir nicht der leicht algige Geruch in die Nase gekrochen.

Wie auch immer ich das geschafft hatte, aber ich war im Hafen gelandet. Mit der Hand fuhr ich mir über die verletzte Stelle am Kopf, aus der am nächsten Tag bestimmt eine ordentliche Beule würde. Ich stockte. Wieder starrten mich die gelben Augen an. Eine Möwe schrie, und ich zuckte zusammen. Im Licht der Straßenlaterne erkannte ich die gelben Augen wieder, die mir im Bog solche Angst gemacht hatten. Und plötzlich stand Brendas Kater Guinness vor mir, schmiegte sich an meine Beine und schnurrte. Ich stieß ihn mit dem Fuß weg. Er hatte mir im Moor schon solchen Schrecken eingejagt. Er ließ nicht von mir ab, strich mir immer wieder um die Beine. Was wollte der dumme Kater nur von mir? War es Zufall, oder hatte er mich hierher gelockt?

Jetzt wo sich meine Aufregung langsam legte, merkte ich, wie kalt mir war. Meine Hosenbeine waren klatschnass und klebten an mir. Und ich wollte wirklich nichts lieber als eine heiße Dusche und in mein Bett.

»So, Guinness, was nun?« Da der Kater nicht von mir abließ, kraulte ich ihm den Kopf. Zugegeben, den Kater zu streicheln war für meine angespannten Nerven eher beruhigend. Ich stand auf und lief ein paar Meter unschlüssig hin und her. Ich musste Dad anrufen, um mich abzuholen. Das würde zwar Ärger geben, aber ich würde es unmöglich schaffen, von hier bis nach Hause zu laufen. Mein Knöchel pochte vor Schmerz, und in meinem Kopf dröhnte es noch immer. Auch wenn ich Guinness insgeheim vorwarf, dass er mich genauso hätte nach Hause bringen können. Was sollte ich denn hier am Hafen? Mein Blick blieb an einem gelben Häuschen hängen ... an Brendas Häuschen. Ich hoffte, dass sie allein war und Blake sich noch auf der Party vergnügte. Vielleicht lagen er und Cara bereits knutschend in der Ecke. Ich klopfte ein paarmal, bevor die Tür geöffnet wurde.

Da stand Brenda mit einem großen pinkfarbenen Lockenwickler im Haar. Sie trug einen Morgenmantel, der mit kleinen Veilchen in Lila bedruckt war.

»Entschuldigen Sie bitte die späte Störung!« Wahrscheinlich hatte ich Brenda aus dem Schlaf geholt.

»Kein Problem, Schätzchen, komm rein! Ich war sowieso noch wach. Ohne Guinness kann ich nicht gut schlafen.«

»Oh, das tut mir leid. Vielleicht versuchen Sie's mit einem Schnaps?« Aber Brenda schien mir gar nicht zuzuhören.

»Mein guter Junge, da bist du ja endlich!« Brenda beugte sich vor und tätschelte Guinness' Kopf. Na klar, sie meinte den Kater, der die ganze Zeit neben mir stand wie ein treuer Hund. Dann trat sie zur Seite. »Kommt nur herein! Es ist ja so furchtbar ungemütlich da draußen. Ich mache uns einen Tee.«

»Dürfte ich vielleicht mal Ihr Telefon benutzen? Ich möchte meinen Dad fragen, ob er mich abholt.« Ich betrat den Flur. Es fühlte sich gut an, nicht mehr in den Weiten des Bogs umherzuirren. In Brendas Eingang brannten Lichter in silbernen Leuchtern, die an den Wänden befestigt waren.

»Natürlich, es ist ja schon spät. Leider kann ich nicht Auto fahren und habe nicht die leiseste Ahnung, wo sich mein Neffe schon wieder rumtreibt. Aber du solltest nachts wirklich nicht allein durch die Gegend laufen«, sagte Brenda und spähte nach draußen. »Man weiß schließlich nie, wem man in der Dunkelheit so begegnet.« Gerade wollte sie die Haustür schließen, als Blake plötzlich hinter mir stand.

»Was machst du denn hier?« Er wirkte ziemlich aufgebracht. »Ich habe dich überall …«

»Ihr kennt euch?«, fragte Brenda ihren Neffen. »Dann wart ihr zusammen aus? Wie schön! Es hätte mich auch gewundert, wenn ein so hübsches junges Ding nachts allein unterwegs wäre.« Brenda schloss die Tür. »Zeig ihr bitte den Weg ins Wohnzimmer und sorg dafür, dass sie sich wohlfühlt!«, wies sie Blake an. »Und ich mache uns einen Tee.«

»Ich wollte wirklich nur schnell telefonieren und …«, wandte ich ein.

»Ich fahre dich nach Hause«, unterbrach mich Blake.

»Kein Bedarf.« Seine bestimmende Art nervte mich. »Mein Dad ist sowieso noch wach. Für ihn ist das überhaupt kein Problem.«

»Ganz, wie du willst. Dort hinten!« Blake deutete auf das schmale Flurtischchen, auf dem ein altmodisches Telefon stand.

»Wunderbar!« Euphorisch klatschte Brenda in die Hände. »Dann mache ich uns ein Kännchen, am besten mit Whiskey. Eine gute Tasse Tee löst alle Sorgen. Davon bin ich fest überzeugt. Und das arme Ding sieht wirklich erbärmlich aus.« Nachdem ich kurz mit meinem Dad telefoniert hatte, schob Brenda mich in ihr Wohnzimmer, in dem das Feuer im Kamin wohlige Wärme verbreitete. »Du zitterst ja immer noch. Ich sollte dir was zum Überziehen holen. Aber ich fürchte, meine Sachen passen dir nicht.« Brenda klopfte auf ihre breiten Hüften.

»Hier.« Rasch zog Blake seinen blauen Wollpullover aus und warf ihn mir entgegen.

»Danke«, murmelte ich und starrte auf Blakes Shirt, weil ich mich nicht traute, ihn direkt anzusehen. Meine Wangen mussten feuerrot leuchten.

»Ach. Junge, kannst du dem armen Ding nicht was Frisches zum Anziehen geben?«

»Nicht nötig. Das geht schon.« Ich zog den Pullover über, der tatsächlich so frisch und gut roch, als käme er direkt aus der Wäsche. Ich hingegen stank wahrscheinlich nach Tier, nachdem ich mich von Guinness so hatte erschrecken lassen. Wobei ich mich fragte, wo eigentlich meine rote Windjacke abgeblieben war. War ich ohne sie von der Booley Party aufgebrochen? Oder hatte ich sie im Bog verloren? Diese Frage konnte ich nicht beantworten.

Wenige Minuten später saß ich in einem der Ohrensessel und nippte an der Tasse, die mir Brenda gereicht hatte. Der Whiskey wärmte ordentlich von innen, und meine Glieder fühlten sich plötzlich bleischwer an.

»Warum bist du nicht nach Hause gegangen, sondern zu uns gekommen?«, hörte ich Blakes Stimme wie von ferne, während mir fast die Augen zufielen.

»Ich kann auch nichts dafür, wenn ich im Bog auf euren Riesenkater treffe und der mich hierherführt. Eigentlich wollte ich nach Hause. Aber es war so dunkel, da bin ich gestürzt und habe mich am Kopf…«

»Unser Kater hat dich hergeführt?« Unvermittelt erhob sich Blake vom Stuhl und baute sich vor mir auf. So wie er die Frage stellte, klang es so, als hätte ich einen an der Waffel oder einfach zu viel Whiskey im Tee.

»Glaube ich zumindest.« Ich rutschte auf meinem Sessel hin und her und kuschelte mich in Blakes Pullover.

»Lass doch mal das Kind in Ruhe!«, fuhr Brenda ihn an.

»Sie hat was am Kopf«, murrte Blake. Gerade wollte ich ihm eine unverschämte Antwort an den eigenen Kopf werfen, da spürte ich, wie er mir mit den Fingern über das Haar strich. »Tut es sehr weh?« Vorsichtig betastete er meine Beule.

»Nein«, hauchte ich. Ein wohliger Schauer durchfuhr meinen Körper, und ich entspannte mich spürbar. Ich hätte Blake gern die eine oder andere Frage gestellt, aber meine Zunge fühlte sich seltsam schwer an.

Und dann setzte sich Blake wieder hin, und die gute Brenda ließ mich nicht zu Wort kommen. Sie griff nach ihrem Strickzeug und erzählte amüsante Begebenheiten über irgendwelche Leute in Streamstown. Blake dagegen rutschte unruhig auf seinem Stuhl hin und her und räusperte sich immer wieder. Brenda vermutete, dass er einen rauen Hals hatte, und bot ihm eine ihrer Hustenpastillen an. Er lehnte freundlich ab. Mir war natürlich klar, dass ihn meine Anwesenheit ungeduldig machte.

»Dein Dad ist da, Schätzchen!« Brenda rüttelte mich sanft an den Schultern. Verschlafen öffnete ich die Augen. Jemand hatte eine Decke über mich gebreitet.

»Möchten Sie vielleicht auch eine Tasse Tee?«, bot Brenda meinem Dad an, aber er musterte mich nur mit besorgter Miene.

»Vielen Dank, Mrs O'Halloran, gern ein andermal, aber jetzt möchte ich Cait nur so schnell wie möglich nach Hause bringen. Morgen ist Schule.«

»Sicher doch.« Brenda klang enttäuscht.

Dad dagegen sah mich strafend an. »Und du, junge Dame, bist mir noch eine Erklärung schuldig.« Er verschränkte seine Arme vor der Brust. »Ich dachte, Caras Schwester fährt euch.«

»Ani und Cara wollten noch etwas länger bleiben, und ich …« Ich stockte, denn hätte ich ihm gestehen sollen, dass ich nachts allein durch den Bog gewatet, gestürzt und bewusstlos gewesen war? Und dass ich mich auf seltsame Art und Weise plötzlich bei Brenda wiedergefunden und Tee mit Whiskey getrunken hatte?

»Es ist alles meine Schuld«, war Blakes Stimme zu hören, und ich glaubte, mich verhört zu haben. »Ich habe Cait hergebracht, weil sie komplett durchnässt war, und dann habe ich ihr was zum Anziehen …«

Wenn Blake jetzt dachte, dass seine Ausführungen mich retten würden, hatte er sich getäuscht. Dads Blick verfinsterte sich, als er sah, dass ich einen Männerpullover trug, der mir zwei Nummern zu groß war. »Das war nicht ausgemacht«, setzte Dad mit seinem Vortrag an. »Außerdem, was trinkst du da? Alkohol?«

Nun sprang Brenda ein. »Um Himmels willen, nein, das ist nur Tee! Übrigens geht es dem Kater schon viel besser. Die Schwellung ist dank Ihrer Salbe vollständig zurückgegangen. Sie sind ein wunderbarer Arzt.« Brenda legte die Handflächen auf den Oberkörper, um ihrer Lobeshymne weiteren Nachdruck zu verleihen.

Dad konnte mit Komplimenten schlecht umgehen und vergaß, dass er mich zur Rede stellen wollte. »Kommen Sie doch bei Gelegenheit wieder vorbei! Dann versuchen wir es noch mal mit der Impfung«, fügte Dad stattdessen hinzu. Sein Optimismus ließ ihn zu keiner Tages- und Nachtzeit im Stich.

Brenda begleitete uns noch zur Tür, und wir bedankten uns für ihre Hilfsbereitschaft. »Das ist doch selbstverständlich«, wehrte sie ab. »Sie sind weiterhin jederzeit willkommen.«

Im Hauseingang entdeckte ich Blakes Stiefel. Einer war umgefallen, und ich sah deutlich, dass Schlamm und Grashalme an der Sohle klebten. Unauffällig bückte ich mich – sie waren noch nass.

Kapitel 12

Beim beharrlichen Klingeln des Weckers wachte ich langsam auf. Ich war hundemüde. Mein Kopf schmerzte, und ich fröstelte. Vorsichtig fuhr ich mit der Hand über die Stelle, auf die ich gestern auf dem Weg gefallen war. Aber die Beule war kaum noch spürbar. Dafür brannte mein Knöchel, der deutlich geschwollen war. »Großartig«, murmelte ich und schob widerwillig die Decke zur Seite. Aber zu Hause bleiben und einen auf krank machen, das kam überhaupt nicht infrage. Dann würde mir Dad verbieten, je wieder ausgehen zu dürfen.

Für Ende März war es ziemlich kalt. Ich wusste ja, dass ich hier nicht auf Gran Canaria war, aber die feuchte Kälte machte mir echt zu schaffen. Zur Bestätigung musste ich auch noch niesen, und mir tränten die Augen. Super. Dann musste ich an diesem Tag total verquollen zur Schule gehen. Alle würden denken, dass ich mich wegen der gestrigen Party in den Schlaf geheult hatte, und ich stöhnte laut auf. *Life can be miserable.* Ich suchte nach meiner zweiten Socke, die ich schließlich unter dem Bett entdeckte, und stieß mir beim Hochkommen den Kopf an der Unterseite des Betts. Der zweite Schlag an diesem Morgen, aber wenigstens war ich nun wach. Ich zog meine übliche Alltagsuniform an – Jeans mit Pullover – und stieg in die Küche hinunter. Hoffentlich hatte Dad bereits Kaffee gekocht.

In der Küche war es angenehm warm, doch Dad war nirgends zu sehen. Zwei benutzte Schüsseln und Tassen auf dem Tisch verrieten, dass Dad und Rose bereits gefrühstückt hatten. Porridge, wie ich an den verklebten Löffeln erkannte. Daneben lag ein Zettel, auf dem Dad mit seiner säuberlichen Schrift eine Notiz für mich hinterlassen hatte.

Notfall in Claddadugh. Habe Rose schon mitgenommen. Viel Spaß in der Schule. Sehe ich dich später in der Praxis? Dicke väterliche Umarmung, Angus

Die Kaffeeflecken auf dem Papier verrieten, dass er es eilig gehabt hatte. Und Kaffee war genau das, was ich jetzt brauchte. Dann fiel mein Blick auf die Uhr. Halb acht, also noch zwanzig Minuten, bis der Schulbus eintrudelte. Ich setzte die Kaffeekanne, die Mum mal aus Italien mitgebracht hatte, auf den noch warmen Herd.

Dann eilte ich ins Bad, um mir eine Übersicht über meine Gesichtslage zu verschaffen. Der Spiegel log nicht. Zwei gerötete Augen starrten mich an. Das Haar haftete mir an der Stirn. Eigentlich hätte ich duschen müssen, aber bei der Aussicht auf einen Kampf mit Mister *Ich-kann-nur-kalt-oder-heiß*-Boiler glitten meine Absichten den Abfluss hinunter. Also griff ich zu meiner Notration an Trockenshampoo, band mir das Haar zusammen und hoffte, dass meine Klassenkameraden ebenfalls nach Übernächtigung aussahen, obwohl sie wahrscheinlich mehr Spaß gehabt hatten als ich.

Zwei Kaffeetassen später humpelte ich den kleinen Weg zur Hauptstraße entlang. Prompt fing es wieder an zu regnen, und die Haare klebten mir im Gesicht wie Algen am Meeresfelsen. Nach gefühlten zehn Minuten und drei vollen Eimern Wasser, die sich über meinem Kopf ergossen hatten, kam endlich der Schulbus. Pat winkte mich hinein und gab mir zu verstehen, dass ich mit meinen matschigen Turnschuhen den Bus gefälligst nicht einsauen sollte. Dad hatte sie nachts mit Zeitungspapier ausgestopft und neben den Ofen gestellt, aber jetzt waren sie schon wieder durchgeweicht.

Ich nahm gleich vorn Platz, weil ich keine Lust verspürte, durch den Gang zu stolpern und eine feuchte Spur wie eine Nacktschnecke zu hinterlassen. Auf einem der Sitze sank ich zusammen, schloss die Augen und hoffte, dass weitere zwanzig Minuten Schlaf mir den Tag retteten.

Am Haupteingang der Schule machte ich keinerlei Anstalten, meine nasse Kapuze von Dads Regencoat abzunehmen. Meine Jacke hatte ich zu allem Überfluss ja verloren. Tranceartig folgte ich den Schülern, die ins Schulgebäude strömten.

Plötzlich bildete ich mir ein, meinen Namen gehört zu haben. Ich hob den Kopf und sah Principal Quinn eiligen Schrittes und aufgeregt winkend den Gang entlangkommen. Hilfesuchend blickte ich umher, aber der Regen hatte jeden Schüler dermaßen durchgeweicht, dass alle mit hängenden Köpfen und nassen Klamotten in den beheizten Klassenräumen verschwanden.

»Hallo, Caitleen!« Principal Quinn baute sich vor mir auf und lächelte mich mit ihren schiefen Schneidezähnen an. »Wie geht es Angus?«

Als sie meine gerunzelte Stirn sah, formulierte sie ihre Frage um. »Ich meinte …«, verbesserte sie sich räuspernd und strich nervös über die Bügelfalten ihrer geblümten Bluse. »Ich bitte dich auszurichten, dass es Rogair schon viel besser geht. Er frisst sogar wieder.«

»Wie schön, dass Rogair wohlauf ist! Das richte ich meinem Vater gern aus.«

Die Schuluhr klingelte zum Unterricht, doch davon blieb Principal Quinn völlig unbeeindruckt. Für eine Direktorin galten anscheinend Sonderregeln.

»Keine Angst, Caitleen! Bei uns ist es kein Problem, mal zu spät zum Unterricht zu kommen. Wir waren ja auch mal jung.« Verschwörerisch zwinkerte sie mir zu.

Moment mal!, schoss es mir durch den Kopf. Das hat sie doch nicht wirklich gesagt. Schließlich war ich mehr als pünktlich, bis sie mir mit ihrem Wolfshund ein Ohr abkaute.

»Kann ich noch irgendwas für Sie tun, Mrs Quinn?«, fragte ich ungeduldig, denn alle Schüler waren bereits in ihren Klassenräumen verschwunden.

»Ach ja, was ich dich eigentlich noch fragen wollte ... Meinst du, ich sollte mit Rogair noch mal zum Arzt? Also, meinst du, der Tierarzt ... also dein Vater müsste mich ... also, ich meine ... uns noch mal einer Untersuchung unterziehen?«

Ein Schauer lief mir über den Rücken. Das konnte sie doch nicht wirklich gesagt haben! Bloß weil Mum noch nicht gekommen war, konnte sie meinen Dad doch nicht anbaggern. Oder bildete ich mir einfach zu viel ein?

»Vielleicht rufen Sie besser Maureen im Büro an«, schlug ich vor und verschränkte die Arme vor dem Körper. »Auf diese Frage kann ich Ihnen keine Antwort geben. Außerdem bin ich dazu gar nicht befugt, weil ich NOCH SCHÜLERIN BIN UND ZUM UNTERRICHT MUSS!« Den letzten Teil meiner Aussage schrie ich fast heraus.

»Oh ... na klar, Liebes. Geh nur! Aber richte doch bitte Grüße an Angus ... also ... deinen Vater, also ... Doktor Welsh aus.«

Kopfschüttelnd lief ich so schnell wie möglich die Treppe zum Matheunterricht hinauf und stürzte ins Klassenzimmer. Als Entschuldigung murmelte ich Mr Giorria noch irgendwas von Gespräch mit Principal Quinn zu und nahm neben Cara Platz, die sich bereits den Kopf über einer Mathematikaufgabe zerbrach. Jetzt fiel mir auf, dass Mr Giorria vor mir stand. Gut, dann hatte ich ihn also nicht verspeist.

»Ich dachte schon, du kommst heute gar nicht mehr«, flüsterte Cara mir zu. »Außerdem siehst du total verheult aus.«

Ich schwieg und holte schnell mein Buch und meinen Schreibblock aus dem Rucksack. Cara war sich natürlich keiner Schuld an meiner misslichen Lage bewusst.

»Hat Principal Quinn dich etwa durch den Fleischwolf gedreht?« Jetzt musste ich doch kichern. Zu laut allerdings, denn Mr Giorria bat Cara an die Tafel. Dort sollte sie die Aufgabe vor der Klasse lösen.

»Sie scheinen mein Fach auf die leichte Schulter zu nehmen, Miss McCarthy.«

Cara verdrehte die Augen und warf mir einen verzweifelten Blick zu.

»Sie scheinen nicht so talentiert zu sein wie Ihre Schwestern. Ich hoffe, neben Mathematik haben Sie auch Hauswirtschaft belegt.«

Der Wolf soll ihn holen!, schoss es mir durch den Kopf.

»Entschuldigen Sie, aber ich habe Cara abgelenkt. Sie hatte nichts damit zu tun«, nahm ich Cara in Schutz.

Aber sie schien meine Hilfe nicht zu benötigen. Mit einem lapidaren »Lassen Sie sich mal was Neues einfallen« löste sie die Vektorrechnung ohne Probleme, weil sie klug genug gewesen war, meinen Block unbemerkt mit nach vorn zu nehmen.

Der Rest der Stunde verging eher lahm. Ständig wanderten meine Gedanken zu Blake, obwohl ich mir jeden Gedanken an ihn verboten hatte. Als es endlich zur Pause klingelte, entschuldigte ich mich noch mal bei Cara. Schließlich hatte ich sie während des Unterrichts in ein Gespräch verwickelt. Überhaupt kam ich mir total lächerlich vor. Danach schlenderten wir zur nächsten Unterrichtsstunde.

»Übrigens sind es nur noch fünf Wochen bis zum Tanz in den Mai.« Caras gute Laune war mal wieder unschlagbar.

»Oh nein!« Ich winkte ab. »Das kannst du vergessen. Da gehe ich ganz sicher nicht hin.« Nach der Blamage am Abend zuvor hatte ich auf ein weiteres einsames In-der-Ecke-Stehen absolut keine Lust.

»Tut mir leid, dass es dir gestern nicht gefallen hat.« Cara hakte sich bei mir ein und musterte mich von der Seite.

»Ich glaube, ich bin von dem Umzug einfach nur gestresst. Die letzten Wochen waren einfach höllisch anstrengend«, murmelte ich, um Caras mitleidigen Blick loszuwerden. Ich hatte wirklich nicht vor, über den misslungenen Abend zu sprechen.

»Liegt es vielleicht an Blake? Zugegeben, er war ziemlich unhöflich zu dir.« Cara betrachtete mich mit fragendem Blick. Oje, das Mädchen machte mich wahnsinnig! War ich so leicht zu durchschauen?

»Unhöflich? Das ist gar kein Ausdruck. Ehrlich, der Typ ist mir total egal. Schließlich habe ich Wichtigeres zu tun, als mich an Jungs ranzumachen.« Das klang abfälliger, als ich es eigentlich meinte. Ich hoffte, dass Cara es nicht auf sich bezog, schließlich hatte sie ja den Abend mit Blake verbracht.

»Er ist ganz anders, als du denkst«, nahm Cara ihn in Schutz.

»Dann muss es wohl an mir liegen.« Ich steigerte mein Lauftempo. »Aber wie gesagt, er interessiert mich nicht. Du kannst ihn haben.« Ich spürte, dass meine Augen feucht wurden, daher beugte ich mich vornüber und tat, als würde ich in meinem Rucksack herumwühlen.

»Cait!«, rief Cara empört. »Du glaubst doch nicht wirklich, dass ich was von ihm will. Er ist einfach nur nett und …«

»Schön für dich«, würgte ich hervor. »Dann kannst du ihn ja gleich fragen, ob er dich zum Ball begleitet. Oder habt ihr das gestern schon geklärt?«

»Was soll das? Gestern warst du so abweisend, und nun interessiert er dich doch?«

»An wem ist unsere Cait interessiert?«, fragte Andrej und legte mir einen Arm um die Schultern. Ich hatte natürlich nicht mitbekommen, dass unsere Lautstärke neugierige Blicke und vor allem offene Ohren angezogen hatte.

»An niemandem. Und an dir sicherlich auch nicht!«, stieß ich hervor und schüttelte Andrejs Arm ab, als wäre er ein lästiges Insekt.

Das Läuten der Schulglocke kündigte die nächste Unterrichtsstunde an. Ich nahm meinen Rucksack, drehte mich um und lief so schnell wie möglich zu den Mädchentoiletten. Jetzt bloß nicht heulen!, ermahnte ich mich. Vorsichtshalber schloss ich mich in einer der Kabinen ein und betätigte die Spülung. Mein Schluchzen sollte niemand hören, und es ging auch keinen etwas an. Ich setzte mich auf den Klodeckel, schloss die Augen und atmete tief durch.

Als sich die Wogen der Wut und des Schmerzes in mir geglättet hatten, entdeckte ich auf der Innenseite der Tür das Plakat für den Ball, der am 30. April in der Townhall stattfinden sollte. Warum wurde ich heute bloß von allen Seiten verspottet? Ich riss das Plakat herunter und stopfte es in den Mülleimer. Danach fühlte ich mich tatsächlich besser. Am Waschbecken checkte ich mein Gesicht erneut im Spiegel.

Ich sah noch schlechter aus als am Morgen. Zusätzlich zu den geröteten Augen hatten sich rote Flecken auf Stirn und Wangen gebildet. Schnell spritzte ich mir kaltes Wasser ins Gesicht, kehrte in die Toilette zurück, riss mir ein Stück Klopapier ab und schnaubte hinein. Das graue Ökopapier fühlte sich an meiner Nase wie Schmirgelpapier an. Vielleicht konnte ich meinem Lehrer irgendwas über Allergien erzählen. Nun, an einer Allergie litt ich ja tatsächlich, nämlich gegen Blake. Dieser Blödmann! Ich ließ mich von ihm doch nicht von der Schule ablenken! Ab sofort würde ich ihm aus dem Weg gehen und ihn genauso gekonnt übersehen, wie er mich übersah. Das nahm ich mir fest vor.

Auf den Fluren war niemand mehr zu sehen. Der Unterricht hatte bestimmt schon vor fünfzehn Minuten begonnen. Das wäre dann heute schon das zweite Mal, dass ich zu spät zum Unterricht kam. Ein neuer Rekord. Ich war sonst immer superpünktlich. Allerdings wusste ich nicht, warum mich Blake so sehr beschäftigte, aber da hatte ich schon wieder vergessen, dass ich nicht mehr an ihn denken wollte. Ich klopfte an und betrat das Klassenzimmer. Dann entschuldigte ich mich bei Mrs Greene, erzählte etwas von einer Allergie und ging schnell zu meinem Platz, ohne die anderen Mitschüler eines Blicks zu würdigen. Demonstrativ holte ich neben meinem Lehrbuch ein Stück Klopapier heraus und schnaubte hinein.

»Heuschnupfen«, sagte ich zu Cara, die mich von der Seite musterte.

Ich gab mir alle Mühe, den Ausführungen der Biologielehrerin zu folgen. Sie erzählte davon, wie das Wasser in

Bäumen von der Wurzel bis in die obersten Blattschichten gelangte. Dafür waren sogenannte Leitbündel verantwortlich, die wie kleine Kanäle die Wasserversorgung bis in die höchsten Baumwipfel leiteten. Ich hingegen kämpfte damit, dass mir meine Leitbündel das Wasser nicht schon wieder in die Augen pressten. Cara schob mir eine Packung Taschentücher rüber. Die nahm ich dankbar an, zog ein Tuch heraus und wischte mir über die Augen. Ich konnte mich einfach nicht konzentrieren. Wasser. Blake. Wasser. Sein Geruch von Salz. Seine Augen, die die Farben des Meeres hatten.

»Wissen Sie noch, wie man diese nennt, Caitleen?«

Ich schreckte hoch. »Wie?« Konnten die mich heute nicht einfach in Ruhe lassen?

»Die Leitbündel. Wir sprachen bereits letzte Woche darüber.« Mrs Greene stand nun dicht vor mir und starrte mich an.

»Ähm.« Hilfesuchend stieß ich Cara an, die aber ebenfalls keine Antwort auf die Frage geben konnte.

»Das gehört zum allgemeinen Grundwissen«, fuhr Mrs Greene mich an, bevor sie in der Klasse nach neuen Opfern für ihre Fragerei Ausschau hielt.

»Xylem«, ertönte eine Stimme, die mir bisher unbekannt war und doch so seltsam vertraut vorkam. Ich drehte mich zur Seite und zuckte zusammen. Nicht weit von uns saß ein Mädchen, das Blake erschreckend ähnlich sah. Nur statt mit einem Y-Chromosom war sie mit einem weiteren X-Chromosom ausgestattet. Das gleiche kinnlange schwarze Haar, das ihr in Strähnen ins Gesicht fiel. Die markante, aber doch schöne Nase. Und die Augen, die mich verschmitzt anblickten. Selbst aus der Entfernung erkannte ich, dass sie die gleiche Augenfarbe hatte wie Blake – eine unbestimmte Mischung aus tiefem Grün und leuchtendem Blau. Sie nickte mir zu, als würden wir uns kennen. Völlig verdattert schaute ich weg.

»Danke, Bay. Anscheinend wissen Sie bereits mehr als meine gesamte Klasse, und das, obwohl Sie heute Ihren ersten Unterrichtstag bei uns haben. Welche Schule haben Sie vorher besucht?«

Bay? Ein ungewöhnlicher Name. Verstört stieß ich Cara mit dem Ellbogen an. Sie aber wirkte völlig unbeeindruckt.

»Ich hatte Privatunterricht, Mrs Greene«, unterbrach Bay meine Gedanken.

Die Lehrerin nickte. »Ihr Bruder war ja ebenso talentiert. Schade, dass er nicht genug Ausdauer hatte, um mit der Schule weiterzumachen.« Mit einem Seufzer drehte sie sich um und schob eine Folie auf den Projektor, die uns das Drucksystem grafisch veranschaulichen sollte.

Meine Gedanken spielten Pingpong und hopsten zwischen Bay und Blake hin und her. Warum hatte mir niemand erzählt, dass Blake eine Schwester hatte? Mir kam alles immer verwirrender vor. Musste am Wetter liegen. Ständig dieser Regen, der mir das Gehirn und die Gedanken verwässerte. Mit Mühe wandte ich den Blick von ihr ab und wollte die Grafik in meinen Collegeblock übertragen. Doch wieder blinzelte ich so unauffällig wie möglich zu Bay hinüber, die sich keinerlei Mühe gab, etwas in ihrem Heft zu notieren. Wahrscheinlich war Miss Neunmalklug das Thema bereits mit ihrem Privatlehrer durchgegangen. Keine Kunst also, dass sie die richtige Antwort parat hatte.

»Das soll keine Kunst sein, Miss Welsh.« Die Biologielehrerin stand schon wieder neben mir und tippte auf mein Blatt. »Ich hatte Sie nur gebeten, eine Skizze der Grafik anzufertigen und kein abstraktes Bild zu erschaffen. Dafür können Sie sich im Kunstunterricht austoben.« Alle lachten.

Ich schluckte und beugte mich über meine Zeichnung. Darauf war unschwer zu erkennen, dass ich keinen Baum gezeichnet hatte, sondern ein wildes Gebilde aus Spiralen, wie ich sie an Blakes Hals hatte baumeln sehen.

»Du bekommst eine Kopie von meiner Zeichnung«, flüsterte mir Cara zu, während ich immer noch sprachlos auf mein Papier starrte. Auch Bay linste zu mir herüber und schien zu wissen, was auf meinem Papier zu sehen war. Innerlich kochte ich vor Zorn.

Mrs Greene beendete den Unterricht mit der Aussicht auf einen Ausflug nach Kylemore Abbey, wo sie uns einige Baumraritäten zeigen wollte. An deren geschätzter Größe sollten wir den Wasserdruck berechnen. Der Ausflug war für Freitag geplant.

Die Schulglocke erlöste mich. Ich packte mein Schulzeug zusammen und verabschiedete mich von Cara, die mir anscheinend wegen meiner emotionalen Schwankungen nicht böse war, die ich ja selbst nicht einordnen konnte.

Auf dem Weg zur Tür stieß ich auf Bay, die mir den Weg versperrte, weil sie sich lässig gegen den Türrahmen lehnte. Die beiden sahen sich furchtbar ähnlich.

»He, wohin so eilig? Ich hatte gehofft, du würdest uns noch ins *Beans* begleiten«, sagte Bay.

Ich zog die Stirn in Falten. Was sollte das? Wollte sie mich wieder lächerlich machen wie vorhin im Unterricht? Oder plante sie einen ebenso langweiligen Nachmittag mit mir im Café, wie ich ihn schon mit ihrem Bruder erlebt hatte? Was hatte er ihr von mir erzählt? Dass ich ihn anhimmelte und dass sie mich links liegen lassen solle? Diesen Triumph würde ich den beiden nicht gönnen.

»Sorry, keine Zeit. Ich muss meinem Dad helfen«, blaffte ich sie an.

»Schade. Dann vielleicht ein andermal.« In ihren Augen zeichnete sich ein Lächeln ab.

»Ja, vielleicht«, wich ich Bay aus und drängte mich an ihr vorbei. Dass sie so wunderbar nach Meer roch wie Blake, versuchte ich zu verdrängen, obwohl meine Sinne sich nicht danach richteten. Wieder spürte ich ein Kribbeln im Gesicht.

Nach der Schule ging ich schnurstracks zu Dads Praxis. Lieber wollte ich mir Maureens Jammern über einen verlustreichen Bingoabend anhören, als mir den Kopf über Blake und seine Schwester Bay zu zerbrechen. Die Praxisarbeit würde mich ablenken.

Dad saß an der Rezeption und hob den Kopf, als die Türglocke mein Kommen ankündigte.

»Cait, wie schön, dass du kommst!« Dad legte seinen Zettel und den Kugelschreiber zur Seite. »Maureen hat ihren freien Nachmittag. Ich brauche ein bisschen Hilfe bei der Warenlieferung.« Er deutete auf den Kartonberg, der sich neben der Tür stapelte.

»Klar, kein Problem«, erklärte ich, stellte meinen Rucksack ab und zog meine Jacke aus.

Dad musterte mich wie einen seiner Patienten. »Alles in Ordnung mit dir? Du siehst so … sagen wir mal … geschafft aus.«

Ich zuckte mit den Achseln. Was sollte ich seiner Bemerkung hinzufügen? Schließlich hatte ich keine Lust, Dad von meinen dramatischen Auftritten gestern und heute zu erzählen. Er würde mich gar nicht wiedererkennen. Ich kannte mich im Moment ja selbst nicht.

»Findest du die Schule so anstrengend? Zugegeben, ein Schulwechsel ist natürlich kein Zuckerlecken«, fuhr Dad fort.

»Du weißt doch, dass ich keine Probleme mit dem Schulstoff habe«, entgegnete ich genervt. »Hatte ich noch nie«, fügte ich hinzu. Ich griff nach dem Cuttermesser, das auf der Theke lag.

»Ich weiß, mein Schatz. Wie sind denn die anderen Kinder dort? Bis auf Cara hast du mir noch nichts über sie erzählt.« Dass sich Dad so offenkundig für meine persönlichen Belange interessierte, überraschte mich.

»Die *Kinder*, Dad, sind ganz in Ordnung«, betonte ich so gleichgültig wie möglich. Dass mir ein Typ namens Blake zu schaffen machte, konnte ich ihm nicht anvertrauen. Wahrscheinlich hätte er dann sowieso schnell das Thema gewechselt. Für ihn war ich schließlich noch die süße kleine Caitleen, die am liebsten las und sich um Tiere kümmerte. Das Besprechen von Beziehungsproblemen, erst recht von meinen eigenen, stand sicherlich nicht auf seiner Agenda. Davon abgesehen hatte ich ja nicht mal welche.

»Was soll ich denn nun auspacken?«, fragte ich und hielt die funkelnde Klinge hoch.

»Du musst mir natürlich nicht helfen, wenn du dich lieber ausruhen willst.« Wahrscheinlich schob er meinen traurigen Anblick auf die Party am vergangenen Abend. Womit er ja nicht ganz unrecht hatte.

»Nein, wirklich, Dad! Alles in Ordnung«, versicherte ich ihm, beugte mich über eine der Kisten und zerschnitt das Klebeband. Als ich die erste Tüte Hundefutter hervorkramte, fielen die braunen Trockenkringel mit heraus. Ich stöhnte laut auf. Natürlich war mal wieder alles so verpackt, dass ich auch gleich eine Tüte mit Hundefutter aufgeschlitzt hatte. Es war zum Mäusemelken.

»Mach dir nichts draus, Anfängerfehler.« Dad grinste. »Die angerissene Packung können wir in der Praxis aufbrauchen.« Dann widmete er sich wieder seinen Unterlagen, und ich räumte die Tüten ins Regal.

Plötzlich verspürte ich eine höllische Wut, dass sich Blake schon wieder in meine Gedanken einschlich. Aus Frust hätte ich ihm am liebsten die Hundeleckerlis an den Kopf geschnippt und seiner Schwester gleich mit. Vielleicht sollte ich mir ein paar in meinen Rucksack packen und Bay im nächsten Unterricht an den Kopf werfen, wenn sie wieder so schlaumeierte. Bay … was war das überhaupt für ein Name?

»Bald findet doch auch der Tanz in den Mai statt.« Dad tippte mit dem Finger auf ein Plakat, das an der Wand klebte.

»Warum hängt das Kackposter hier? Wir sind eine Tierarztpraxis und kein Jugendtreff«, raunzte ich Dad an.

»Der Ball ist ein Community-Festival. Es ist wichtig, dass Traditionen aufrechterhalten werden und man gemeinsam feiert.«

Ich verzog das Gesicht. Von Traditionen hatte ich erst mal genug, auch wenn meine Beule am Kopf so gut wie verschwunden war und mein Knöchel auch nicht mehr schmerzte. Dad öffnete die Kasse und reichte mir zwei Fünfzigeuroscheine.

»Wozu das?«, fragte ich argwöhnisch. Ich wurde doch sonst auch nicht gleich bezahlt.

»Ist das zu wenig? Ich habe ja keine Ahnung, was Kleidung heutzutage kostet. Ich gebe auch gern noch was dazu.«

»Dad, ich will kein Kleid!« Fassungslos starrte ich ihn an. »Heute nicht und morgen auch nicht.«

Stillschweigend legte mein Vater das Geld auf die Theke und musterte mich mit hilflosem Blick. Jetzt tat er mir fast leid, dass ich ihn so angemotzt hatte.

Ich nahm die Scheine und steckte sie ein. »Danke für

das Geld. Heute habe ich wenig Lust auf Shopping. Aber bestimmt ein andermal, wenn Mum wieder da ist.«

»Ein guter Vorschlag. Dann kann sie dich beraten. Dein alter Herr versteht davon nicht besonders viel«, sagte er und küsste mich auf die Stirn. »Ich gehe mal wieder nach hinten. Muss noch die Narkose setzen.«

Ich ging wieder hinüber zu den Kartons. Die nächste Lieferung bestand aus verschiedenfarbigen Halsbändern, die mit Glitzersteinchen besetzt waren. Vielleicht sollte ich Brenda eins für ihren Kater Guinness mitbringen. Ach, da war es schon wieder … ich suchte im Kopf verzweifelt nach Wegen, um Blake wiederzusehen. Schnell legte ich das orangefarbene Band zurück. Dann packte ich die anderen Waren aus und glich sie mit dem Lieferschein ab.

Kurz vor sechs wollten wir die Praxis endlich abschließen, als ein verbeulter Pick-up mit einem Pferdeanhänger vor der Tür hielt. Zwei Männer saßen im Auto und schienen nicht recht zu wissen, ob sie aussteigen sollten oder nicht.

»Kennst du das Nummernschild?«, fragte ich Dad, aber der hörte mir gar nicht zu, sondern klopfte bereits an die Beifahrerseite. Ein junger Mann mit breitem Hut ließ das Fenster herunter.

»Brauchen Sie Hilfe? Wir wollten gerade abschließen.« Dad deutete auf die Praxis. Wieder sahen die Typen sich an und diskutierten. Ich stand etwas abseits und verstand kaum etwas. Manche Worte kamen mir bekannt vor, andere hatte ich noch nie gehört. Die beiden hatten einen seltsamen Akzent, und in mir keimte der Gedanke, dass sie zu den *Ewig Reisenden* gehörten.

Nun waren sie also da. Leider war ihnen ihr schlechter Ruf vorausgeeilt. Schon letzte Woche hatte Maureen meinen

Vater und mich vor ihnen gewarnt. Sie bezeichnete die *Ewig Reisenden* abschätzig als Travellers, die stahlen, raubten und ihre Rechnungen nicht bezahlten. Maureen sagte das genau in dieser Reihenfolge. Sie seien erfolgreiche Pferdezüchter und führen das ganze Jahr im Land umher, um an Wettrennen teilzunehmen und Pferdehandel zu betreiben.

Nach einer Weile öffnete sich die Beifahrertür, und der Junge mit Hut stieg aus. Seine schulterlangen Haare lugten darunter hervor. Ohne mir Beachtung zu schenken, trat er dicht an meinen Vater heran und sprach leise auf ihn ein. Er war sichtlich aufgebracht, denn hin und wieder wurde seine Stimme lauter.

Ich hatte kein gutes Gefühl in Gegenwart dieser Typen. Im Kopf legte ich mir bereits einen Notfallplan zurecht, falls sich Maureens Vorurteile bewahrheiteten.

»Da kann ich Ihnen leider nicht helfen, junger Mann.« Es geschah selten, dass Dad einen Kunden abwies. »Ich empfehle Ihnen, zur Pferdeklinik nach Galway zu fahren. Dort gibt es Spezialisten für solche Fälle.«

»Sie müssen aber!« Die Stimme des jungen Mannes wurde lauter und eindringlicher. »Die Fahrt wäre eine zu große Strapaze für das Pferd.« Er packte Dad an der Schulter.

In Windeseile öffnete ich Dads Arzttasche, nahm eine Spritze heraus, zog sie auf und rammte sie dem Kerl ins Bein. »Lassen Sie meinen Vater in Ruhe!«, kreischte ich hysterisch.

Der junge Mann schrie auf und ging zu Boden. Mit schmerzverzerrtem Gesicht zog er die Spritze heraus. Hektisch blickte ich zwischen Dad, dem Jungen mit dem Hut und dem Fahrer hin und her. Der glotzte genauso entgeistert wie Dad. Dann sprang er aus dem Auto und kam mit großen Schritten auf uns zu. Seine Augen blitzten voller Wut.

»Du blöde Kuh, bist du irre?«, schrie er mich an. Dann beugte er sich zu seinem Kumpel hinunter.

»James, bist du okay?«

»Warten Sie nur, bis ich Ihnen auch gleich eine verpasse!«, schrie ich. In meiner zitternden Hand befand sich bereits eine weitere Spritze, die ich drohend vorstreckte. Dass darin gar keine Flüssigkeit war, musste ich ja nicht preisgeben. »Ich hätte noch eine Tollwutimpfung im Angebot!«, blaffte ich.

»Die ist ja total durchgeknallt«, wandte sich der Typ an seinen Kumpel, der noch immer benommen auf dem Asphalt saß.

»Cait, bleib, wo du bist!«, rief Dad mir zu. Dann näherte er sich dem Jungen mit dem Hut. Anscheinend wollte er sich die Einstichstelle ansehen.

»Lass uns abhauen!«, schrie der Fahrer und sprang aufgeregt von einem Fuß auf den anderen.

»Nur ruhig, Neill! Ich habe gleich gewusst, dass die so sind. Arrogant ohne Ende.« Ich glaubte, mich verhört zu haben.

»Ihr Freund bekam eine Impfung verpasst. Meine Tochter kann das schon ganz gut«, erklärte Dad mit strenger Stimme. »Auch wenn sie das theoretisch noch gar nicht darf«, fügte er leise hinzu. »Was war das überhaupt?«, fragte er mich wie beiläufig.

»Lidocain«, antwortete ich und krallte meine Hand nach wie vor um die zweite Spritze.

»Was für'n Zeug? Klingt wie 'ne Droge. Kriegste einen Gratistrip, James.« Neill grinste breit. Jedenfalls schien er sich langsam zu beruhigen.

»Was soll das Gelaber? Die sollen sich lieber um Cupcake kümmern!«, knurrte James und wies auf den Pferdeanhänger, aus dem ein Wiehern zu hören war.

»Vielleicht ist Ihr Bein heute noch etwas steif, aber morgen wird bis auf einen blauen Fleck nichts zurückgeblieben sein«, klärte Dad James auf.

»Ich habe dir doch gesagt, dass man denen nicht trauen darf«, mischte sich Neill ein.

James überhörte die Vorwürfe. »Was jetzt? Werfen Sie einen Blick auf Cupcake? Das sind Sie uns schuldig!«

»Mir bleibt wohl nichts anderes übrig«, antwortete Dad und holte sein Stethoskop.

Die Stute Cupcake war hochtragend und hatte eine Verletzung oberhalb des Fesselgelenks des rechten Hinterbeins. Der Schnitt war so tief, dass die durchtrennte Sehne zum Vorschein kam. Dad bat mich, das Hinterbein hochzuhalten, während James die Stute an ihrem Geschirr festhielt und ihr sanft zuredete. Dann spritzte er ihr zur örtlichen Betäubung eine Dosis Lidocain, die ich aus der Praxis holte. Er erklärte James, dass er der Stute keine Sedation verabreichen könne, um das Fohlen nicht zu gefährden. Die Stute müsse die Operation wohl ohne Vollnarkose aushalten. Ansonsten könne er für nichts garantieren.

Während Dad die Sehnen und die Hautwunde nähte, beobachtete uns Neill aus sicherer Entfernung. Ich war froh, dass er lieber eine Zigarette nach der anderen rauchte, als uns zu helfen. Der Typ war mir total unsympathisch.

Dad und ich legten einen Verband aus Fiber Cast um das Gelenk der Stute.

»James sollte jeden Tag die Wunde ausspülen«, wies Dad Neill an. Damit er dafür den Verband nicht abnehmen musste, sägte Dad genau an der Stelle der Naht ein Loch in den Verband. Dafür hatte er vorher den Abstand der Wunde vom Fesselgelenk gemessen. Die Stute ließ das Ganze ziemlich ruhig über sich ergehen. Connemara-Pony eben!

Am Ende der Prozedur schüttelte James meinem Dad die Hand und bedankte sich. »Wir sehen uns!« James schnippte an seine Hutkrempe und grinste mich an. Dann stiegen die beiden ins Auto und fuhren los.

Mit verschränkten Armen stand ich da und musste Maureen wenigstens einmal recht geben – die *Ewig Reisenden* waren verschwunden, ohne zu bezahlen.

Kapitel 13

Am nächsten Morgen drehte sich in der Schule alles um zwei Themen – den bevorstehenden Ball und die *Ewig Reisenden.* In Windeseile hatte sich herumgesprochen, dass sie wieder in der Stadt waren. Unten am Fluss hatten sie ihr Lager aufgeschlagen. Dort gab es genügend Grasweiden für ihre Pferde. Glücklicherweise war von meiner Attacke auf sie noch nicht die Rede, obwohl ich fest damit gerechnet hatte. *Caitleen Welsh greift die* Ewig Reisenden *mit einer Spritze an.* Die Schlagzeilen sah ich förmlich schon vor mir.

Stattdessen schwärmten einige der Schülerinnen für die Jungs der *Ewig Reisenden.* Sie hätten etwas Geheimnisvolles an sich, munkelten sie. Und ob man sie nicht auch als Tanzpartner für den Ball einladen durfte.

James und Neill auf dem Ball, das wäre doch die Katastrophe schlechthin! Anderseits ein weiterer Grund, den Ball zu meiden. Eine gute Entschuldigung musste ich mir ohnehin noch einfallen lassen. Sollte ich die Arbeit in der Praxis vorschieben?

In der Mittagspause saßen Cara, Andrej und ich zusammen in der Mensa. Cara fing immer wieder mit diesem Thema an. Sie war so voller Eifer, dass sie sogar ohne Murren ihr mit Roter Bete belegtes Sandwich aß.

»Du musst *unbedingt* kommen, Cait! Es ist *das* Highlight des Jahres!«, beteuerte die schmatzende Cara.

»Ich dachte, das Highlight jedes Schuljahres seien die Booley Parties, die Sommersonnwende, Halloween …«, belehrte ich Cara.

»Wir haben eben eine sehr lebendige Community. Und wir halten an Traditionen fest«, beharrte sie.

»Jetzt brauchst du nur noch einen Partner, der mit dir da hingeht.« Veronica hatte sich ungefragt zu uns gesellt. Die Gehässigkeit in ihrer Stimme war unverkennbar.

»Ich würde mich erbarmen.« Andrej deutete wieder auf seinen Bizeps, als wäre ein Muskelberg alles, was mich in Bewegung zu setzen vermochte.

»Sehr nett, Andrej. Danke, aber kein Interesse.« Ich widmete mich wieder meinem Erdnussbutter-Sandwich. Wer kaute, hörte schlechter. Über den Ball wollte ich wirklich nicht reden.

»Vielleicht ist ja unter den *Ewig Reisenden* jemand, der sich ihrer annimmt.« Veronica setzte sich auf den freien Platz neben mir und musterte mich mitleidig von der Seite. Ich schüttelte den Kopf und rollte mit den Augen. Ab morgen würde ich die Mensa meiden, nahm ich mir fest vor und rührte meinen Tee um. Der Kaffee hier war leider ungenießbar.

»Der Ball ist sowieso nur für Schüler oder Ehemalige der Schule. Also geh lieber mit mir!«, meinte Andrej und biss in seinen Apfel.

»Keine Zeit, wirklich.« Ich ließ den Blick über die Tische schweifen und versuchte, extrem gelangweilt zu gucken.

»Ihr habt sie doch gehört. Sie will nicht.« Der Geruch von Salz und Meer drang mir in die Nase. Ich drehte mich um. Bay stand hinter mir, die Arme auf meine Stuhllehne gestützt. Ihr unerwarteter Beistand machte mich verlegen. Schnell nahm ich einen Schluck aus meiner Tasse.

»Ich könnte auch deinen Bruder fragen, ob er mit mir zum Ball geht«, schlug Veronica vor und lächelte Bay an.

Ich verschluckte mich und musste husten. »Immer noch zu heiß«, murmelte ich und fächelte mir mit der Hand vor dem Gesicht herum. Es sollte schließlich keiner merken, dass mich jeder Gedanke an Blake furchtbar nervös machte.

»Da brauchst du dich nicht zu bemühen. Er ist sowieso nicht da«, erklärte Bay forsch. Erleichterung breitete sich in mir aus. Nicht auszudenken, wenn Veronica mit Blake auf den Ball ginge! Ich unterdrückte ein heimliches Lächeln.

Veronicas Gesicht erwachte langsam aus seiner Schockstarre. Dann stellte sie wieder ihren Ach-ich-bin-so-toll-Modus ein, fuhr sich durchs Haar und spitzte die Lippen. »Wirklich schade!« Sie wickelte sich eine Haarsträhne um den Finger. »Er hätte mit mir so einen schönen Abend haben können. Nun, dann muss ich wohl doch Liams Angebot annehmen«, seufzte sie gekünstelt und schenkte Cara einen mitleidigen Blick.

Cara hüstelte, als hätte sie sich verschluckt, und schob die Reste ihres Rote-Bete-Sandwiches in die Tüte zurück. Mit schwungvoller Geste stieß sie das Päckchen von sich. Es schlitterte über den Tisch und landete passgenau auf Veronicas Schoß.

Die sprang entsetzt auf. »Du Schlampe!«, schrie sie wutentbrannt. Drohend blickte sie Cara an und reckte einen Finger. »Das wirst du mir büßen!« Leider richteten sich nun die Blicke aller auf ihre cremefarbene Hose, auf der ein beeindruckender roter Fleck prangte.

»Ups, ein Versehen! Ist mir wohl aus der Hand gerutscht«, säuselte Cara, und in ihrer Stimme schwang ein Hauch von Genugtuung mit.

Ein paar Tische weiter gab es Gelächter. Veronica hielt

sich schützend die Tasche vor die Hüften und rannte hinaus. Ich sah ihr nach und hatte fast ein bisschen Mitleid mit ihr.

»Übrigens kann man zum Ball auch mit Freundinnen gehen. Ein Partner ist keine Pflicht.« Offensichtlich versuchte Bay, unser Leid zu mindern. Das heißt, Caras Leid, da ich ja sowieso nie vorgehabt hatte, dort zu erscheinen. Aber Cara wollte jetzt keine tröstenden Worte hören, sondern verließ ebenso schnell die Mensa. Andrej folgte ihr.

»Dieser Ball sorgt nur für Stress. Gut, dass ich dort nicht hinmöchte«, sagte ich mehr zu mir selbst, als ich auf den Tisch und die Reste blickte, die alle hinterlassen hatten. Jetzt blieb es auch noch an mir hängen, die schmutzigen Teller, Tassen und Flaschen zur Geschirrrückgabe zu bringen.

»Komm, das erledige ich für dich«, bot Bay mir an.

»Nein. Kein Problem. Ich habe sowieso keine Eile. Ich wollte nur noch in die Bibliothek, um endlich meine Bücher abzuholen.«

Mrs Kavanagh war heute außer Haus. Dafür erwartete sie von uns, dass wir weiter an unseren Essays arbeiteten. Die meisten aus meinem Kurs wollten stattdessen im *Beans* abhängen. Da ich aber einiges aufzuholen hatte, hielt ich es für klüger, weiter am Stoff zu arbeiten.

»Gut. Ich begleite dich«, sagte Bay, reinigte aber vorher noch schnell den Tisch vom Unrat der anderen. Ich beobachtete sie, wie sie das Tablett galant in einer Hand zum Abstellwagen hinübertrug.

»Bist du Blakes Schwester? Er soll sich mal bei mir melden. Ich erreiche ihn nicht«, wurde Bay unterwegs von einem Schüler der Abschlussklasse angesprochen.

»Sicher«, war alles, was Bay antwortete, und dabei zuckte sie nur mit den Achseln. Blake schien echt beliebt zu sein.

Aber ich fand, bisher war er nichts als ein arroganter Schnösel. Ob Bay wusste, dass ihr Bruder mich nicht mochte?

Der Himmel hatte sich aufgezogen, und die Sonne schien, als Bay und ich den Weg zur Bibliothek hinüberschlenderten. Der Boden war voller Pfützen, denen wir mal nach links, mal nach rechts auswichen. Ein paarmal stießen wir zusammen und mussten laut lachen. Es lag wohl an der Sonne, denn ich fühlte mich so gelöst wie schon lange nicht mehr. Ich sog die Luft ein, die wie immer leicht nach Meer roch, und wunderte mich, wie weit der Wind diesen Duft herübertrug. Vielleicht verbrachte Bay auch viel Zeit am Meer. Waren ihre und Blakes Eltern nicht Fischer?

Ich verspürte nicht das geringste Bedürfnis, sie auszufragen. Das hatte ich schon bei Blake probiert und war auf Granit gestoßen. Außerdem fühlte sich mit Bay alles so seltsam vertraut an. Ich konnte meine Gefühle nicht einordnen und schob alles wieder auf die Sonne, die mir mit ihrer Wärme die Nasenspitze versengte.

Viel zu schnell erreichten wir die Bibliothek, und ich überlegte kurz, ob es nicht sinnvoller wäre, bei dem Wetter den Spaziergang mit Bay fortzusetzen. Das Zwitschern der Vögel klang so verlockend. Auf einmal schienen sie überall zu sitzen und zu jubilieren. Selbst Bay beobachtete eine Amsel, die auf dem Boden hin und her hüpfte.

Am Schalter zeigte ich meine Bestellnummer vor. Nach zwei Minuten kam die Bibliothekarin mit einem Buch zurück. Bay stand neben mir, denn sie hatte darauf bestanden, mich in die Bibliothek zu begleiten.

»Das ist alles?«, fragte ich enttäuscht. Auf meiner Bestellliste hatten mindestens fünf Bücher gestanden. Letzte Woche waren noch alle zu haben gewesen. »Könnten Sie das bitte noch mal kontrollieren?«, bat ich die Dame. Wie sollte ich denn mit nur einem Buch einen ordentlichen Essay über Maria Magdalena verfassen?

Die Bibliothekarin studierte den Bestellzettel. »Tut mir leid, das ist alles, was auf Ihrem Zettel stand. Vielleicht bestellen Sie einfach noch mal, und wir suchen Ihnen dann das gewünschte Material heraus.«

»Dann muss ich ja wieder zwei Tage warten«, maulte ich enttäuscht.

»Eigentlich vier Tage. Denn übermorgen ist Wochenende«, antwortete sie trocken.

»Geht es denn nicht irgendwie schneller?«, versuchte mir Bay zu helfen.

»Nein, tut mir leid.«

»Aber es kann doch nicht sein, dass alle Bücher ausgeliehen sind. Ich war doch eher da. Überprüfen Sie das bitte noch mal!«, verlangte ich wütend. »Ist Sharon da?« Vielleicht konnte sie mir helfen.

»Tut mir leid, sie ist im Moment wieder für ein paar Wochen in Galway.«

»Großartig!«, zischte ich.

»Komm, Cait, geben wir einfach eine neue Bücherbestellung auf! Schauen wir mal, was es dazu gibt«, beschwichtigte mich Bay.

»Mindestens noch zehn weitere Bücher. Nur dass ich die nicht ausleihen darf. Mein Wochenende ist ruiniert«, gab ich grollend zurück.

Bay lachte laut. »Ohne Hausaufgaben ist dein Wochenende ruiniert? Du kannst ein paar Bücher von mir bekommen, wenn du magst.«

»Das ist nicht das Gleiche. Ich setze mich jetzt an den Computer und gebe meine Bestellung von Neuem ein.« Vor

Wut breiteten sich auf meinem Gesicht bestimmt schon wieder rote Flecken aus.

Ich ließ Bay am Schalter zurück. Bevor ich zum Computerpool ging, wollte ich mir in der Toilette aber noch die Hände waschen. Caras Rote Bete ließen sich kaum von meinen Fingern entfernen.

Als ich zurückkam, waren alle fünf Plätze belegt. Auch das noch! Zwei surften im Internet, das konnte ich aus sicherer Entfernung feststellen. Es würde sich also nur um Stunden handeln, wenn ich den Mangel an Funknetzen in dieser Gegend in Betracht zog. In der Mitte saß Saoirse aus meinem Mathekurs. Vielleicht hatte sie Mitleid und beeilte sich. Als sie mich stehen sah, hob sie nur ihre Leseliste hoch und murmelte leise ein »Sorry«.

Dann aber sprach Bay mit einem Mädchen, das sich Katzenvideos ansah. Sie drehte sich zu mir um, nickte freundlich und bot mir ihren Platz an.

»Was hast du ihr dafür versprochen? Einmal Guinness streicheln?«

Bay aber war bereits damit beschäftigt, meine Buchtitel einzugeben.

»Wie ist das möglich?« Geschockt starrte ich auf den Bildschirm, aber Bay legte mir rasch einen Finger auf die Lippen, um mich zum Schweigen zu bringen. Mein Herz pochte plötzlich so heftig, dass ich dachte, jeder könne es hören. »Ausgeliehen?«, flüsterte ich. Wer interessierte sich ausgerechnet zur gleichen Zeit wie ich für die Heilige Magdalena?

Bay versuchte es weiter. Aber bei jeder Eingabe stand der Vermerk, dass das Buch ausgeliehen war.

»Das gibt's doch gar nicht! Was ist denn das für eine Dorfbibliothek? Da muss doch was mit dem System nicht stimmen.« Ich haute auf die Tastatur, und die Schüler neben mir drehten sich erschrocken zu mir um. Natürlich kam genau in diesem Moment die Bibliothekarin und wies mich an, den Raum zu verlassen. Ich war zu baff, um zu protestieren. So etwas war mir noch nie widerfahren.

Bay lachte nur. »Warte draußen auf mich!«

Da ich sowieso ausharren musste, bis der spätere Schulbus kam, setzte ich mich auf die Steinstufen und schmollte.

Nach einer Weile hielt mir Bay das Buch über Maria Magdalena hin, das ich im Computerpool hatte liegen lassen. »Die anderen Bücher sind tatsächlich ausgeliehen, aber ich habe trotzdem noch mal einen Bestellzettel für dich abgegeben.«

»Danke schön!« Ich war wirklich beeindruckt, dass Bay so nett zu mir war. Danach brachte sie mich noch zur Bushaltestelle und verabschiedete sich. Sie hatte noch Erledigungen für ihre Tante zu machen. Das Buch drückte ich mir fest an die Brust.

Als ich die Einfahrt zu unserem Haus hochging, stand die Eingangstür offen, aber weit und breit war kein Auto zu sehen. Im Hauseingang stolperte ich über zwei Koffer, die mitten im Weg standen. Schnell lief ich ins Wohnzimmer. Endlich war Mum zurück! Sie lag auf dem Sofa und schlief. Im Fernsehen lief eine neue Staffel der Küchenfee Clodagh.

Oje, ich ahnte Schlimmes. Clodagh war ein Star am Kochhimmel. Überall wurde sie gefeiert, und im ganzen Land hatten Restaurants aufgemacht, die ihren Namen trugen. Ich mochte sie nicht, denn ich wusste, dass eine neue Staffel von Clodagh für uns wieder eine neue Saison frei von Zucker, Fett und Weizen bedeutete. Dann mussten Rose, Dad und ich uns wohl wieder Geheimverstecke für unsere Oreo-Kekse überlegen. Ohne einen solchen Vorrat konnten wir eine neue Staffel mit der Küchenfee nämlich nicht überleben. Rezepte von Clodagh bestanden unter anderem aus passiertem Grünkohl und Chiasamen. Viel Chiasamen, der mich an unseren Wellensittich Axel erinnerte. Er war schon vor Jahren gestorben, und wahrscheinlich hatte es am Futter gelegen. Noch schlimmer als Chiasamen waren über Nacht aufgeweichte Chiasamen, die die Konsistenz von Froschlaich annahmen und wahrscheinlich auch so schmeckten, obwohl ich Froschlaich noch nie gekostet hatte.

Mum war ein Riesenfan von Clodagh und beglückte uns gern mit ihrem Superfood, das uns schön und gesund machen sollte. Clodagh, also mal ehrlich, den Namen brachte man ja wohl eher mit Putzmittel für gewisse Sanitäranlagen in Verbindung. Aber selbst das hätte Mum mit ihrem Putzfimmel begeistert.

Ich beobachtete Clodagh, wie sich ihre kirschroten Lippen immer wieder wie ein Vorhang öffneten, um die makellosen schneeweißen Zahnreihen vorzuführen. Das war zu viel des Guten. Ich nahm die Fernbedienung und wollte Clodagh gerade wie einen Dschinn zurück in ihre Flasche – in unserem Fall in ihre Röhre – schicken, als Mum meine Hand ergriff.

»Du bist schon da!« Mum setzte sich auf und rieb sich die Augen. »Ich wollte mich von den Strapazen der Reise ausruhen und muss wohl eingeschlafen sein.«

»Du hast nichts verpasst. Clodagh stellt nur gerade Meisenknödel her«, sagte ich und drückte ihr einen dicken Kuss auf die Wange.

»Komm, lass dich drücken, mein Schatz!« Mum roch nach *Champs-Élysées*. Ein Parfüm, das zu ihr gehörte wie der Eiffelturm zu Paris. »Wie sehr ich euch vermisst habe! Lass mich dich ansehen. Groß und schön bist du geworden.«

Natürlich wollte ich mich nicht begutachten lassen und ließ mich aufs Sofa plumpsen.

»Du warst nur drei Wochen weg. So sehe ich immer aus«, wehrte ich ihre Schmeichelei ab.

»Nein, wirklich. Irgendwas ist anders. Aber ich weiß nicht genau, was … Ist es vielleicht die Seeluft? Sie scheint dir gutzutun.«

Damit hatte sie nicht ganz unrecht. Ich fühlte mich heute außerordentlich gut. Und ich wusste, dass es Bays Verdienst war, die so roch wie das Meer und deren Augen so blaugrün schimmerten wie der Ozean. Und die mich verdammt noch mal an Blake erinnerten, den ich seit zwei Tagen nicht gesehen hatte. Aber das wollte ich Mum nicht verraten.

»Bist du vielleicht verliebt?«

»Ach herrje, Mum! Natürlich nicht!«, rief ich empört und rückte von ihr ab.

»Wie sind denn die Jungs so in deiner Klasse?« Mum gab nicht nach.

»Langweilig. Aber danke der Nachfrage.« Das war nicht mal gelogen. Schließlich hatte der Einzige, der mein Interesse geweckt hatte, die Schule bereits verlassen.

»Es gibt einen Trick, wie man ihn zerlegt, ohne dass man mühselig die Kerne herauspicken muss«, imitierte ich Clodaghs piepsende Stimme. Ich beobachtete die Küchenfee, die gerade einen Granatapfel zerlegte. Wer bitte interessierte sich für so etwas?

»Das muss ich nachher gleich ausprobieren. So ein Zufall, ich habe doch heute zwei Granatäpfel gekauft!« Mum war total aus dem Häuschen.

Ich hingegen nutzte die Gelegenheit und schlich aus dem Zimmer. Ich musste sowieso Hausaufgaben machen und endlich an meinem Essay arbeiten. Vorher wollte ich noch schnell einen Abstecher in die Küche machen, um mir eine Packung Kekse einzuverleiben.

»Vergiss nicht, um sieben gibt es Dinner!«, rief Mum mir nach.

»Wie könnte ich?«, murmelte ich vor mich hin.

»Und stopf dich nicht vorher mit Keksen voll, die sind schlecht für deinen Blutzucker.«

»Mach ich nicht!«, schrie ich zurück und öffnete das Küchenbüfett.

»Gut. Ich habe die Kekse sowieso schon entsorgt.«

Tatsächlich. Mum hatte saubere Arbeit geleistet. Nicht mal mehr Krümel fand ich im Fach, als ich alles mit der Hand absuchte. Vor Enttäuschung stöhnte ich laut auf. Es war gerade erst halb fünf. Noch zweieinhalb Stunden bis zum Abendessen. Ich nahm meine Schultasche und stieg in mein Zimmer hinauf.

Gegen halb sieben hörte ich Dad mit Rose nach Hause kommen. Ich ging in die Küche hinunter und beobachtete, wie Rose Mum nicht von der Seite wich. Wie sie so neben Mum stand und ihr beim Vorbereiten des Dinners zusah, erinnerte sie mich an unser Lämmchen, das auch jeden unserer Handgriffe beobachtet hatte. Ich hoffte, dass es Dolly in ihrem neuen Zuhause gut ging.

»Wo ist nur das Döschen mit dem Matchapulver? Das hatte ich doch eingepackt. Solche Raritäten sind hier sicher schwer zu bekommen«, klagte Mum und wühlte in einer der Küchenkisten.

Ich setzte meine Unschuldsmiene auf und warf drei Teebeutel Lyons in die kleine Blechkanne, während Mum bereits eine weitere Kiste durchsuchte.

»Das teure Zeug …«

Das Pfeifen des Kessels übertönte Mums Kommentar während ihrer Suchaktion. Ich hoffte inständig, dass sie einige ihrer Pülverchen und Tropfen in London zurückgelassen hatte, und goss heißes Wasser in die Kanne.

»Du kannst gleich unten bleiben. Essen ist fertig«, sagte Mum, als ich mit meiner Teetasse wieder nach oben verschwinden wollte. Natürlich hatte ich keinen großen Hunger. Schließlich lagen mir die Oreos, die ich noch in meinem Rucksack gefunden hatte, wie ein Stein im Magen. Das war mir unerklärlich, der Zustand der Kekse war ja sehr krümelig gewesen. Vielleicht hatte ich es auch nur mit der Menge ein bisschen übertrieben. Aber Clodagh zu sehen, war ein echter Schock für mich gewesen. Die musste man erst mal verdauen. Eine dicke Packung, gefüllt mit Zucker und Fett, war mir zur Beruhigung angemessen erschienen.

Wir saßen alle um den Tisch herum. Trotz Mums zweifelhaften Kochkünsten war ich froh, dass sie wieder da war. Rose war überglücklich und plapperte unaufhörlich. Dad hatte ein breites Grinsen im Gesicht und folgte geduldig Roses Abhandlungen über einen ihrer Mitschüler und Mums Erzählungen aus Paris. Vielleicht wirkte Dad auch so glücklich, weil er so klug gewesen war, vor dem Nach-Hausekommen noch ein Sandwich im *Joyce's* zu ergattern. Ich hatte nämlich im Mülleimer das Verpackungspapier gefunden. Ich wusste, dass es erst seit Kurzem darin lag, denn es roch noch immer himmlisch nach knusprigem Schinken und Ei. Neidvoll beobachtete ich Dad, während ich die Granatapfelkerne auf meine Gabel spießte.

»Cait«, wandte sich Dad an mich, »ich habe dir noch gar nicht erzählt, dass heute eine Nonne mit einem Huhn unterm Arm in die Praxis kam.«

»Was fehlte dem Huhn denn? War ein Ei in ihm stecken geblieben?«, kommentierte ich, ohne den Blick von meinem Salatteller zu heben.

»Die Diagnose ist leider falsch.«

»Sollten wir uns nicht auch ein paar Hühner zulegen? Ohne Dolly fühlt sich alles ein bisschen einsam an«, mischte sich Rose ein.

»Dolly? Wer bitte schön ist Dolly?« Mit den Zähnen zog Mum einen Granatapfelkern von der Gabelspitze.

»Ein Schaf, Mum, kein Grund zur Aufregung. Es lebt jetzt bei Mary«, antwortete ich. »Und? Was fehlte dem Huhn denn nun?«, lenkte ich das Gespräch wieder auf den Besuch der Nonne.

»Wie schmeckt euch der Salat?«, fragte Mum.

»Es hatte eine ...«, fing Dad an.

»Ich wusste gar nicht, dass es hier in der Nähe ein Kloster gibt«, unterbrach ich ihn. Das machte mich neugierig, und ich überhörte Mums Frage.

»Kylemore Abbey. Liegt ungefähr zwanzig Meilen von Streamstown entfernt«, erklärte Dad.

»Das ist ein neues Rezept von Clodagh. Es soll eine blutreinigende Wirkung haben.« Mum gab offensichtlich nicht auf.

»Oh, ich glaube, wir machen bald einen Ausflug dorthin«, erinnerte ich mich.

»In ein Kloster?« Mums Ton ließ mich aufhorchen, und ich sah, wie sie die Stirn runzelte.

»Da könnte ich vielleicht Informationen für meinen Essay bekommen«, sagte ich mehr zu mir selbst.

»Schwester Ailish kann dir sicherlich bei deinen Recherchen helfen«, fügte Dad noch hinzu.

»Ein Referat über die Kirche?« Mums Stimme wurde

leicht schrill. Das gefiel mir gar nicht, und auch Rose sah plötzlich sorgenvoll aus. »Hätte ich gewollt, dass du eine katholische Ausbildung erhältst, wärst du auf eine katholische Mädchenschule gekommen. Da sucht man für seine Kinder eine konfessionsfreie Schule, und dann dreht sich doch wieder alles um Religion!« Mum legte ihr Besteck aus der Hand, ging zur Spüle und füllte eine Karaffe mit Leitungswasser auf.

»Dein Salat schmeckt vorzüglich, mein Schatz.« Mit diesem Kompliment wollte Dad seine Frau besänftigen, obwohl ich seinem verdatterten Blick entnahm, dass auch er ihr Verhalten übertrieben fand.

»Meine Mutter wartet übrigens auch noch auf ihre Bestattung. Vielleicht könnten wir uns bald auf einen Termin einigen.« Mum stellte die Karaffe auf den Tisch.

»Natürlich, mein Schatz! Für kommende Woche sind bereits Herdentests eingebucht, aber danach …«

»Ach! Dann muss ich wohl mit deiner Sekretärin telefonieren, damit meinen Bedürfnissen auch Platz eingeräumt wird.«

»Aber eine Woche früher oder später macht doch Granny sicherlich nichts aus. Im Moment scheint sie sich auf unserem Kamin recht wohlzufühlen.«

Dad zwinkerte mir zu. Er schien sich des Ernsts der Lage nicht bewusst zu sein. Ich dagegen spürte, wie sich auf meinem Gesicht schon wieder rote Flecken bildeten. »Dein Dressing schmeckt heute sehr lecker. Ist da Tahin dran?«, versuchte ich abzulenken.

»Es ist ja auch nicht deine Mutter, die hier rumsteht!«, schrie Mum zurück.

Daraufhin schwiegen wir alle.

Der Abend endete damit, dass Mum Rose und mich zum

Abwaschen verdonnerte und sie mit Dad im Wohnzimmer verschwand. Ich hoffte nur, dass Mum nicht auf den Gedanken kam, die Urne zu untersuchen.

»Verstehst du das? Warum ist Mum so schlecht drauf? Hast du irgendwas angestellt?«, fragte mich Rose, während ich die sauberen Teller ins Küchenbüfett einräumte. Ratlos schüttelte ich den Kopf, denn eine Antwort hatte auch ich nicht.

Ich zog mich in mein Zimmer zurück und blätterte wahllos in dem Buch, das ich mir aus der Bibliothek ausgeliehen hatte. Es bestand lediglich aus farbigen Drucken, die die heilige Magdalena darstellten. Nach den letzten zwei Stunden bei Miss Kelly stand mir absolut nicht der Sinn nach weiterer Kunst. Frustriert schlug ich das Buch zu und knipste das Licht aus.

Als ich am nächsten Tag nach der Schule nach Hause kam, schien Mum allen Ärger vergessen zu haben. Sie hatte das trockene Wetter genutzt und die rot gestrichenen Fensterbänke mit blauer Farbe übermalt, und gerade machte sie sich an der Eingangstür zu schaffen. Mir hatte rot besser gefallen, aber ich wagte Mum nicht zu widersprechen. Sie war jedenfalls gut gelaunt und tupfte mir mit dem Pinsel einen kleinen Klecks auf die Nase.

In der letzten Woche vor den Osterferien gab es wie immer kein anderes Gesprächsthema als den Ball. Leider erkrankte Cara kurz davor an einer Magen-Darm-Infektion und musste zu Hause bleiben.

Dafür verbrachte ich viel Zeit mit Bay, und wir sprachen über Literatur. Bay war ein großer Fan von Yeats und konnte viele Gedichte auswendig aufsagen. Überhaupt war sie ein kluger Kopf, was bei mir durchaus leise Neidgefühle erweckte. Dem Unterricht konnte sie mühelos folgen, obwohl sie während der Kurse heimlich in irgendwelchen britischen Krimis las. Sie fand Miss Marple urkomisch und mochte Doyles *Der Hund von Baskerville*. Nachdem es für April ungewöhnlich warm und trocken war, gingen wir auf dem Schulgelände spazieren.

Nach einem weiteren misslungenen Versuch, bei der Bibliothek die Bücher für meinen Essay zu bekommen – meine komplette Bestellung war immer noch ausgeliehen –, entschloss ich mich, Mrs Kavanagh in ihrem Büro aufzusuchen, um ihr von meiner Notlage zu erzählen. Wie sollte ich schließlich einen Essay schreiben, wenn mir dafür die passende Literatur fehlte?

Die Geschichtslehrerin saß an ihrem Schreibtisch und korrigierte Arbeiten. Ich beklagte mich bei ihr über mangelnde Materialien in der Bibliothek. Mrs Kavanagh blickte von ihren Arbeiten auf.

»Nun, das ist schade, aber da kann man wohl nichts machen.«

»Aber was soll ich jetzt tun?«

»Ich stelle dich von deinem Essay frei. Es ist vielleicht besser, wenn du dich erst mal bei uns eingewöhnst. Es ist doch alles recht neu für dich.« Mrs Kavanagh kaute wieder auf ihrem Stift herum.

»Aber es ist überhaupt kein Problem für mich. Ich schaffe das.« Mir war jetzt sogar das Thema über die Heilige Magdalena lieber, als gar keins zu haben. Es passte mir überhaupt nicht, wenn jemand an meinen Fähigkeiten zweifelte.

Aber Mrs Kavanagh blieb gänzlich unbeeindruckt und führte ihre Korrekturarbeiten fort. Ich stand immer noch wie angewurzelt in ihrem Büro. »Ich habe noch viel zu tun, mein Kind.« Sie machte eine Handbewegung und gab mir damit zu verstehen, dass das Gespräch für sie beendet war.

»Aber ich brauche doch die Noten! Außerdem ist nächstes Jahr Abschlussprüfung, da kann ich doch nicht einfach die Hände in den Schoß legen.«

Mrs Kavanagh musste mich für eine absolute Niete halten, dass sie mir kein Thema anvertraute. Aber sie schien sich nicht für mein Problem zu interessieren. Verzweifelt sah ich mich in ihrem Büro um. Auf einem Sideboard lag ein Stapel Bücher mit dem Abbild der Maria Magdalena auf dem oberen Buchcover.

Mrs Kavanagh war meinem Blick gefolgt. Sie stand auf, zog ihr Häkeljäckchen aus und warf es auf das Buch. »Es ist so furchtbar warm hier. Vielleicht gehst du ein Eis essen. Die anderen Schüler sind bestimmt schon in der Stadt.« Mit diesen Worten schob sie mich aus dem Büro.

Ich war zu baff, um zu reagieren, als sich die Tür vor meiner Nase schloss.

Kapitel 14

Am Samstagmorgen weckte mich der Lärm von draußen. Es war noch nicht einmal richtig hell, da sah ich Mum durch das Fenster mit einer Stirntaschenlampe Bretter und Gerümpel aus der Hütte räumen. Wahrscheinlich lag ihr Eifer am guten Wetter. Am Tag zuvor war unser Schulausflug zur Kylemore Abbey ausgefallen. Grund war ein Sturm, der über die Küste wehte.

Dafür wütete Mum heute Morgen, während ich mich wieder ins Bett legte. Allerdings verhinderte der Krach, dass ich noch mal einschlief. Ich dachte darüber nach, warum Mrs Kavanagh nicht wollte, dass ich einen Essay über die Heilige Magdalena schrieb. Plötzlich schien mir das Thema doch interessanter als gedacht.

Ich zog das Buch über die Heilige Magdalena unter dem Bett hervor und blätterte darin. Die hinteren Seiten des Buches klebten zusammen. Dem Geruch nach zu urteilen, war Tee darüber gelaufen. Vorsichtig versuchte ich die Seiten mit einem Finger zu trennen, als ein Foto herausrutschte. Irgendwer hatte es wohl als Lesezeichen benutzt. Es war ein leicht vergilbtes altes Schwarz-weiß-Foto. Die Ränder waren teilweise eingerissen, die Ecken abgestoßen.

Mir stockte der Atem, denn ich kannte das Foto. Ich stand auf und trat an meinen Kleiderschrank. Unter einem Pulloverstapel zog ich Mums Zeitungsartikel über die Magdalenenwäschereien hervor. Darauf war das gleiche Foto abgedruckt. Allerdings war das Original in meiner Hand um einiges größer, sodass ich das Bild genauer studieren konnte.

Ich erkannte ungefähr sieben junge Frauen darauf. Sie alle trugen die gleiche Kleidung, knielange Kleider mit Schürzen. Die Haare – zum strengen Seitenscheitel gekämmt – waren allesamt auf Ohrlänge gekürzt. Die Gesichter der jungen Frauen zeugten von Müdigkeit, vielleicht sogar von Trauer.

Drei Mädchen standen an großen Wäschepressen. Auf einem Tisch stapelte sich weitere Wäsche, von der Decke hingen Industrieleuchten, und dicke Rohre schlängelten sich an den Wänden entlang. Zwei Mädchen in der Mitte des Bildes hielten ein auf Hälfte gefaltetes Bettlaken in den Händen. Das Mädchen trug einen dunklen Fleck auf der Wange. Vielleicht war es Schmutz. Das Mädchen daneben hatte irgendwie Ähnlichkeit mit Mum. Die zarte, aber doch markante Nase und vor allem das hellblonde Haar, das auf dem Bild fast weiß aussah. Natürlich konnte es nicht Mum sein. Die Aufnahme stammte offenbar aus den Sechzigern oder vom Anfang der Siebziger. Mum war erst 1970 geboren. Ich drehte das Foto um. Mit Bleistift stand darauf geschrieben:

The Good Shephard
Mary's Training School
Bloodmill Road
Ballinacurra, Limerick, Sommer 1971

Plötzlich hämmerte es lautstark gegen unsere Haustür. Ich erschrak und schob den Artikel zusammen mit dem Buch und dem Foto zurück in den Schrank. War es Mum in ihrem Aufräumwahn, oder stand tatsächlich Sean schon wieder vor der Tür? Aber der hätte wahrscheinlich gar nicht erst angeklopft.

Schon am Abend zuvor hatte er uns ohne vorherige Ankündigung einen Besuch abgestattet. Er war einfach ins Haus gekommen. Mir war vor Schreck fast die Kaffeetasse aus der Hand gerutscht, doch Dad fragte ganz freundlich, was sein Anliegen sei. Er war nicht einverstanden mit Mums Änderung der Fenster- und Türfarbe. Rot würde gewisse Personen abschrecken, hatte Sean meinem Dad erzählt. Wir würden uns damit in Gefahr bringen. Gut, dass Dad über eine ordentliche Portion Gelassenheit verfügte und Seans Klagen nicht zur Kenntnis nahm.

Später hatte Dad mir erklärt, dass Sean wahrscheinlich immer noch fest an die Geschichten der Fairies glaubte. Rot war eine Farbe, die die Fairies hassten, weil sie daran erinnert wurden, kein Blut zu haben.

Sollte ich Maureen mal mit Sean bekanntmachen? Die beiden würden sich sicherlich gut verstehen. Immer schlecht gelaunt, könnten sie sich Märchen vorlesen oder sich mit den Büchern gegenseitig eins überziehen.

Das Hämmern unterbrach meine gedanklichen Verkupplungsversuche. Wer pochte so laut gegen die Tür, und warum schien es außer mir niemand zu hören? Bekam Mum denn da nichts mit? Und wo steckte Dad schon wieder?

Widerwillig erhob ich mich, zog Blakes Pullover über, den ich immer noch nicht zurückgegeben hatte, und rannte wutentbrannt die Treppe hinunter. Sean würde ich richtig mal die Meinung sagen, darauf konnte er sich gefasst machen. Ich riss die Tür auf.

»Was machst du denn hier?«

»Ich wollte dich abholen.« Bay grinste mich an.

»Wohin willst du denn?«, fragte ich total neugierig.

»Ich möchte dich jemandem vorstellen.«

Hoffentlich doch nicht ihrem Bruder, schoss es mir durch den Kopf. Dessen Bekanntschaft hatte ich ja schon gemacht, das Thema bisher aber vermieden. Ob Bay eigentlich wusste, dass ich gerade den Pullover ihres Bruders trug?

In diesem Moment kam Mum um die Ecke des Hauses. Einige ihrer hellblonden Strähnen hatten sich aus ihrem Haarknoten gelöst, Schmutz zierte ihre Wangen, und Schweiß stand ihr auf der Stirn.

»Mum, das ist Bay, eine Mitschülerin«, machte ich die beiden miteinander bekannt.

»Schön, dich kennenzulernen!« Mum streckte Bay die Hand entgegen, die sie vorher noch an ihrer Hose sauber gewischt hatte. »Ich weiß ja noch gar nicht, mit wem meine Cait ihre Zeit so verbringt.«

»Mum!«, rief ich empört und rollte mit den Augen.

»Nett, Sie kennenzulernen. Ihre Tochter hat mir schon viel von Ihnen erzählt. Wie lief Ihre Ausstellung in Paris?«

»Oh, gut. Die Kritiker haben mich diesmal nicht zerfleischt«, antwortete Mum. »Jedenfalls bin ich gerade dabei, den Schuppen auszuräumen. Dort möchte ich einige Dinge von mir einlagern.«

»Wirklich ein guter Plan. Bei Gelegenheit helfen wir Ihnen gern, Mrs Welsh. Ich kann ordentlich zupacken«, bot Bay großzügig an und schob zur Bekräftigung die Ärmel hoch. Ich runzelte die Stirn. Auf muffige Schuppen voller Spinnen und Mäuse hatte ich absolut keine Lust.

»Sehr freundlich von dir. Aber Angus wird das übernehmen, wenn er nach seiner Geburt wieder hier ist. Übrigens heiße ich immer noch Hickey. Das ist mein Mädchenname.« Mum und Dad waren trotz zahlreicher Anträge meines Vaters nicht verheiratet. »Aber nenn mich doch Claire, das ist mir sowieso viel lieber.«

Bay hob die Brauen und sah aus, als müsse sie angestrengt nachdenken. Selbst Mum wirkte plötzlich verunsichert, als hätte sie etwas Falsches gesagt.

»Willst du nicht auf eine Tasse Tee hereinkommen?«, unterbrach Mum die Stille.

»Eigentlich wollte ich Cait abholen, um ihr die Gegend zu zeigen.«

»Großartig!« Mum strahlte. »Es wird ihr guttun, die Nase nicht immer nur in Bücher zu stecken. Oder in Angus' Praxis.«

»Was soll das denn heißen?«, empörte ich mich und stemmte die Hände in die Hüften.

»Vergiss nicht, das Buch einzupacken, das ich dir gegeben habe!«, ermahnte mich Bay und lenkte mich von einem Streitgespräch mit Mum ab.

»Welches Buch?«

»Das ich dir ausgeliehen habe. Ich nehme an, du hast es schon ausgelesen.«

Ich verstand zwar nicht ganz, was Bay auf einmal mit dem Buch über die Heilige Magdalena wollte, aber okay. Ich würde es mitnehmen.

Dann verabschiedete sich Bay von meiner Mum. Sie wollte im Auto auf mich warten, das sie an der Hauptstraße geparkt hatte.

Ich stürzte die Treppe hinauf und zog mich schnell um. Dann packte ich das Buch in den Rucksack, rannte hinaus und schlug die Tür hinter mir zu.

Ich lief die Einfahrt entlang und sah ein blaues Cabrio an der Einbiegung stehen. Wer in diesem Land ein Convertible fuhr, war entweder Tourist und hatte sich von den sonnigen Fotos in den Reisemagazinen blenden lassen. Oder der Betreffende war Optimist und hielt den Wetterbericht für Fake News. Oder er war Bay.

»Steig ein!«, rief mir Bay zu und setzte die Sonnenbrille auf. Es schien die Gleiche zu sein wie die ihres Bruders. Vielleicht war es auch seine. Eigentlich sollte mir das auch egal sein. Ich blickte zum Himmel hinauf, der nun doch mit grauen Wolken dekoriert war.

»Sieht nach Regen aus.« Ich deutete mit dem Zeigefinger nach oben.

»Steig einfach ein! Es soll heute wieder sonnig werden.«

»Wo hast du denn das gelesen? Hat deine Tante eine ihrer Bauernregeln ausgepackt?« Da war sie wieder, die Stimme in meinem Kopf, die alles wissenschaftlich erfassen und alle Eventualitäten ausschließen wollte. Schnell korrigierte ich mich. »Ich dachte nur, es wäre besser …« Ich stütze mich auf dem Kotflügel ab, um meiner Rede mehr Nachdruck zu verleihen.

Bay ließ sich nicht beirren, startete den Motor und gab langsam Gas.

»He, warte!«, schrie ich und hechtete auf den Beifahrersitz.

»Interessanter Stunt, Miss Ich-weiß-alles-besser, aber du hättest auch einfach die Tür öffnen können.«

Bays Auto war ein alter blauer Saab 900 mit braunen Rostflecken an den Türen außen und schicken braunen Ledersitzen im Innern. Die Farbe des Leders erinnerte mich an Master Broghan, und ich hoffte inständig, dass er meine Stiefel vergessen hatte. Meine Hand glitt über die Nähte, und ich fragte mich, ob er auch Autositze bezog. Ich linste zu Bay hinüber, die wieder beeindruckend aussah. Sie trug wie immer ein weißes T-Shirt mit V-Ausschnitt und ihre schwarze Lederjacke. Mit ihrer Sonnenbrille sah sie ihrem Bruder noch ähnlicher. Vielleicht teilten sich die beiden sogar einen Kleiderschrank.

»Wie kommt es, dass du mich abholst? Und was willst du mit dem Buch?«, sprudelte es aus mir heraus. Damit wollte ich mich schnellstmöglich von Blake ablenken.

»Lass dich überraschen!« Bay lächelte mich an, bevor sie sich wieder auf die Straße konzentrierte, die einige scharfe Kurven hatte. Streckenweise ging es hinter der Begrenzungsmauer mehrere Meter steil abwärts. Außerdem hoffte ich, dass uns keiner der zahlreichen Touristenbusse entgegenkam. Dann würde es verdammt eng werden auf der schmalen Küstenstraße.

»Das beantwortet meine Frage nicht«, erinnerte ich an das angesprochene Thema.

»Das haben Überraschungen so an sich.« Wieder lächelte Bay, ohne mich anzusehen.

»Du bist wie dein Bruder. Immer einen auf geheimnisvoll machen«, rutschte es mir heraus. Ich erschrak, aber Bay sagte kein Wort dazu und konzentrierte sich allzu auffällig auf die Fahrbahn.

Wir fuhren die Küste entlang, die ähnliche Kurven wie ein Elektrokardiogramm hatte. Das Meer lag ruhig vor uns und leuchtete mal blau, mal grün. Auf der rechten Seite sah ich in einiger Entfernung die Berge. Sie zogen an uns vorbei. Ab und zu sahen wir einzelne Häuser, die zwischen den Schenkeln der Berge ruhten. Alles wirkte so friedlich, und ich wäre mit Bay bis ans Ende der Welt gefahren. So glücklich fühlte ich mich in diesem Moment, so frei.

Mein Zeitgefühl hatte ich offenbar verloren, denn plötzlich hielt Bay vor einem hohen eisernen Tor. Auf einem Messingschild prangte in geschwungener Schrift der Name *Kylemore Abbey*.

»Du willst mir die Abtei zeigen? Ist die für Touristen denn geöffnet?«

»Bist du denn eine Touristin?«, antwortete Bay, während sie aus dem Auto stieg und anscheinend nach einer Klingel suchte.

»Wir können auch woanders hinfahren. Vielleicht findet ja gerade eine Andacht oder so statt.« Mir war nicht nach Kloster zumute, auch wenn ich die Ruhe zuvor so genossen hatte. Wahrscheinlich wollte Bay eine der Nonnen über die Heilige Magdalena ausfragen. Ich wollte aber lieber mit Bay weiterfahren, irgendwohin. Einfach den Straßen folgen bis ans Ende ... nein, nicht bis ans Ende der Welt, aber vielleicht bis zur Küste. Bay mochte doch das Meer so gern. Sollte ich es ihr vorschlagen?

Bay schüttelte den Kopf und lächelte mich an. Sie schien mich bereits zu kennen und drückte den kleinen Knopf, der sich kaum sichtbar in den Fugen einer Steinsäule versteckte.

»Es ist wunderschön hier«, sagte ich, als Bay den Wagen in die breite Einfahrt steuerte. Ich kannte die Abtei nur von Bildern, aber die konnten nur schlecht wiedergeben, was ich an diesem Ort sah und fühlte.

Für die Gegend eher unüblich wuchsen hier riesengroße Bäume, die unseren Weg links und rechts säumten. Kein Wunder, dass Mrs Greene diesen Ort für einen Schulausflug ausgewählt hatte.

»Lass uns hier irgendwo parken und einen Spaziergang machen«, schlug ich vor.

»Gleich. Sei nicht so ungeduldig!«

»Es sieht nur so magisch aus«, versuchte ich mich zu verteidigen.

»Es wird noch imposanter.«

Und Bay sollte recht behalten, denn kurz darauf tauchte die Abbey hinter einer Kurve auf. Sie lag am Ufer eines kleinen Sees, der laut Bay die Bewohner des Anwesens mit Wasser versorgte. Die Abtei war auf einer Terrasse erbaut und wirkte kleiner als auf den Fotos, aber dennoch nicht weniger hübsch. Das Dach war mit Zinnen verziert, und sechskantige Türmchen ragten in den Himmel, an dem nun tatsächlich keine einzige graue Wolke mehr zu sehen war. Die Abtei und die sie umgebenden Sträucher, Bäume und Berge spiegelten sich im Wasser des Sees.

Wir stiegen die Treppen des Eingangsportals hinauf, als uns eine Nonne entgegenkam. Bay fragte nach Schwester Ailish, die aber, wie die Nonne betonte, an diesem Tag nicht zu sprechen sei.

»Wie schade«, hörte ich Bay sagen. »Aber trotzdem vielen Dank.« Die Tür schloss sich, Bay nahm mich an der Hand und führte mich wie ein kleines Kind die Stufen hinunter.

»Schwester Ailish? Die war bei meinem Dad in der Praxis … mit einem Huhn. Aber woher …?«

»Ich ahne, wo wir sie finden könnten«, unterbrach mich Bay, und wir gingen einen befestigten Weg entlang.

Links und rechts wuchsen meterhohe Rhododendronbüsche. An manchen Stellen bildeten sie ein Dach, unter dem wir hindurchgingen. Bay hielt noch immer meine Hand fest, während sie mit der freien Hand sanft über die Blütenknospen fuhr, die kurz vor der Entfaltung waren. Die Ansätze der lilafarbenen Blütenblätter waren bereits zu erkennen.

Der Weg endete an einer Steinmauer. Wir traten durch das offene Tor, und der Blick auf die riesige viktorianische Gartenanlage wurde frei. Die Pflanzen auf den Beeten stellten ihr jungfräuliches Grün zur Schau. Überall blühten weiße und gelbe Narzissen.

Eine alte Nonne kniete auf einer Gummimatte und zupfte Unkraut. Als sie uns erblickte, erhob sie sich langsam, stemmte eine Hand in den Rücken und strich ihren Rock glatt.

»Was kann ich für euch tun?« Sie musterte mich mit wässrigen Äuglein, die unter ihren grauen Haarsträhnen fast verborgen waren. Ihre Wange zierte ein großes Muttermal.

»Wir suchen Schwester Ailish, an die meine Freundin ein paar Fragen hätte«, antwortete Bay.

»Habe ich das?«, wandte ich mich an Bay. Sie hätte mich ruhig vorwarnen können, dann hätte ich einen Fragenkatalog zur Heiligen Magdalena aufgestellt.

Bay deutete stattdessen auf meinen Rucksack. »Das Foto.«

»Woher weißt du schon wieder …?« Ich brach ab und zog das Bild heraus. Ich musste selbst ein paarmal zwischen dem Foto und Schwester Ailish hin und her schauen, bis ich begriff, dass Schwester Ailish selbst auf dem Bild abgebildet war. Der dunkle Fleck auf dem Gesicht des einen Mädchens war kein Schmutz. Es war das gleiche Muttermal, das Schwester Ailishs Wange zierte. Und jetzt verstand ich Bays Anliegen.

»Schön, Sie kennenzulernen!«, grüßte ich. Ich war mir unsicher, ob man sich mit Nonnen die Hände schüttelte, und lächelte nur. »Mein Name ist Caitleen, und ich möchte Ihnen gern etwas zeigen.« Ich hielt ihr das Foto hin.

Schwester Ailish nahm es mir aus der Hand und betrachtete es aufmerksam. Ihr Körper wurde starr, und ihre Hand zitterte leicht. Dann gab sie mir das Bild zurück und zupfte an einem Strauch die letzten verwelkten Blätter ab.

»Kennen Sie die Frau, die rechts neben Ihnen steht?«, fragte ich vorsichtig.

»Nein. Wieso sollte ich?« Schwester Ailish begutachtete wieder die Unterseite der Blätter und murmelte etwas von Mistviechern, die alles kaputt machten.

Hilfesuchend sah ich zu Bay hinüber. So kamen wir doch nicht weiter.

»Könnten Sie sich das Bild noch einmal genauer ansehen? Ich bitte Sie.« Bays Stimme klang zuckersüß und überzeugend, aber die Nonne beachtete uns nicht.

Stattdessen zermalmte sie etwas zwischen Daumen und Mittelfinger. »Machen mir alles kaputt. Jedes Jahr schlage ich mich mit denen herum.« Wie es aussah, konnten wir ihr Interesse an dem Ungeziefer nicht auf unsere Unterhaltung lenken.

Also studierte ich das Foto noch genauer. Und da war sie, diese kleine Geste, die alles verriet. »Sie müssten doch die Frau neben Ihnen kennen, Schwester Ailish. Sie halten ihre Hand.« Auch wenn es genau genommen nur die kleinen Finger waren, die sie miteinander verhakt hatten. Ein winziges Detail, das aber so viel aussagte und mir auch jetzt erst aufgefallen war. Das musste sie doch zum Reden bringen. Stattdessen spannte sich ihr Körper an, und sie ließ nach wie vor nicht von ihren Blättern ab.

Ich gab auf. »Bay, vielleicht sollten wir …«

Ich blickte mich um. Bay stand nicht mehr neben mir, sondern lief im Garten die kleinen Wege zwischen den Beeten ab. Sie schien jede Blume, jeden Strauch genau unter die Lupe zu nehmen. Wenn sich nur Schwester Ailish mir so eingehend gewidmet hätte! Aber sie untersuchte nach wie vor die Blattunterseiten der Hortensie.

»In welcher Farbe wird sie denn blühen?«, fragte ich. »Die Hortensie, meine ich.«

»Weiß«, antwortete mir Schwester Ailish. »Alles musste weiß sein. Strahlend weiß. Für jeden Flecken gab es einen Hieb. Aber das wird dir Aurelia sicherlich erzählt haben, nicht wahr?« Und dann blickte sie mich an, und in ihren

Äuglein sammelte sich Feuchtigkeit wie Tau im Gras an einem Sommermorgen. »Das ist lange her«, fuhr sie fort. »Und es waren schwierige Zeiten für Aurelia und mich.« Sie streifte ihre Gartenhandschuhe ab und betrachtete mich mit Schmerz in den Augen. »Ich sehe dich in ihren Gesichtszügen. Sie war immer sehr darauf bedacht, adrett auszusehen. Viel mehr blieb uns ja auch nicht. Sie haben oft versucht, uns die Würde zu nehmen. Viele sind daran zerbrochen. Aber Aurelia war stark. Nein, Aurelia kriegten sie nicht unter, dessen war ich mir sicher. Dank ihrer Liebe zu Paul und zu ihrer Tochter überlebte sie.«

»Sie hat mir von Ihnen erzählt«, log ich. Ich wollte nicht, dass die alte Frau den Faden verlor. Schließlich wusste ich so vieles noch nicht. Denn Granny hatte über jene Zeit niemals ein Wort verloren. Nicht mal in den letzten Jahren, als ich alt genug gewesen wäre, von ihrer ersten Liebe zu erfahren. Da war das Schweigen, so groß wie die Mauer um diesen Garten. »Ich soll Sie von ihr grüßen.« Ich weiß nicht, warum ich diese Lüge aussprach. Granny lebte ja nicht mehr. Aber ich fühlte, dass sie es unter anderen Umständen getan hätte. Und ich spürte auch, dass Granny und Schwester Ailish sich gemocht, zusammen gelacht, wahrscheinlich auch zusammen geweint und sich in die Arme genommen hatten, wenn es schwierig wurde an diesem Ort des Schweigens.

»Ich wusste immer, dass sie lebt, auch wenn die anderen nicht an Aurelia glaubten. Sie hatte einen eisernen Willen. Den brauchte man. Und sie hat es geschafft und ihr Mädchen gefunden.«

Zum ersten Mal lächelte mich die Nonne an. Es war ein warmes, lautloses Lachen, aber ich nahm es wahr. Und auf einmal sah sie viel jünger aus. Ich nahm ihre Hand und umschloss sie mit festem Griff.

»Aurelia sagte immer, dass sie Paul und ihre Tochter suchen würde, sobald sie freikäme. Die anderen Mädchen hatten ihr davon abgeraten, ihr gesagt, es sei unmöglich, ihr Kind wiederzufinden. Aber sie ließ sich nicht beirren.«

Dann sah sie zum Himmel hinauf, der sich inzwischen in ein unvergleichlich strahlendes Blau gekleidet hatte, geschmückt mit großen weißen Wolken.

»Außerdem, was soll man mit einem Kind, das die Mutter nicht kennt?« Dann verlor sich ihr Blick wieder in den Wolken, die sanft vorüberglitten, und ich wusste, dass Schwester Ailishs Gedanken nicht mehr bei uns waren.

Auf der Rückfahrt schwiegen Bay und ich uns an. In meinem Kopf bildeten sich Fragen, die ich Mum stellen musste. Warum hatte sie mir verschwiegen, dass Walter nicht ihr richtiger Vater war? Oder wusste sie es selbst nicht? Bay ließ mich vor unserem Haus aus dem Auto aussteigen. Sie wollte nicht mit hineinkommen. Gern hätte ich ihr noch einen Kaffee oder eine Tasse Tee angeboten und suchte wahrscheinlich nach Gründen, das Gespräch mit Mum hinauszuzögern.

Ich betrat die Küche. Mum war dabei, ein Rezept nach Clodagh zuzubereiten. Das Kochbuch der Küchenfee lag aufgeschlagen vor ihr. Ich hielt das für einen klugen Moment, um sie auszufragen. Clodaghs Rezepte wirkten bei ihr immer stimmungsaufhellend.

»Wie war dein Tag?«, fragte Mum freundlich, ohne den Blick von ihren Händen abzuwenden. Daran klebte eine undefinierbare Masse, die sie zu Meisenknödeln formte, aber ich vermutete, dass sie etwas für uns vorbereitete.

»Gut, danke.« Ich wusste nicht so recht, wie ich sie auf ihre Vergangenheit ansprechen sollte.

»Schatz, reich mir doch bitte das Geschirrtuch!« Mum

wies mit dem Ellbogen in Richtung Spüle. Dann trat sie zum Kühlschrank, um einen viel zu großen Bund Grünkohl herauszuholen. Sie wusch ihn ab, wickelte ihn in das von mir gereichte weiße Leinentuch und schwang ihn wie ein Lasso über den Kopf.

»Mum, denkst du nicht, dass es draußen schon genug regnet?«, ermahnte ich sie, denn aus dem Leinentuch tropfte so viel Wasser, da konnte die Dusche im oberen Stockwerk einpacken. Jetzt schüttelte Mum das Päckchen auch noch genau vor meinem Gesicht hin und her und quiekte vor Freude wie ein zweijähriges Kind.

»Lass das! Du machst alles nass. Wer soll das hier alles aufwischen?«, schrie ich, doch sie versetzte mir einen leichten Stoß in die Seite und gab mir zu verstehen, dass nun Grünkohlmassieren fällig wurde.

Ohne die drängenden Fragen in meinem Kopf hätte ich fluchtartig den Raum verlassen, aber so? Selbst Mum war überrascht über meinen ausbleibenden Widerstand. Interessanterweise lassen sich Eltern manchmal damit schocken, dass man genau das tut, was sie von uns erwarten. Allerdings spüren sie auch gleich, dass das gute Kind ihre Wünsche nicht umsonst erfüllt. Auch Mum witterte ihre Chance, etwas über mich zu erfahren.

»Erzähl doch mal, wo wart ihr?«, fragte Mum und schob das Bündel zu mir herüber.

»Was weißt du über Grandad?«, fragte ich im Gegenzug und packte den Grünkohl aus seiner Geschirrtuchwindel.

»Du kennst ihn doch selbst, Cait. Was ist das für eine Frage?« Mum goss Olivenöl in eine Pfanne.

»Ich meine nicht Walter, ich rede von Paul. Du weißt schon, von deinem richtigen Vater.«

»Paul? Ich kenne keinen Paul!« Nervös klickte sie das

Feuerzeug, um den Gasherd anzumachen. Kannte sie ihn wirklich nicht, oder tat sie nur so?

»Granny hat ihn mal erwähnt«, setzte ich zu einer Notlüge an. Ich wollte schließlich nicht, dass sie von unserer Fahrt zu Schwester Ailish erfuhr oder mir eventuell noch verbot, mich mit Bay zu treffen.

»Paul ist nicht mein Vater! Männern, die sich aus dem Staub machen, wenn ihre Frau schwanger ist, gehört der Titel Vater abgesprochen.« Sie griff nach einem Messer und machte sich an das Schälen einer Zwiebel. »Walter war wie ein Vater für mich. Er hat sich um mich gekümmert, als wäre ich seine eigene Tochter.« Mit einem Messer hackte sie auf die Zwiebel ein und wischte sich mit dem Ärmel über die Augen.

»Möchtest du nicht wissen, was aus Paul geworden ist?«, fragte ich vorsichtig.

»Interessiert es ihn, was aus mir …« Sie korrigierte sich, »… was aus uns geworden ist? Nein!« Mum schmiss die ungleich großen Zwiebelstücke so heftig in das heiße Öl, dass es laut zischte.

»Du muss kräftiger kneten«, kritisierte sie meine Grünkohlmassage, riss mir den Kohl aus der Hand und knetete selbst. Ich fragte mich, ob der nach Mums Behandlung überhaupt noch gekocht werden musste, so breiig, wie er jetzt vor uns lag.

»Vielleicht hatte er ja seine Gründe, Granny zu verlassen«, hakte ich nach. Ich konnte mir wirklich nicht vorstellen, dass Paul Aurelia in eine solche Anstalt hatte abschieben wollen. Ich hatte vergessen, Schwester Ailish danach zu fragen.

»Gründe? Hör mir mal zu, Caitleen!« Wie eine Waffe hielt Mum einen Stängel Grünkohl in der Hand. »Nenn mir einen einzigen Grund, warum ein Mann seine schwangere Frau verlassen darf! Du kannst dir ja nicht vorstellen, wie schwierig es für Granny war. Damals, in jenen Zeiten. Es wurde als Sünde angesehen, wenn man unverheiratet schwanger wurde. Sie wurde wie eine Aussätzige behandelt.« Sie warf den Stängel ins Spülbecken und zitterte am ganzen Körper.

»Sorry, Mum. Ich wollte dich nicht verletzen. Es ist nur …« Ich seufzte.

»Hast du nicht! Das hat damals schon Paul übernommen!« Mum baute sich vor mir auf wie die Steinmauer im Garten der Kylemore Abbey. »Und ich möchte nie wieder etwas davon hören. Hast du mich verstanden?«

Ich trat zur Seite und griff nach dem hölzernen Kochlöffel, um die angebrannten Zwiebeln vom Pfannenboden zu kratzen.

Kapitel 15

Bay und ich standen am letzten Tag vor den Osterferien im Schulhof unter der Linde, als Cara mich an der linken Schulter rempelte.

»Morgen«, blaffte Cara mich an und zog an mir vorbei wie eine Gewitterwolke.

»He, was ist los?«, rief ich und drehte mich um. »Geht es dir besser?«

»Nie schlecht gewesen. Danke der Nachfrage«, erwiderte Cara und lief weiter, ohne mich eines Blickes zu würdigen.

»Wollen wir uns zum Mittagessen in der Mensa verabreden? Ich lade dich auf eine Kalorienbombe ein«, hakte ich nach.

Aber Cara verschwand ohne ein Wort im Schulgebäude. Verdattert sah ich ihr nach. Ich hatte mich wirklich gefreut, sie wiederzusehen, und kam einfach nicht mehr mit, was hier abging. Was hatte ich nun schon wieder angerichtet?

»Mädchen eben.« Bay zuckte mit den Achseln und schüttelte den Kopf.

»Wie gut, dass du kein Mädchen bist«, gab ich schnippisch zurück.

»Sorry, so hatte ich das nicht gemeint.« Bay lächelte mich an, und ihre Augen leuchteten heute in einem hellen Blaugrün. Ich hatte Mühe, den Blick von ihr abzuwenden, weil sie mich so an Blake erinnerte. Der Spruch hätte auch von ihm kommen können. Bay und Blake waren sich verdammt ähnlich.

»Cara hatte sich wirklich auf den Ball gefreut. Sie war fest davon überzeugt, Liam würde sie fragen. Wahrscheinlich geht er nun doch mit Veronica.« Ich wusste ja, dass so ein Ball nur Ärger brachte.

»Er ist ein Volldepp«, stellte Bay lapidar fest.

»Diese Veronica kann wahrscheinlich jeden haben.« Wind kam auf, und sofort kühlte sich die Luft ab.

»Nicht jeden«, widersprach Bay und legte einen Arm um mich.

»Alle Jungs fahren auf sie ab!« Genervt schüttelte ich den Kopf.

»Ich kenne jemanden, der mit Cara auf den Ball gehen könnte.«

»Du denkst doch nicht etwa an deinen Bruder?«, sagte ich und starrte Bay an. Die Empörung in meiner Stimme war sicher nicht zu überhören.

»Warum nicht?« Bay grinste wieder ihr unverschämt gut aussehendes Lächeln und schob mir eine Strähne aus dem Gesicht, die sich aus meinem Zopf gelöst hatte.

»Weil ...« Nach diesem Anfang geriet ich ins Stottern und versuchte mich rauszureden. Bay sollte nicht auf die Idee kommen, ich könnte etwas von ihrem Bruder wollen. Auch wenn mir Blake immer wieder im Kopf herumspukte.

»Weil du ihn vielleicht magst?« Bay kam mir zuvor.

»Wie kommst du denn darauf?«, rief ich entsetzt. »Niemals!«

»Ist er denn so schlimm?« Bay neigte den Kopf leicht zur Seite. Es sah fast entschuldigend aus, obwohl sie für sein Verhalten ja kaum verantwortlich sein konnte.

Blake war ein arroganter Schnösel, der mir total den Kopf

verdreht und eine Sehnsucht in mir geweckt hatte, die sich ungehemmt in mir ausbreitete. Aber all das sagte ich nicht, sondern schüttelte nur den Kopf. Wie kam ich aus dieser Nummer wieder raus? Ich konnte ja schlecht über ihn herziehen, denn offensichtlich waren Bay und er sehr vertraut miteinander, wenn sie ihn so in Schutz nahm. »Was fangen wir nun mit Cara an?«, versuchte ich abzulenken.

»Ich kümmere mich um sie. Sei unbesorgt!«, beruhigte mich Bay und betrat das Schulgebäude. Ich folgte ihr.

In der Mittagspause setzte ich mich draußen auf eine Bank, allein. Cara hatte mich den ganzen Vormittag über nicht beachtet, und ich hatte es aufgegeben, sie anzusprechen. Ich biss gerade in ein Sandwich, da baute sich Veronica vor mir auf. Die Zicke hatte mir gerade noch gefehlt. Ihr pinkfarbener Barbieblazer beleidigte meine Augen. Und ihr selbstsicheres Grinsen konnte nichts Gutes bedeuten.

»Na, Probleme in der Schule, Schätzchen?«

»Ja, du wirfst Schatten!« Ich hoffte, dass sie ihren Luxuskörper endlich zur Seite schob. Stattdessen trat sie noch dichter an mich heran. Ich linste absichtlich an ihr vorbei, nahm sie nicht zur Kenntnis und kaute weiter auf Mums Sandwich herum, das mal wieder mit zu viel Rucola und zu wenig Käse belegt war.

»Du hast da was«, sagte Veronica und deutete mit dem Zeigefinger auf ihre polierten Schneidezähne.

»Was geht dich das an?«, maulte ich zurück.

Aber Veronica hob nur die Schultern, drehte sich auf dem Absatz um und begab sich zu ihrer Clique hinüber, die mich auffällig blöd anstarrte und kicherte. Eine ihrer Freundinnen drehte sich sogar noch mal zu mir herüber, blickte mich wehleidig an und imitierte den Schrei eines Schafs.

Es gab wirklich Momente, in dem ich Mum mit ihrem Gesundheitswahn verfluchte. Ich nahm Dads *Veterinary Journal* aus dem Rucksack und hielt es mir aufgeschlagen vor das Gesicht. Mühsam entfernte ich mit den Fingern den Rucola aus meinen Zähnen. Ich schwor mir, Mums belegte Brote nur noch zu Hause zu essen.

»Immer nur Tiere, Tiere, Tiere …« Cara klappte meine Zeitschrift zusammen und ließ sich neben mir nieder.

»Willst du mir auch noch das Leben vermiesen? Dann kannst du gleich Veronicas Clique beitreten«, gab ich angepisst zurück.

»Veronica? Die blöde Kuh! Sorry, Cait, ich muss mich bei dir entschuldigen.« Cara senkte den Blick, und das Haar fiel ihr ins Gesicht. »Ich gebe zu, dass ich wütend war … auf die da.« Sie machte eine Kopfbewegung in Veronicas Richtung. »Auch als ich dich zusammen mit Bay sah.«

»Du warst wütend auf mich und Bay?«, fragte ich so beiläufig wie möglich und blätterte weiter in meinem Heft. So einfach wollte ich es Cara nicht machen, nachdem sie mich heute Morgen so angemault hatte.

»Ihr versteht euch wohl ganz gut, oder?«, hakte sie nach und riss mir das Journal aus den Händen.

»Sie ist nett. Außerdem liegt sie mir nicht ständig mit dem Ball in den Ohren. Und nun gib mir meine Zeitschrift zurück!«

»Vielleicht sollten wir mal was zu dritt unternehmen«, schlug Cara vor. »Zum Beispiel ins Kino gehen, nach Galway.«

»Sicher. Warum nicht?«

Cara klatschte in die Hände und war ganz aus dem Häuschen. »Vielleicht mag ja ihr Bruder Blake mitkommen.«

»Das glaube ich kaum. Ich habe ihn schon seit Tagen nicht gesehen. Wahrscheinlich ist er verreist.«

Ich verlieh meiner Stimme einen möglichst gelangweilten Klang. Dass ich auch ein klein wenig Sehnsucht hatte, brauchte schließlich keiner zu wissen. Am wenigsten Bay. Nicht dass sie noch dachte, ich verbrächte nur wegen Blake Zeit mit ihr.

»Oder wir gehen als Dreiergespann auf den Ball und lassen es richtig krachen. Wer braucht schon Jungs?« Cara lachte. Es tat gut, dass Cara nicht mehr sauer auf mich war. »Aber sag mal, gab es bei dir Ärger?«, fragte sie mich, als sie sich wieder beruhigt hatte.

Jetzt war sie schon die Zweite, die mich fragte. »Ja, die nerven …« Mit einer Kopfbewegung deutete ich auf Veronicas Clique.

»Mach dir doch wegen denen keinen Kopf! Nicht darauf achten! Aber was wollte eigentlich deine Mum vorhin in der Schule?«

»Claire?«, fragte ich ungläubig.

»Ach, du weißt gar nicht, dass sie heute Morgen hier war?« Cara blickte mich fragend an.

»Woher sollte ich? Ich hatte Unterricht.«

»Ani erzählte mir, dass deine Mum während des Unterrichts an die Tür klopfte und Mrs Kavanagh daraufhin das Klassenzimmer verließ. Und dann gab es irgendwie Streit zwischen den beiden.«

Toll. Konnte Mum mich nicht wenigstens warnen, bevor sie in der Schule für Aufruhr sorgte? Warum hielt sie sich nicht an die Sprechzeiten wie jeder normale Mensch?

»Verstehe ich nicht. Was wollte sie denn von meiner Geschichtslehrerin?«

»Ich dachte, das könntest du mir sagen.«

Ich schüttelte den Kopf. Und ich ärgerte mich über Mum. Sie machte nicht nur die peinlichsten Sandwiches, nein, jetzt stritt sie sich auch noch mit meinen Lehrern. Der Appetit war mir jedenfalls vergangen, und ich warf das angebissene Brot in den Mülleimer.

»He, das hätte ich vielleicht noch verspeist.«

»Nein. Hättest du ganz sicher nicht. Den Cheddar hatte ich sowieso schon runtergegessen.«

»Das ist ein Argument. Aber sag mal …« Cara kam mir mit dem Gesicht verdächtig nahe. »Du hast da was zwischen den Zähnen.«

Ich verdrehte die Augen, presste die Lippen zusammen und verschwand in der Mädchentoilette.

Am Nachmittag saßen Cara und ich zusammen im Französischunterricht. Freudestrahlend berichtete sie mir, dass Liam sie um ihre Begleitung zum Ball gebeten hatte.

»Wer hätte das gedacht?« Cara schob mir eine offene Tüte mit bunten Skittles herüber.

»Das ist super. Ich freue mich für dich«, flüsterte ich zurück, als uns die Französischlehrerin den Rücken zuwandte. Zugegeben, ich war erleichtert, hatte ich doch wirklich schon befürchtet, dass Bay ihren Bruder Blake fragen würde. Verstohlen schaute ich zu Bay hinüber, die mal wieder eins ihrer Bücher unter dem Schreibtisch zu lesen schien. Sie lächelte. Ob das an ihrem Buch lag oder weil sie Caras strahlendes Gesicht sah, wagte ich nicht zu entscheiden.

Der Rest der Klasse war auch nicht bei der Sache. Erst als die Französischlehrerin noch einen Test schrieb, trat nach kollektivem Stöhnen endlich Ruhe ein. Und auch ich vergaß Blake und den Ball für die letzte halbe Stunde des Unterrichts.

Die Osterfeiertage zu Hause verliefen ziemlich unspektakulär. Dad war Tag und Nacht unterwegs, um Geburtshilfe bei Kühen und Schafen zu leisten. Mum tobte sich in der Küche aus und zauberte einen wirklich leckeren vegetarischen Auflauf. Osterlamm hätten Rose und ich sowieso nicht essen können. Nur die Macarons, die sie tatsächlich mit einer Kürbis-Spinat-Creme füllte, waren ungenießbar, obwohl sie lecker aussahen.

Ich hätte mich gern mit Cara oder Bay verabredet, aber alle waren ausgeflogen. Cara war mit ihren Schwestern zu ihrer Granny nach Donegal gefahren, und Bay hatte mir erzählt, sie habe keine Zeit. Also begleitete ich Dad in die Praxis und hoffte, mehr über die Magdalenenwäschereien herauszubekommen, falls Maureen mal den Rechner freiräumte.

Mittags kehrte ich von meinem Gang zur Post zurück. Die Beamten kannten mich mittlerweile und fassten unsere Versandtaschen mit Blut- oder Kotproben sehr ungern an. Nun gesellte ich mich zu Maureen an die Rezeption.

Dad erklärte Maureen mal wieder, welche Medikamente sie bestellen sollte. Aber sie hörte nicht zu. Glück für sie, dass Dad so geduldig war. Jeder andere Chef hätte sie bestimmt schon hochkant rausgeschmissen.

»Ich werde bei meinen Bestellvorgängen auch immerzu abgelenkt. Ständig werden hier Pakete abgegeben, die überhaupt nicht für die Praxis bestimmt sind. Ich bin doch keine Empfangsdame«, empörte sie sich und fischte einen Keks aus der Packung, die vor ihr lag.

»Ach ja, mein Schatz, da ist ein Paket für dich«, sagte Dad und deutete auf einen Karton unter der Ladentheke. Maureen, die sich gerade einen Keks in den Mund schob, reckte den Hals wie eine hungrige Henne und versuchte einen Blick auf den Absender zu erhaschen. »Ein Mr Brown oder so ähnlich hat es für dich abgegeben«, erwähnte Dad beiläufig und füllte einen Rücksendeschein für hundert Fläschchen Penicillin G aus.

»Brown?« Ich dachte angestrengt nach, wer das sein sollte, und hob das Paket hoch.

»Broghan nehme ich an, Master Broghan«, korrigierte Maureen. Wahrscheinlich hatte sie vorher den Absender genau studiert und tat jetzt nur so überrascht. Plötzlich konnte sie die verschnörkelte Schrift erkennen. Dads Anweisungen, die er ihr täglich aufs Papier schrieb – und er hatte eine ordentliche Handschrift –, die konnte sie jedoch angeblich nie lesen. »Er führt das teuerste Schuhgeschäft in der Stadt«, fügte Maureen spitzmäulig hinzu, bevor sie zum nächsten Keks griff.

»Master Broghan?« Ich riss meine Augen auf und studierte die exakte altmodische Handschrift auf dem Paket. Und tatsächlich, da stand es.

Miss Caitleen Welsh
Veterinary Clinic

Und rechts oben stand sein Name.

Master Broghan, Shoemaker
Main Street
Streamstown, Co. Galway

Und darunter sein Motto.

These boots are made for walking

Herrje, die Stiefel! Die hatte ich total vergessen. Ich schluckte. Die kosteten bestimmt ein Vermögen. Dad hatte glücklicherweise keine Ahnung, was Schuhe kosteten. Aber Maureen ganz sicher. Sie knabberte bereits am dritten Jaffa Cake, während sie mich beobachtete, statt auf Dads Anweisungen zu achten.

»Muss sich um ein Missverständnis handeln«, murmelte ich so nebenbei wie möglich, nahm den Karton und ging schnurstracks nach hinten in die Praxis. Ich hoffte, dass Dad Maureen noch eine Weile beschäftigte und ich die Gelegenheit bekam, einen Blick auf die Schuhe zu werfen. Wenigstens anschauen wollte ich sie mir mal, bevor ich sie zurückgab.

Das Paket wurde von einer Hanfschnur zusammengehalten. Ich knotete sie auf, öffnete den Deckel und schob vorsichtig das weiße Seidenpapier zur Seite, in das die Stiefel eingewickelt waren. Ein angenehmer Ledergeruch stieg mir in die Nase, eine Mischung aus Moschus und Limette. Sie erinnerte mich an Grannys Handtasche. Ein zusammengefalteter Zettel lag in der Schachtel. Mit dicker schwarzer Tinte waren einige Zeilen darauf notiert.

Vielen Dank für den Auftrag.
Mögen die Schuhe Dich lange begleiten.
Beste Grüße
Master Broghan

Das Herz schlug mir bis zum Hals, als mein Blick an der Zahl auf der beiliegenden Rechnung hängen blieb: 349 Euro. Ich schluckte und faltete den Zettel schnell wieder zusammen. Noch nie hatte ich so teure Schuhe in den Händen gehalten. Ich strich über das braune Leder. Am Schaft war eine kleine Spirale eingestanzt. Die Sohle war weich, mit dem Leder vernäht und nicht einfach nur geleimt. Selbst als Laiin erkannte ich, dass dahinter echte Handwerkskunst steckte.

Ich schlüpfte aus meinen Turnschuhen und zog die Stiefel an. Sie reichten mir knapp über die Knöchel und passten wie angegossen. Ich ging ein paar Schritte. Trotz der Praxisfliesen war es wie Barfußlaufen auf einem warmen, erdigen Boden. Es fühlte sich an, als wäre ich tief mit der Erde verbunden.

Plötzlich hörte ich das Läuten der Eingangstür. Ich horchte auf. Offenbar hatte ein Kunde die Praxis betreten. Vielleicht mussten Dad oder Maureen zum hinteren Medikamentenschrank, und ich wollte nicht, dass sie mich mit den Stiefeln sahen. Also packte ich sie rasch wieder in den Karton.

Ich klemmte mir das Paket unter den Arm, verließ schnurstracks die Praxis und eilte in die Stadt. Dabei kam ich mir vor wie eine Ladendiebin. Ich hatte das Gefühl, dass mich jeder anstarrte und dachte, dieses Mädchen hat sich Schuhe machen lassen, die es sich nicht leisten kann. Ich wusste nicht, ob Master Broghan die Schuhe zurücknehmen würde. Schließlich waren sie eine Maßanfertigung. Andererseits hatte ich Schuhgröße fünfeinhalb, eine Standardgröße und daher vielleicht wieder verkäuflich.

Zögernd betrat ich Master Broghans Geschäft.

»Was ist mit den Schuhen? Gefallen sie dir nicht?«, fragte er mich sofort, als er mich mit dem Karton in den Händen sah.

»Doch«, stammelte ich. »Das ist nicht das Problem.«

»Gut. Denn sie passen ja. Schließlich habe ich Maß genommen. Sonst noch was?«

Offensichtlich war Master Broghan nicht daran gewöhnt, dass Kunden bei ihm Schuhe umtauschen wollten. Seine Handwerkskunst war begehrt, mutmaßte ich.

»Es ist nur so ... sie sind recht teuer. Und da dachte ich, dass ich vielleicht ...«

»Teuer?«, empörte sich Master Broghan. »Das nennst du teuer? Ich sage dir mal, was hier teuer wird. Du verschwendest nämlich gerade meine kostbare Zeit! Und das kommt mich sehr teuer zu stehen«, schimpfte er.

»Entschuldigen Sie bitte! Ich dachte ja nur, ich sollte ...,« stotterte ich. »Aber ich nehme sie. Kein Problem.«

»Warum solltest du sie auch nicht nehmen? Schließlich sind sie bereits bezahlt. Die Quittung lag doch dabei.«

»So?« Ich traute meinen Ohren nicht. Wer sollte die Schuhe denn bereits bezahlt haben? Vielleicht hatte Dad die Rechnung beglichen, als Master Broghan in der Praxis vorbeigekommen war?

»Wer war es denn?«, fragte ich vorsichtig und spielte an den Enden der Paketschnur.

»Das ist doch unwichtig. Geld ist Geld. Egal, von wem ich es bekomme. Und nun sieh zu, dass du fortkommst. Ich habe noch Kundenbesuch.«

Jetzt erst sah ich, dass auf dem Stuhl ein weiterer Kunde saß, dessen Füße anscheinend gerade vermessen worden waren. Er sah Master Broghan recht ähnlich. Große goldene Knöpfe funkelten mir entgegen, die nur mit Mühe das Wams über dem Kugelbauch zusammenhielten. Aus dem Ausschnitt quoll ein weißes Spitzenhemd wie Sahne aus einem gefüllten Baiser. Die stämmigen kurzen Beinchen steckten in grün-weiß gestreiften Leggings. Ein nackter rechter Fuß lag auf dem Hocker.

Während ich mir seinerzeit Sorgen gemacht hatte, ob

meine Socken weiß genug waren, hätte dieser Kunde vielleicht mal darüber nachdenken sollen, seine Zehen zu rasieren, aus denen wie Sumpfkraut braune Haarbüschel sprossen. Wenn seine Füße schon so behaart waren, dann wollte ich wirklich nicht wissen, wie der übrige Körper aussah. Ich schüttelte mich und schämte mich zugleich für meine Gedanken. Haare durften mir doch eigentlich nichts ausmachen, schließlich hatten auch Tiere viele davon. Der Mann zog den Hut und grüßte mich, nachdem er gemerkt hatte, dass ich ihn anstarrte. Ich nickte nur und verließ eiligst den Laden.

Ich nahm mir Zeit für den Rückweg zur Praxis. Immer noch überlegte ich, wer die Schuhe für mich bezahlt hatte, als ich mich an den Touristen vorbeischlängelte, die die Auslagen in den Geschäften bewunderten und gut gelaunt mit einem Pint Bier vor den Pubs standen. Streamstown erwachte aus seinem winterlichen Dornröschenschlaf, und ich wurde der vielen seltsamen Begegnungen allmählich müde.

Kapitel 16

Seans blauer Caddy parkte vor unserer Einfahrt, als ich von einer meiner Wanderungen zurückkam. Neben der Arbeit in der Praxis verbrachte ich die Ferien mit Lesen und täglichen Spaziergängen. Natürlich stellte ich sicher, dass ich mich nicht wieder verlief. Ich hatte mir eine detaillierte Karte der Gegend vom Ordnance Survey besorgt, der alten britischen Kartografieagentur, in der jeder Hügel und jeder Bach verzeichnet waren.

Meine gute Laune war jedenfalls verflogen. Was wollte der schon wieder hier? Jetzt musste ich mich auch noch mit diesem übellaunigen Typen allein herumschlagen, während sich Dad und Rose wahrscheinlich beim Einkaufen amüsierten. Ich überlegte kurz, ob ich umkehren sollte, um eine weitere Stunde durchs Moor zu waten, aber ich war hungrig und erschöpft. Außerdem musste ich die grünen Zweige ins Wasser stellen, die ich von einem Strauch abgebrochen hatte.

»Raus mit den Zweigen. Sofort!«, schrie Sean mich an, als ich das Haus betrat. Ich war ja einiges gewohnt, aber wie er so plötzlich aus der Küche – aus meiner Küche! – kam und mich anplärrte, als wäre ich von allen guten Geistern verlassen, das war wirklich furchterregend.

Vor Schreck ließ ich die Zweige im Flur fallen. Das schien die Situation noch zu verschlimmern. Er griff sich an den Kopf und raufte sich die Haare.

»Die ist noch dümmer als Patricks Kuh!« Hastig sammelte Sean die Zweige auf und warf sie nach draußen. Dann schloss er die Tür von innen und lehnte sich mit dem Rücken dagegen, als müsse er mich bewachen. Ich stand immer noch wie angewurzelt da und atmete tief durch.

»Das bringt Unglück!«, jammerte er. »Damit holst du *sie* ins Haus. Das ärgert *sie*. Oh Mädchen, was hast du nur getan? Du dummes Ding!«

»*Wen* hole ich mir ins Haus?« Sean war der Einzige, der hier unerwünscht war. Und der stand ja nun schon bei mir im Flur. Nur weil wir das Haus nicht mehr abschlossen – in London wäre das undenkbar gewesen –, durfte er noch längst nicht bei uns herumschnüffeln.

Während ich meine Jacke aufhängte – also, eigentlich war es immer noch die von Dad – und die Schuhe auszog, schnappte sich Sean einen Besen und machte sich ans Kehren. Dabei fluchte er pausenlos vor sich hin. Ich dagegen machte keinerlei Anstalten, ihm zu helfen. Schließlich war er daran schuld, dass der Fliesenboden mit weißen Blütenkrümeln übersät war. Eine Antwort auf meine Frage hatte ich nicht bekommen.

Sean verschwand in der Küche und kehrte kurz darauf mit einem Krug voll Wasser zurück. Das verteilte er wie Weihwasser in allen Ecken.

»Weg mit euch, ihr kleinen Biester! Das werdet ihr büßen«, murmelte Sean und betete wieder sein Ave Maria.

Inzwischen dämmerte es mir. Dad hatte mir erzählt, dass in Irland noch viele an das Kleine Volk glaubten, die Nachkommen vom Volk der Túatha Dé Danann, die zurückgezogen von den Menschen lebten, aber in Form von Geschichten immer noch die Erde belagerten.

»Sean, Sie glauben doch nicht etwa auch an Fairies!«,

lachte ich los. »Also, diese kleinen Wesen mit Flügeln, die unter der Erde wohnen?« Dabei wedelte ich verlegen mit den Armen, weil ich mir schon bescheuert vorkam, die Frage überhaupt zu stellen.

Leider fand Sean das überhaupt nicht lustig. Im Gegenteil, plötzlich verzerrten sich seine Züge und erstarrten zu einer grimmigen Fratze. »Du bist noch dümmer, als ich dachte, Mädchen. Und deine Mutter erst. Überstreicht das ganze Rot!«

»Was hat denn unsere Fensterfarbe damit zu tun?«

»Sie hassen Rot! Rot ist die Farbe von Blut, das sie selbst nicht haben. Hast du denn gar nichts gelernt? Diese Engländer. Von nichts 'ne Ahnung!« Dann schlug er theatralisch die Hände über dem Kopf zusammen.

»Dass Sie als Erwachsener noch an solche Geschichten glauben! Das ist doch lächerlich!«

»Sie sind überall, aber sie verstecken sich vor den Ungläubigen.« Natürlich meinte er mich.

»Es gibt überhaupt keine wissenschaftlichen Beweise«, konterte ich, aber wahrscheinlich war es ebenso sinnlos, ihn vom Gegenteil überzeugen zu wollen.

»Du siehst eben nur das, was du sehen willst, Mädchen! Aber dort draußen gibt es viel mehr, als du mit deinem Erbsenhirn kapierst. Da kann dir auch dein kluger Tierarztvater nicht helfen.« Sean schüttelte den Kopf und stöhnte auf. »Ach, wenn Aurelia wüsste, wie es um ihre Familie steht. Sie würde sich im Grab umdrehen.«

Ich meinerseits drehte mich tatsächlich um und stieg die Treppe hinauf. Sollte er doch putzen, bis sich die Fliesen auflösten. Ich hatte wahrlich andere Probleme. Zum Beispiel Grannys Asche. Die war vermutlich in alle Himmelsrichtungen verstreut. Hoffentlich merkte Mum nichts, und hoffentlich haute Sean bald ab. Hoffentlich zerrten ihn die Elfen bald in die Unterwelt oder wohin auch immer. Er nervte. Zur Sicherheit schloss ich mich in meinem Zimmer ein.

Ich brauchte mehrere Tage, um mich von der Begegnung mit Sean zu erholen. Dad hatte ich von Sean erzählt und ihn darum gebeten, immer die Tür abzuschließen, denn von ungebetenen Gästen hatte ich die Nase voll. Dafür übergab mir Dad an meinem heutigen siebzehnten Geburtstag feierlich einen eigenen Hausschlüssel.

»Zu deiner Sicherheit.« Dad grinste, und ich wusste, dass er sich ein wenig lustig über mich machte.

Den Schlüssel nahm ich dankbar an, obwohl ich mich noch mehr über die neue Buchauflage der Haustierrassen freute, die er mir schenkte. Von Mum bekam ich französisches Parfüm, das ich wahrscheinlich nie auftragen würde, und von meiner Schwester eine selbst gebastelte Karte.

Jetzt lag ich auf meinem Bett und verdaute Berge von *Fish and Chips*. Eigentlich wollten wir alle vier heute Mittag essen gehen, aber Mum fühlte sich unwohl, und so landeten nur Dad, Rose und ich beim *Chipper* und schlugen uns die Bäuche voll. Außerdem rief mich Tante Irma an, um mir zu gratulieren und sich zu erkundigen, ob ihr Geschenk angekommen sei. Es handelte sich um eine Flasche Hundeshampoo, begleitet von den Worten: *Das ist ein ganz tolles Produkt, und ich schwöre darauf. Seitdem wir es benutzen, glänzt das Fell meiner Hunde und fühlt sich ganz seidig an. Das wirkt bestimmt auch bei dir.*

Cara wusste nichts von meinem Geburtstag, und Bay hatte ich nichts davon erzählt. Warum auch? Nach Feiern stand mir sowieso nicht der Sinn. Außerdem war Dad schon wieder bei einem Notfall, und Mum lag noch immer im

Bett, weil sie Kopfschmerzen hatte. Mir wurde zunehmend langweilig, und ich freute mich schon wieder auf die Schule.

Ich war kurz vor dem Eindösen – Pommes machten mich immer so schläfrig –, als meine Schwester mich beim Namen rief.

»Cait, komm doch mal runter!«, schrie sie. Rose hatte das Talent, sich von der hintersten Ecke des Hauses bis nach ganz oben bemerkbar zu machen. Wenn sie Mum jetzt weckte, konnte sie was erleben. »Du hast Besuch!«, drang mir Roses schrille Stimme ans Ohr.

Wer sollte das denn sein? Sean wagte doch nicht etwa … Dann hörte ich jemanden die Treppe heraufrennen. Schnell schob ich das Buch unters Kopfkissen und nahm meinen Mathehefter, als die Tür aufging und Rose hereinstürmte.

»Du wirst nicht glauben, wer hier ist!« Meine Schwester war immer total aus dem Häuschen, wenn Besuch kam. Wahrscheinlich fand sie es hier draußen noch einsamer als ich.

»Keine Ahnung. Cinderella vielleicht?«, fragte ich gelangweilt. Rose liebte Märchen, auch wenn sie dies mittlerweile vor ihren Freundinnen abstritt.

»Mhm. Wie Cinderella sieht unser Besuch leider nicht aus. Eher wie …« Sie legte einen Finger auf die Lippen und schien für eine Millisekunde angestrengt nachzudenken. »Vielleicht eher wie Schneewittchen mit kurzem Haar.«

»Was? Bay ist hier?«

Meine Schwester zuckte zusammen. »Das wollte ich dir doch gerade sagen. Bay steht an der Haustür.«

Ich sprang auf und wollte die Treppe hinunterrennen, als ich fast mit Bay zusammenstieß.

»Nicht so stürmisch, junge Frau! Ich war so frei, mich schon zu Ihnen aufs Zimmer zu wagen, denn unser Bote schien aufgehalten worden zu sein«, sagte Bay und zwinkerte Rose zu.

»Siehst du, vielleicht ist sie ja doch eine Prinzessin, so wie Schneewittchen. Und die Haare hat sie sich nur abgeschnitten, weil sie Angst vor der bösen Königin hat und nicht erkannt werden will«, resümierte Rose.

»Wer ist Schneewittchen?«, erkundigte sich Bay und hinderte damit die Frage, warum sie gekommen war.

»Sag bloß, du kennst Schneewittchen nicht! Du bist jedenfalls fast so schön wie sie. Nur dein Haar eben nicht. Aber egal. Darf ich es trotzdem mal kämmen? Vielleicht wächst es dann schneller nach. Und du musst mir versprechen, dass du es lang wachsen lässt.« Damit verschwand Rose aus meinem Zimmer.

»Ich mag deine Schwester. Sie ist so …« Bay überlegte. »… so anders als du.«

»Mhm. Kann sein. Ich glaube, sie kommt mehr nach Mum. Zumindest, was ihre künstlerischen Fähigkeiten angeht. Die sind ja an mir gänzlich vorübergezogen. Aber vielleicht willst du dich erst mal setzen?« Verlegen wies ich auf meinen einzigen Stuhl im Zimmer, über dessen Lehne noch Blakes blauer Pullover hing. »Setz dich lieber auf mein Bett!«, sagte ich und versetzte ihr einen leichten Schubs in diese Richtung. In Sekundenschnelle sammelte ich Blakes Pulli und die anderen herumliegenden Klamotten und stopfte sie in den Wäscheschrank. Doch es half nichts, denn Bay konnte sich den Kommentar »Schöne Farbe« nicht verkneifen. Ob sie damit die roten Flecken in meinem Gesicht meinte oder auf den Pullover ihres Bruders anspielte, vermochte ich nicht zu sagen.

Manchmal sind nervige kleine Schwestern doch zu etwas gut, denn Rose kam freudestrahlend mit einer Haarbürste in der Hand zurück und lenkte dadurch von dieser Peinlichkeit ab.

»Das ist aber hoffentlich nicht die, mit der du letztens Dolly gebürstet hast.« Auf einen weiteren Fauxpas hatte ich nämlich keine Lust.

»Ich bin doch nicht verrückt!«, empörte sich Rose. »Das fällt Bay doch sonst sofort auf. Die vielen weißen Fusseln auf ihrem schönen schwarzen Haar! Ich habe Mums Haarbürste für Dolly genommen«, betonte sie voller Überzeugung. Ich war mir nicht so sicher, ob Mum es nicht bemerken würde. Mum konnte Tierhaare nicht leiden, außer an ihren Pinseln.

Jetzt hing Rose schon an Bays Rücken und flüsterte ihr etwas ins Ohr, was ich nicht verstand, aber Bay offensichtlich lustig fand. Dann flüsterte Bay etwas zurück, woraufhin Rose aufstand und das Zimmer verließ.

»Ich habe Rose gebeten, mir ein Bild zu malen, das ich mir zu Hause über das Bett hängen kann.«

»Gute Idee. Das wird uns schlappe fünf Minuten ohne meine kleine Schwester geben.« Ich setzte mich neben Bay aufs Bett. »Warum bist du gekommen?«

Sie wühlte in ihrer Jackentasche und drückte mir eine faustgroße Muschel in die Hand. »Happy Birthday!«, rief sie und wollte mich umarmen. Ich war unschlüssig, zu welcher Seite ich den Kopf wenden sollte, und da passierte es. Bays Lippen berührten meinen Mund. Sie fühlten sich weich an und schmeckten nach Salz. Wärme durchflutete meinen Körper, und ich dachte an …

»Blake!«, entwich es mir. Und noch bevor ich realisierte, was ich da gerade gesagt hatte, sprang Bay auf und lief durchs Zimmer, fuhr sich übers Gesicht und durch das Haar. So unsicher hatte ich sie noch nie erlebt. Bestimmt weil ich den Namen ihres Bruders ausgesprochen hatte. Jetzt war ihr sicher bewusst, dass ich ihn mochte oder zumindest an ihn gedacht hatte, während sie mich küsste. Entschuldigend blickte ich sie an.

»Sorry, Cait. Ich wollte dir nicht zu nahetreten.«

Langsam fand ich auch meine Stimme wieder. »Es ist okay.« Meine Lippen schmeckten immer noch nach Bay.

»Das wollte ich wirklich nicht. Es bringt schließlich alles durcheinander.«

Auch wenn ich ihr in diesem Punkt recht gab, fand ich ihre wiederholten Entschuldigungen irgendwie auch doof. Schließlich war es passiert, und ein Kuss ist ein Kuss. Und so schlecht war es nun auch wieder nicht gewesen, zumindest nicht für mich. Obwohl ich dabei an Blake hatte denken müssen. Ein sanftes Kribbeln lief mir über den Rücken.

»Ich muss los.« Bay zog ihre Jacke an.

»Wirklich, es ist in Ordnung«, versuchte ich sie nochmals zu beruhigen. »Bleib bitte noch!« Ich wollte sie nicht verlieren wegen eines dummen Kusses, der uns beiden doch nichts bedeutete. »Meine Eltern hätten bestimmt nichts dagegen, wenn du hier bist.«

Zudem wollte ich nicht allein sein und meinem ohnehin schon überladenen Gedankenkarussell weitere Grübeleien hinzufügen. Bays Anwesenheit hatte immer irgendwas Beruhigendes … wie ein Besuch am Meer.

»Doch, ich glaube, ihnen wäre das gar nicht recht gewesen, wenn sie das gerade gesehen hätten.«

»Nein, so spießig sind meine Eltern ganz gewiss nicht.«

Bay hatte sich mir gegenüber noch nie geäußert, ob sie einen Freund hatte. Immerhin hing sie auch oft genug mit den coolen Typen in der Schule ab. Andererseits, was wusste ich schon über sie?

Bay lächelte mich an und machte die Sache für mich

nicht einfacher. Nahm sie mich überhaupt ernst? Erst küsste sie mich, dann entschuldigte sie sich dafür. Ich fühlte mich verletzt, aber auch nicht ganz schuldlos. Schließlich hatte ich bei dem Kuss an ihren Bruder gedacht.

Dann sagte sie diesen einen Satz, der mich traf wie eine Ohrfeige. »Es ist alles viel komplizierter, als du denkst.«

»Du meinst, ich verstehe nichts Kompliziertes?«, platzte ich raus. »Traut mir hier überhaupt jemand irgendwas zu?« Ich musste wieder daran denken, wie Mrs Kavanagh mir meinen Essay entzogen hatte. Wahrscheinlich fand sie das Thema auch zu kompliziert für mich. »Ich erzähl dir mal, was kompliziert ist: Nämlich wenn man die Asche seiner Granny verbummelt und stattdessen die Urne, die nun auf dem Kamin steht, mit Torfasche auffüllt. Ich weiß noch nicht, wie ich es Mum erklären soll, wenn wir die Asche ins Meer kippen. *Ups, das sind gar nicht die sterblichen Überreste deiner Mutter. Die habe ich nämlich VERLOREN!* Ach, das war eigentlich der Grund, warum wir hierhergezogen sind, in diese gottverlassene Gegend, wo es noch mehr Verrückte gibt als in der Geschlossenen meiner Granny. Das ist hier eine ganze Insel voller Verrückter.«

Bay schwieg. Das brachte mich noch mehr aus der Fassung.

»Und du erst, und dann deine Tante mit ihrem Panther, die sich einbildet, sie hätte ein Schmusekätzchen. Und dann dein Bruder. Nie sieht man euch zusammen, aber dann teilt ihr euch wohl ein Zimmer und schlaft noch zusammen in einem Bett. Seid ihr pervers oder was?«

In diesem Moment klopfte es an meine Zimmertür, und Dad kam herein. Verlegen kratzte er sich am Kopf.

»Ich wollte nur Bescheid geben, dass ich wieder da bin.«

Jetzt überlegte er offenbar angestrengt, welche Ausrede

für seine Neugier er mir anbieten konnte. Ich kannte Dad, und sein Unbehagen war nicht zu übersehen. Und das wiederum zwang mich zu der Überlegung, wie viel er von unserer Unterhaltung – besser gesagt, von meinen Vorwürfen – mitbekommen hatte.

»Und dann wollte ich euch fragen, ob ihr auch eine Tasse Tee möchtet?«

»Vielen Dank, Mr Welsh, aber ich muss los. Ich habe meiner Tante versprochen, Guinness zu füttern. Wenn er zu lange auf sein Futter warten muss, wird er stinkig.« Bay wagte es, mich schon wieder anzugrinsen.

»Natürlich. Kein Problem. Tiere halten einen immer auf Trab«, erwiderte Dad und lächelte zurück. Musste an Bays Charme liegen. Sie sah wieder bezaubernd aus. Ihre funkelnden Augen, die dunklen Haare, ihre lange Gestalt und ihre Stimme, die einen bestimmt wunderbar in den Schlaf wiegen konnte. Oder einen total aus der Fassung bringen konnte.

»Sie haben sicherlich auch viel Stress in der Praxis. Jetzt im Frühjahr mit den ganzen Geburten. Lämmer und Kälber. Da haben Sie wahrscheinlich kaum eine ruhige Nacht.«

Ich warf Bay einen strengen Blick zu. Das war doch wohl nicht ihr Ernst, dass sie Dad nach seiner Arbeit befragte. Es konnte Stunden dauern, wenn Dad sich warm redete, und meine Nerven lagen seit unserem Streit immer noch blank.

Und tatsächlich, Dad schien sich zu freuen, auf ein offenes Ohr zu stoßen, denn zu Hause fragte ihn niemand nach seiner Arbeit, abgesehen von mir. Das war eine stumme Abmachung zwischen Mum und Dad. Manchmal fragte ich mich, worüber sich die beiden unterhielten, wenn Rose und ich im Bett lagen, denn unterschiedlicher konnten zwei Menschen nicht sein. Mum mochte die Farbe Rot nicht, und

Dad steckte seine Hände schließlich jeden Tag in blutige Angelegenheiten.

Ich beruhigte mich langsam. »Dad, du hattest doch irgendwas von Tee erzählt.« Ich hoffte, dass er mein Zimmer verließ und ich noch mal mit Bay allein war, um alles zu erklären oder um mich zumindest bei ihr zu entschuldigen.

»Was haltet ihr davon, wenn ihr mit in die Küche kommt? Ich könnte uns ein Omelett machen. Ich habe frische Eier mitgebracht. Mrs O'Malley hat sie mir gegeben, als ich heute Nachmittag auf ihrem Hof war. Ihre Kuh ist tragend, und manchmal pressen die Tiere während der Vorwehen schon die Gebärmutter heraus. Das ist ihr letztes Jahr auch schon passiert, aber glücklicherweise konnten wir die zusammen wieder hineindrücken.« Dad war voll in seinem Element, während Bay immer blasser wurde, und ihr Hautton, der sowieso schon hell war, sich ihrem weißen T-Shirt anpasste.

Unbeirrt sprach Dad weiter. »Zum Glück habe ich mir diese Woche neue Klemmen gekauft. Die halten die oberen Hautlappen gut zusammen. Vorausgesetzt, man schafft es, sie durch das dicke Fleisch zu bekommen.«

»Ich muss nun leider wirklich los, Mr Welsh. Ihre Einladung zum Essen nehme ich ein andermal gern an. Aber nun wartet Guinness auf sein Abendessen.«

»Blutige Steaks?« Zugegeben, ich genoss es, wie Bay unter den Beschreibungen meines Vaters litt.

»Nett, Sie kennengelernt zu haben.« Bay schüttelte Dad die Hand. *»These boots are made for walking«*, raunte sie mir zu und war so schnell aus meinem Zimmer verschwunden, dass ich nichts mehr erwidern konnte.

»Oh, mein liebster Song von Nancy Sinatra!«, rief Dad begeistert und begann zu singen. *»You keep saying you got something for me. Something you call love but confess …«*

»He, warte!«, schrie ich Bay noch hinterher, hörte aber nur noch die Haustür ins Schloss fallen.

Eigentlich wollte ich doch nur, dass sie blieb. Hier bei mir. Ich hätte so gern mit ihr auf dem Bett gelegen, mich über alles Mögliche unterhalten und an ihrer Haut geschnuppert.

»Ein nettes Mädchen, diese Bay«, sagte Dad, der mir zur Tür gefolgt war. Ich sah Bays Auto hinterher, wie es die Einfahrt entlangfuhr.

»Ist alles okay zwischen euch? Ich wollte eure Unterhaltung nicht stören, aber … Habt ihr euch über Jungs gestritten? Ich weiß selbst, dass sie in diesem Alter … nun ja … ganz schön wild sein können. Wenn ich daran denke, wie ich früher war …«

»Lass gut sein, Dad.« Ich hatte absolut keine Lust, mit Dad über Jungs zu reden. Erst recht nicht über Bay.

»You keep lyin' when you oughta be truthin«, trällerte Dad wieder den Sinatra-Song.

»Was ist mit deinem Tee? Ich hätte gern eine Tasse«, bat ich Dad und schloss enttäuscht die Tür.

»Oh, na klar, Liebling. Mach ich dir.«

Dad verschwand in der Küche. Es gab nichts, was eine gute Tasse schwarzer Tee nicht lösen könnte. Brendas Worte kamen mir in den Sinn. Dann hoffen wir mal das Beste, sagte ich zu mir selbst und tröstete Rose, die enttäuscht war, dass Bay sich nicht von ihr verabschiedet hatte. Ihr Bild von zwei weißen Connemara-Stuten lag auf dem Küchentisch, und ich versprach meiner Schwester, es nächste Woche mit zur Schule zu nehmen.

Später setzte ich mich auf mein Bett und atmete tief durch. Vorsichtig befühlte ich die Stelle, auf der Bay kurz vorher gesessen hatte. Ich griff nach der Muschel und presste sie an die Brust. Ich war immer noch aufgewühlt, vermisste Bay bereits und hoffte, dass sie mir keine Vorwürfe machte, wenn wir uns nächste Woche in der Schule wiedersehen würden. Ich trat an den Schrank und zog aus der hintersten Ecke die Schuhe von Master Broghan hervor.

Keine Ahnung, wie Bay von den Schuhen erfahren und warum sie sie für mich bezahlt hatte. Zumindest vermutete ich das nach ihren Abschiedsworten. Als ich mit den nackten Füßen hineinschlüpfte, fühlte ich mich auf seltsame Weise mit Bay verbunden. Und irgendwie auch mit Blake.

In der Nacht schlief ich mit den Schuhen ein.

Die Schulglocke läutete zum Unterricht. Schüler drängten sich an mir vorbei. Sie lachten und erzählten sich von ihren Ferienerlebnissen. Ich stand auf der obersten Stufe des Eingangs, weil ich von dort den besten Überblick über den Schulhof hatte, denn es war genau das eingetroffen, wovor ich mich am meisten gefürchtet hatte. Bay kam einfach nicht.

Ich bekam jede Menge Komplimente für meine neuen Stiefel, aber das tröstete nicht darüber hinweg, dass Bay nirgends zu sehen war. Außerdem haftete den Schuhen ein leicht bitterer Beigeschmack an. Meinen Eltern hatte ich die Stiefel bisher verschwiegen und erst im Schulbus meine alten Turnschuhe gegen das neue Schuhwerk ausgetauscht.

In den folgenden Schulstunden wartete ich sehnsüchtig auf Bays Erscheinen. Aber sie blieb dem Unterricht fern, und auch kein Lehrer fragte nach ihr, obwohl die nächsten Klausuren bald anstanden.

In der Mittagspause hing Cara mit Liam in der Mensa ab. Sie hatte auch meine Schuhe bewundert, aber ihren neuen Typen fand sie natürlich spannender. Die beiden klebten aneinander und konnten die Lippen nicht voneinander lösen. Ich freute mich für sie, und gleichzeitig fühlte ich mich einsamer denn je. Mir blieb wohl wirklich nichts anderes übrig, als den Nachmittag wieder in der Praxis abzuhängen.

Ich hatte auch überlegt, nach dem Unterricht einfach zum Hafen zu laufen, um Bay zu besuchen. Aber vielleicht wohnte sie gar nicht mit Blake zusammen. Warum hatte ich das Bay noch nie gefragt? Und ihren Bruder wollte ich nicht treffen. Irgendwie beschlich mich das Gefühl, dass Bay mich nach unserem Kuss sowieso nicht sehen wollte.

Statt Cara, Liam und Andrej ins *Beans* zu begleiten, landete ich wieder in Dads Praxis. Selbst Maureen konnte mich heute nicht nerven. Meine Stimmung war sowieso schon auf dem Nullpunkt.

Maureen kam in den hinteren Praxisraum. Ich war gerade dabei, die Medikamente im Schrank nach Verfallsdatum zu ordnen. Das hieß, neuere Medikamente nach hinten zu schieben und jene nach vorn, die bald aufgebraucht werden mussten. Außerdem hatte Maureen wieder mehrere Packungen Jaffa Cakes im Kühlschrank gelagert, sodass die Impfstoffflaschen wild durcheinander kugelten.

»Maureen, ich hatte Sie schon so oft darum gebeten, ihre Klebekekse nicht im Kühlschrank zu lagern.«

»Die müssen aber gekühlt werden«, gab Maureen schnippisch zurück.

»Aber Kekse sind doch keine Kühlware«, erklärte ich ihr gefühlt zum hundertsten Mal.

»Bei diesen heißen Temperaturen schon.«

»Es ist Ende April. Der Sommer hat noch nicht mal begonnen, und selbst dann bezweifle ich, dass es hier jemals so heiß wird.«

»Ich kann es aber nicht leiden, wenn die Schokolade sich mit der Orangenmarmelade vermischt. Ekelhaft!«

»Dafür ist es doch viel zu kalt.« Außerdem schmeckten die Kekse auch ohne Kühlung schon grauenvoll, schob ich gedanklich hinterher.

»Eben. Weil sie im Kühlschrank liegen«, erwiderte Maureen trotzig.

Ich gab es auf. Mit dieser Person vernünftige Gespräche führen zu wollen, war genauso unmöglich, wie einer Katze *Sitz* und *gib Pfötchen* beizubringen.

Die Türglocke läutete. Maureen, froh, von unserem Gespräch fortzukommen, ging nach vorn zur Rezeption, nur um mich wenige Minuten später mit triumphierendem Blick zu nerven.

»Da vorn steht ein Kunde, der seine Rechnung begleichen möchte. Im Computer ist aber nichts zu finden. Er sagt, du hättest ihn behandelt.«

»Das kann gar nicht sein.« Dad und ich waren immer sehr sorgfältig, was die Einträge der Kunden betrafen. Es war eigentlich immer Maureen, die so etwas verschlief.

»Ist aber so. Überzeug dich selbst!«, sagte sie und drehte sich auf dem Absatz um. Ich folgte ihr zur Rezeption.

Mir stockte der Atem, denn da stand James. Von den vielen Kunden, die Dad hatte, musste es nun ausgerechnet James sein, dem es heute einfiel, seine Rechnung zu begleichen. Mir wurde natürlich sofort klar, dass Dad das nicht dokumentiert hatte, denn die Behandlung von Cupcake ging ja – wegen meines Fehlverhaltens – aufs Haus. Das hatte er mir kurz nach der Behandlung der Stute erklärt.

»Hi, James«, sagte ich und lächelte tapfer. Wenn er jetzt von meinem Angriff erzählte, erführe es dank Maureen gleich die ganze Stadt. Zu meinem Erstaunen lächelte James zurück, und ich hörte Maureen hüsteln. Natürlich wollte sie sich diese Begegnung nicht entgehen lassen.

»Ich wollte meine Schulden bezahlen.« James zog ein paar Geldscheine aus der Hosentasche.

»Wunderbar!«, quiekte Maureen. »Wir müssen nur noch den Eintrag dazu finden. Es scheint, als hätten wir Sie noch gar nicht in unserer Kundenkartei.«

»Das übernehme ich«, mischte ich mich ein und schob Maureen zur Seite. Dann setzte ich mich vor den Rechner und gab James' Daten ein.

»Name?«, fragte ich so professionell wie möglich, denn bisher kannte ich nur seinen Vornamen.

»James Markey.«

»Wohnort?« Auf die Antwort war ich jetzt tatsächlich gespannt.

»Überall und nirgends«, erwiderte James belustigt, hob den Hut und drehte ihn wie ein Zirkuskünstler auf einem Zeigefinger im Kreis herum.

»Okay. Dann lassen wir das Feld eben frei. Kommen wir zum Patienten.« Ich versuchte meine Verwirrung zu verbergen, denn ich hatte das dumpfe Gefühl, dass James mit mir flirtete. Und die Praxis war nun wirklich nicht der richtige Ort dafür. »Pferd Cupcake mit einer Sehnenverletzung an der hinteren …«

»Ich brauche noch neues Verbandsmaterial«, unterbrach mich James.

»Maureen, wären Sie so nett, es zu holen? Die Kundendatei muss noch vervollständigt werden.« Ich lächelte Maureen freundlich an. Tatsächlich ging sie mir gerade tierisch auf den Geist.

»Das bezahlen Sie aber sofort.« Maureen war offensichtlich verärgert, weil ich ihr das Revier streitig machte. »Wer weiß, wann die mal wieder bezahlen wollen«, raunte sie mir im Vorbeigehen zu.

Als ich sicher sein konnte, dass Maureen außer Hörweite war – obwohl ich da natürlich nicht sicher sein konnte –, fragte ich James nach Cupcake aus und erwähnte, dass mein Vater die Arbeit nicht in Rechnung gestellt hatte. Ich ging davon aus, dass sich James darüber freute, stattdessen verzog er das Gesicht und musterte mich mit finsterem Blick.

»Du glaubst also auch, dass wir die Leute übers Ohr hauen und nicht bezahlen?«

»So war das nicht gemeint«, gab ich erbost zurück. »Es war eher als Entschuldigung gedacht ... ähm ... für die kleine Impfeinheit.«

»Du meinst also, du kannst dir Entschuldigungen erkaufen?« Jetzt klang James aufgebracht. Er hatte natürlich recht damit, dass ich mich persönlich nie bei ihm entschuldigt hatte. Ich hatte nie einen Gedanken daran verschwendet, ihn in seiner Caravan-Siedlung aufzusuchen. Stattdessen hatte ich das unangenehme Ereignis in eine abgelegene Kammer meines Gehirns verbannt. Das Problem war jedoch, dass diese Kammer in letzter Zeit viel zu sehr beansprucht wurde.

»Es tut mir wirklich leid. Ich weiß nicht, wie ich das wieder gutmachen kann«, stammelte ich.

»Du könntest dich mit mir am Strand treffen, und wir reiten zusammen aus.« James schnippte die Vorderkrempe seines Huts nach oben.

»Ich kann überhaupt nicht reiten. Dann bin ich nämlich die Nächste, die einen Verband braucht.«

»Wir haben ganz ruhige Stuten. Jeder kann darauf reiten«, versuchte James mich zu überzeugen.

Inzwischen war Maureen wieder nach vorn gekommen.

Ihre Anwesenheit zwang mich, das Gespräch so schnell wie möglich zu beenden.

»Gut. Ich überlege es mir«, gab ich nach.

»Ich melde mich noch mal«, versprach James und legte die Geldscheine auf die Theke.

»Hier, junger Mann, der Verband.« Maureen reichte James die Packung mit der Watte und den Binden.

»Danke. Hätte ich beinahe vergessen.«

»Das werden Sie jetzt auch kaufen, junger Mann. Es hat mich so viel Zeit gekostet, das Material zu finden«, maulte Maureen, die sich wohl ärgerte, die Hälfte unseres Gesprächs verpasst zu haben.

»Ist sogar schon bezahlt«, sagte James.

In diesem Augenblick betrat Bay die Praxis. Es war verrückt, schon aus der Ferne nahm ich einen leichten Salzgeruch wahr. Für einen Moment vergaß ich die Anwesenheit von James und Maureen und lächelte Bay nur an.

»Hast du auch alles ordnungsgemäß in die Kasse eingegeben? Ich kontrolliere lieber mal nach«, meldete sich Maureen und studierte kurz den Kassenbon der letzten Eingabe. »So, und was möchten Sie?« Maureens scharfer Unterton richtete sich an Bay, die in der Nähe der Eingangstür stehen geblieben war.

»Ich brauche einen Sack Katzenfutter für meine Tante«, antwortete Bay kühl und trat näher. Dabei ließ sie James nicht aus den Augen.

»Ich glaube nicht, dass ihr das schmeckt«, gab ich zu bedenken und grinste Bay an. Ich war einfach glücklich, sie wiederzusehen.

Verwirrt sah James zwischen Bay und mir hin und her. Maureen spitzte die Ohren.

»Wir sehen uns also nächste Woche«, sagte James zu mir.

Beim Hinausgehen wandte er sich zu Bay um. »Der Fischgeruch ist ja nicht zum Aushalten.«

Bay zuckte lässig mit den Achseln, aber ich spürte, dass sie wütend auf James war. Warum auch immer …

»Was hast du denn vor?«, fragte Bay, nachdem James die Praxis verlassen hatte.

»Das frage ich mich auch«, mischte sich Maureen ein.

»Ich weiß nicht … Maureen, haben Sie nichts zu tun?«, erkundigte ich mich genervt und verdrehte die Augen.

»Du gönnst mir keine Atempause, bist ja wie dein Vater. Immer so fordernd. Furchtbar.« Mit diesem Stoßseufzer machte sie sich an das Abstauben der ohnehin sauberen Theke.

»Ganz im Gegenteil. Ich dachte, Sie brauchen eher mal eine Pause. Wie wäre es, wenn Sie sich einen Tee machen und ein paar Ihrer Kekse knabbern? Der Kühlschrank platzt aus allen Nähten, und wir haben kaum Platz, um Medikamente zu lagern.«

Maureen presste die Lippen zusammen, und ich sah ihr an, dass sie sich eine passende Antwort verkniff.

Die Erlösung kam mit dem schrillen Klingeln des Telefons, bei dem ich jedes Mal zusammenzuckte. Es war Maureens Bingo-Freundin, die immer in der Praxis anrief und so tat, als brauche sie dringend Maureens tierärztlichen Rat. Mit dem Hörer am Ohr verschwand Maureen endlich nach hinten.

»Was wollte *der* denn?« Auf Bays Gesicht lag ein Schatten.

»Wenigstens einer, der mich mal eingeladen hat. Vielleicht sollte ich ihn fragen, ob er mit mir zum Ball geht«, sagte ich mehr zu mir selbst.

»Natürlich nicht!«, empörte sich Bay.

»Was hast du denn auf einmal?«, fragte ich und konnte mir Bays Verhalten nicht erklären.

»Nimm dich vor denen in Acht!«

Ich hatte mich wohl verhört. Bay glaubte doch etwa nicht alles, was über die *Ewig Reisenden* erzählt wurde.

»Ich wusste gar nicht, dass du voller Vorurteile steckst.«

»Tue ich auch nicht, aber ich sage dir, du gehst mit mir!«

»Wohin?«, fragte ich verwundert.

»Zum Ball.«

»Mit dir zum Ball?«

»Ich meinte ...«, korrigierte Bay sich schnell. »Du gehst mit meinem Bruder.«

»Mit Blake?« Jetzt war ich mir sicher, dass Bay doch eifersüchtig auf James war. Keine Ahnung, in welcher Show ich hier gelandet war.

»Er kann mich doch nicht ausstehen. Das ist doch völlig absurd.«

»Das würde ich so nicht bestätigen. Schließlich kenne ich ihn besser als du.«

»Okaaay. Und was ist dann mit dir?«

»Um mich mach dir bitte keine Sorgen! Am Samstag hole ich dich ab, und wir fahren zusammen in die Stadt. Dann kaufen wir ein Kleid für dich.« Mit diesen Worten drehte sich Bay auf dem Absatz um und verließ die Praxis.

Der Schock über Bays Verhalten führte dazu, dass ich mir von Maureen doch einen ihrer ekelhaften Kekse andrehen ließ und ihn nur anstandshalber nicht wieder ausspuckte. Und Guinness ging anscheinend doch wieder auf Jagd, denn Bay hatte den Sack Katzenfutter an der Theke stehen lassen.

Die nächsten Tage konnten gar nicht schnell genug vergehen. Auch wenn ich es niemandem gegenüber zugab, aber ich freute mich auf den gemeinsamen Ausflug mit Bay und auch darauf, Blake bald wiederzusehen. Meine gute Laune fiel selbst meinen Eltern auf. Ich meckerte nicht mal, als Mum uns eine neue Rote-Bete-Kreation von Clodagh auftischte.

Die Sonne schien die ganze Woche über, und die Fenster in der Schule standen jeden Tag weit offen, weil sich auch der Wind beruhigt hatte. Bay war zwar immer noch nicht wieder im Unterricht aufgetaucht, aber das störte mich nicht.

In der Mittagspause kauerte ich auf den Außenstufen des Schuleingangs und trank mit einem Strohhalm meinen Apfelsaft aus einer Flasche. Cara saß neben mir, eng an Liam gekuschelt, und ich war in Gedanken bei Blake und dem Ball. Ich würde seinen wunderbaren Meeresduft einatmen und mich in seinen blaugrünen Augen verlieren. Vielleicht würde ich ihm eine Hand in den Nacken legen und ihm mit den Händen sanft über den Hals streichen. Schon der Gedanke an ihn reichte, und ich bekam Gänsehaut, obwohl ich mich innerlich total gewärmt fühlte.

Da hörte ich jemanden laut lachen, obwohl das eher an Möwengeschrei erinnerte. Ich sah, wie Veronica den Kopf in den Nacken warf. Dabei berührten ihre blonden Haare fast ihren Hintern, der in einer engen fliederfarbenen Hose steckte. Carina, eine von Veronicas Freundinnen, spritzte mit ihrer Wasserflasche Andrejs T-Shirt nass.

»Los, mehr!«, feuerte die aufgekratzte Veronica ihre Freundin an. Andrej genoss anscheinend die Aufmerksamkeit der Zickenclique und versuchte immer wieder, Veronica unauffällig zu berühren.

Ich musste über Andrejs Schmachtversuche schmunzeln, senkte den Blick und strich über das Leder meiner Stiefel.

Kapitel 17

Ich füllte gerade meine Tasse zum zweiten Mal mit Kaffee, als ich hörte, wie jemand in rasendem Tempo die Auffahrt herauf bretterte und in drei Zügen das Auto wendete. Den quietschenden Reifen nach zu urteilen, musste es sich um meine Verabredung handeln.

»Ich nehme an, das ist Bay«, erwähnte ich so beiläufig wie möglich.

»Ich frage mich, wo das Mädchen fahren gelernt hat«, meinte Dad und leerte seine Tasse in einem Zug.

»Sie fährt super und vor allem sicher«, verteidigte ich Bay.

»Ja, sicher schnell!«

»Dad, bitte hör auf! Ich möchte nicht, dass du Bays Fahrstil kritisierst. Wenn ich mich recht erinnere, hast du kürzlich ein Schaf angefahren.«

Darauf antwortete Dad nur mit einem *Mhm* und wandte sich wieder seiner Tageszeitung zu, die er seit einigen Wochen abonniert hatte. Leider haperte es mit der Zustellung. Heute war bereits Samstag, und er hielt die Donnerstagsausgabe in den Händen. Aus Mangel an Neuigkeiten war auf der Titelseite ein Farmer abgebildet. Der beschwerte sich, dass das Wetter zu heiß und zu trocken war und das Gras auf den Weiden aufgrund des Wassermangels nicht spross.

Es klopfte an der Tür. Ohne eine Antwort abzuwarten, betrat Bay mit langen Schritten die Küche. Sie nahm ihre

Sonnenbrille ab und steckte sie an den Ausschnitt ihres weißen T-Shirts. Im Sonnenlicht, das durch das Fenster schien, leuchtete ihr Haar dunkelbraun. Sie begrüßte meinen Dad mit einem lässigen Handschlag und dem bezauberndsten Lächeln, das ich mir vorstellen konnte. Kleine Falten bildeten sich dabei um ihre Augen, die in einem wunderschönen Grün und Blau glänzten. Wahrscheinlich lag es auch an der Sonne. Die hellte anscheinend nicht nur die Stimmung, sondern auch Farben auf.

»Hi, Mr Welsh! Ihr Kaffee riecht verdammt gut.«

»Wenn ich was gut kann, dann Kaffee aufbrühen. Möchtest du eine Tasse, Bay?«

»Nein, danke, Mr Welsh. Der Duft genügt mir für heute.« Dann wandte sich Bay an mich. »Außerdem sollten wir los.«

»Jetzt?« Ich blickte an mir hinab. Ich trug immer noch mein weißes Schlafshirt, aber immerhin hatte ich schon meine Jeans an. Mein Oberteil wollte ich erst wechseln, nachdem ich einige Tassen Kaffee intus hatte. Bay trug auch nur ein weißes T-Shirt. Warum sah sie darin perfekt angezogen aus und ich im Gegensatz dazu wie das Gespenst von Canterville?

Bay nickte.

»Gib mir drei Minuten!« Ich rannte die Treppe hoch zu meinem Zimmer, warf mein Schlafshirt aufs Bett und kramte mein graues Kapuzenshirt hervor.

Im Bad drückte ich so hektisch Zahncreme auf meine Zahnbürste, dass ein großer Klecks im Waschbecken landete und aussah wie eine viel zu fette Made, die ich einmal aus einer unbehandelten Wunde einer Kuh hatte kriechen sehen. Ich schüttelte mich.

Die Badezimmertür stand offen, und Bay schaute mir beim Zähneputzen zu. »Bin gleich fertig«, zischte ich aus vollem Mund. Dabei spritzte ich Zahnpasta auf ihr T-Shirt. »Huch! Das wollte ich nicht«, nuschelte ich und spülte mir den Mund aus.

Rasch griff ich nach meinem Deoroller, um mir wenigstens den Anschein von Frische zu verleihen. Schließlich würde mich Bay später in den Geschäften zwingen, verschiedene Klamotten anzuprobieren. Ich fuhr gerade mit dem Vanilleroller unter mein T-Shirt, als Bay ihn mir unsanft aus der Hand nahm und aufs Regal zurückstellte. »Brauchst du nicht. Pur riechst du viel besser!«

Darauf wusste ich nichts zu erwidern, sondern hob nur eine Schulter, um mich selbst über meinen Körperduft zu vergewissern.

Bay nahm meine Hand und zog mich erst aus dem Bad und dann die Treppe hinunter. Ich schaffte es gerade noch, nach Jacke und Rucksack zu greifen und Dad ein »Tschüs« zuzurufen.

»Anschnallen nicht vergessen, Cait!«, rief Dad mir nach, bevor die Tür ins Schloss fiel.

»Warum die Eile? Wir sind doch nicht auf der Flucht«, beschwerte ich mich bei Bay, als wir im Auto saßen und langsam die Auffahrt hinabrollten.

»Ich wollte den Tag nur mit dir anfangen. Außerdem ist es über eine Stunde nach Galway. Und ich möchte, dass wir dort möglichst viel Zeit haben. Außerdem wollten wir doch gemeinsam ein Kleid aussuchen.«

Ach, da war ja noch was … der Tanz in den Mai. Ich rutschte immer tiefer in den Sitz. Am Tag zuvor hatte ich mich noch von den Frühlingsgefühlen der anderen mitreißen lassen. Heute stand ich dem Ganzen wieder kritischer gegenüber. Was sollte ich dort? Die Erinnerung an die Booley Party war längst noch nicht verblichen. Was, wenn Blake mich stehen ließ und ich wieder allein in der Ecke saß, nur um darauf zu warten, dass wir uns endlich näherkamen?

»Alles okay bei dir?«, fragte mich Bay, als wir kurz anhalten mussten, um einen Reisebus vorbeifahren zu lassen. Ich traute mich nicht, nach Blake zu fragen, so nervös machte mich die ganze Angelegenheit. Hatte Bay ihren Bruder lange überzeugen müssen, damit er mit mir zum Ball ging? Schließlich musste er ja zugestimmt haben, sonst wären wir nicht im Auto nach Galway unterwegs.

Bay saß lässig hinter dem Lenkrad, und ihre Ruhe übertrug sich auf mich. Nach und nach entspannte ich mich. Außerdem war die Gegend, wenn es ausnahmsweise nicht regnete, atemberaubend schön. Mein Blick fiel auf das Meer. Bay ging vom Gas und nannte mir die Namen der vielen vorbeiziehenden Buchten und Strände. Golden Beach, Dogs Bay und Coral Beach.

Coral Beach bestand tatsächlich aus Millionen kleiner Korallenstücke, die leicht mit Sandkörnern zu verwechseln waren. Bay versprach mir, bald einen Ausflug dorthin zu machen. Sie wollte mir zeigen, wie das Meer seine Farbe je nach Wetterlage veränderte. Heute jedenfalls leuchtete das Wasser in allen möglichen bläulich grünen Farbtönen, vor allem Türkis schien heute die Hauptrolle zu spielen. Ich musste unwillkürlich an Blakes Augen denken. Aus Angst, Bay könne meine Gedanken lesen, betrachtete ich die Berge zu meiner Rechten, die sich gegen den Himmel wölbten. Das Grünbraun der Weiden, das sich um diese Jahreszeit wie ein Schal um die Hälse der Berge legte, und die Punkte – Schafe, die statt des Schnees die Berge mit strahlendem Weiß schmückten. Mit Bay an meiner Seite sah alles bezaubernd aus. An ihrer Anwesenheit lag es, dass ich alles intensiver erlebte und mich für die Schönheit der Gegend öffnete.

Nach einer Weile wurde die Straße wieder breiter und der Verkehr dichter. Häuser säumten unseren Weg und erweiterten sich zu der Stadt, die Bay und ich besuchen wollten. Wir parkten in der Nähe des Busbahnhofs und gingen zusammen in die Innenstadt. Ich erkannte eine der Modeketten, die es in London zur Genüge gab. Dort fand ich sicher etwas Geeignetes, das meine finanziellen Möglichkeiten nicht überstieg.

Ich wollte den ungemütlichen Teil unseres Ausflugs schnell hinter mich bringen, damit Bay und ich uns angenehmeren Beschäftigungen zuwenden konnten. Zum Beispiel in einem der zahlreichen Cafés ein Sandwich essen und danach ein Stück Kuchen mit einem Macchiato. Es gab aber auch noch andere Köstlichkeiten. *Buttermilch-Eierkuchen mit Heidelbeeren* stand auf der Tafel vor einem Café. Das klang schon mal lecker. Oder doch vielleicht ein hausgemachter Burger mit Kartoffelecken und Sour Cream, der von einem Pub angepriesen wurde, zusammen mit einem Salat gegen das schlechte Gewissen.

Mir knurrte der Magen, denn schließlich hatte ich nur zwei Tassen Kaffee getrunken und drei Cracker gegessen, die ich im leeren Brotfach gefunden hatte. Für Porridge war mir dank Bays Eile ja keine Zeit geblieben. Aber bevor ich Bay den Vorschlag zu einer kulinarischen Unterbrechung machen konnte, zog sie mich gnadenlos weiter.

»Es ist noch viel zu früh, um jetzt schon etwas Warmes zu essen. Außerdem kommt erst die Arbeit, dann das Vergnügen.«

Murrend stimmte ich ihr zu. Klamottenkauf fand ich tatsächlich superanstrengend. Das war Arbeit. Schon beim

Gedanken, Entscheidungen über Kleidung treffen zu müssen, ermüdete ich. Was sollte es sein? Ein Kleid, kurz oder lang, mit Trägern oder ohne? Aus Samt oder Tüll oder weiß der Geier was? Dann ausziehen und wieder anziehen und wieder umziehen. Meine gute Laune schwand mit jedem weiteren Gedanken. Ich konnte nur hoffen, dass Bay ein gutes Gespür für Stilfragen hatte, damit wir schnell fündig wurden.

Nachdem wir einen Buchladen, einen Zigarrenshop, Pubs und Cafés sowie ein Einkaufszentrum passiert hatten, das sich mit seinen Glasfronten über mehrere Etagen erstreckte, bogen wir in eine weniger belebte Straße ein. Einige Charity Shops reihten sich aneinander, die gerade öffneten. Überlegte Bay, dass ich mir was Gebrauchtes zulegen sollte? Ich war mir allerdings nicht sicher, ob mir Vintageklamotten standen. Sähe so ein Fummel aus den Zwanzigern gut an mir aus? Ich versuchte mir Bay in einem Kleid vorzustellen, aber das brachte mich nur zum Lachen. Sie war groß und schlank und hätte sicherlich gute Aussichten gehabt, auf einer Pariser Modenschau mitzulaufen. Ich kicherte. Gleichzeitig hatte Bay etwas Jungenhaftes, die Art, wie sie mit langen Schritten lief und die Hände in die Hosentaschen steckte.

Irgendwann hielten wir vor einem kleinen Laden, *Laeticia's Dresses*. Der rasche Blick ins Schaufenster genügte, um festzustellen, dass es sich dabei um keinen Wühlladen handelte. Die zwei Modepuppen trugen weiße Kleider, eins bis zu den Knien, das andere bis zu den Knöcheln. Sie erinnerten eher an Hochzeitskleider mit dem vielen Satin und der feinen Spitze.

Wir waren die einzigen Kunden im Geschäft. Plötzlich hatte ich einen Kloß im Hals.

»Ich glaube nicht, dass dieser Laden was für mich ist. Das sind doch sicherlich irgendwelche Designerklamotten. Die kann ich mir nicht leisten«, flüsterte ich Bay zu.

Aber bevor sie antworten konnte, ertönte ein lang gezogenes »Hi« aus der hinteren Ladenecke. Ich blickte mich um und entdeckte eine schöne blonde Frau mit breitem Lächeln und dunkel umrahmten Augen, die auf Bay zueilte. Ihre Lippen waren knallrot geschminkt, und als sie so lächelte, erinnerte sie mich an einen Clown.

»Ach, wie schön, du bist es! Allerdings hatte ich auch gehofft, deinen Bruder mal wieder zu sehen.« In ihrer Stimme schwang deutlich ein Ton von Enttäuschung mit. »Ist schließlich schon eine Weile her.« Ihre getuschten Wimpern blinkerten. Die waren bestimmt künstlich.

Ich hüstelte. »Sorry, liegt an den Crackern vom Frühstück«, entschuldigte ich mich und sah mich im Laden um, während sich Bay und die Verkäuferin unterhielten. Ich stöberte durch die Kleider, die in allen möglichen Längen und Farben auf den Bügeln hingen. Wonach sollte ich suchen? Stand mir der Sinn nach einem bodenlangen Kleid aus Chiffon, wie diesem perlenbesetzten? Der Stoff fühlte sich weich an, allerdings war der Ausschnitt, der fast bis zum Bauchnabel reichte, wohl doch ein bisschen zu gewagt. Ich griff nach einem schwarz-weißen Etuikleid, das nur einen Träger hatte. Es war schlicht und gefiel mir sehr gut. Allerdings war es schmal geschnitten, und wahrscheinlich konnte ich mich darin nicht gut bewegen. Ich suchte nach einem Preisschild, das aber nirgends zu entdecken war. Auch die anderen Kleider waren nicht ausgezeichnet. Wahrscheinlich spielte bei den Kunden, die hier einkauften, Geld keine Rolle. Verzweifelt suchte ich Bay.

»So, das probierst du jetzt mal an. Mein Name ist übrigens Laeticia.« Die Verkäuferin drückte mir drei Bügel in die Hand, an denen ein rotes, ein blaues und ein cremefarbenes Kleid hingen.

Da ich Bay nirgends entdeckte, nahm ich das Stoffbündel aus Laeticias Händen und betrat eine der Umkleidekabinen. Wieder suchte ich nach einem Preisschild, vergebens. Nur an der Innenseite des einen Kleids hing ein Schildchen mit dem in goldenem Faden eingestickten Namen des Herstellers: Tír na nÓg. Netter Marketingtrick!

Als Erstes zog ich das cremefarbene Kleidchen an. Es passte mir ganz gut in der Taille, aber es hatte keine Ärmel, sondern nur zwei breite Bänder, die wohl um den Hals gebunden werden sollten. Als ich in den Spiegel blickte, sah ich noch blasser aus als sonst. Marilyn Monroe hätte es sicher gut gestanden.

Laeticia öffnete die Vorhänge einen Spaltbreit und linste zu mir in die Kabine. Ich lächelte sie unsicher an.

»Das ist nicht das Richtige. Dafür bist du wohl noch zu jung. Wie alt bist du eigentlich? Vierzehn?«

»Siebzehn«, antwortete ich verärgert. Was ging sie mein Alter an, nur weil sich bei ihr bereits erste Linien um den Mund herum abzeichneten? »Ich sah schon immer jünger aus, als ich eigentlich bin«, fügte ich schnell hinzu. »Das liegt in unseren Genen. Bei meiner Mutter ist das ebenso.«

Jetzt lächelte Laeticia mich schon angestrengter an. Und ich konnte mir nicht verkneifen, noch einen draufzusetzen. »Du hast bestimmt schon größere Kinder. Die sind wahrscheinlich in meinem Alter, oder?« Ich setzte mein unschuldigstes Lächeln auf. Hätte ich jetzt Rose bei mir gehabt, wäre das sicherlich ihre Einlage gewesen. Sicher wäre sie stolz auf mich, wenn ich ihr davon erzählte.

Mein Kommentar saß, denn das Lächeln der Verkäuferin versteinerte. Auf einmal hatte es etwas Maskenhaftes, und ich fragte mich, was Blake überhaupt an ihr fand. Plötzlich fühlte ich mich tatsächlich wieder wie ein kleines Mädchen, das in Mums Stöckelschuhe schlüpfen wollte, um eine Runde Erwachsensein zu spielen. Außerdem spürte ich, wie mir warm wurde.

»Das geht jedenfalls gar nicht!« Laeticia zog am Träger meines blau-weißen Sport-BHs und schnippte das Gummiband wieder zurück. »So was trägt man vielleicht, wenn man Körbchengröße D hat, und dann auch wirklich nur, wenn man Sport macht, damit alles schön fest und in Form bleibt.« Jetzt gewann sie ihr bezauberndes Lächeln zurück. »Ich wüsste aber nicht, wieso du so was brauchen solltest.«

Okay. Punkt für sie. Bei Körbchengröße A gab es wirklich nicht viel zu stützen, geschweige denn zu verpacken. Ich trug den BH auch nur, weil meine Wäsche größtenteils noch im Korb lag und darauf wartete, gewaschen zu werden. Mum war wieder zu beschäftigt mit ihrem Atelier in der Stadt gewesen, das sie sich dort aufbauen wollte.

»Ich suche dir jetzt mal was Hübsches raus, während du bitte die anderen Kleider anprobierst. Irgendetwas Passendes werden wir schon finden.« Daraufhin zog Laeticia rasch ein Band aus der Tasche und vermaß in Sekundenschnelle meine Oberweite.

So eins hatte ich schon mal gesehen, und zwar bei Master Broghan. Es bestand aus Metall, und die Zahlen waren nicht in Zentimeter angegeben, sondern immer noch in Inches. Dass sie etwas von Schwimmerrücken murmelte, als sie die Kabine verließ, überhörte ich geflissentlich.

Wahrscheinlich würde sie mir jetzt besonders hässliches Zeug zum Anprobieren zusammensuchen. Vorsichtig entledigte ich mich des Kleids, aus Angst, den Stoff zu zerreißen. Wer hätte dann dafür aufkommen müssen? Ich betrachtete mich im Spiegel.

Ein athletischer Unterarm schob sich durch die Vorhänge.

»Versuch doch mal das hier!« Bays Hände umklammerten ein kräftiges Grün. Eigentlich war es nicht meine Farbe, aber ich griff danach, Bay zuliebe. Das Material war weich und floss mir durch die Finger. Ich zog es über, und sofort schmiegte sich der Stoff an meinen Körper. Als ich mich im Spiegel betrachten wollte, riss Laeticia die Vorhänge auf. Schon mal was von Privatsphäre gehört?

»Mhm. Ich sehe, du hast dir selbst was rausgesucht. So schlecht sieht es gar nicht aus.« Dabei umfasste sie meine Taille, zupfte mal hier und mal dort und brummte irgendwas von »Muss ja nicht mal geändert werden« und »Hätte sowieso kaum Zeit gehabt.« Ich hob den Kopf, um nach Bay zu suchen. Aber das war gar nicht notwendig. Sie blickte mich bereits aus der Ferne an, und obwohl sie bestimmt vier Meter von mir entfernt stand, fühlte ich mich ihr ganz nahe.

Mir wurde warm unter ihrem Blick, und ich räusperte mich. Verflixt, dieser trockene Hals!

»Laeticia, können Sie bitte meiner Freundin ein Glas Wasser bringen?«, fragte Bay.

»Sicher«, antwortete sie und drückte mir einen BH in die Hand, den ich doch in der Zwischenzeit mal anprobieren sollte. Er war hautfarben, fast durchsichtig, und in der Mitte zierte ihn eine kleine Metallspirale. Der kostete sicherlich ein Vermögen. Mein Blick schweifte wieder zu Bay, die sich plötzlich verlegen abwandte.

Schnell zog ich die Vorhänge zu. Mein Hals fühlte sich wieder so furchtbar trocken an, dass ich kaum schlucken konnte und ich mich fast wieder so bescheuert räuspern musste.

Als Laeticia mit einem Glas Wasser kam, stand ich nur mit Unterwäsche bekleidet in der Kabine.

»Passt doch. War das kleinste Modell, das ich finden

konnte.« Laeticia lächelte zufrieden. Stattdessen hüstelte Bay plötzlich und setzte sich mit dem Rücken zu mir auf einen Stuhl in einer Ecke des Ladens.

Nachdem ich mich umgezogen hatte und wieder nur Jeans und T-Shirt trug, mit meinem Sport-BH darunter, drückte mir Bay bereits eine Tüte in die Hand. Trotz meines lautstarken Protests hatte sie bereits bezahlt. Laeticia konnte meine Einwände überhaupt nicht verstehen und murmelte nur, dass ich noch viel zu lernen hätte. Sie lasse sich schließlich ihre Klamotten oft von irgendwelchen Liebhabern bezahlen. Dieser Kommentar machte die Situation für mich noch unerträglicher, aber zum Glück zog Bay mich schnell aus dem Geschäft.

Unsere Oberarme berührten sich, als wir nach draußen traten, und ich zuckte wie elektrisiert zusammen. Warmer Wind strich mir um die Nase, und es roch wieder leicht nach Meer.

»Ich zahle dir alles zurück«, beharrte ich und meinte es ernst, denn in der Tüte befand sich nicht nur das schönste Kleid, das ich je besessen hatte, sondern auch der BH. Der bestand zwar aus einem Nichts an Stoff, war aber mit Sicherheit teuer gewesen. Keine Ahnung, wie viele Regale ich bei Dad mit Hundefutter einsortieren musste, um Bay das Geld schnellstmöglich zurückzugeben. Den Sommer würde ich jeden Tag in Dads Praxis verbringen, nahm ich mir fest vor.

Bay winkte nur ab, als ich sie auf das Geld ansprach. »Lass uns lieber was essen gehen!«, schlug sie vor und nahm mir die Tüte ab.

»Gut, aber nur, wenn ich dich einladen darf.«

»Ganz, wie du willst.« Bay setzte ihre Sonnenbrille auf.

Als wir das Café verließen, hatte ich das Gefühl, als hätte mir jemand einen schweren Rucksack von den Schultern genommen. Ich fühlte mich frei und glücklich. Mit Bay zusammen kam mir sogar das kleine Café unterhalb der Main Road wie ein Luxusrestaurant vor. Dort wurde zwar kein Lachs-Shrimps-Tatar serviert, dafür aber kleine Tagesgerichte, die bezahlbar waren und lecker schmeckten.

Ich war so gut gelaunt, dass ich ohne Punkt und Komma redete. Ich erzählte Bay von Mrs Kavanagh und wie sie versucht hatte, mir das Thema meines Essays abzunehmen. Außerdem von Mums Küchenkünsten und dass die Beerdigung von Granny bald anstand.

Bay hörte sich alles an und unterbrach mich nicht. Es tat gut, dass ich mir einiges von der Seele reden konnte. Blake sparte ich allerdings aus.

Wir schlenderten die Main Road in Richtung Busbahnhof entlang. Dort hatte Bay das Auto geparkt. Sie wollte eigentlich durch kleine Nebengassen gehen, aber heute genoss ich ausnahmsweise mal die Menschenmassen, die uns wie auf einer Welle mittrugen. Die Straße war voll von Leuten, die einkaufen wollten, von Händlern, die verkaufen wollten, von Straßenkünstlern und Musikern, die entdeckt werden oder sich zumindest ein paar Euro in die Tasche stecken wollten. Und dann gab es noch die Touristen, die bereitwillig alles kauften, was mit den drei Farben der irischen Nationalflagge bedruckt war.

An einer Straßenecke hatte sich eine Menschentraube gebildet. Ich drängte mich durch das Gewimmel, weil mir die Bluesstimme, die die Gitarrenmusik begleitete, so gut gefiel. Der Sänger war groß und schlank. Seine langen Beine steckten in einer eng anliegenden schwarzen Hose. Dazu trug er ein blaues Hemd und auf dem Kopf einen Hut. Darunter lugten braune Haare hervor. James!

Er hatte mich in der Menge ausgemacht und lächelte mich mit seinem verschmitzten Grinsen an. Es bildeten sich wieder diese Grübchen, die ihm unheimlich gut standen. Ich konnte nicht anders als zurückzulächeln.

Ich merkte erst, dass Bay einen Arm um mich gelegt hatte, als die Leute applaudierten und ich es ihnen gleichtun wollte. Einige pfiffen vor Begeisterung oder drängten sich nach vorn, um Münzen in den offenen Gitarrenkoffer zu werfen.

Ich schob Bays Arm zur Seite und gab vor, nach meiner Geldbörse zu suchen. Dabei hatte ich plötzlich das Gefühl, als wolle mich Bay als ihren Besitz beanspruchen. Und das kam mir seltsam vor. Auch James spähte immer wieder zu uns herüber, während er sich bei einzelnen Spendern bedankte.

Dann war ich zur Abwechslung mal diejenige, die der Situation entkam und mich eilends durch die Menschen schlängelte. Bay lief mir hinterher.

Auf der Rückfahrt schlief ich ein. Das Essen hatte mich angenehm gesättigt. Okay, vielleicht hatte ich es mit den Tortillas leicht übertrieben. Aber schließlich wusste ich, dass es heute Abend bei Mum wahrscheinlich nur wieder eine von Clodaghs seltsamen Kreationen gab.

Es war schon dunkel, als mich Bay zu Hause absetzte. Ich näherte mich dem Hauseingang, als Mum die Tür aufriss und mir entschlossen entgegentrat. Sie hatte die Stirn gerunzelt und die Arme vor ihrer Brust verschränkt. Oje, das bedeutete Ärger.

»Was hast du gemacht?«

Ich zuckte zusammen und versteckte die Tüte mit dem Kleid hinter dem Rücken. »Ich habe dir doch gesagt, dass ich mit Bay unterwegs bin. Sorry, dass es so spät geworden ist«, murmelte ich so gelassen wie möglich und wollte mich an Mum vorbeischieben.

»Darum geht es ausnahmsweise einmal nicht. Obwohl du tatsächlich zu spät bist.«

Ich hob die Brauen. »So, was ist es denn?«

»Wie erklärst du dir das?« Mum hielt mir Grannys Urne vor die Nase.

Das war der Moment, vor dem ich mich so gefürchtet hatte. Ich setzte zu einem Erklärungsversuch an. »Granny ist gestorben, und sie wollte verbrannt werden. Nun sind wir hier, um …«

Mit einer Handbewegung schnitt mir Mum die Worte ab. Offensichtlich wollte sie sich meine sinnlosen Erklärungsversuche nicht anhören. Ihre Unterlippe zitterte. »Was auch immer diese Urne enthält, es ist jedenfalls nicht Grannys Asche!« Mum kippte das Gefäß um und schüttet den Inhalt auf den Boden.

»Mum, Grannys Asche hat sich selbstständig aus dem Staub gemacht. Sie ist einfach davongeflogen. Ich kann überhaupt nichts dafür!«

»Für wie dumm hältst du mich eigentlich?«

»Aber wenn es doch wahr ist!«

»Ich habe deine Lügen satt, Cait!«

War ja klar, dass sie mir nicht glaubte. Zugegeben, die Geschichte klang nicht glaubwürdig. Aber langsam reichte es mir auch. Ständig diese Geheimniskrämerei von Mum. Mir standen Antworten zu!

»Aber wer lügt hier überhaupt wen an?«, platzte es aus mir heraus.

»Caitleen Welsh! Das ist doch lächerlich! Und wie sprichst du überhaupt mit mir?« Mums Stimme stieg um eine Tonlage nach oben.

»Wenn es so lächerlich ist, warum erzählst du mir dann nicht, was mit Granny wirklich passiert ist? Und mit deinem Vater?« Meine Hand krallte sich um den Einkaufsbeutel, den ich immer noch versteckt hielt. Mum ließ sich nicht darauf ein.

»Und woher hast du das?« Mum deutete auf das Foto und den Zeitungsartikel aus meinem Kleiderschrank.

»Du warst an meinen Sachen?« Ich war geschockt, dass Mum offensichtlich in meinem Schrank gewühlt hatte.

»Die Frage könnte ich dir auch stellen«, gab Mum wieder. »Manchmal muss man Ereignisse auch einfach ruhen lassen und nicht überall die Nase reinstecken. Du mit deinem Forscherdrang, lächerlich!« Mum lachte hysterisch. »Ich hatte dir schon gesagt, dass du meinen Vater bereits kennst. Und jetzt Schluss damit!« Sie presste die Lippen aufeinander.

Ich glaubte zu sehen, dass ihre Augen feucht wurden. Sie tat mir fast schon leid, und ich griff nach ihrem Arm, was sich als großer Fehler erwies. Dabei zerrte mir Mum nämlich die Einkaufstüte aus der Hand. Wenn sie jetzt noch die Klamotten sah, würde sie total ausflippen. Also riss ich ihr den Beutel wieder aus den Händen. So ging das einige Male hin und her. Eigentlich hätten wir beide am liebsten losgelacht, aber Mum besann sich wieder auf ihre miese Laune und forderte mich auf, ihr die Tüte zu geben.

»Es ist ein Kleid für den Ball und sollte eine Überraschung sein«, erklärte ich halbherzig und wollte an ihr vorbeilaufen. Auf halber Treppe kam sie mir jedoch hinterher und schnappte sich die Tüte.

Mum zog mein grünes Kleid heraus, das mir einen schönen Abend hätte einbringen sollen und nun stattdessen einen Haufen Ärger verursachte. Sie hielt es hoch und begutachtete es von allen Seiten. Auch ohne Preisschild war ihr klar, dass es ein teures Kleid gewesen sein musste. Das konnte Mum keinesfalls entgehen.

»Woher hast du das?«

»Von Bay«, versuchte ich mich herauszuwinden. Das könnte immer noch bedeuten, dass ich mir das Kleid nur ausgeliehen hatte.

»Bay? Dieses Mädchen aus deiner Klasse?«, fragte Mum. »Aber dieses Kleid muss Hunderte von Euro gekostet haben.« Mum strich über das Material, rieb den Stoff sanft zwischen den Fingern, roch daran und legte ihn an ihre Wange. Ihr schien es offensichtlich auch zu gefallen. Das machte mich unvorsichtig.

»Bay hat mir das Geld geliehen. Und es war gar nicht so teuer, wie du denkst. Wenn ich jeden Tag in Dads Praxis arbeiten kann, zahle ich es ihr nach dem Sommer zurück.«

»Du wirst arbeiten. Aber nicht für dieses Kleid! Ich verlange, dass du es dorthin zurückbringst, wo du es gekauft hast.«

An dieser Stelle setzte leider mein Verstand aus, und mein Temperament ging mit mir durch. »Aber wir haben es in Galway gekauft. Ich kann doch nicht einfach wieder dorthin.« Außerdem wollte ich das Kleid auch nicht zurückgeben.

»Gut. Dann muss ich mich darum kümmern. Und zuerst werde ich ein ernstes Wort mit Bays Eltern reden. Was fällt dem Mädchen ein, dir so viel Geld zu borgen? Wo immer sie es her haben mag.«

»Ihre Eltern leben aber nicht hier«, erwiderte ich bockig. »Sie leben auf irgend so einer Insel.«

»Ach, dann lebt sie hier allein, oder was?« Mum wurde zusehends wütend. Wahrscheinlich dachte sie, dass ich sie schon wieder anschwindelte.

»Nein, bei ihrer Tante, zusammen mit ihrem Bruder«,

antwortete ich schnell. »Außerdem ist ihre Tante Dads Kundin.« Wenn ich gehofft hatte, dies würde mir einen Glaubwürdigkeitsbonus einbringen, hatte ich mich geirrt.

»Dann finde ich eben dort ihre Adresse, wenn du sie mir nicht geben willst. Und ich hoffe, dass Bays Tante auch alle Rechnungen mit Dad beglichen hat.«

Sie schob das Kleid zurück in die Tüte. Dabei fand sie auch noch meinen BH, den mir Laeticia ausgesucht hatte. Schlimmer konnte es wirklich nicht mehr kommen. Ich wünschte nur, Laeticia hätte ein Modell mit weniger Spitze gewählt. Ich merkte, dass ich knallrot wurde. Und Mum merkte es auch.

»Und den gab's wohl kostenlos dazu, wie?« Mums Lippen wurden spitzer als die Spitze des BHs. »Dir ist doch hoffentlich klar, dass ich in nächster Zeit nicht schon Großmutter werden will.«

»Mum!« Das ging nun wirklich zu weit. Die ganze Szene war schon demütigend genug, aber dass sie jetzt auch noch damit anfing ... Ich merkte, wie mir die Tränen in die Augen stiegen.

»Es gibt schon Mädchen in deinem Alter, die Kinder haben. So abwegig ist das nicht. Ich will dir ja nur sagen ...«

»Hör auf damit!«, schrie ich. »Wochenlang bist du nicht da, und es interessiert dich einen feuchten Dreck, wie es mir geht. Aber auf einmal mischst du dich in alles ein. Du hättest ruhig in Paris bleiben können. Hier hat dich jedenfalls keiner vermisst.« *Peng.* Die Schuldzuweisung saß, denn Mums Gesichtsausdruck wechselte von wütend auf seltsam bedrückt. Ein Schatten von Traurigkeit legte sich auf ihr Gesicht, und plötzlich entdeckte ich die dunklen Ränder unter ihren Augen, die mir zuvor noch nicht aufgefallen waren.

Ich war schon auf der oberen Stufe der Treppe angelangt, da hörte ich ihre Stimme. »Den Ball kannst du vergessen!«

Ich knallte die Tür hinter mir zu, schmiss mich aufs Bett und weinte hemmungslos.

Kapitel 18

Cara sah mich an. »Du siehst aus wie drei Wochen Regenwetter.« Der Spruch hatte in der Gegend sein Comeback, allerdings in abgewandelter Form. Daran konnte auch die Sonne nichts ändern, die seit Ostern fast durchgängig schien.

»Danke. Eher wie drei Monate, würde ich sagen.« Ich stützte die Ellbogen auf dem Tisch ab und legte die Stirn in die Hände.

»Was ist los? Ich habe Bay gestern noch bei *Joyce's* getroffen. Sie war für ihre Tante einkaufen. Nebenbei erzählte sie mir, dass ihr einen schönen Tag in Galway hattet.«

Wir saßen im Deutschunterricht, den Cara eigentlich nicht belegt hatte. Aber weil Irisch ausfiel, wurden die Schüler in unterschiedlichen Klassen untergebracht. Cara verstand natürlich kein Wort bei Miss Mueller, wie die sechs anderen Schüler aus dem Irischkurs auch. Aber die Lehrerin hatte es heute anscheinend schon aufgegeben, um Ruhe zu bitten. Stattdessen referierte sie über den Konjunktiv, und niemand hörte ihr zu.

Beim Gedanken an Bay hellte sich meine Stimmung ein wenig auf. »Wir hatten tatsächlich einen schönen Tag.« Ich drehte mich um, weil jemand kicherte. »Bis ich nach Hause kam und Mum mir die Tüte mit den Klamotten für den Ball wegnahm.«

»Warum denn das?«, fragte Cara ungläubig und gab sich

keine Mühe mehr zu flüstern. Auch Cara schien Mums Verhalten nicht nachvollziehen zu können. Aber wer konnte das schon? Nicht mal Dad, und der kannte sie von uns allen am längsten.

»Das wüsste ich auch gern. Erst wollte sie nicht, dass ich an dem Geschichtsessay arbeite …«

»Was?« Jetzt schrie Cara fast, und einige Leute drehten sich zu uns um. »Konzentriert euch lieber auf den Unterricht!«, fauchte Cara, bevor sie weitersprach. »Deine Mum hat was dagegen, dass du deine Hausaufgaben machst?« Ungläubig schüttelte sie den Kopf. »Sorry, Cait, aber deine Mutter ist echt durchgeknallt. Und ich dachte schon, meine wäre total bescheuert.«

Ich stöhnte und musste zugeben, dass Mum wirklich total danebenlag, so wie ich es ausgedrückt hatte. Aber wie sollte ich Cara erklären, dass sich in unserer Familie Geheimnisse angesammelt hatten wie bei anderen Leuten Rabattcoupons in der obersten Küchenschublade, die man nie einlöste?

Jedenfalls lag jetzt in Mums Kleiderschrank ein sündhaft teures Kleid, das ich vielleicht erst zum achtzehnten Geburtstag anziehen durfte. Oder zum einundzwanzigsten, wenn ich Mums Gesichtsausdruck richtig gedeutet hatte. Natürlich hätte ich es ihr auch zugetraut, Bays Tante aufzusuchen, um ihr von dem Kleid zu erzählen. Keine Ahnung, wie Brenda reagieren würde, aber sicherlich nicht so überzogen wie Mum. Denn wenn sie erst mal wie ein Orkan durch Tante Brendas Wohnzimmer tobte, gerieten selbst die schweren Brokatvorhänge ins Flattern.

»Das mit dem Kleid wäre ja nicht so tragisch. Aber ich darf nicht mal zum Ball gehen«, jammerte ich und zog eine Grimasse.

»Soll ich mal mit deiner Mutter reden?«

Ich schüttelte den Kopf. »Das bringt nichts.« Mum glaubt ja noch nicht mal ihrer eigenen Tochter, dachte ich verbittert. Das Verrückte an der ganzen Sache war ja, dass hier tatsächlich seltsame Dinge passierten, die unglaublich klangen. Bisher hatte ich versucht, mir darüber nicht weiter den Kopf zu zerbrechen. Aber je mehr ich alles verdrängen wollte, umso heftiger brodelte es unter der Oberfläche.

»Es sind noch drei Wochen bis zum Ball. Vielleicht ändert sie ihre Meinung ja bis dahin.«

»Das glaube ich kaum.«

»Mit wem wolltest du überhaupt zum Ball?«

»Ist doch völlig egal. Ich darf ja sowieso nicht hin«, sagte ich und kritzelte den Rand meines Collegeblocks voll.

Vielleicht sollte ich es aber mal bei Dad versuchen. Schließlich war er immer mein Anker, wenn es um Streit mit Mum ging. Und er verstand sich ziemlich gut aufs Wogenglätten. Er kämpfte weniger mit Worten. Es war eher seine ruhige und besonnene Art, mit der er so manchen Streit zwischen Mum und mir schlichtete. Wenn er ihr dann noch eine gute Flasche Rotwein öffnete und ihre Lieblingsmusik auflegte, hätte ich vielleicht doch noch eine Chance.

Ein langer Tag in der Praxis war zu Ende. Dad und ich saßen im Auto und fuhren die Einfahrt zu unserem Cottage hoch.

»Kannst du Mum nicht überzeugen, mich zum Ball gehen zu lassen?« Seit Tagen war die Stimmung zu Hause extrem angespannt.

»Ich weiß gar nicht, warum du so erpicht darauf bist.« Dad blickte mich fragend an und stellte den Motor ab. »Hast du dich nicht sogar aufgeregt, dass überall das Kackposter hängt? So hast du es jedenfalls ausgedrückt.«

Ich hob die Schultern. »Ich weiß nicht genau … Aber

schließlich hast du auch gesagt, dass ich mal wieder ausgehen sollte.«

»Das ist korrekt.«

»Siehst du! Ich verstehe gar nicht, warum sich Claire so furchtbar aufregt.« Dad konnte es nicht leiden, wenn ich Mum bei ihrem Vornamen nannte. Man hatte ja nur eine Mutter und einen Vater.

Obwohl das auf Mum nun eigentlich nicht mehr zutraf, denn genau betrachtet hatte sie zwei Väter. Einen biologischen, der sich aus dem Staub gemacht hatte, wie ich dank Schwester Ailish wusste, und Stiefvater Walter, der sich immer um sie und Granny gekümmert hatte.

»Deiner Mum geht es im Moment nicht so gut, verstehst du? Ich denke, dass sie das Haus zu sehr an Granny erinnert.« Sein Kopf neigte sich in Richtung Cottage, das so unschuldig dastand und der Traum eines jeden Individualtouristen gewesen wäre.

»Aber es war doch schließlich ihr Plan. Ich verstehe nicht, warum wir überhaupt in diese Gegend ziehen mussten.« Bisher hatte das Haus wirklich nur eine Menge Probleme gemacht und ein Loch ins Haushaltsbudget gerissen, weil wir uns alle vier mit neuen Regensachen ausstatten mussten. Meine rote Jacke hatte ich auch nie wieder gefunden.

»Ich will sehen, was sich machen lässt«, beschwichtigte mich Dad und betrachtete mich dabei stirnrunzelnd. Wahrscheinlich hatten sich schon wieder rote Flecken auf meinem Gesicht ausgebreitet.

Dad nahm die Einkaufstüten aus dem Auto und betrat das Haus. Ich folgte ihm. Mum saß in der Küche und starrte in ihre Kaffeetasse, als liefe darin eine neue Staffel von Clodagh. Rose hatte die Ellbogen auf den Küchentisch gestützt und brütete anscheinend über ihren Hausaufgaben. Als sie mich sah, warf sie mir einen finsteren Blick zu, der wohl sagen sollte: *Du bist mal wieder schuld.*

»Guten Abend, mein Liebling«, sagte Dad und gab Mum einen Kuss auf die Wange.

Sie schwieg.

»Wie war dein Tag?«, fragte ich, aber Mum beachtete uns beide nicht.

»Dann bin ich wohl heute mit Kochen dran«, resümierte Dad, nachdem er sich in der Küche nach Spuren eines Dinners umgesehen, aber nichts entdeckt hatte.

Lustlos packte ich den Einkauf aus. Ich verstaute zwei große Zweiliter-Milchkanister im Kühlschrank und reichte Dad die Eier.

Draußen zwitscherten noch die Vögel, doch ich lag bereits im Bett. Ich war nicht müde, aber ich hatte Bauchschmerzen vorgetäuscht, um nicht mit Mum zu Abend essen zu müssen. Der Appetit war mir sowieso vergangen. Stattdessen hatte sich in meinem Magen eine Wut ausgebreitet, die keinen Platz für Dads Omelett mehr ließ.

Ursprünglich wollte ich ja überhaupt nicht zu diesem Ball. Tanzen lag mir nicht. Und mit Blake dort zu erscheinen, machte mich froh und nervös zugleich. Jetzt, da Mum es mir verboten hatte, wollte ich unbedingt hingehen. Mein Plan sah so aus, dass ich mich bei Dunkelheit aus dem Haus schleichen wollte. Dann lägen alle schon im Bett, natürlich bis auf Mum, die nach einem Glas Rotwein als Erste auf dem Sofa eingeschlafen wäre. Um die knarrende Treppe zu vermeiden, würde ich mich wie Spiderman am Treppengeländer hinunterhangeln. Durfte doch nicht so schwer sein. Ich hatte immerhin noch Zeit zum Üben.

Vielleicht sah Mum auch irgendwann ein, dass ihr Verhalten unfair war. Schließlich machte ich sonst immer, was meine Eltern sagten, und war super in der Schule. Nun gut, außer in Kunst, aber das zählte in meinen Augen nicht. Ich half Dad in der Praxis und hatte nicht mal einen Freund, der mich von der Schule ablenken konnte. Und auch keine kiffende Freundin, die mit mir die Schule schwänzte.

Wie Bay allerdings so einfach der Schule fernblieb, ohne erkennbare Schwierigkeiten zu kriegen, war mir schleierhaft. Ebenso, warum ich Ärger bekam, nur weil ich zum Schulball wollte. Das war einfach ungerecht!

Die Tage vor dem großen Event war in der Schule von nichts anderem mehr die Rede. Alles ging drunter und drüber. Die Lehrer hatten große Schwierigkeiten, die Schüler bei der Stange zu halten. Immer wieder wurden Zettelchen herumgereicht, die die wichtigsten Fragen eines Teenagers enthielten. Wer geht mit wem? Hast du schon XY gefragt? Und vor allem – was ziehst du an?

Mr Giorria schien es schon aufgegeben zu haben, uns die Grundlagen der Stochastik beibringen zu wollen, denn aller Wahrscheinlichkeit nach hörte sowieso keiner mehr zu. Er war schon so weit, dass er die Unruhe im Unterricht hinnahm. Unaufhörlich trank er seinen frisch gepressten Möhrensaft und wurde immer orangefarbener im Gesicht. Ob das am Möhrensaft lag oder am Ärger über seine undisziplinierte Klasse, konnte ich nicht einschätzen.

Einige Lehrer drohten mit Nachsitzen und Extraaufgaben, andere Lehrer wiederum nutzten die Aufregung um den Ball und integrierten ihn in ihren Unterricht. Mrs Kavanagh erzählte von den märchenhaften Festen der Fairies und wie es ihnen immer wieder gelang, Menschen anzulocken und zu verführen. Miss Kelly brachte uns dazu, Kostüme zu entwerfen, die – wenn ich von meinem kläglichen Versuchen ausging – hoffentlich nie an die Öffentlichkeit gelangten. Cara war begeistert, dass im Musikunterricht wieder vermehrt Jigs und Reels gespielt wurden, und sogar im Englischunterricht lasen wir Yeats' *To a Child dancing in the Wind.*

DANCE there upon the shore;
What need have you to care
For wind or water's roar?
And tumble out your hair
That the salt drops have wet;

Das Gedicht erinnerte mich natürlich an Blake, während mich Bay, die gnädigerweise doch mal wieder zum Unterricht gekommen war, verstohlen musterte.

Being young you have not known
The fool's triumph, nor yet
Love lost as soon as won …

Meine Gedanken schweiften ab. Im Kopf malte ich mir aus, wie Blake mich in einem dunkelblauen Anzug abholte. Ich würde in sein Auto steigen – es wäre der blaue Saab, den auch Bay fuhr –, mich zur Begrüßung auf die Wange küssen, und gemeinsam würden wir davonbrausen. Beim Ball wären wir das Traumpaar der Schule. Wir würden den ganzen Abend eng umschlungen miteinander tanzen. Ich würde ihn auf den Hals küssen und von seinem salzigen Duft ganz benommen werden. Ich würde mich an ihn schmiegen, den Kopf auf seine Brust legen, während wir langsam zur Musik hin und her schaukelten wie ein hölzernes Boot im Meer.

Den Gedanken, dass ich nicht tanzen konnte, schob ich in meinem Cinderella-Film natürlich zur Seite.

»Wie lange musstest du Bay denn nerven, damit ihr Bruder mit dir zum Ball geht?«

Ich hatte gar nicht mitbekommen, dass es bereits zur Pause geläutet hatte. Und da stand Veronica und textete mich zu. Ich verdrehte die Augen.

»Das musste sie gar nicht. Wir dagegen mussten Andrej fünfzig Euro zahlen, damit er dich fragt«, sagte Cara spitz und streckte Veronica die Zunge heraus.

Die verzog angeekelt das Gesicht. »Als ob du dir das leisten könntest, so billig, wie du aussiehst.« Sie zupfte an Caras buntem Streifenpullover, der am Ellbogen tatsächlich leicht durchgescheuert war. Dann schloss sich Veronica ihren Freundinnen an und verschwand aus dem Klassenzimmer.

»Dämliche Kuh!« Ich wusste, dass der Pulli Teil von Caras Hippie-Outfit war. Aber Cara war weniger an Veronicas Beleidigungen interessiert als an meinem Ballpartner.

»Blake also? Wer hätte das gedacht?« Cara stieß mich neckisch in die Seite, als wir zu Biologie hinüberliefen.

»Jetzt fang du nicht auch noch damit an! Ihr scheint hier ja alle mehr zu wissen als ich.« Schließlich hatte ich von Blake nichts persönlich gehört, sondern mich nur auf Bays Aussagen verlassen, auch wenn selbst die recht spärlich waren, wenn ich genauer darüber nachdachte.

»Liam und ich könnten dich abholen, falls Blake doch nicht kommt«, bot mir Cara an. Gut, das klang auch irgendwie beleidigend, obwohl Cara das ganz sicher nicht so gemeint hatte.

»Einverstanden, aber es ist alles organisiert.« Ich weihte Cara in meinen Plan ein, bat sie aber, niemandem davon zu verraten. Selbst Bay verschwieg ich mein Vorhaben. Ich hatte Angst, dass Blake von meinen Absichten erfuhr und mir dann bestimmt absagen würde, weil er keinen Ärger mit meinen Eltern bekommen wollte.

Nachts wachte ich auf, weil ich zur Toilette musste. Ich hörte, wie Mum und Dad sich lautstark stritten. Der Lärm drang durch den Ofenschacht zu mir herauf. Als mein Name fiel, verspannte sich mein Körper. Ich versuchte dem Gespräch zu folgen, also presste ich das Ohr an die Zimmertür, aber es war unmöglich, etwas zu verstehen. Auf leisen Sohlen verließ ich mein Zimmer und beugte mich über das Treppengeländer nach unten.

Eine Tür knallte, und ich huschte zurück. Mein Herz klopfte wie wild, als ich eilige Schritte auf der Treppe hörte. Das konnte nur Dad sein, denn selbst während ihrer Wutanfälle trat Mum nicht schwerfällig auf. Dafür brachte sie nicht genug Gewicht auf die Waage. Wahrscheinlich hatte sie sich wieder aufs Sofa gelegt und trank Rotwein.

Dads Versuch, Mum zu besänftigen, war offenbar gescheitert. Ich hoffte nur, dass Mum nicht auch noch auf Dad sauer war, und schlich ins Bad.

Kapitel 19

Einen Tag vor dem Ball stand ich nachmittags wieder in Dads Praxis, wo zum Glück sehr viel los war. Das lenkte mich von meinen Gedanken an Blake und den bevorstehenden Abend ab.

Ich plauschte ein wenig mit den Dohertys. Das alte Ehepaar war gekommen, weil die Katze Durchfall hatte. Es stellte sich heraus, dass Mr Doherty die Katze Mimi immer noch heimlich mit Milch fütterte, da er es so von seiner Mutter gelernt hatte, auf die er viel hielt. Mrs Doherty hingegen war ganz außer sich, als sie davon erfuhr. Sie rügte ihren Mann, der von Minute zu Minute kleiner wurde. Wahrscheinlich musste er dann erst mal heimlich zu seiner Mutter fahren, um sich von diesen Wortstrapazen zu erholen.

Danach suchte noch ein Franzose Dads Rat, nachdem sich sein Bichon wie wild kratzte. Außerdem lud er Dad zur Eröffnungsfeier seines Restaurants ein, das am nächsten Tag die Pforten für die kommende Saison öffnen sollte. Es würde Hummer geben, ganz frisch von einem Fischer der Gegend. Mit einer Packung Flohmittel verließ er die Praxis und hinterlegte noch seine Visitenkarte.

»Das wäre doch mal was.« Ich hielt Dad die Karte unter die Nase.

»Ach, wäre es schön, auch mal dort essen zu können! Mit dem kleinen Gehalt kann ich mir das ja leider nicht leisten«, seufzte Maureen, und ich warf Dad einen verständnislosen Blick zu. Er zahlte bestimmt nicht schlecht, aber wahrscheinlich verlor sie einfach zu viel Geld an ihren Bingoabenden.

»Es wäre eine Überlegung wert«, sagte Dad nachdenklich.

»Das finde ich auch.« Maureens Augen leuchteten auf.

»Ich dachte eher an Mum«, entgegnete ich.

»Keine Sorge, mein Schatz, ich auch.« Dann wandte er sich an Maureen. »Könnten Sie bitte einen Tisch für zwei Personen reservieren?« Dad zwinkerte mir zu.

Mit einem verdrießlichen Blick griff Maureen zum Telefonhörer. »Von Meeresfrüchten bekomme ich sowieso immer Ausschlag.« Sie wählte die Nummer des Restaurants, während Dad wieder nach hinten ging. Ich blieb noch eine Weile neben ihr stehen, weil ich sichergehen wollte, dass sie Dads Anweisungen befolgte.

Nebenbei tastete ich vorsichtig nach meiner Karte für den Ball, die in meiner Jeans steckte. Die hatte mir Bay in die Hand gedrückt und mir zugeflüstert, dass Blake mich am nächsten Abend gegen sieben abholen würde. Sein Vorhaben passte überhaupt nicht zu meinem Plan. Deshalb erzählte ich Bay, dass ich erst gegen neun zu Blake in der Town Hall stoßen würde, weil ich Dad noch in der Praxis helfen sollte.

Bay stellte erfreulicherweise keine weiteren Fragen, und so musste ich sie nicht weiter anschwindeln, was mir bereits sehr unangenehm war. Sie reichte mir meine Ballkarte, damit ich auch ohne Blake schon hineingehen konnte.

Mum nahm Dads Einladung bereitwillig an. Damit hatte sich ein großes Problem für mich gelöst, wie ich erleichtert feststellte.

Am folgenden Abend, es war bereits gegen halb acht, stiegen Mum und Dad ins Auto, um den Abend mit französischem

Wein und irischen Krustentieren zu verbringen. So musste ich mich nicht wie Spiderman die Treppe herunterhangeln und erzählte nur Rose von meinem Vorhaben.

Sie wollte unbedingt, dass ich am Ball teilnahm. Rose kannte zwar nur Bay, aber wenn Blake mindestens so gut aussah wie seine Schwester, dann war er in ihren Augen ein Märchenprinz. Und schließlich hätte Cinderella ihren Prinzen nicht getroffen, wenn sie auf ihre böse Stiefmutter gehört hätte.

Eilig holte ich die Tüte mit meinem Kleid und dem BH aus den Tiefen von Mums Kleiderschrank, zog mich um und legte noch Mums Lipgloss auf. Das Haar ließ ich offen. Nach einer halben Stunde waren meine Vorbereitungen beendet.

Zum Abschied zauste ich noch einmal durch Roses Haar und gab ihr einen Kuss auf die Stirn. Sie lag bereits auf dem Sofa und wollte sich *Verliebt in einen Star* anschauen. Ich legte ihr noch meine cremefarbene Strickjacke um die Schultern, weil sie nur ihr Nachthemd trug. Außerdem ließ ich ihr eine Schachtel mit ihrem geliebten Fudge da, die ich einige Tage zuvor in der Stadt gekauft hatte.

»Ich bleibe nicht ewig weg. Aber falls Mum und Dad schon vor mir daheim sind, behauptest du bitte, ich wäre schon eingeschlafen«, wies ich Rose an.

»Entspann dich! Ich mache das schon für dich.« Dann schob sie mich aus ihrem Blickfeld. »Und jetzt zieh los! Mein Film fängt an.«

Ich war noch nie zuvor in meinem Leben getrampt. Als ich dann am Straßenrand stand, hatte ich ernsthafte Bedenken, ob mich jemand mitnehmen würde. Doch die stellten sich als unbegründet heraus, weil viele Touristen unterwegs waren. Da der 1. Mai in diesem Jahr auf einen Samstag fiel, gab es einen zusätzlichen freien Tag am Montag. Das verlängerte Wochenende und das gute Wetter lockten viele Touristen an, vor allem irische Städter, die die freien Tage auf dem Land verbringen wollten.

Ein Touristenpärchen aus Cork nahm mich mit. Er war Amerikaner und hatte sich auf seiner letzten Reise auf die grüne Insel in seine hübsche Sharon verliebt. Seine Vorfahren waren Anfang des zwanzigsten Jahrhunderts nach Boston ausgewandert. Die beiden fragten mich noch ein wenig aus, und ich erzählte ihnen, dass ich mich mit Freunden im Pub treffen wollte. Da ich mich als Studentin der Tiermedizin aus London vorgestellt hatte, fragten sie mich nicht weiter aus.

Noch dazu war ich gut getarnt. Über mein grünes Kleid hatte ich eine Jeans gezogen und das Oberteil des Kleids mühsam unter meine Fleecejacke gestopft. Ich fand es zu auffällig, mich mit meinem Ballkleid an den Straßenrand zu stellen. Meine schönen braunen Lederstiefel als Kontrast machten mein Outfit perfekt.

Es dämmerte bereits, als ich endlich die Town Hall erreichte. Musik drang aus dem alten Gebäude, über dessen Eingang ein riesiges halbmondförmiges Fenster Licht in die Dunkelheit verströmte. Die Uhr auf dem Turm schlug genau neun, als ich die Stufen zum Eingang hinaufeilte.

Im Vorraum standen zwei Schüler des letzten Jahrgangs an einem Tisch und nahmen die Eintrittskarten entgegen. Sie inspizierten mich, wie ich so dastand mit meinen Jeans und der Fleecejacke, denn die beiden trugen Anzug, einer mit Krawatte, der andere mit einer Fliege um den Hals.

Schnell legte ich meine Karte auf den Tisch. »Ich komme gerade erst von der Arbeit. Mein Partner wartet bereits auf mich«, versuchte ich so selbstsicher wie möglich zu klingen und hoffte, dass Blake wirklich schon anwesend war. Dann entdeckte ich die Damentoilette, ging hinein und zog meine Hose und meine Fleecejacke aus. Beides versteckte ich hinter dem Papiermülleimer.

Mein Herz pochte wie wild, und im Spiegel sah ich, dass sich auf meinen Wangen schon wieder ein rötlicher Ausschlag ausbreitete. Ich konnte nur hoffen, dass es im Tanzsaal dunkel war. Dann heftete ich mich an zwei kichernde Mädchen, die zusammen die Toilette verließen.

Ich betrat den Saal. Caras orangefarbenes Kleid mit den großen gelben Punkten leuchtete mir schon von ferne entgegen. Sie stand am Rand der Tanzfläche und unterhielt sich mit Liam, dessen Jackett über seinen muskelbepackten Schultern spannte, während er am Knoten seiner Krawatte herumfingerte. Wahrscheinlich schnürte sie ihm den Hals ein.

Die Schulband spielte irgendetwas Poppiges. Ich erkannte Caras Schwester Ani auf der Bühne. Sie stand hinter dem Keyboard und wippte mit dem Kopf im Rhythmus des Songs. Schüler hüpften auf der Tanzfläche auf und ab und schienen eine Menge Spaß zu haben. Immer wieder sah ich mich nach Blake um. Ich spürte, wie mir die Kehle immer enger wurde. Und wie ich plötzlich aufatmete, als ich einen sanften Salzgeruch wahrnahm. Eine Hand berührte meine nackte Schulter, ich drehte mich um und sah in seine Augen, die dunkler wirkten als sonst, aber immer noch unergründlich schön waren. Ich bildete mir ein, das Meer in ihnen zu sehen, wie es in leichten Wellen mit den festgewachsenen Algen an großen kantigen Felsen spielte. Sein schwarzes Haar war akkurat gescheitelt. Er trug eine smaragdgrüne Fliege um den weißen Hemdkragen, die perfekt zu meinem Kleid passte. Hatte Bay ihm von unserer Shoppingtour erzählt?

»Hi, Blake! Wo ist denn deine Schwester?« Es fiel mir schwer, den Blick von ihm zu lösen.

Blake schien mich jedoch nicht verstanden zu haben, weil der Leadsänger der Band irgendwas ins Mikro schrie und die Jungs laut losgrölten. Schön, dass ich mein Gehirn anscheinend zusammen mit den Jeans abgelegt hatte, denn ich verstand mal wieder nicht, worum es hier ging.

»Es ist Herrenwahl.« Blake grinste mich an, umfasste mit der rechten Hand meine Hüfte und führte meinen linken Arm nach oben. »Darf ich bitten?«

»Oh, wahrscheinlich hat dir deine Schwester eine Kleinigkeit verschwiegen ... ich kann nämlich nicht tanzen.« Unsicher lächelte ich Blake an.

»Jeder kann tanzen«, erwiderte er und setzte zu einer Drehung an.

»So etwas Ähnliches dachte Miss Kelly in Bezug aufs Zeichnen auch, bevor sie meine Kunstwerke sah.« Prompt trat ich Blake auf den Fuß. »Sorry«, murmelte ich beschämt und senkte den Blick. Doch er zog mich zu sich heran und schmiegte seine Wange an meine Stirn. Ich wagte kaum zu atmen. Hoffentlich dauerte dieser Augenblick eine Ewigkeit! Seine samtweiche Haut und der unwiderstehliche Duft brachten mich noch mehr aus dem Takt. Gut, dass er mich fest in den Armen hielt.

»Übrigens siehst du umwerfend aus. Aber das Atmen nicht vergessen!«

Vor Blake konnte ich tatsächlich nichts verbergen, denn das Atmen hatte ich wirklich fast vergessen. Zum Glück gab es diesen Reflex, nach einer Schockstarre wieder Luft zu holen. Allmählich entspannte ich mich, und es wurde einfacher, mich nach einigen Takten an Blakes Rhythmus anzupassen. Und dann schaukelten wir tatsächlich wie auf einem irischen Curragh langsam hin und her und ließen uns von der Musik treiben. Die Lichter der Halle kamen mir plötzlich dunkler vor. Zur Krönung setzte beim Refrain des Songs noch eine Geige ein. Gleichmäßige Wellen breiteten sich in meiner Brust aus, so als wäre ein Kieselstein ins Wasser geworfen worden. Okay, nicht treiben lassen!, ermahnte ich mich.

»Ich weiß eigentlich noch gar nichts über dich«, flüsterte ich ihm ins Ohr.

»So? Was möchtest du denn wissen?« Blakes Gesicht war mir plötzlich so nahe, dass sich unsere Nasenspitzen berührten. Was ich ziemlich ungerecht fand, weil ich dadurch jeglichen Widerstand verlor. Blake schien dies zu spüren, und statt auf meine Antwort zu warten, küsste er mich sanft auf die rechte Wange. Es fühlte sich an wie ein Windhauch, und ich hielt den Atem an. Gleich darauf küsste er mich erneut, diesmal auf die linke Wange.

Und als wäre es das Selbstverständlichste auf der ganzen Welt, drückte ich meine Lippen auf seinen Mund. Blake zog mich dicht zu sich heran und erwiderte ganz sanft meinen Kuss. Wärme und ein Gefühl von Vertrautheit durchströmten meinen Körper. Seine Lippen waren weich und schmeckten leicht nach Salz. Plötzlich fühlte ich mich an Bays Kuss erinnert.

Blake spürte meine Verwirrung, hörte auf, mich zu küssen, fuhr mit einer Hand an meinem Rücken entlang und hielt knapp über meinem Hinterteil inne. Sein Brustkorb hob und senkte sich gleichmäßig. Als ob er mich eingeladen hätte, sich seinem Atemrhythmus anzupassen, beruhigte sich auch mein Herzschlag.

Ein anderes Pärchen kam uns in die Quere. Blake und ich stoben auseinander. Die beiden entschuldigten sich und zogen lachend weiter. Das erinnerte Blake wohl daran, dass wir uns auf einem Riesenfest befanden und nicht in trauter Zweisamkeit. Er wich leicht zurück. Glücklicherweise lag seine Hand noch auf meiner Hüfte, und er grinste mich schon wieder so unverschämt an, dass ich furchtbar nervös wurde. Ich räusperte mich verlegen, denn ich spürte, dass sich rote Flecken wie Rosenranken über mein Gesicht ausbreiteten.

»Zum Beispiel wüsste ich gern, woher du genau kommst.« Mit Blake ein Gespräch zu führen, half mir sicher, meine Körpertemperatur wieder zu senken und eine normale Gesichtsfärbung zurückzugewinnen.

»Das weißt du doch. Ich wohne bei meiner Tante unten am Hafen.«

Ich verdrehte die Augen. So einfach kam er mir nicht noch einmal davon. Obwohl ich natürlich gegen einen weiteren Kuss nichts einzuwenden hatte. Aber der Typ sollte sich bloß nicht zu viel einbilden.

Plötzlich stiefelte Veronica laut keifend an mir vorbei, und mit gesenktem Kopf lief ihr ein reuig blickender Andrej hinterher. Doch ich wollte mich nicht ablenken lassen. Hier war meine Chance, endlich etwas über *ihn* zu erfahren.

»Ich meinte die Insel. Du hast mir noch nichts darüber erzählt. Ist es Inishturk?« Ich hatte die Karten der Gegend bereits genau studiert. »Oder ist es vielleicht die Insel der Weißen Kuh? Wie hieß die noch mal?« Diese irischen Namen konnte sich doch kein Mensch merken.

»Sprichst du von Inishbofin?«

»Ja, so ähnlich. Und?« Ich musterte ihn erwartungsvoll.

»Nein. Die ist es nicht.«

»Wie oft soll ich denn noch raten?« Es war zum Verrücktwerden.

»Eine Chance hast du noch.«

»Sind wir hier bei Rumpelstilzchen?« Langsam wurde ich echt sauer und nahm Abstand von Blake. Dachte er, mit seiner Geheimniskrämerei wirkte er attraktiver? Das hatte er doch gar nicht nötig. Ich merkte bereits, dass uns einige Mädchen aus der Abschlussklasse beobachteten. Selbst Veronica konnte die Blicke nicht von uns lösen und flüsterte dem armen Andrej irgendetwas zu. Entschuldigend wandte er sich an mich.

»Rumpelstilzchen? Was soll das denn sein?«

Blakes Allgemeinbildung hatte anscheinend doch Lücken. »Sag bloß, du kennst das Märchen nicht! Noch eine falsche Antwort, und du nimmst mir mein Kind weg.«

Er sah mich erschrocken an und ließ mich los. Das war nicht gut. Gar nicht gut.

»Das ist nur so eine Geschichte«, versuchte ich mich aus dieser unangenehmen Situation herauszuwinden. »Mein Grandad hat mir immer Geschichten erzählt«, fügte ich hinzu. »Er kam aus Deutschland.«

»Nein«, sagte er ernst, und sein Blick schwebte an mir vorbei. Die Musik wurde lauter. Ich drehte mich zu dem Fiddle-Spieler um, der gerade die Tanzfläche betreten hatte und mit seinem Spiel die Schülerinnen und Schüler unterhalten wollte.

Ich versuchte mich wieder auf Blake zu konzentrieren und seine Aufmerksamkeit zu erringen. »Macht ja nichts, wenn du dich mit Märchen nicht auskennst. Aber einen Versuch hatte ich ja noch … Lass mich raten …«

»Tír na nÓg«, antwortete Blake geistesabwesend.

»Wie bitte?« Die Geigenmusik kam mir immer lauter

vor. Dabei konnte sich doch kein Mensch unterhalten. Ich musste etwas falsch verstanden haben. Oder erlaubte Blake sich mal wieder einen Spaß mit mir? Allerdings war mir nicht zum Lachen zumute.

»Sehr witzig. Jetzt willst du mich wohl auf den Arm nehmen. Du meinst diese Märcheninsel, wo niemand altert?« Dank Mrs Kavanagh hatte ich ja bereits einen kleinen Einblick in die Mythen Irlands gewonnen. »Dann bist du wohl gar nicht siebzehn Jahre alt, sondern hundertsiebzig?«, neckte ich ihn.

Aber Blake schien mir gar nicht zuzuhören. Sein Blick schweifte über die tanzenden Köpfe der Schüler hinweg, und ich spürte seine Unruhe. Und dann verschwand er mit einem »Entschuldige mich bitte« in der Menge. Das versetzte mich in eine regelrechte Schockstarre. Er würde mich doch nicht wirklich hier stehen lassen! Und dann rückte mir stattdessen dieser Fiddle-Spieler auf die Pelle. Schlimmer konnte es wirklich nicht kommen. Ich zwang mir ein Lächeln ins Gesicht und nickte dem Typen anerkennend zu, weil ich ihn, im Gegensatz zu Blake, loswerden wollte.

Das schien den Geiger nur noch mehr zu motivieren, eine tolle Show abzuziehen, denn nun tanzte er um mich herum und spielte immer weiter. Dabei sah er mich keck an und grinste. Jetzt erkannte ich ihn. War das nicht der Typ mit dem Sahne-Baiser-Spitzenblüschen aus Master Broghans Schuhladen? Wahrscheinlich bist du Rumpelstilzchen, dachte ich im Geheimen.

»Ich müsste mal für kleine Mädchen!«, rief ich und versuchte mich aus seinem Spiel zu befreien. Die Geige zerrte jetzt tatsächlich an meinen Nerven und klang jaulend. »Ich muss auf die Toilette, verdammt noch mal!«, wiederholte ich.

Endlich schien er mein Anliegen zu verstehen. Er setzte

seinen Fiddlestick ab, zog den Hut und verbeugte sich vor mir. Einige Schüler starrten mich bereits an. Ich lächelte tapfer zurück, aber eigentlich hätte ich mich am liebsten in Luft aufgelöst. Verzweifelt versuchte ich zwischen all den Leuten, die ausgelassen tanzten und lachten, Blake ausfindig zu machen. Aber er war wie vom Erdboden verschluckt. Mit meinem Alles-ist-in-bester-Ordnung-Gesicht drängte ich zum Ausgang.

Vielleicht hatten sich Bay und Blake ja ein Spiel ausgedacht. Wer konnte Caitleen am besten verarschen? Vielleicht machten sie sich heimlich über mich lustig.

Plötzlich drehte sich alles ringsum. Ich sah überall nur lachende Gesichter. Sie wurden groß und verzerrten sich zu hässlichen Fratzen. Sie lachten über mich. Natürlich, wie hätte es auch anders sein sollen? Ich hätte auf Mum hören sollen. Das war die Strafe, dass ich mich ihren Anordnungen widersetzt hatte.

Ich rannte nach draußen. Vorm Gemeindehaus blies mir eine warme Brise ins Gesicht und spielte leicht mit dem Unterteil meines Kleids. Ich hielt mich am Geländer fest und atmete tief durch. Es war ungewöhnlich warm und trocken für diese Jahreszeit. Ich setzte mich auf die unterste Treppenstufe und zog die Beine an. Aus der Ferne sah ich die Lichter von Streamstown und musste an meine Eltern denken, die an diesem Abend hoffentlich mehr Spaß hatten als ich.

Ein Auto hielt am Treppenaufgang. »Steig ein, Cait! Ich fahre dich nach Hause.« Es war Blake in dem blauen Convertible. Er öffnete die Beifahrertür. Auf dem Sitz lagen meine Fleecejacke und meine Jeans.

»Ich will noch gar nicht heim«, maulte ich und erhob mich von den Stufen. Jetzt war ich wirklich beleidigt. Erst ließ er mich auf der Tanzfläche stehen wie einen ausgesetzten

Hund, und jetzt wollte er mich auch noch loswerden. In mir loderte die Wut.

»Dies ist nicht der richtige Zeitpunkt für eine Diskussion.«

»Doch, ist es!«, erwiderte ich bockig und stampfte mit dem Fuß auf. »Es ist so schwer, einen guten Draht zu dir aufzubauen. Ständig verflüchtigst du dich wie … keine Ahnung. Jedenfalls gibst du uns keine Chance.« Jetzt war es raus, und nervös biss ich auf meinen Nägeln herum.

»Bitte steig ein! Ich erkläre dir alles auf der Fahrt.«

Würde Blake mir wirklich die gewünschten Antworten geben? Argwöhnisch beäugte ich ihn. Aber auf seinen drängenden Blick und seine nervöse Art hin stieg ich schließlich doch ein. Ich plumpste auf den Beifahrersitz und betrachtete Blake. Sein Haar stand wild nach allen Seiten ab. Schweigend manövrierte er das Auto an einer Gruppe grölender Männer vorbei, die vor einem Pub auf der Straße standen und keine Anstalten machten, auf den Fußweg auszuweichen.

Sollte ich ihm einfach sagen, dass ich ihn total mochte? Dass ich gern mit ihm zusammen sein, seine salzige Haut einatmen, ihm durchs Haar fahren, mit dem Zeigefinger über sein Schlüsselbein streichen, meinen Kopf auf seine Schultern legen wollte?

Es wäre nicht einfach. Bay wäre vielleicht sauer, aber letztendlich wollte sie doch auch, dass ich glücklich wurde. Das hatte sie mir immer gesagt. Ich konnte ja schließlich auch nichts dafür, dass ich mich in ihren Bruder verliebt hatte. Und dem letzten Kuss nach zu urteilen, empfand er das Gleiche wie ich. Ich wandte den Kopf nach rechts, weil ich mir sein schönes Profil noch mal genauer ansehen wollte. Er spürte meinen Blick und wirkte plötzlich sehr angespannt.

»Stimmt irgendwas nicht?«

»Ich weiß nicht, wie ich es sagen soll, Cait.« Jetzt klang er wirklich bedrückt. Folgten jetzt die Worte *Ich mag dich, du bist ganz toll, super gut aussehend, aber ich will trotzdem nicht mit dir zusammen sein?* Schon beim Gedanken an eine Abfuhr sank ich zusammen wie ein alter Big Boy. Diese Sitzsäcke sahen erst super aus, doch nach einem Jahr waren sie so durchgesessen, dass man sich ebenso auf einem Sack Kartoffeln ausruhen konnte.

»Ist schon okay. Ich habe sowieso kaum Zeit, weißt du? Die Schule, meine Arbeit in der Praxis …« Jedenfalls wollte ich mich nicht schon wieder demütigen lassen und ihm mit einer Absage zuvorkommen.

»Rose ist weg.«

Ungläubig starrte ich ihn an. Was hatte das alles mit Rose zu tun?

»Wie … sie ist weg? Sie sitzt daheim und schaut fern.« Ich plapperte einfach drauflos. Weil es natürlich nicht sein konnte, dass Rose nicht zu Hause war. Ich hatte mich schließlich von ihr verabschiedet. Es konnte sich nur um ein Missverständnis handeln.

»Deine Schwester ist verschwunden. Ein Trupp sucht bereits die Gegend nach ihr ab, auch wenn es durch das Feuer, vor allem aber durch den Rauch schwierig ist.« Ich starrte auf den Lichtkegel vor mir auf der Straße und versuchte die Informationen zu verarbeiten.

Blake griff nach meiner Hand, die sich ins Polster des Beifahrersitzes krallte.

Kapitel 20

Alles war voller Rauch. Ich hielt mir den Ärmel vor den Mund. Flammen erhellten die Dunkelheit und tanzten in der Nacht, als wäre es ein überdimensionales Fest. Der Bog hinter dem Haus brannte. Unser Schuppen auch. Überall waren Menschen. Feuerwehrleute mit gelben Helmen versuchten die Feuerherde unter Kontrolle zu bekommen. Andere schienen die Gegend mit Taschenlampen abzusuchen. Man rief ihren Namen. Rose.

Und ich hörte Schreie. War das Mum? Ich fand sie wild gestikulierend vor einer Polizistin, die gerade aus einem Streifenwagen stieg. Ich rannte zu ihr hinüber, wollte fragen, was zur Hölle hier los war. Sie stürzte mir entgegen.

»Wo ist sie?« Mum packte mich an den Schultern und rüttelte mich. Es tat weh. »Wo ist Rose?«, schrie Mum. Blankes Entsetzen verzerrte ihre Züge.

»Rose? Sie müsste doch hier sein!«, stammelte ich und spähte in die Dunkelheit. Aber der Rauch verschluckte alles.

»Sag mir, wo sie ist! Verdammt noch mal!«

Ich hatte sie noch nie so außer sich gesehen. In ihren Augen brannten Wut, Entsetzen und Angst. Und ringsum der Bog.

»Ich weiß es nicht. Sie lag auf dem Sofa, als ich ...« Ich schluckte. Rose war verschwunden. Die Flammen, die alles auffraßen. Das war nur meine Schuld.

Ihr Griff an meinem Arm verstärkte sich.

»Ist das Caitleen?« Eine Polizistin schob sich zwischen uns. »Dürfte ich dir ein paar Fragen stellen?«

Nur widerwillig ließ Mum mich los. Ihre Unterlippe bebte. Ich nickte. Tränen stiegen in mir auf. Zusätzlich brannte mir der Qualm in den Augen.

»Würde es dir etwas ausmachen, dich mit mir ins Auto zu setzen?« Die Polizistin, die sich als Priscilla Scout vorstellte, lächelte freundlich, aber ihre Hand, die auf meiner Schulter lag, übte Druck aus, der mir verdeutlichte, dass ein *Nein* nicht angebracht gewesen wäre.

»Wo ist Dad?« Ich zitterte am ganzen Leib. Mein Hals brannte. Der Gedanke daran, dass sich Rose irgendwo dort draußen aufhielt, machte mich fertig. Ich hätte nicht zu dem Ball gehen dürfen. Was hatte ich mir dabei gedacht? Alles war seine Schuld. Blake. Wo steckte er überhaupt?

»Er hilft bei der Suche«, antwortete Priscilla. Keine Ahnung, ob sie von Blake oder Dad sprach. Dann fing es an zu regnen.

Ich antwortete Priscilla auf alle Fragen. Wann ich Rose zum letzten Mal gesehen hatte. Welche Kleidung sie trug. Warum ich unbedingt zu dem Ball gewollt hatte. Nur auf die Frage, wer Blake war, konnte ich nicht antworten. Nicht nur weil ich in Tränen ausbrach, sondern weil ich nichts über ihn wusste. Außerdem schämte ich mich, und den Kuss erwähnte ich natürlich auch nicht. Der spielte doch sowieso keine Rolle mehr.

Die Nacht verbrachten wir in einem Zimmer in einer Pension am Stadtrand von Streamstown, das uns jemand bereitwillig zur Verfügung gestellt hatte. Ich wollte mich den Suchtrupps anschließen, denn die Nachbarn halfen bereits.

Aber Dad hatte es mir verboten. Ich flehte Dad an, ich schrie, ich sank auf die Knie, aber er ließ mich nicht gehen. Jemand hielt mich fest, und eine Ärztin gab mir Beruhigungstabletten. Irgendwann fiel ich in einen tiefen Schlaf.

Am darauffolgenden Abend hatten wir bereits die Erlaubnis der Sicherheitsbehörde erhalten, unser Haus wieder zu beziehen. Es war von der Feuersbrunst verschont geblieben. Wir hatten Glück gehabt, dass in jener Nacht der Regen wieder eingesetzt hatte und die immer wieder auflodernden Brandherde löschte, die sich teilweise sogar unterirdisch ausbreiteten.

Ich blickte aus dem Fenster. Die Wiese um unser Haus sowie die angrenzenden Hügel und Weiden waren völlig geschwärzt. Die Hütte hinter dem Haus war bis auf die Mauern niedergebrannt. Ich sah Sean, wie er verkohlte Bretter auf einen Anhänger hievte.

Ich sank auf dem Bett zusammen und vergrub das Gesicht in den Händen. Ich schluchzte, doch irgendwann kamen keine Tränen mehr, und ich verspürte nur noch ein heftiges Brennen in den Augen. Ich versuchte zu schlafen, lag stattdessen aber wach im Bett und starrte zur Decke hinauf.

Die Beruhigungstabletten auf meinem Nachtisch wollte ich nicht schon wieder nehmen. Ich machte mir Vorwürfe. In Gedanken war ich den Abend unzählige Male durchgegangen. Was war passiert? Wo konnte Rose nur stecken? Nach wie vor gab es immer noch keine Spur von ihr, obwohl alle unter Hochdruck nach ihr suchten. Und woher hatte Blake gewusst, dass es brannte? Ich hasste mich dafür, dass er es geschafft hatte, mich auf den Ball zu locken. Es war alles seine Schuld! Ohne ihn wäre ich nie zu dem beschissenen Ball gegangen.

Unser Telefon klingelte unentwegt. Ständig riefen Menschen an, um ihre Hilfe anzubieten. Cara hatte versucht, mich zu erreichen. Ich sah ihre Nummer auf dem Display. Aber ich wollte nicht mit ihr sprechen. Nur mit Tante Irma, die völlig aufgebracht war, hatte ich einmal gesprochen. Ihre Schimpfkanonaden hatten sich mit dem Gebell ihrer Hunde vermischt. Sie war wütend, allerdings nicht auf mich, sondern auf Mum, weil der Umzug hierher ihr Vorschlag gewesen war.

Insgeheim hatte ich gehofft, dass Bay sich melden würde. Oder Blake.

Nach einigen Tagen beruhigte sich das Telefon, und eine Stille beherrschte unser Haus, die mich fast erstickte. Mum hatte sich gänzlich zurückgezogen. Entweder lag sie unten auf dem Sofa und döste vor sich hin, zumindest dann, wenn die Flasche Rotwein und die Beruhigungstabletten ihre Wirkung zeigten. Oder sie stand gar nicht erst auf.

Dad hingegen war nur noch unterwegs. Er verließ das Haus, bevor ich wach wurde, und kehrte erst zurück, wenn ich schon im Bett lag. Vielleicht kam er auch gar nicht mehr heim, sondern verbrachte die Nächte mit der Suche nach Rose.

Wir gingen uns alle aus dem Weg. Keiner wollte den anderen sehen, als würde ein Zusammentreffen nur noch tiefere Wunden reißen. Wir irrten umher wie Schatten. Nur dass es in diesem Land keinen Lichtblick mehr gab, der Schatten hätte werfen können.

Seit dem Feuer regnete es unentwegt. Der Regen machte es noch schwerer, nach Rose zu suchen, da die Straßen teilweise überschwemmt waren. Der Bog hatte sich vollgesogen wie ein Schwamm, und es bestand die Gefahr, in einem der unsichtbaren Wasserlöcher zu ertrinken.

Unsere Gedanken waren dunkel. Mit jedem Tag, der verging, rechneten wir mit dem Schlimmsten. Zusätzlich lastete die Schuld auf mir, dass ich Rose alleingelassen hatte. Und ich wusste, dass auch Mum mir Vorwürfe machte. Ich wollte meine Schuld abgeben wie ein längst vergessenes Bibliotheksbuch. Leider musste ich feststellen, dass die Annahmestelle geschlossen hatte – auf unbestimmte Zeit. Ich nahm doch einige der Tabletten, die auf dem Nachtschränkchen lagen, und schlief ein.

Der Sand unter meinen Füßen glänzte im Mondlicht und erinnerte mich an schimmernde Seide. Aber er fühlte sich nass und kalt an. Der Wind strich mir über die Haut, fuhr mir durchs Haar und lenkte meinen Blick aufs Meer hinaus, das nicht freundlich türkisblau schimmerte, sondern dunkel und schwer wirkte wie ein tiefes Geheimnis.

»Rose?«, fragte ich leise. »Wo bist du?«

Aber das Wasser antwortete mir nicht. Stattdessen schlugen die Wellen gegen die Felsbrocken, welche die Gezeiten freigelegt hatten. Die Brandung rauschte mir in den Ohren.

»Bitte komm zurück!«, schrie ich in die Weiten des Atlantiks hinaus. »Es tut mir so leid. Alles ist meine Schuld! Ich hätte dich nicht alleinlassen dürfen.« Das eiskalte Wasser berührte meine Füße, und ich sank auf die Knie. »Warum nimmst du nicht mich, du gefräßiges altes Monster?« Dann brach mir die Stimme, ich bettete den Kopf in die Hände und schluchzte hemmungslos. Tränen rannen mir über die Wangen und schienen sich in mein Gesicht einzubrennen. Mein ganzer Körper bebte, und ich kämpfte gegen das Schuldgefühl, das mir wie die Kraft des Meers auf die Brust drückte. Das Wasser hatte mittlerweile meine Beine umschlossen und zog sanft an meinem Körper. Angenehm kühlte es meine glühende Haut. Ich legte mich auf die Seite und spürte, dass Rose irgendwo dort draußen war. Ich sah sie vor mir, wie sie lachend auf den Wellen tanzte und der Wind mit ihrer Kleidung spielte. Aber sie war nicht allein. Jemand hielt sie an der Hand. Der Mond war nicht mehr so großzügig mit seinem Licht, und ich erkannte die Umrisse der Gestalt nur schemenhaft. War es Blake? Ich hasste mich dafür, dass ich schon wieder an ihn denken musste. Mittlerweile erreichte das Wasser meine Lippen. Ganz leicht öffnete ich den Mund und schmeckte Salz. Wie von Blakes Kuss.

»Cait, Liebes!« Jemand rüttelte mich sanft an der Schulter. »Hörst du mich?« Es war Dads Stimme, aber sie klang weit entfernt. Nicht nur meine Lider fühlten sich schwer an, mein ganzer Körper war völlig ermattet. Ich war so müde. »Cait, bitte trink etwas!«

Mir brannte der Hals, aber ich wollte nichts trinken. Hatte ich dort am Meer nicht genug Wasser geschluckt? Trotzdem schob sich eine Hand unter meinen Nacken und hob meinen Kopf leicht an. Ich spürte die Kälte des Glases an den Lippen. Wasser lief mir an den Mundwinkeln herab und tropfte mir auf die Brust. Ich blinzelte. Verschwommen erkannte ich Dad vor mir. Ich war zu Hause, lag in meinem Bett. Erneut überkam mich eine Schwere, und ich sank auf das Kissen zurück. Vorsichtig trocknete mir Dad mit einem Taschentuch die Mundwinkel.

»Du hast Fieber, mein Schatz. Du musst trinken.«

Nein. Nicht noch mehr. Ich presste die Lippen aufeinander. Wieder spürte ich das kalte, harte Glas am Mund.

»Bitte, Cait!«

Ich hörte Verzweiflung in seinen Worten. »Ist Rose wieder da?«, fragte ich und öffnete die Augen.

Müde, gerötete Augen starrten zurück. Dad weinte. Wieder hielt er mir das Wasserglas hin. Ich tat ihm den Gefallen und nahm zwei große Schlucke. Mein Hals schmerzte immer noch und fühlte sich seltsam trocken an.

»Du bist total durchgeschwitzt.«

Durchgeschwitzt? War ich nicht nass vom Meer, das mich zudecken wollte? Meine Hand klammerte sich am Bettlaken fest.

»Hier liegen frische Sachen für dich.« Dad deutete auf das Shirt auf meiner Bettdecke. »Soll ich dir beim Umziehen helfen?«

Ich schüttelte den Kopf. Ein stechender Schmerz durchfuhr meine Stirn.

»Oder vielleicht doch einen Arzt rufen?« Dad wirkte noch besorgter.

»Danke. Es geht schon. Ich will nur noch etwas schlafen.« Meine Augen fielen zu wie Mülltonnendeckel. Ich fühlte die Schwere im ganzen Körper. Aber ich wollte Dad nicht noch mehr Sorgen bereiten. Wir mussten Rose finden. Das zählte. Ich musste stark sein. »Außerdem bin ich doch bei dir in guten Händen. Du weißt doch, Tierärzte sind die besseren Ärzte. Schließlich behandeln sie mehr als nur eine Spezies«, erinnerte ich ihn an den Sticker, der an seinem Van klebte.

Dad lachte leise, aber es war nicht mehr als ein Versuch. Dann gab er mir einen Kuss auf die Stirn und stand auf. »Schlaf dich aus!« Mit diesen Worten schloss er die Zimmertür hinter sich, und wieder umhüllte der Schlaf meinen ermatteten Körper.

Ich erwachte, weil ich gleichzeitig schwitzte und fröstelte. Dad hatte recht, mein Shirt war total nass geschwitzt. Selbst mein Haar fühlte sich feucht an. Ich setzte mich auf und griff nach dem Kleidungsstück. Ich erkannte es sofort, trotz der Dunkelheit. Dad hatte mir den Pullover von Blake hingelegt, den er mir in der Booley-Nacht geliehen hatte. Ich hatte ihn nie zurückgegeben und hütete ihn fast wie einen Schatz. Ich roch daran und atmete Blake ein. Oder Bay. Sie waren sich so ähnlich, als wären sie eins.

Doch was war mit Rose? Ich versuchte mich zu erinnern. Der Strand, das Wasser, das Rauschen. Mein Rufen, das Rose nicht hörte. Und Blake, der aus dem Nichts aufgetaucht war, mich anschrie. Und wie ich nichts verstand, weil ich mit dem Wasser kämpfte, das mich hinwegspülen wollte.

Und wie er mich getragen hatte … zu mir nach Hause. Hier in mein Bett. Wie ich mein Gesicht an seinen Oberkörper gepresst und seinen Duft eingesogen hatte. Wer an Blake roch, atmete das Meer ein. Wie ich ihn bat, nicht zu gehen. Hier bei mir zu bleiben.

Und ich erinnerte mich an sein Versprechen. Dass alles gut werden und Rose bald zurückkommen werde. Auch wenn es nur Worte waren, sie trösteten mich, weil ich nichts anderes mehr hatte, woran ich mich klammern konnte. Auch wenn es vielleicht nur ein Traum war.

Aber die Realität – oder das, was ich dafür hielt – ließ mich längst im Stich. Die Grenzen zwischen Traum und Wirklichkeit waren gänzlich verschwommen.

Ich drückte auf die Taste meines Handys, das neben dem Bett lag, aber der Bildschirm blieb schwarz. Im Zimmer war es dunkel. Ich wusste nicht, wie spät es war, und hatte keinen blassen Schimmer, wie viele Tage seit dem Feuer zurücklagen.

Mein Fieber hatte nachgelassen, ebenso meine Träume. Selbst meine Erinnerungen an Blake wurden nach und nach weggespült wie Sandburgen, die zu dicht am Meer gebaut worden waren.

Ich stieg aus dem Bett, fühlte mich sehr schwach. Meine Beine hatten wohl verlernt, meinen Körper zu tragen. Ich blickte an mir hinunter und sah, dass ich wieder Master Broghans Stiefel trug. Wahrscheinlich hatte ich sie angezogen, als mir so kalt gewesen war.

Ich knipste die kleine Lampe auf meinem Schreibtisch an und nahm den Kalender in die Hand, den Dad mir geschenkt hatte, nachdem wir Dolly abgegeben hatten. Für jeden Monat gab es Fotos von Schafen. Schaf vor Berg im Februar. Schafe vor Busch im März. Schaf auf Felsklippe im April. Viele Schafe am Strand im Mai. Mit Schwung landete der Kalender in der Zimmerecke. Wer keinen blassen Schimmer über den aktuellen Tag hat, dem hilft auch ein Kalender nicht weiter.

Ich legte mich wieder auf mein Bett und schloss die Augen. Ich versuchte mir Rose vorzustellen, weil ich Angst hatte, dass ich sie inzwischen vergessen hatte. Aber die Sorge war unbegründet, denn da stand sie auf einem Feld – oder war es eine Wiese? – und winkte mir zu. Ihre langen blonden Haare wehten im Wind, ihre Sommersprossen schienen im Gesicht hin und her zu hüpfen, während sie lachte.

Und dann kam eine weitere Person ins Bild. Ich sah die Umrisse eines jungen Mannes. Er rief nach Rose. Sie drehte sich um und lief ihm entgegen. Sie freute sich, ihn zu sehen.

Projizierte ich gerade meine Wünsche auf Rose? Ich schämte mich. Rose war immer noch nicht da, und ich musste an Blake denken. Dann schlief ich vor Erschöpfung wieder ein.

Ich öffnete die Augen und neigte den Kopf zur Seite. Ein Teller mit Rührei stand auf dem Nachttisch. Offensichtlich hatte ich etwas gegessen. Der benutzte Löffel lag daneben. Die Packung mit den Schlaftabletten war allerdings verschwunden. Es musste Dad gewesen sein, der mich am Bett besucht hatte. Mum hatte ich schon seit einer Weile nicht mehr gesehen.

Und Rose war immer noch nicht da, denn sonst hätte sie bereits neben meinem Bett gestanden, wie sie es immer getan hatte, wenn ich krank war oder einfach länger schlafen wollte. Vielleicht hätte sie Dads Stethoskop heimlich aus seiner Tasche gezogen und versucht, meine Herztöne zu lokalisieren. Und mir mit der Taschenlampe in die Augen geleuchtet, wie sie es als kleines Kind immer getan hatte …

Plötzlich war mir klar, dass ich sie suchen musste. Ich durfte nicht aufgeben!

Vorsichtig glitt ich die Treppe hinunter und stützte mich am Geländer ab. Als ich Stimmen hörte, hielt ich inne. Meine Eltern stritten sich. Ihre Stimmen wurden immer lauter.

»Claire, sei doch vernünftig!«, hörte ich Dad sagen.

»Du musst sie fragen. Sie weiß etwas!«, schrie Mum.

»Was soll sie denn wissen, Claire? Du machst dir etwas vor!«

»Wir sollten sie fragen. Jetzt!«

»Lass sie ihn Ruhe! Ich bitte dich!«

Stühle wurden gerückt. Jemand musste aufgesprungen sein.

»Lass mich los, Angus!«

»Ich lasse nicht zu, dass du sie weckst. Sie braucht Ruhe!«

»Sie hatte genug Ruhe. Ich muss wissen …«

»Ich bin Arzt und sage, lass sie schlafen!«

»Seit wann behandelst du Menschen?«, gab Mum zurück.

»Sie ist krank!«, schrie Dad. »Ich will sie nicht auch noch verlieren.«

Die Küchentür knallte zu. Das musste Dad gewesen sein, der nicht wollte, dass ich von dem Streit etwas mitbekam.

Und hier saß ich nun auf der ersten Treppenstufe, weil ich nicht wusste, *was* ich angeblich wissen sollte.

Ich musste der Sache auf den Grund gehen und Rose finden.

Kapitel 21

Nach und nach ging es mir besser. Ich aß, obwohl ich keinen Hunger hatte. Aber ich wollte unbedingt meinen Plan umsetzen, und Dad hätte mir einen Besuch bei Cara nicht erlaubt, wenn ich weiterhin so schlapp gemacht hätte. Meine Eltern hatten mir zwar verboten, nach Rose zu suchen, aber den Wunsch nach einem Besuch bei meiner Freundin konnten sie mir kaum abschlagen.

Ich bat Dad, mich vor Caras Haus rauszulassen, bevor er sich wieder auf den Weg zu einem Notfall in der Praxis machte. Es war bereits sieben Uhr abends. Es gab Leute, die die Stirn runzelten, wenn sie erfuhren, dass Dad unter diesen Umständen trotzdem arbeitete. Aber vermutlich bewahrte ihn das vor dem Durchdrehen.

Sie wussten auch nicht, dass Dad keine Gelegenheit ausließ, um nach Rose zu suchen. Er befragte Kunden und deren Nachbarn in den entlegensten Ecken der Gegend, ob sie etwas gehört oder gesehen hatten. Jedem drückte er seine Kontaktdaten in die Hand für den Fall, dass sie etwas in Erfahrung brachten. Er durchkämmte die Moore, in denen er bis zu den Hüften einsank. Er fluchte über die Unwegsamkeiten und weinte, weil er nicht weiterwusste. Das alles hatte er mir erzählt, wenn er nachts neben mir am Bett saß und mich schlafend wähnte.

Er war stark, mein Vater, und den Willen und die Überzeugung, Rose zu finden, hatte ich von ihm. Bei Mum war ich mir nicht so sicher, ob sie Rose – und eigentlich uns alle – nicht schon aufgegeben hatte. Am Abend zuvor hatte sie sich mit zwei Flaschen Rotwein und jeder Menge Beruhigungstabletten völlig ins Abseits geschossen. Das war beängstigend und ekelhaft zugleich. Ich war wütend auf sie, weil sie nicht die Nerven behielt. Wäre es nicht auch ihre Pflicht gewesen, nach Rose zu suchen? Und natürlich hatte ich Angst, dass sie völlig zusammenbrach.

Cara entdeckte mich als Erste, nachdem mich Dad an ihrem Haus hatte aussteigen lassen. Sie saß mit ihren Geschwistern in der Wohnstube, die Beine überkreuzt, und las in einem Buch, das sie sofort zur Seite warf, um mich zu begrüßen. Im Fernseher lief eine dieser Castingshows.

»Cait!«, rief Cara überrascht. »Wie schön, dich zu sehen! Ich habe dich so vermisst!« Es folgte eine dicke Umarmung. Dann kam ihre Schwester Ani hinzu, ebenso Pepper, Caras älteste Schwester, die bereits studierte und gerade zu Besuch zu Hause war.

Jemand strich mir über den Kopf, ein anderer über den Rücken. Wir standen da, und ich wusste nicht mehr, wer mich eigentlich im Arm hielt, an wessen Schulter ich den Kopf legte und mich ausweinte.

Caras Mum kam auch dazu. Sie hielt mir ein Geschirrtuch hin, mit dem sie kurz vorher wahrscheinlich noch abgetrocknet hatte. Ich schnäuzte hinein, faltete es zusammen und wischte mir damit über das Gesicht.

»Haben wir denn keine Taschentücher?«, empörte sich Ani.

»Das kann man doch waschen!«, entgegnete Mrs McCarthy. Ich schniefte wieder in das Küchentuch. »Oder eventuell gleich entsorgen«, fügte sie hinzu. »Setz dich, Darling!« Caras Mum führte mich zu einem großen Sofa. Nur die abgenutzten Armlehnen lugten unter dem großen karierten Überwurf hervor. Die stark benutzten Stellen waren ebenso dünnhäutig geworden wie ich selbst.

»Ani, du machst uns eine große Kanne Tee. Und du, Pepper, legst bitte noch Torf auf.«

Ich blickte in den Kamin, dem eine angenehme Wärme entströmte. Die McCarthys sahen mich alle erwartungsvoll an. Allerdings besaßen sie so viel Feingefühl, mich nicht mit Fragen zu löchern.

Keine zwei Minuten später kam Caras Schwester Ani mit einer Metallkanne Tee zurück. Sie stellte sie auf den abgesägten Baumstumpf, der als Sofatisch diente. Die Rinde war längst abgefallen, und auf der Oberseite konkurrierten Tassenabdrücke mit den Jahresringen des Baums.

Tee wurde eingeschenkt, Milch hinterhergegossen. Als mir Caras Schwester den Milchkarton reichte, lehnte ich dankend ab. Milch im Tee fand ich so ungefähr das Widerlichste, was es gab. Noch widerwärtiger als Dads Pausenbrote mit Käse und Marmelade.

»Kein schönes Wetter im Moment, Caitleen, nicht wahr?«, unterbrach Mrs McCarthy die Stille.

»Ja, sicher«, murmelte ich als Antwort. Denn ehrlicherweise hatte ich nicht den blassesten Schimmer, wie das Wetter in den letzten Tagen gewesen war. Hatte es weiter unentwegt geregnet? Oder hatte die Sonne geschienen? Hatte der Sturm um die Häuser geheult? Das war alles an mir vorbeigezogen, im wahrsten Sinn des Wortes.

»Hör auf, so viel Zucker in deinen Tee zu kippen!«, ermahnte Mrs McCarthy ihre Tochter Cara. Wieder legte sich Stille über uns alle. Ab und zu schlürfte jemand aus seiner Tasse, das Feuer im Kamin zischte, weil der Torf noch nicht richtig trocken war.

»Wir können auch zu mir ins Zimmer gehen. Da hast du mehr Ruhe«, schlug Cara vor.

»Ja gut.« Ich stellte meine Tasse ab und erhob mich. Dies schien das Signal für alle zu sein, ihr Schweigen doch noch zu brechen.

»Sie wird wiederkommen, Caitleen, da bin ich mir ganz sicher«, fing Caras Mum an und strich mir über das Bein. »Schließlich ist hier noch niemand auf Dauer verschwunden.«

»Doch, unser Kater Stripe«, warf Pepper ein.

»Großartig, Pepper«, zischte Cara und wandte sich an mich. »Sie studiert Wirtschaft. Ihr fehlt jegliches Mitgefühl.«

Wir lachten kurz, aber es war ein schmerzhaftes Lachen. Denn Pepper hatte etwas zum Ausdruck gebracht, was jeder dachte. Was, wenn Rose nicht wiederkam? Ich wollte den Gedanken sofort aus meinem Kopf verbannen, merkte jedoch, wie mir jegliche Energie aus dem Körper glitt. Oder war es eher die Anspannung der letzten Wochen?

Cara spürte mein Unbehagen und legte mir einen Arm um die Schultern, um mich zu stützen. Langsam gingen wir in ihr Zimmer, das sie sich mit Ani teilte. Kaum hatte sie die Tür hinter uns geschlossen, weihte ich sie in meinen Plan ein, zu den *Ewig Reisenden* zu fahren.

»Bitte komm mit!«, flehte ich sie an. »Vielleicht ist Rose ja dort.«

»Meinst du nicht, die Garda hat die Jungs schon längst gecheckt?« Cara legte die Stirn in Falten.

»Aber es kann doch kein Zufall sein, dass die hier ihre Zelte aufschlagen und meine Schwester daraufhin verschwindet.«

»Die leben in Caravans!«

»Du weißt, was ich meine.«

»Sicher, es wird viel Schlechtes über die Travellers geredet, aber dass sie Kinder entführen …« Hier stockte Cara. »Ich meine, glaubst du ernsthaft, die halten deine Schwester fest? Wer würde es denn mit so einem Quälgeist auf Dauer aushalten?«, versuchte sie zu scherzen. Ich verzog keine Miene. »Sorry, das war ein dummer Scherz. Ich glaube jedenfalls, dass sie bald unversehrt wieder auftaucht.« Cara griff wieder nach meiner Hand und drückte sie ganz fest.

»Sie kommt sicher wieder zurück, aber nur, wenn du mir bei der Suche hilfst.« Ich wandte mich von ihr ab. »Wenn nicht, dann finde ich schon jemand anderen. Eigentlich hätte ich sowieso gleich Ani fragen sollen, als den Umweg über dich zu nehmen.«

Zugegeben, meine Worte klangen bissiger, als ich beabsichtigt hatte. Aber vielleicht war Cara auch einfach zu gutgläubig. Andererseits wusste sie nichts von unserem Zwischenfall mit den Travellers vor der Praxis. Es war schließlich kein Anlass zum Prahlen, wenn man jemandem eine Dosis Lidocain ins Bein jagte. Aber Neills aggressives Verhalten hatte mir deutlich gezeigt, dass die *Ewig Reisenden* nicht vor Gewalt zurückschreckten. Maureens Warnungen vor ihnen hallte noch in mir nach, ebenso wie Bays missbilligender Blick. Was wäre, wenn sie Rose gefangen hielten? Als Strafe, weil ich es gewagt hatte, sie in ihrer Ehre zu verletzten?

»Einverstanden, ich frage meine Schwester. Aber nur unter der Voraussetzung, dass ich mitkomme.«

»Danke!« Ich war erleichtert und fiel Cara um den Hals.

»Wann willst du denn fahren? Heute schaffen wir es nicht mehr. Dein Dad wird bald zurück sein.«

Stimmte. Der Blick auf Caras Wecker, der neben ihrem weißen Eisenbett stand, zeigte mir bereits 8.45 Uhr an. Dad wollte mich vor neun abholen.

Wir einigten uns auf den nächsten Abend um elf Uhr. Ich würde mich aus dem Haus schleichen und den Kiesweg zur Hauptstraße hinunterlaufen. Es wäre viel zu auffällig, wenn Ani mit ihrem Opel Corsa vor unserem Cottage parkte.

»Jetzt müssen wir nur noch überlegen, wie wir diesen Plan Ani beibringen«, gab ich zu bedenken.

»Lass das meine Sorge sein! Ani schuldet mir noch etwas«, antwortete Cara.

Vor Erleichterung küsste ich sie auf die Wange. Seit Roses Verschwinden fühlte ich mich zum ersten Mal wieder lebendig. Ich hatte einen Plan. Ich konnte etwas tun. Dann hörten wir auch schon Dads Van vorfahren. Dem Motorengeheul nach versuchte er rückwärts in der engen Einfahrt einzuparken. Bevor er es schaffte, aus dem Auto zu steigen, verabschiedete ich mich rasch von Cara, rief Mrs McCarthy noch ein Dankeschön für den Tee zu und rannte hinaus.

»Das ist ein total bescheuerter Plan«, ätzte Ani, als ich am nächsten Abend zu ihr ins Auto stieg. Noch jemand, der von meinem Plan nicht begeistert war. Trotzdem war ich froh, mich unbemerkt aus dem Haus geschlichen zu haben.

Cara saß auf dem Beifahrersitz und versuchte Partei für mich zu ergreifen. »Wir haben doch nichts zu verlieren.«

»Doch, meine Ehre! Hätte die Garda einen Verdacht gehabt, wäre sie doch schon längst da gewesen und hätte nachgesehen. Die sind doch nicht blöd.« Ani setzte ihre Brille auf, die sie angeblich nur nachts zum Fahren brauchte.

»Vielleicht war die Polizei nicht gründlich genug«, gab ich zurück.

»Sind ja nicht alles Intelligenzbolzen bei der Polizei«, fügte Cara hinzu.

»Ihr lest zu viele Krimis.« Ani schüttelte den Kopf.

Ich hasste Krimis und verstand überhaupt nicht, warum Leute so etwas lasen. Ich fand mein Leben auch ohne eine Extradosis Adrenalin aufregend genug. Aber egal, Hauptsache, ich hatte meinen Willen. Nervös blickte ich mich um, weil ich jeden Moment damit rechnete, dass mein Dad einen Notruf bekommen hatte und um die Ecke bog.

»Ani, könntest du bitte losfahren?«

Sie startete den Motor und warf Cara einen strengen Blick zu. »Ich tue das nur, weil du bei mir noch etwas guthast.«

»Klar doch, Schwester. Solltest du verschwinden, würde ich übrigens auch alles dransetzen, um dich zu finden.«

»Klar doch. Und als Erstes würdest du in meinen Sachen herumschnüffeln.«

»Oh nein! Warum sollte mir das einfallen?«, empörte sich Cara.

»Ach so? Und woher hast du dann den Nagellack?« Mit der linken Hand griff Ani nach Caras Fingern, deren Nägel tatsächlich in einem schönen dunklen Lilaton leuchteten.

»Da irrst du dich gewaltig, der ist nicht von dir! Den habe ich von Cait bekommen.« Cara hatte sich zu mir umgedreht und befeuerte mich mit einem Blick, der bedeutete: *Jetzt sag doch mal was!*

Glücklicherweise musste sich Ani auf die Straße konzentrieren, versuchte aber trotzdem, im Rückspiegel meine Reaktion zu beobachten.

»Cait!« Cara gab mir einen leichten Klaps auf die Oberschenkel.

»Was? Mhm. Klar doch.« Ich sah hinaus. In der Ferne erkannte ich das Meer, das im Mondlicht fast so schwarz leuchtete wie Blakes Haar. Ich fuhr mit der Hand über die kühle Fensterscheibe.

»Schnall dich lieber an, bevor wir durch dein Rumgezappel noch einen Unfall bauen!«, ermahnte Ani ihre Schwester. »So ein Kindergartengedöns können wir uns jetzt einfach nicht leisten.«

»Habe ich dir doch gesagt.« Zufrieden drehte sich Cara wieder um.

»Klar doch, wer's glaubt … Der Nagellack steht morgen früh wieder in meinem Regal, kapiert?« Ich lächelte in mich hinein. Ani kannte ihre Schwester offenbar sehr gut, und ich fragte mich, was Cara noch bei Ani *guthatte.*

Das belanglose Gespräch der beiden tat mir jedenfalls gut. Auch wenn es mich schmerzlich daran erinnerte, dass ich vielleicht nie wieder mit Rose streiten könnte.

Cara drehte das Radio an. Sie drückte sich durch die verschiedenen Sender, bis sie einen fand, der irische Folk Music spielte. Wir fuhren die nur schwach beleuchtete Straße entlang. Ab und an passierten wir einzeln stehende Häuser, in denen Licht brannte. Nach ungefähr fünfzehn Minuten Fahrt stellte Ani den Motor aus und rollte die letzten fünf Meter, bis wir an einer Steinmauer zum Halten kamen.

»Wir sind da.« Ani schaltete das Scheinwerferlicht aus.

Ich linste aus dem Fenster. Bis auf die Umrisse der Büsche am Straßenrand und dem Wäldchen dahinter erkannte ich kaum etwas. »Bist du sicher, dass wir hier richtig sind?«, fragte ich Ani.

»Ich kann ja schlecht mit dem Auto in ihr Lager fahren, wenn du sie ausspionieren willst. Die letzten Schritte musst du schon selbst gehen. Es ist sowieso schon peinlich genug.«

»Sorry«, murmelte ich. Natürlich hatte Ani recht.

Cara und Ani sollten im Auto bleiben und auf mich warten, weil ich niemanden in Gefahr bringen wollte. Ani hatte auf meine Ansage hin nur den Kopf geschüttelt. Wahrscheinlich hatte sie nie vorgehabt, hier herumzuschnüffeln, sondern griff nach einem Musikmagazin, das auf dem Boden der Beifahrerseite lag, verstellte die Rückenlehne und legte die Füße auf das Armaturenbrett. Cara zu überzeugen, im Auto zu bleiben, war bedeutend schwerer gewesen.

Leise schloss ich die Autotür, als ich ausstieg. Es war unangenehm feuchtkalt. Ich zog den Reißverschluss meiner Jacke hoch und stülpte mir die Kapuze über. Während ich die Straße wieder entlang der etwa meterhohen Steinmauer zurückging, blieb ich ständig an nassen Zweigen und stacheligen Sträuchern hängen, die über die Mauer ragten. Dann hörte ich ein Wiehern. Hier musste es also sein. Wo Pferde waren, konnten die *Ewig Reisenden* nicht weit sein.

Ich kletterte über die Steinmauer und lief über das Gras, das so nass war, dass bei jedem Schritt ein saugendes Geräusch entstand. Ganz in der Nähe schreckten Ponys auf und galoppierten davon. Ich hielt inne und lauschte. Mein Herz pochte laut, und ich hatte das Gefühl, dass es meilenweit zu hören war.

Hoffentlich hatten die Connemara-Ponys die *Ewig Reisenden* nicht aufgeweckt. Hinter einem Busch versteckt spähte ich zum Lager hinunter. Im Mondlicht waren die weißen Caravans deutlich zu erkennen.

Nichts rührte sich. Kein Licht ging an. Wahrscheinlich schliefen alle gemütlich in ihren Betten. Ich schlich näher. Nur die glühenden Reste eines Lagerfeuers und leere Bierflaschen auf dem Boden deuteten auf einen geselligen Abend hin.

Aber wo sollte ich eigentlich mit der Suche beginnen? Sollte ich in jeden Wohnwagen schauen, ob ich Rose irgendwo entdeckte? Die *Ewig Reisenden* verfügten nicht mal über einen Pferdestall, wo ich mich hätte umsehen können.

Auf einmal kam mir mein Plan gar nicht mehr so großartig vor, und am liebsten wäre ich umgekehrt, doch dafür war es zu spät. Plötzlich packte mich jemand an der linken Schulter und drehte mich zu sich herum. Eine Hand griff unsanft nach meinem Kinn und zog mich zu sich heran. Mir stockte der Atem, und mein Mund wurde ganz trocken. Dann strich mir ein feuchter Atem über die Wange.

»Wen haben wir denn da?« Das Flüstern roch nach Bier und Rauch. »Die Tochter von Doktor Welsh!« Ich erkannte ihn, es war Neill, der Typ mit der Stute aus Dads Praxis. Im Schein des Lagerfeuers verzog sich sein unrasiertes Gesicht zu einem schiefen Grinsen.

»Fass mich nicht an!« Mit einer heftigen Armbewegung befreite ich mich aus dem klauenartigen Griff. »Was treibst du dich um diese Uhrzeit hier herum?«, fuhr ich ihn wütend an.

»Das wollte ich dich auch gerade fragen. Spionierst du uns nach?« Neill kniff die Augen zusammen.

»Warum sollte ich? Ich war zufällig in der Gegend«, erwiderte ich.

»Um zwölf Uhr nachts fällt dir nichts Besseres ein, als uns zu besuchen? Aber gut, jetzt da du einmal hier bist …« Neill trat viel zu dicht an mich heran.

»Ich bin mit meinem Dad hier. Er hat einen Notfall. Aber jetzt muss ich zurück zum Auto. Er sucht mich bestimmt schon.« Ich trat einen Schritt nach hinten.

»Lass das Mädchen in Ruhe!« Zum ersten Mal machte mich das Wort *Mädchen* nicht wütend. Es war James, wie ich erleichtert feststellte, und der hatte hoffentlich mehr Grips als sein Kumpel.

»Gib zu, James, du willst das Mädchen doch nur für dich allein haben.« Neill versetzte mir einen Stoß, woraufhin mich James auffing und schützend die Arme um mich legte.

»Geh ins Bett! Du bist ja total betrunken«, herrschte James seinen Kumpel an.

Neill lachte laut auf. Das war bestimmt meilenweit zu hören, und ich hoffte inständig, dass der Lärm die anderen Traveller nicht weckte.

»Machst dir wohl Hoffnung, kleiner Bruder? Glaub mir, der bist du nicht gut genug.« Er machte eine abfällige Handbewegung und verschwand in der Dunkelheit.

»So eine Dumpfbacke!«, schimpfte ich ihm hinterher und befreite mich aus James' Armen, obwohl ich bei ihm wirklich geborgen gefühlt hatte. Zumindest für einen kurzen Augenblick.

»Er ist eigentlich ganz in Ordnung.«

»So einen Vollhonk nennst du ...?« Ich zeigte James den Vogel.

»Meinen Bruder. Ja, das tue ich. Und du solltest jetzt gehen.«

»Ich wollte doch nur ...« Ich schluckte.

»Sie ist nicht hier.«

Ich musterte James, und jetzt wurde auch er mir unheimlich.

»Ich weiß, dass du hier bist, um uns nachzuspionieren. Ja, die Leute reden über uns. Aber ich versichere dir, dass deine Schwester nicht bei uns ist.«

Ich blickte in seine tiefbraunen Augen und wusste, dass er nicht log. Rose war nicht hier. Ich wischte mir über das Gesicht und schniefte.

»Geh nach Hause und mach uns keinen Ärger!«

Ich und Ärger? Nun ja, zumindest erkannte ich, dass ich in eine Sackgasse geraten war. Rückzug also. In ein Zuhause, das eigentlich keins mehr war und sich furchtbar leer anfühlte – nur bevölkert von Menschen, die umherhuschten und unsichtbar bleiben wollten. Ich schluchzte und wischte mir mit dem Ärmel über das Gesicht.

»Sie taucht bestimmt bald wieder auf!«, schrie James mir hinterher, als ich davonrannte.

Ich blieb noch einmal kurz stehen und drehte mich um. Aber die Dunkelheit hatte James verschluckt. Und mit ihm war jede Hoffnung geschwunden, Rose jemals wiederzusehen.

Ich kletterte über die Mauer zurück auf die Straße. Mit gesenktem Kopf trottete ich die nasse Straße zum Auto entlang. Plötzlich hörte ich Stimmen und beschleunigte meine Schritte. Neill drängte Ani gegen den Wagen.

Wollten mich hier alle für dumm verkaufen? Die Traveller waren doch gefährlicher als vermutet. Und wo steckte Cara? Hoffentlich war ihr nichts zugestoßen. Es wäre mal wieder alles meine Schuld. Horrorszenarien überfluteten meine Fantasie. In aller Eile brach ich mir einen Ast von einem Busch ab.

»He, nimm die Pfoten weg!«, schrie ich und peitschte damit auf Neills Rücken. Der Ast zerbrach, und Neill drehte sich erschrocken um.

»Sag mal, hast du sie nicht mehr alle? Hat dir schon mal jemand gesagt, dass du nervig ohne Ende bist?«

Verlegen wischte sich Ani über den Mund. Mein Blick schweifte zwischen den beiden hin und her. Geschockt realisierte ich, dass sie sich geküsst hatten. Neill gab Ani noch einen weiteren Kuss, bevor er zum Abschied mit der Faust aufs Autodach klopfte. Anscheinend ein Signal für uns zum Einsteigen.

Wir drei machten uns auf den Heimweg. Während der Fahrt sprachen Ani und ich kein Wort miteinander, und

Cara blätterte verlegen in dem Musikmagazin, obwohl es viel zu dunkel war, um auch nur eine Zeile zu lesen.

»Wusstest du davon?«, flüsterte ich Cara am Abend ins Telefon. Die Erinnerung an den Ausflug saß mir noch immer im Nacken und war nicht zu verscheuchen. Wie diese verdammten Gnitzen, die mich unten am Fluss mal wieder gebissen hatten.

»Von Neill und Ani? Warum fragst du?«

»Weil ich mir total bescheuert vorkomme, überhaupt auf den Gedanken gekommen zu sein, dort nach … na, du weißt schon … zu suchen«, erklärte ich leise.

Dass es auch in dieser verdammten Gegend nur Festnetz gab! Mit einem Telefonat nachts um zwei wollte ich meine Eltern schließlich nicht aufwecken.

»Ich hätte dich gern davon abgehalten, aber wenn du dir was in den Kopf gesetzt hast, dann …«

»Schon gut. Vielleicht sehen wir uns morgen.«

Ich wollte schon auflegen, als ich noch einmal Caras quiekende Stimme hörte. »Du willst wieder zur Schule gehen? Fantastisch!« Caras Freude war auch über die Entfernung hinweg deutlich wahrzunehmen. Ich hörte Ani sagen, dass Cara endlich die Klappe halten und schlafen solle.

»Ich denke schon«, antwortete ich. Denn tatsächlich wäre ich garantiert durchgedreht, wenn ich noch länger daheim blieb. Die Schule würde mich wenigstens ein bisschen ablenken.

»Übrigens soll ich dir von Mrs Kavanagh ausrichten, dass du bei ihr keine Klausur schreiben musst.«

»Wieso das denn nicht?«, fragte ich empört.

»Vielleicht will sie dir nicht zu viel zumuten. Eine Arbeit bei ihr ist schließlich keine Teestunde.«

»Das kann ja wohl immer noch *ich* entscheiden, was ich mir zumute und was nicht!«

»Sie hat es doch nicht … Ja, ich mache ja schon Schluss! Du, Cait, ich muss auflegen. Ani nervt, dass sie ihren Schönheitsschlaf braucht. Als wenn da noch was zu retten wäre …«

»Sicher, kein Problem.«

»Autsch! Bist du bescheuert?«

»Hä?«

»Nicht du. Ich meine Ani. Also, mach's gut!«

»Ja, bis morgen …« Aber Cara hatte bereits aufgelegt, bevor ich meinen Satz beenden konnte.

Ich stellte das Telefon zurück auf das Schränkchen im Flur und kroch ins Bett. In dieser Nacht schlief ich wieder sehr unruhig. Eine Schwere lastete auf mir, die sich einfach nicht abschütteln ließ.

Wo war Rose? Ging es ihr gut? *Wir werden sie finden.* Blakes Worte kamen mir wieder in den Sinn. Aber wann? Ich schrie in mein Kopfkissen hinein. Vor Verzweiflung und vor Schuld, die mir keiner nehmen konnte.

Am nächsten Morgen schleppte ich mich ins Bad und wagte kaum in den Spiegel zu schauen. Ich fühlte mich kraftlos, und mein blasses Gesicht mit den müden Augen bestätigte meine Vermutung. Aber eigentlich war es auch egal, wie ich aussah. Sollte ruhig jeder sehen, dass es mir beschissen ging.

Ich kam zu spät zum Unterricht, weil Dad noch einen Zwischenstopp bei einem Farmer machen musste, um sich nach einem Kalb mit Durchfall zu erkunden. Mir war das nur recht, denn so entging ich den Blicken der Schüler auf dem Pausenhof.

Rasch huschte ich auf meinen Platz neben Cara, die mich freundlich anlächelte. Ich spürte die Blicke meiner Mitschüler, aber keiner sagte ein Wort. Ich zog meinen Collegeblock aus dem Rucksack und starrte auf die Linien. Irgendwann klingelte es, und ich hatte keinen blassen Schimmer, was als Nächstes auf dem Stundenplan stand. Glücklicherweise führte mich Cara durch die Schule. Ohne sie hätte ich den Tag nicht überlebt.

Veronica war eine der Wenigen, die mich ansprach und mir sagte, dass es ihr leidtue und dass sie Rose in ihre Gebete aufgenommen habe. Um ein Haar wäre ich wieder in Tränen ausgebrochen. Daraufhin wühlte Veronica gleich aufgeregt in ihrer Tasche und drückte mir ein Taschentuch in die Hand. Dann aber hatte sie es eilig, zum Unterricht zu kommen, und ließ mich im leeren Flur stehen.

Cara gab sich alle Mühe, mir den verpassten Schulstoff zu erklären. Sie erzählte mir den neuesten Klatsch und Tratsch, nur Roses Verschwinden ließ sie aus. Ich hörte ihr nur halb zu, als wäre ihre Stimme ein Radioprogramm, das ich zur Hintergrundbeschallung angestellt hatte. Aber ich wusste, dass sie mich einfach von meinen dunklen Gedanken ablenken wollte.

Kapitel 22

Drei Wochen waren seit dem Feuer vergangen, als ich nach der Schule nach Hause kam und Priscilla Scouts Auto neben Dads Van parken sah. Ich rannte die Einfahrt nach oben, schmiss meinen Rucksack auf den Boden und stürmte ins Haus.

»Rose!«, schrie ich. Officer Scout prustete ihren Tee aus, und Dad starrte mich an wie ein aufgeschrecktes Kaninchen. Ich stürzte an den beiden vorbei und umarmte Rose, die mit einer dicken Decke um den Körper und angezogenen Beinen auf einem Stuhl kauerte.

»Endlich bist du da! Aber Hilfe, du erstickst mich!« Roses Lachen erfüllte die Küche. Dad und ich brachen in Tränen aus. Selbst Officer Scout schniefte.

»Wie geht es dir?«, murmelte ich und betastete Roses Stirn, ihre Wangen. So als müsse ich mich vergewissern, dass mich meine Augen nicht täuschten. Ich ergriff ihre Hände und drückte sie mit aller Kraft.

»Es tut mir so leid. Alles war meine Schuld!« Ich legte den Kopf in ihren Schoß. Sie strich mir über das Haar.

»Beruhige dich! Bei mir ist alles in bester Ordnung, aber *du* bist ja völlig von der Rolle. Du glühst regelrecht.«

Ich stieß den Atem aus und lachte dumpf. »Das kommt von der Aufregung. Oh, Rose, ich habe dich so vermisst!« Ich wischte mir die Tränen aus dem Gesicht. Rose reichte mir eine Serviette, die auf dem Tisch lag. »Wo warst du überhaupt?«

»Keine Ahnung. Ich weiß es nicht. Aber du tust gerade so, als wäre ich wochenlang weg gewesen.« Rose lachte.

Verwirrt linste ich zu Officer Scout hinüber, die gerade aufstand, um sich von uns zu verabschieden.

»Wir wissen nicht, wo sich Rose während der drei Wochen aufgehalten hat. Nur durch einen anonymen Anruf konnten wir sie am Parkplatz nahe Strand Hill aufgreifen. Aber die Ermittlungen laufen.«

»Sie hüpfte auf den Dünen unten am Hundestrand herum«, fügte Dad unter Tränen hinzu. »Mir kam es so vor, als nähme sie an einer Tanzaufführung teil.«

Später erzählte mir Dad, dass er mit Officer Scout mitfahren durfte, um dem anonymen Hinweis zu folgen. Die Garda hielt es für ratsam, ein Familienmitglied dabeizuhaben, da man nicht wusste, in welchem Zustand sich Rose befand.

Rose trug immer noch ihr Baumwollnachthemd mit den aufgestickten Rosen und die cremefarbene Strickjacke, die sie an jenem Abend übergezogen hatte, als ich törichterweise zum Ball gegangen war. Es sah aus, als hätte sie die Sachen gerade eben aus dem Schrank genommen. Sie strahlte über das ganze Gesicht und war eher von den dunklen Schatten unter meinen Augen schockiert. Immer wieder versicherte sie mir, es ginge ihr gut. Dass wir annahmen, sie sei drei Wochen verschwunden gewesen, konnte sie einfach nicht begreifen.

Dad und ich beschlossen, Rose nicht weiter mit Fragen zu bombardieren. Wir hatten Angst, dass es nur ein Traum war, aus dem uns die eigenen Stimmen herausreißen könnten. Wir kuschelten uns aufs Sofa, tranken heißen Kakao und warteten auf Mum. Sie hatte ihre Therapiesitzung in Galway abgebrochen, um sich auf den Weg nach Hause zu machen.

Mum überredete Dad, noch am gleichen Tag mit Rose zum Arzt zu fahren. Die Ärztin in der Abendsprechstunde konnte nur bestätigen, dass mit Rose zumindest körperlich alles in bester Ordnung war. Was ihren Gedächtnisverlust betraf, darüber vermochte die Ärztin nichts zu sagen. Wir alle hofften nur, dass die Erinnerung an das tatsächliche Geschehen nach und nach wieder auftauchte. Die Ärztin schlug eine psychologische Betreuung vor, aber Rose lehnte das strikt ab.

»Es reicht doch, wenn einer von uns zum Psychodoc geht«, meinte sie später zu Mum, die beschlossen hatte, ihre Sitzungen in Galway noch eine Weile fortzuführen.

Und dann hörten wir mit den Fragen auf und versuchten unser Leben wie zuvor weiterzuführen. Wir taten so, als wäre nie etwas geschehen. Vielleicht hatten wir Angst, dass Rose sonst wieder verschwand.

Es war bereits Anfang Juni, und jeder von uns lebte seinen Alltag. Bay war seit Wochen nicht mehr in der Schule erschienen. Merkwürdigerweise beunruhigte das offenbar niemanden, außer mir. Als ich Cara darauf ansprach, zuckte sie auch nur mit den Achseln und meinte, ich müsse mir keine Sorgen machen.

»Es gab immer wieder Tage, an denen Bay nicht zur Schule kam, das weißt du doch. Bei Bay ist das einfach so.«

»Aber jetzt fehlt sie schon seit mehreren Wochen! Ich meine, müsste sie sich nicht wenigstens entschuldigen? Einen Krankenschein vorlegen oder so?«

»Beruhige dich, Cait! Ich weiß, die letzten Wochen waren der reinste Horror für dich, aber du steigerst dich da in etwas hinein. Vielleicht hat sie der Schule ihre Abwesenheit ja auch gemeldet.«

»Findest du das alles nicht auch seltsam?«

»Vielleicht ist sie umgezogen. Wieder zurück auf ihre Insel.« Cara musterte mich mit besorgtem Blick. »Du musst mal abschalten. Vielleicht solltest du dich krankschreiben lassen.«

Hier passierten seltsame Dinge, und *ich* sollte mich krankschreiben lassen? Das war doch ein Witz. Leider war mein Lachen schon seit Wochen in den Weiten des Bogs stecken geblieben.

Ich überhörte Caras gut gemeinte Ratschläge und starrte aus dem Fenster. Dort saß ein Rotkehlchen auf der Fensterbank, das sich die Federn putzte und neugierig die Gegend beobachtete. Vielleicht hatte Bay auch nur geplant, für ein paar Wochen hier zur Schule zu gehen, und war auf ihre Insel zurückgekehrt. Ich hatte sie nie nach ihren Plänen gefragt. Andererseits hatte es sich mit Bay immer so angefühlt, als sei es das Selbstverständlichste auf der Welt, dass sie bei mir war.

Cara folgte wieder den Ausführungen von Mrs Chevalier und tat so, als wäre französische Grammatik das Spannendste auf der Welt. »Schade nur, dass ihr Bruder dann auch gleich immer mit weg ist«, sagte sie plötzlich schulterzuckend und musterte mich von der Seite. Wahrscheinlich erwartete sie eine Reaktion von mir. Ich ging nicht darauf ein und versuchte die Aufgaben aus dem Übungsheft zu lösen. »Du magst ihn, nicht wahr?«, fuhr sie fort.

»Den französischen Subjonctif? Klar!«, antwortete ich genervt, weil ich nicht über Blake sprechen wollte. Mit ihm wollte ich nichts mehr zu tun haben. Es war schließlich seine Schuld, dass ich Rose alleingelassen hatte.

»Seltsame Familie, kann ich dazu nur sagen. Aber irgendwie sind wir doch alle ein bisschen seltsam, nicht wahr?«

Cara lächelte mich vielsagend an. Und wenn ich ihr orangefarbenes Haar betrachtete, das die gleiche Farbe wie die Brust des Rotkehlchens hatte, konnte ich Cara im Innersten nur zustimmen.

Im Kunstunterricht saß ich noch unbeteiligter da. Miss Kelly zeichnete irgendwelche Säulen an die Tafel, und die Schüler übertrugen sie in ihr Heft. Dorisch. Korinthisch. Wen interessierte schon der Unterschied dieser griechischen Bauweisen? Zum Glück ließ mich Miss Kelly in Ruhe – wie die anderen Lehrer auch. Wahrscheinlich genoss ich aufgrund unseres Familiendramas so etwas wie eine Schonzeit, die hoffentlich noch eine Weile andauerte. Was Bay betraf, war meine Geduld allerdings am Ende.

Nach Unterrichtsschluss ging ich hinunter zum Hafen. Der Briefkasten des gelben Häuschens quoll über. Ich hob einige Briefe und eine der Ausgaben der *Connaught News* vom Boden auf, die der übervolle Briefkasten bereits ausgespuckt hatte. Alles war vom Regen durchweicht.

Dad hatte unser Abonnement nach Rose Verschwinden gleich gekündigt, weil er keine Lust hatte, etwas über unsere Familie in der Presse zu lesen. Ich betrachtete das Titelblatt der Zeitung. Doch diesmal zierten keine Bilder der Queen die Seite. Stattdessen zeigte das Aufmacherbild einen Baum, einen ähnlichen wie beim Unfall mit Dolly. Die dazugehörige Schlagzeile lautete:

Fairytree bremst Autobahnbau aus!

Darüber konnte ich nur den Kopf schütteln. »Unglaublich!«, empörte ich mich. Hier verschwanden Menschen, und die Presse berichtete über die Märchen der Fairies.

»Guten Tag!« Ein junger Mann in einem beigefarbenen Trenchcoat saß auf einer der Bänke am Hafen und zog zur Begrüßung den Hut. Es war die gleiche Bank, auf der ich damals gesessen hatte, als mich Guinness so erschreckt hatte.

Voller Verwirrung nickte ich ihm zu, wandte mich jedoch wieder ab und warf einen raschen Blick auf die Briefe. Es handelte sich um eine Rechnung des *Electric Supply Boards* und einen Brief, adressiert an *Master Bay O'Halloran*. Nicht mal mit Namen kamen die hier klar. Dass in diesem Land überhaupt etwas funktionierte, wunderte mich da nur.

Ich überlegte kurz, den Brief an Bay in meiner Jackentasche verschwinden zu lassen, aber der Typ mit dem Trenchcoat schaute immer noch zu mir herüber. Genervt von seiner Anwesenheit, stopfte ich die Briefe in den Kasten zurück und lief zur Praxis.

Wenn ich gehofft hatte, bei Maureen auf ein Fünkchen Mitgefühl zu stoßen, wurde ich bitter enttäuscht. Statt sich einfach mit uns zu freuen, dass Rose zurückgekommen war, lag sie mir den restlichen Nachmittag mit ihren alten Geschichten in den Ohren. Sie fragte mich immer wieder, ob es auch wirklich Rose sei, die bei uns lebte, und nicht etwa ein Wechselbalg, das uns die Fairies untergejubelt hatten.

Ich konnte mich nicht beherrschen und fragte sie, was man ihr denn in die Kekse gemischt hatte, weil sie so viel Unsinn von sich gab. Daraufhin stand sie beleidigt auf und verschwand in der Praxisküche, um sich zur Beruhigung wahrscheinlich eine Ladung besagter Kekse einzuverleiben. Für einen kurzen Moment flimmerte in mir der Gedanke auf, ihr tatsächlich irgendein Medikament in die Kekse zu mixen, aber ich wollte Dad nicht schon wieder in Schwierigkeiten bringen.

Dann stürmte Mr Boyles Berner Sennenhündin Shadow in die Praxis und lenkte mich von meinen Gedanken ab.

Mr Boyle beklagte sich, dass Shadow sich wie verrückt an den Ohren kratze. Auch ohne mikroskopische Untersuchung war mir klar, dass es sich dabei um einen Milbenbefall handeln musste. Dad ließ mich einen Abstrich nehmen. An dem Wattestäbchen hingen dicke gelb-bräunliche Klumpen von Ohrenschmalz.

Mr Boyle war ganz angetan und erzählte uns, dass er einmal am Atlantik einen ebenso großen Bernstein gefunden hatte, in dem sogar noch eine Mücke eingeschlossen war. Mehrere Museen seien an seinem Fund interessiert gewesen, aber verkaufen wollte er seinen Schatz natürlich nicht. Wir unterbrachen seine Abhandlungen, damit er die in Shadows Ohren befindlichen Milben unter der Lupe betrachten konnte. »Faszinierend, faszinierend«, murmelte Mr Boyle, während Dad und ich in schallendes Gelächter ausbrachen.

Der arme Mann wusste nicht, worüber wir uns so amüsierten. Es fühlte sich einfach nur gut an. Ab jetzt wurde der Begriff *Bernsteine suchen* immer dafür benutzt, wenn sich jemand von uns die Ohren sauber machte.

Rose ging nun schon seit Tagen wieder zur Schule, wurde aber immer gebracht und abgeholt. Entweder von Mrs Jones, Dad oder Mum, die sich nun endlich wieder traute, Auto zu fahren, seitdem sie sich in London zehn Jahre lang nicht hinters Steuer gewagt hatte. Jetzt fuhr sie Rose sogar zweimal wöchentlich zum Ballettunterricht nach Galway. Ich freute mich, dass sich Mum offensichtlich wieder gefangen hatte und mit Rose gern über Ballettbegriffe schwadronierte, als wären es französische Delikatessen.

Ich jedenfalls konnte es kaum erwarten, meinen Führerschein zu machen. In den Sommerferien wollte ich endlich meine Theorieprüfung in Angriff nehmen. Aber für heute hatte mir Dad versprochen, mich von der Schule abzuholen. Das war auch gut so, denn es stürmte und regnete mal wieder ununterbrochen.

Rose saß bereits auf dem Rücksitz, und ich stieg hinten zu ihr ein, weil der Beifahrersitz besetzt war. Dads Arbeitstasche, zwei Plastikkanister mit Glyzerin und mehrere Pakete Handschuhe lagen darauf.

Ich drückte Rose einen dicken Schmatz auf die Wange, den sie normalerweise mit den Worten »Lass das, Cait, das ist eklig!« abwehrte. Aber diesmal schien etwas anderes ihre Aufmerksamkeit zu beanspruchen. Ich folgte ihrem Blick und entdeckte den jungen Mann mit dem beigefarbenen Trenchcoat. Es war der Typ vom Hafen. Er stand am Schultor und winkte unauffällig zu uns herüber. Rose winkte zurück. Reflexartig stieß ich ihre Hand nach unten.

»Au! Was soll das?«, schrie Rose, denn ich hatte ihr wohl etwas derber als geplant auf die Hand gehauen.

»Müsst ihr euch schon wieder streiten? Hatten wir nicht ausgemacht, nach allem, was passiert ist, freundlicher miteinander umzugehen?« Dad hatte sich zu uns umgedreht und bedachte uns mit einem strafenden Blick.

»Sorry, Dad«, antworteten wir beide im Chor.

Dad lächelte zurück. »Geht doch. Wie ich merke, seid ihr doch seelenverwandt.«

»Sicher doch«, beteuerte ich und beugte mich nach vorn, um das Radio lauter zu drehen. »Rose mag den Song, stimmt's?« Beifall heischend wandte ich mich zu meiner Schwester um. Jetzt war die Musik so laut, dass Dad uns hoffentlich nicht mehr hörte.

»Bist du bescheuert?«, raunte ich ihr leise zu. »Wer weiß,

was der für ein Perverser ist! Du bist viel zu jung, um dich mit solchen Kerlen abzugeben.«

»Das ist Paul! Erkennst du ihn nicht?«

»Ich kenne keinen Paul«, antwortete ich verdrossen und versuchte noch einmal, einen Blick auf ihn zu erhaschen, aber leider war er inzwischen verschwunden. »Geht der hier zur Schule? Ich kann morgen mal im Sekretariat nachfragen.«

»Spinnst du? Das findet Paul bestimmt nicht gut. Er will dich nämlich auch mal kennenlernen«, flüsterte Rose mir zu.

»Sag bloß, du hast mit ihm gesprochen, Rose!«

»Natürlich. Das ist Grandad, Mums Vater.«

»Willst du mich auf den Arm nehmen?« Meine Stimme wurde so laut, dass Dad uns wieder zurechtwies.

»Ihr hattet es versprochen – keine Streiterei!« Dad spähte streng in den Rückspiegel. »Zumindest nicht, wenn ich dabei bin und mich aufs Fahren konzentrieren muss.«

Der Typ gab also vor, unser Grandad zu sein? Lächerlich! Hatten sich eigentlich alle Verrückten am westlichsten Zipfel Irlands versammelt? Und fiel es sonst niemandem auf, dass alle völlig durchgedreht waren? Den Gedanken, dass ich vielleicht selbst langsam verrückt wurde, gestattete ich mir erst gar nicht.

»Wir reden später darüber«, kündigte ich meiner Schwester an, und für den Rest der Fahrt schwiegen wir. Rose wirkte ziemlich verärgert, und ich befürchtete schon, dass ich meine Chance verspielt hatte, sie weiter auszufragen. Und ich sollte recht behalten.

Zu Hause angekommen, verschwand Rose sofort in ihrem Zimmer. Ich klopfte an und fragte, ob ich reinkommen dürfe. Aber Rose schützte Müdigkeit vor und musste sich angeblich vom anstrengenden Schultag erholen. Ich respektierte ihren Wunsch, in Ruhe gelassen zu werden, auch wenn ich gern mit ihr über diesen Typ gesprochen hätte, der vorgab, ihr … nein, unser Großvater zu sein.

Dafür war Mum redselig. Am Abendbrottisch erzählte sie von einer neuen Inspiration für eine Bilderserie und war total euphorisch. Sie gestikulierte wild und erzählte irgendetwas von gigantischen Leinwänden. Dad lachte und bedachte Mum mit verliebten Blicken. Außerdem wurde noch die Urnenbeisetzung für Anfang Juli geplant, wenn die Stürme sich hoffentlich gelegt hatten. Mum lächelte mich sogar an und sah keineswegs vorwurfsvoll aus.

Stattdessen hatte aber ich längst den Überblick über mein Leben verloren. Tapfer erwiderte ich Mums Lächeln und tat so, als wäre alles bestens. Meine Familie wirkte so glücklich, und diese Stimmung wollte ich nicht schon wieder kaputt machen.

Kapitel 23

»Kann ich mit dir reden, Caitleen?« Am nächsten Tag stand dieser Typ mit dem Trenchcoat schon wieder an der Schulpforte. Der Unterricht war bereits vorbei, und ich hatte wie so oft meinen Bus verpasst.

»Was soll das?«, fuhr ich ihn an.

»Ich muss mit dir reden. Es ist wichtig.« Er nahm seinen Hut ab und hielt ihn vor der Brust.

»Hast du mir aufgelauert?« Ich sah mich um. Der Schulhof war wie leer gefegt. Ich war spät dran, weil Mrs Kavanagh mich nach dem Unterricht noch gebeten hatte, einen Stapel Bücher in der Bibliothek für sie abzugeben. Ich blickte hoch zu ihrem Lehrerzimmer und bildete mir ein, dass jemand hinter den Vorhängen stand.

Ich lenkte meine Aufmerksamkeit wieder auf diesen Typen. Am liebsten hätte ich ihm angedroht, zur Polizei zu gehen, aber dann sah ich ihn an. Er hatte die gleichen graublauen Augen wie Mum. Und ihr hellblondes, fast ins Weiß spielendes Haar. Wegen seines Huts war mir die Ähnlichkeit vorher nicht aufgefallen. Sie hätten Geschwister sein können.

»Gut. Was willst du?«, lenkte ich ein. Eine Spritze mit Lidocain hatte ich ja leider nicht dabei, um den Kerl loszuwerden.

»Lass uns irgendwo ungestört reden!«, flüsterte er mir zu.

»Das ist schwierig in einem so kleinen Ort.« Hier wurde

Klatsch verbreitet, von dem der Betreffende noch gar nichts wusste.

Also verabredeten wir uns für fünf Uhr im *Beans.* Je offizieller unser Treffen war, desto weniger würden sich die Leute das Maul über uns zerreißen. Und je später wir uns im *Beans* trafen, umso leerer wäre das Café, so meine Strategie.

Während ich in der Praxis Dads Instrumente in den Sterilisator legte, zermarterte ich mir das Hirn, wie ein Zwanzigjähriger unser Grandad sein konnte. Das war doch unmöglich!

»Cait, du weißt doch, dass in einem OP-Set nur ein Skalpell drin sein muss.« Dad schmunzelte. »Und den hier musst du auch nicht steril machen«, lachte er und nahm den Teelöffel wieder aus der Einschweißfolie heraus.

Zugegeben, ich war nicht bei der Sache. Mir unterlief an diesem Tag bereits der zweite Fehler. Den ersten hatte ich bei einer Kundin gemacht, nämlich statt 89,50 Euro nur 8,95 Euro in die Kasse eingegeben und leider auch nur letztere Summe abkassiert.

»Du bist heute so unkonzentriert. Alles okay in der Schule?«

Dad musterte mich besorgt. Umso schwerer fiel es mir, ihn anzulügen. Ich erzählte ihm, dass ich mich später mit Klassenkameraden im *Beans* treffen wolle, um an einem Projekt zu arbeiten. Eigentlich hatte ich mir vorgenommen, meinen Eltern nichts mehr vorzumachen und auch nichts Unerlaubtes mehr zu tun. Aber ich konnte Dad unmöglich erzählen, dass ich Grandad treffen wollte, der aussah wie James Dean. Vielleicht würde Dad mir das Treffen dann verbieten und mich tatsächlich einliefern lassen. Mittlerweile war ich natürlich auch neugierig, was es mit diesem Paul auf sich hatte. Außerdem fand ich bei einem Treffen mit ihm vielleicht heraus, was tatsächlich mit Rose geschehen war, denn bisher war die Garda nicht sonderlich erfolgreich gewesen.

Die Garda hielt Rose für eine Ausreißerin, die sich drei Wochen versteckt gehalten hatte, um ihren Eltern eins auszuwischen. So etwas komme schließlich öfter vor. *Damit* wurde der Fall ad acta gelegt. Wahrscheinlich müssen die sich jetzt um den Fairy-Baum an der geplanten Autobahnstrecke kümmern, dachte ich verbittert.

»Ich muss dann los, sorry«, sagte ich zu Dad, als er mich noch darum bat, seine Blutampullen mit Aufklebern zu versehen. Der alljährliche Test auf Brucellose bei Rindern stand an.

»Sicher. Du hast mir schon so viel geholfen. Zieh los, viel Spaß!«

Gerade als ich die Praxis verlassen wollte, stieß ich mit James zusammen. Ich dachte schon, *ich* hätte ein Talent, in ungünstigen Momenten aufzutauchen, aber James schaffte das zweifelsohne auch. Außerdem kam er nun schon zum dritten Mal seit unserem Zusammentreffen auf dem Gelände der *Ewig Reisenden* in die Praxis. Davon schien er Dad nie etwas erzählt zu haben. Und allmählich war ich mir nicht mehr so sicher, ob er nicht meinetwegen aufkreuzte und mich sehen wollte.

»Hi, Cait!« Er lächelte mich an. »Hast du nicht Lust, mit den Jungs und mir zum Strand zu fahren? Kyle und Neill sind schon dort und wollen ein kleines Wettrennen starten.«

Okay. Da hatte ich also doch nicht unrecht mit meiner Vermutung. Wenigstens James war leicht zu durchschauen, im Gegensatz zu gewissen anderen Leuten, die hin und wieder unerlaubt in meinem Leben auftauchten, alles durcheinanderwirbelten und mich inmitten von Chaos zurückließen.

»Sorry, James. Ich war gerade dabei, die Praxis zu verlassen, weil ich noch einen Termin habe.«

»Ach, komm schon!« James lächelte immer noch, obwohl ich ihm die Enttäuschung ansah. »Du bist ein Teenager und solltest mal Spaß haben. Die frische Luft wird dir guttun.«

»Du klingst ja schon wie mein Dad«, versuchte ich zu scherzen, nahm seinen Hut und setzte ihn mir auf. »Ich treffe mich noch mit Leuten aus der Schule für ein Projekt. Die kann ich nicht einfach hängen lassen.«

»Miss hunderttausend Volt lässt sich natürlich nichts entgehen, was benotet wird. Schade.« James drehte sich um. Hastig griff ich nach seiner Hand und gab ihm den Hut zurück.

»Es tut mir wirklich leid.« James hatte recht, aber ich hatte im Moment wirklich Wichtigeres zu tun, als mir ein Pferderennen anzusehen. »Ein andermal, okay?«, versuchte ich ihn zu trösten.

»Klar doch«, sagte James und zog seine Hand gerade noch rechtzeitig zurück, bevor Dad zu uns stieß. James räusperte sich verlegen und studierte angestrengt die Regale mit dem Tierfutter.

»Schön, dich zu sehen. Wie geht's Cupcake und ihrem Kleinen?«, fragte Dad und klopfte James kumpelhaft auf die Schulter.

»Sehr gut, dank Ihrer Hilfe.«

»Macht's gut. Ich bin gegen sieben Uhr wieder da«, beeilte ich mich zu sagen und stürzte aus der Praxis, um Dads und James' Überwachungszone zu entfliehen.

»Viel Spaß im *Beans!*«, rief Dad mir nach. Ich konnte nur hoffen, dass James nicht auf den Gedanken kam, im Café aufzukreuzen.

Als ich dann noch die alte Miss Bird aus dem Auto steigen sah, rannte ich los, denn die gute Dame hätte mich ganz sicher in ein Gespräch verwickelt und mir wieder erzählt, dass Romeos Gleichgewichtsstörung daher rührte, dass er Juliet vermisste, seine alte Papageien-Kumpanin. Die war aber letztes Jahr einfach davongeflogen und nie wieder aufgetaucht. Von da an begann die Tragödie … oder besser gesagt Romeos Leiden.

Völlig außer Atem betrat ich das *Beans*. Die Bedienung nahm gerade die Speisekarten aus den Serviettenhaltern, um sie gegen die *Toasted Specials* auszutauschen. Es musste also schon nach fünf Uhr sein. Ich suchte das Café ab, konnte Paul aber nirgendwo entdecken.

»Cara ist schon zu Hause, falls du sie suchst«, beantwortete Ani meinen umherirrenden Blick. Zusammen mit zwei Schülern saß sie an einem Tisch, der über und über mit aufgeschlagenen Lehrbüchern und Zetteln bedeckt war. Für Teetassen und Kuchen war auf dem Tisch aber noch Platz. Offenbar lernten sie für das bevorstehende *Leaving Certificate*.

»Oh, danke. Ich war eigentlich verabredet mit …« Ich stockte.

Ani musterte mich neugierig. »Mit wem?«

Ich schwieg, weil ich ihr ja kaum sagen konnte, dass ich mit meinem Grandad verabredet war, der vermutlich nur wenige Jahre älter war als ich. Ani hätte mich für komplett durchgeknallt gehalten. Falls es überhaupt stimmte, was er mir erzählt hatte.

»Sieh an … unsere Cait!« Ani lächelte verschmitzt und stieß ihre Freundin mit dem Ellbogen an, die sich mit der Kuchengabel in die Wange spießte, statt das Stück Karamelltorte in den Mund zu schieben.

»Autsch … das hat wehgetan!«

»Sorry, Christina!«, lachte Ani und tupfte der Freundin mit der Serviette die Sahne vom Gesicht.

In diesem Moment kam Paul aus der Herrentoilette. Ohne seinen beigefarbenen Trenchcoat sah er noch jünger aus. Er trug ein helles Hemd, dessen gebügelter Kragen aus einem grünen Pullunder hervorlugte. Sein kurzes blondes Haar war exakt gescheitelt. Er wirkte unsicher, als er mich zu seinem Tisch herüberwinkte. Dann nahm er mir die Jacke ab und bot mir einen Stuhl an.

Ich spürte Anis Blick im Nacken und vernahm ein unterdrücktes Kichern. Paul öffnete den obersten Knopf seines Hemds.

»Tut mir leid, es ist so warm hier und … ich bin nur furchtbar aufgeregt. Schließlich trifft man nicht jeden Tag seine Enkelin, die noch dazu eine attraktive junge Dame ist.« Paul lächelte mich an, und in seinen Wangen bildeten sich zwei Grübchen. Seine graublauen Augen blitzten auf. Dass Granny sich in ihn verliebt hatte, konnte ich mir gut vorstellen.

»Schön, dass du gekommen bist, Caitleen! Es muss verwirrend für dich sein, mich so zu sehen«, sagte er und deutete auf sich selbst.

»Da ich dich ja nie mit Falten kennengelernt habe, Paul … ähm … ich meine, Grandad, ist es eigentlich okay«, sagte ich cool und kratzte mich am Hinterkopf. Einen jungen Mann Grandad zu nennen, klang absolut irre. Paul schien das zu bemerken.

»Du kannst mich ruhig Paul nennen. Das ist vollkommen in Ordnung.«

»Na gut.« Ich wusste nicht so recht, was ich zu ihm sagen sollte. Mir kam das alles so surreal vor. Eigentlich gab es eine

Million Fragen, aber wo sollte ich beginnen? Vielleicht war er ja doch ein Spinner. Und ganz klar war er ein Fremder, Grandad hin oder her.

Aber nachdem Paul uns Tee bestellt hatte, fing er an zu erzählen. »Caitleen, du musst mir glauben, dass ich deine Granny immer geliebt habe.«

Ja, aber du hast sie verlassen, als sie schwanger war, schob ich gedanklich nach, wagte aber nicht, ihn zu unterbrechen. »Mhm«, machte ich stattdessen und zupfte ein Stück vom Scone ab. Angeblich sollten diese süßen Brötchen die besten in der Stadt sein.

»Aber irgendjemand wollte nicht, dass wir zusammen waren«, fuhr er fort.

»Und deswegen hast du sie schwanger sitzen gelassen?« Jetzt konnte ich mich doch nicht mehr bremsen. Schien ja ein Trend in dieser Gegend zu sein, dass man Frauen einfach so verließ, wenn es ein bisschen ungemütlich wurde. Dass sich Blake jetzt schon wieder in meinen Kopf einschlich … Wütend fummelte ich den ganzen Scone auseinander. Hatte ich nicht einen ohne Rosinen bestellt?

»Ich habe sie nicht verlassen. Ich habe sie geliebt und wollte sie heiraten. Außerdem wusste ich überhaupt nicht, dass sie schwanger war.« Mit seiner Serviette tupfte sich Paul eine Träne aus den Augen. Das wurde ja immer schöner! Erst machte er sich aus dem Staub, dann tauchte er Jahrzehnte später einfach wieder auf, und ich musste mir seine Ausreden anhören. Genervt schob ich den Teller mit den Brötchenkrümeln über den Tisch. Ich hasste Rosinen.

»Granny hat ihr Leben lang gelitten. Ihre Eltern hatten sie in eine dieser Wäschereien gesteckt. Claire ist im Heim aufgewachsen. Und …« Ich presste die Lippen aufeinander. Warum erzählte ich diesem Fremden etwas aus unserem

Leben? Aber ich war so wütend! Nicht nur auf ihn, sondern auch auf Blake und vor allem auf mich, weil ich mich in solche Geschichten hineinziehen ließ.

Ani ging an mir vorbei und wünschte uns noch einen schönen Abend. Neugierig beäugte sie Paul, der ihr freundlich zunickte. Alter Casanova, dachte ich mir. Oder junger … wie auch immer.

»Eigentlich hat mich Rose zu euch geführt. Sie ist ein wunderbares Mädchen und sieht Claire so ähnlich.« Paul griff nach meiner Hand.

»Rose?« Ich zog die Hand zurück. Für Sekunden tauchten wieder diese Bilder in meinem Kopf auf. Das Feuer, Mums Schreie und die Leere in mir, die ich seit Roses Verschwinden nie wieder ganz losgeworden war.

»Ich glaube, du bist in der Lage … nun ja …« Paul geriet ins Stocken. »… in der Lage, Verbindungen zwischen uns und den anderen zu schaffen.«

»Welchen *anderen?*«, fragte ich. Warum versuchte er jetzt, das Gespräch auf mich zu lenken? Die Masche kannte ich bereits von Blake. Verdammt, wir hätten uns doch an einem anderen Ort treffen sollen! Das Café erinnerte mich ständig an Blake, und um ein Haar wäre ich explodiert. »Wo warst du eigentlich während der letzten vierzig Jahre?«, hakte ich nach und verschränkte die Arme vor der Brust. Wehe, ihm fiel wieder ein, nach meiner Hand zu greifen!

»Siebenundvierzig, um genau zu sein«, korrigierte mich Paul, und er wirkte plötzlich sehr müde. Und er schien auch viel älter zu sein. Oder bildete ich mir das nur ein? »Claire ist doch siebenundvierzig, oder?«

Ich nickte. Die ganze Situation war total schräg, und wenn ich mir es recht überlegte, war unser ganzes Leben hier ziemlich abgefahren. Ich wollte zurück nach London, mitten hinein in den Großstadtdschungel. Der schien mir übersichtlicher zu sein als das ganze Chaos hier. Ich nahm einen Schluck von meinem Tee. Er schmeckte furchtbar bitter, weil ich vergessen hatte, die Teebeutel aus der Kanne zu nehmen. Paul hatte seine Tasse noch nicht mal angerührt.

»Es ist von ihr, nicht wahr?« Paul wies auf das Gemälde, das über uns hing. Es war ein abstraktes kleines Ölbild in Weiß- und Grautönen.

»Kann sein, dass Mum es verkauft hat. Irgendwie hatte sie so eine Idee für eine neue Reihe.« Ich hatte gerade keinen Plan, was Mum genau trieb, aber das Kürzel in der rechten Bildecke stammte zweifellos von ihr.

»Ihr Talent hat sie von ihnen. Magst du Malerei?«, fragte Paul.

»Von *ihnen*?« Da war sie schon wieder, diese seltsame Umschreibung, die auch Maureen und Sean gern benutzten. Jetzt konnten sie ihren Klub erweitern, mit Paul.

»Ach, dann hat Claire es dir verschwiegen? Verstehe … Nun ja, ich erzähle es dir jetzt, weil meine Tage ohnehin gezählt sind. Die Ahnen deiner Granny stammen vom Volk der Túatha Dé Dannan.«

Ich bekam einen furchtbaren Hustenanfall und prustete den Tee aus dem Mund. »Ernsthaft?« Das Ganze hier wurde immer abstruser. Ich wischte mir mit der Serviette den Tee aus dem Gesicht.

»Das wollte ich nicht. Hast du dich verschluckt?« Paul war aufgestanden und klopfte mir besorgt auf den Rücken. »Ich habe jedenfalls nicht mehr viel Zeit, aber das ist auch unwichtig. Wichtig ist nur, dass ich euch gefunden habe.«

»Und dafür hast du siebenundvierzig Jahre gebraucht?«, fragte ich spitz.

»Ich konnte nicht weg aus Tír na nÓg, sosehr ich auch

wollte. Weißt du, die Túatha Dé dürfen sich nicht verlieben. Sie haben Angst davor, zu menschlich zu werden. Außerdem macht Liebe manchmal verrückt.«

Paul lachte ganz komisch, und jetzt sah er tatsächlich ein bisschen irre aus. Was mich in meiner Vermutung nur noch bestärkte … er war nicht ganz normal. Aber ich spielte mit und war nun tatsächlich neugierig, welche Geschichte er mir andrehen wollte.

»Dann behauptest du also, dass Granny dafür bestraft wurde, sich in dich verliebt zu haben?«

Paul nickte nur.

»Also bist du keiner von diesen Túatha Dé«, schlussfolgerte ich. »Aber warum siehst du dann noch so jung aus, wenn du keiner von *ihnen* bist?«, fuhr ich fort, denn ich erkannte einen Fehler in seiner Lügengeschichte und war auf seine Antwort gespannt.

»Sie haben mich auf die Insel geholt, nachdem ich versucht hatte, mir das Leben zu nehmen.« Paul geriet ins Stocken und krempelte seinen linken Ärmel hoch. Auf der Innenseite seines Handgelenks waren die Narben verblasst, aber immer noch sichtbar. Ich schluckte.

»Nachdem Aurelia verschwunden war, wollte ich einfach nicht mehr leben. Ich nahm an, sie hätte mich verlassen. Aber ich hätte nie an ihrer Liebe zu mir zweifeln dürfen.« Nun standen ihm die Tränen in den Augen, und plötzlich tat mir der verrückte Typ sogar leid.

»Entschuldige bitte, ich wollte dich damit nicht belasten«, fuhr er fort und lächelte tapfer. »Aber jetzt wird ja wieder alles gut. Ich bin so glücklich, dass ich euch noch kennenlernen durfte. Ihr seid zwei wunderbare Mädchen, Rose und du. Nie hätte ich gedacht, dass ich euch alle wiedersehen werde. Erst durch das Feuer, das du …«

»Willst du mich etwa für das Feuer verantwortlich machen?« Mit einem weiteren Schluck des bitteren Tees unterdrückte ich mein Mitleid. »Das war ganz klar die Schuld eines bescheuerten Farmers, der seine Felder wieder fruchtbarer machen wollte. Feuer brechen hier ständig aus.« Ich war mittlerweile so aufgebracht, und in mir loderte heißer Zorn. Und inzwischen zogen wir auch die Blicke der Gäste auf uns. Es war doch kein guter Vorschlag gewesen, Paul hier zu treffen. Ich musste dringend weg.

»In dir brennt ein Feuer. Nur durch dich konnte Rose mich zurückholen. Du bist etwas ganz Besonderes, Caitleen.«

»Und du bist total verrückt!« Ich zog meine Jacke an. Noch mehr von diesem Unsinn wollte ich mir nicht antun und marschierte in Richtung Ausgang.

»Du hast eine Kraft in dir, die Großes bewirken kann. Du musst mir glauben!«, flehte Paul mich an, als er mich an der Tür eingeholt hatte.

»Ich muss gar nichts. Und nun lass mich bitte gehen! Und Rose belästigst du auch nicht mehr, sonst melde ich dich der Polizei.«

Das hatte ich tatsächlich vor, aber erst mal wollte ich ihn loswerden und ging. Wind kam auf, und der Geruch nach Meer stieg mir in die Nase. Sofort musste ich an Blake denken, den ich seit dem Feuer nicht mehr gesehen hatte. Noch einmal drehte ich mich um und konnte beobachten, wie der Wind durch Pauls Haar fuhr, das nun nach allen Seiten abstand. Jetzt erinnerte er mich wieder an einen hilflosen kleinen Jungen. Aber das war ein Trugschluss, denn in Paul versteckte sich der Wahnsinn.

Deshalb musste ich unbedingt zur Polizei und diesen Verrückten melden. Was ich der Garda jedoch genau erzählen wollte, darüber war ich mir noch im Unklaren. Schließlich sollte meine Erzählung glaubhaft klingen, nicht dass *ich* noch als durchgeknallt abgestempelt wurde. Bevor ich jedoch in die Straße zur lokalen Garda abbog, entdeckte ich in der Ferne einen Jungen. Mit seinem schwarzen Haar und dem weißen Shirt konnte es sich nur um Blake handeln. Gerade bog er in eine Seitengasse ein. Ich beschleunigte meine Schritte. Als ich aber in die kleine Straße einbog, konnte ich ihn zwischen den vielen Touristen nicht mehr erkennen. Die standen auf den Fußwegen herum, um entweder in ihren Reiseführern zu lesen oder die Anzeigetafeln mit den verschiedenen Menüs der Pubs zu studieren. Allmählich wurde es nämlich Zeit fürs Dinner.

»Welches Lokal könnten Sie uns empfehlen? Sie sind doch von hier, oder?« Ein Pärchen mit passender Regenkleidung stellte sich mir in den Weg. »Wir wollten gerade auf Tripadvisor nachschauen, aber hier haben wir keinen Internetempfang.« Entschuldigend hielt die junge Frau ihr Handy in die Höhe.

»Es sollte schon fünf Sterne haben, aber bitte nicht teuer …«, fügte ihr Freund hinzu.

Großartig! Dank der nervigen Touristen hatte ich Blake aus dem Blick verloren. »Da kann ich Ihnen dieses dort empfehlen«, sagte ich und wies in Richtung *Joyce's.*

»Wo genau? Neben dem Supermarkt?« Verunsichert folgte das Pärchen meiner Handbewegung.

»Dort gibt es die Packung Toastbrot für weniger als einen Euro. Etwas Günstigeres fällt mir nicht ein.«

»Wir dachten eher an …«

»Und Wasser gibt es kostenlos. Es steht in einer Schüssel am Haupteingang. Der Supermarktbesitzer füllt es jeden Tag frisch nach.« Verschwörerisch zwinkerte ich dem Pärchen zu. »Ich versichere Ihnen … Top-Ranking unter den streunenden Hunden der Stadt.«

Ich drehte mich um und entschied mich, statt Paul bei der Polizei zu melden, nun doch erst mal im Internet nachzuforschen.

Dad wischte gerade den Fliesenboden der Rezeption, als ich in die Praxis stürmte. Maureen hatte schon Feierabend. Das war *die* Gelegenheit. Schnurstracks ging ich zum Rechner und tippte *Tír na nÓg* ein.

»Du bist schon wieder da?« Dad stützte sich auf seinen Wischmopp und beugte sich über meine Schulter. »Und schon wieder so fleißig. Ist das für dein Projekt?«

»Mhm. Wir sind nicht ganz fertig geworden.« Ich musste Dad abwimmeln. »Kannst du uns bitte einen Tee machen?«

»Natürlich, mein Schatz. Dein Ehrgeiz ist wirklich bewundernswert. Aber beeil dich, ich möchte bald nach Hause. Es war ein langer Tag.« Mit diesen Worten verschwand Dad mit dem Wischeimer im hinteren Bereich der Praxis.

Ich las mich durch den erstbesten Eintrag, den das Internet ausspuckte. Aber es waren die gleichen Infos, die ich schon aus dem Unterricht kannte. In der irischen Mythologie handelte es sich bei Tír na nÓg um die Insel der Jugend, die sich nach keltischen Vorstellungen in der Anderswelt befand. Ihre Bewohner waren die Túatha Dé, die sich immer wieder unter die Menschen mischten. Im Lauf der Jahrhunderte leiteten sich aus ihnen die Fairies ab.

Unwillkürlich musste ich mir Blake als winzigen Fairy vorstellen, mit spitzen Ohren und Flügeln. Lächerlich. Spöttisch verzog ich das Gesicht und gab erneut *Tír na nÓg* ein. Es musste doch noch etwas anderes darüber zu finden sein als dieser Schwachsinn. Aber die Suchmaschine unterbreitete mir nur noch Vorschläge auf Irisch, die ich aufgrund meiner mangelnden Sprachkenntnisse nicht lesen konnte. Großartig. Mir blieb nichts anderes übrig, als einige Seiten auszudrucken, um sie am nächsten Tag Cara zu zeigen. Ich konnte nur hoffen, dass etwas Hilfreiches dabei war. Frustriert stand ich auf und drängte Dad, der mit zwei Tassen Tee an den Empfangstresen trat, endlich nach Hause zu fahren.

In meinem Zimmer ging ich noch mal meine Notizen aus Mrs Kavanaghs Unterricht durch. Die Insel der Jugend wurde nach ihrem Entdecker Saint Brendans Island benannt. Aber mit weiteren Expeditionen auf See verschwand die Insel dann von den Weltkarten. Wahrscheinlich weil man angefangen hatte, wissenschaftlich zu arbeiten. Genervt legte ich die Unterrichtsmaterialien zur Seite.

Kapitel 24

Ich konnte es kaum erwarten, Cara auszufragen. Schließlich stammte sie aus der Gegend. Vielleicht konnte sie mir helfen, mehr über Tír na nÓg zu erfahren. Leider war sie nicht wirklich ansprechbar und verbrachte die Pause mit Ani, die Liam immer wieder mit bösen Blicken bedachte. Der machte jetzt nämlich mit Veronica herum, und seine Hand klebte auf ihrem Hintern fest wie an der goldenen Gans. Und eine Gans war Veronica ganz sicher. Ihren Bonus von vorletzter Woche hatte sie bereits wieder aufgebraucht.

Dann schlenderte Andrej doch zu mir herüber und setzte sich neben mich auf die Bank, während ich gerade in einen Apfel biss.

»Wow, du bist ja gar nicht so unschuldig, wie du aussiehst!«

Ich glaubte, mich verhört zu haben, und hätte mich beinahe an meinem Apfel verschluckt.

»Cara hat mir erzählt, dass du einen neuen Freund hast. Erst Blake und dann …«

»Wie bitte?«, unterbrach ich ihn.

Andrej grinste mich an. »Der Typ aus dem *Beans* sieht aus wie James Dean, hat mir Veronica erzählt.« Dann fuhr er sich durch das Haar und deutete eine Föhnwelle an.

»Lass das! Steht sowieso nicht jedem.«

»Wunder Punkt?«, fragte Andrej, und sein Blick folgte Veronica, deren schrilles Lachen über den Schulhof schallte.

»Quatsch!« Großartig. Obwohl ich keinen Freund hatte, dachte offenbar jeder, ich würde die Kerle reihenweise abschleppen. Ich konnte Andrej ja kaum offenbaren, dass der Typ aus dem *Beans* mein Grandad war. Da würde er sich kaputtlachen. Von Jungs hatte ich wirklich die Nase voll. Grandad inklusive.

»Ach der! Ein Freund der Familie«, gab ich gelassen zurück.

»Na gut, dann erzähl das mal Veronica! Die wird sich freuen.«

»Wieso? Was hat denn Veronica damit zu tun?«, fragte ich und verstaute meinen angebissenen Apfel in der Papiertüte.

»Tut immer gut, wenn mal frischer Wind in der Gegend weht.« Andrej nickte ein paar Kumpels zu, die mit ihren Hurlingschlägern gerade so taten, als würden sie fechten.

»Veronica ist absolut nicht dessen Liga. Der spielt in einer höheren Klasse«, antwortete ich schnippisch.

»Meinst du deine Liga?«

»Ach, lass mich in Ruhe und geh spielen!« Ich winkte ab. »Deine Jungs warten schon.« Ich erhob mich.

Die Pause war endlich zu Ende, und Mathe wartete auf mich. Cara saß schon auf ihrem Platz.

»Was weißt du über Tír na nÓg?« Ich schob meine ausgedruckten Seiten über ihren aufgeschlagenen Collegeblock.

»Äh? Wir haben gleich Mathe!«

»Sag schon! Was weißt du über die Insel der ewigen Jugend?«, drängte ich weiter.

»Keine Ahnung. Du hast doch bei der alten Kavanagh besser aufgepasst als ich.«

»Kannst du das bitte mal für mich anschauen?«

»Was hast du denn plötzlich?« Cara musterte mich neugierig von der Seite.

»Jetzt!« Ich tippte auf den Ausdruck.

»Okay, schon gut.« Ergeben hob Cara die Hände. »Ich fühle mich ja geschmeichelt, wenn ich etwas besser kann als du.« Sie scannte die erste Seite und murmelte etwas, das ich tatsächlich schon im Vortrag bei Mrs Kavanagh gehört hatte. »Grob zusammengefasst steht hier einfach, dass die Insel der ewigen Jugend nach ihrem Entdecker Saint Brendans Island benannt wurde …«

»Aber mit weiteren Expeditionen auf See verschwand die Insel dann von den Weltkarten«, vervollständigte ich ihren Satz.

»Kannst du jetzt Irisch?«

»Quatsch!«, antwortete ich genervt. »Das ist nur der Text, den Tim schon im Vortrag bei Kavanagh benutzt hatte. Also nichts Neues!« Ich zog den anderen Zettel hervor und hielt ihn ihr unter die Nase. »Und da? Was ist mit diesen Túatha Dé.«

»Oh Gott! Haben wir die auch im Unterricht behandelt?« Cara betrachtete das Papier. »Daran kann ich mich überhaupt nicht erinnern.«

»Und?«, drängte ich. Mein Blick fiel auf Mr Giorra, unseren Mathelehrer, der mittlerweile das Klassenzimmer betreten hatte und sich am Hemdkragen zupfte.

»Ach, auch nur altes Zeug! Das ist ein Auszug aus der alten irischen Mythologie. Dazu gibt's englische Übersetzungen von Lady Gregory oder so. Aber ich find's echt öde. Lustiger sind die ganzen Feengeschichten, die sich angeblich aus dem alten Sagenzeug entwickelt haben. Meine Mum hat mir früher viel darüber erzählt. Am liebsten mag ich übrigens die Lepracháns. Man sagt, das sind die Schuhmacher der Elfen.«

Ich senkte meinen Kopf, starrte auf meine Stiefel und runzelte die Stirn.

»Das sind so Zwerge mit dickem Bäuchlein und langem Bart. Aber wer einen fängt, dem zeigt er, wo Töpfe voller Gold unter der Erde liegen. So etwas könnte ich gut gebrauchen.«

Ich fasste Cara am Arm und beugte mich näher zu ihr. »Dann glaubst du also auch, dass es Fairies wirklich gibt? Also in echt? Lebensgroß? Und dass sie mitten unter uns leben?«

»Das hatte ich eigentlich nicht damit sagen wollen …« Cara starrte mich entgeistert an und löste ihren Arm aus meinem Griff.

Ich stieß die Luft aus, und meine Anspannung verpuffte. Plötzlich kam ich mir ganz albern vor. »Es ist nur wegen Blake. Und Bay«, fügte ich hastig hinzu. »Ich vermisse die beiden …« Ich schniefte.

»He, nicht doch!« Cara strich mir eine Strähne aus der Stirn. »Die beiden tauchen bestimmt wieder auf.«

»Es ist nur alles so verwirrend …«

»Meine Cait ist verliebt. Ich habe es immer gewusst!« Cara tätschelte mir die Hand, und ich seufzte tief auf.

»Da gibt es nur ein winzig kleines Problem«, fuhr sie fort. »Du müsstest dich schon entscheiden, mit wem du zusammen sein möchtest. Mit beiden gleichzeitig könnte schwierig sein. Die sind zwar abgefahren, aber ob die sich auf so etwas einlassen, bezweifle ich …« Cara konnte sich ein Lächeln nicht verkneifen.

»Ach, hör auf!«, wehrte ich ab, doch unweigerlich steckte mich ihr Lächeln an.

»Aber wäre es nicht toll, wenn sich alles in einer Person vereinen würde? Freund und Liebhaber?« Cara setzte einen verführerischen Blick auf. »Oder sollte ich besser sagen … Liebhaberin?«

Bei dem Wort *Liebhaber* wurde ich knallrot und war dankbar, dass es zum Unterricht läutete und Mr Giorra irgendetwas von mathematischen Termen erzählte.

»Immer wenn's spannend wird …« Cara seufzte und blickte auf das Whiteboard, auf das Mr Giorra uns eine Aufgabe projizierte. »Aber im Gegensatz zu dir muss ich mich jetzt leider auf Mathe konzentrieren, sonst schaffe ich meinen Abschluss nicht.«

Mir blieb nichts weiter übrig, als auch so zu tun, als wäre das Lösen von mathematischen Termen mein einziges Problem.

Cara konnte mir also nicht weiterhelfen. In einigen Tagen wollten wir Granny bestatten, zumindest die Pseudoasche auf dem Meer verstreuen.

Ich blickte aus dem Fenster und sah, wie am Himmel weiße Schäfchenwolken vorüberzogen. Unwillkürlich musste ich an Schwester Ailish denken, an ihre traurigen, wässrigen Augen und daran, dass ich keine Ruhe fand, solange ich nicht Mums Geburtsort besucht hatte. Wenigstens ein Ort, den es hoffentlich wirklich gab.

Der Fahrer des Busses nach Limerick stand draußen und rauchte eine Zigarette. Hin und wieder wies er die Passagiere an, ihr großes Gepäck im unteren Teil des Busses zu verladen. Ich hatte nur meinen Rucksack dabei, in dem auch meine Geldbörse steckte. Den Zeitungsartikel über die Wäscherei hatte Mum ja konfisziert. Wie gut, dass mir der Name und der Ort des Konvents gut im Gedächtnis geblieben waren.

Ich wusste von Maureen, dass mehrmals täglich ein Bus nach Limerick ging, den sie einmal pro Monat nahm, um ihre Schwester zu besuchen. Ich setzte keine große Hoffnung auf meine Fahrt nach Ballinacurra. Aber nur so hoffte ich diese verdammten Löcher stopfen zu können, die sich in meiner Brust und in meinem Kopf aufgetan hatten.

»Willst du nun mit, Mädchen?« Der Busfahrer war bereits eingestiegen und saß hinter dem Steuer. Ich kramte in meiner Jackentasche und fand die fünfzig Euro, die mir Dad zugesteckt hatte, damit ich mir was Schönes zum Anziehen kaufen konnte. Stattdessen erwarb ich mir nun ein Ticket, inklusive Rückfahrt. Die restlichen elf Euro steckte ich wieder ein. Jetzt erst merkte ich, dass der Bus gut gefüllt war.

Noch bevor ich mich setzen konnte, fuhr der Bus los. Ich hielt mich an den Lehnen fest und suchte mir einen Fensterplatz. Im Gumminetz an der Rückseite des Sitzes steckten noch eine leere Coladose und eine zerknüllte Chipstüte.

Ich lehnte mich zurück. Vor meinem inneren Auge tauchten die Bilder von dem Feuer auf, das überall zu brennen schien. Paul hatte wieder eine Unruhe ihn mir entfacht, die ich zu bekämpfen versuchte. In den Flammen sah ich Blakes Gesicht, wie er mir etwas zurief. Mir wurde heiß, und ich lehnte die Wange an die kalte Fensterscheibe. Dadurch beruhigte sich mein Atem, und ich fühlte mich wieder besser.

Als ich die Augen öffnete, konnte ich die mittlerweile vertrauten Berge nicht mehr sehen. Stattdessen wurde das Land flacher, und wir fuhren vorbei an saftigen grünen Weiden, die von Steinmauern eingesäumt wurden. Wie Handlinien überzogen sie die Wiesen, kreuzten und bogen sich. Nach drei Stunden Fahrt vorbei an weißen oder gelb gestrichenen Cottages, die ganz verträumt und verloren in der Landschaft standen, wurde der Bus langsamer. Plötzlich stand am mittleren Ausgang Mrs Kavanagh, diesmal nicht in Rosa, sondern in Fuchsia gekleidet. Ich wollte mich hinter dem Vordersitz verstecken, aber sie hatte mich bereits entdeckt.

»Es tut mir leid, mein Kind, dass du das alles durchmachen musst. Versuch dir diesen dunklen Ort nicht zu sehr zu Herzen zu nehmen.«

Der Bus hielt, und Mrs Kavanagh stieg aus. Ich war dankbar, dass sie nicht gefragt hatte, warum ich an einem Schulmorgen im Bus nach Limerick saß. Andererseits wusste sie ja sowieso, wohin ich wollte. Die Türen schlossen sich wieder, und nach weiteren zwanzig Minuten kamen wir in Ballinacurra an. Ich war die Einzige, die hier aussteigen wollte. Was allerdings kein Wunder war, denn wenn mein erster Eindruck nicht täuschte, bestach das Örtchen nicht durch besondere Schönheit.

Ich sah dem Bus hinterher, wie er davonfuhr und einen entsetzlichen Abgasgestank hinterließ. Auf der gegenüberliegenden Seite der Straße gab es eine Tankstelle, zu der ich hinüberlief. Dort parkte ein einziges Auto, und der Fahrer schien keine Notiz von mir zu nehmen. Ich brauchte dringend einen Kaffee. Und eine Wegbeschreibung zum alten Konvent.

In der Tankstelle, in der sich auch ein kleiner Laden mit völlig überteuerten Waren befand, stand eine Angestellte hinter dem Tresen. Ein junges Mädchen namens Theresa, wenn ich dem Namenschild auf ihrer Brust glauben durfte. Mit gelangweilter Miene tippte sie auf ihrem Handy herum. Offenbar hatten sie hier ein besseres Netz als wir. Das lag wohl an der Nähe zu einer Großstadt.

»Hi, wie geht's? Einen Kaffee bitte.«

Als wäre dies die unverschämteste Bestellung, die sie je bekommen hatte, rollte Theresa mit den Augen.

»Maschine ist kaputt. Tee kann ich dir machen.« Theresa kaute weiter auf ihrem Kaugummi herum, während sie mit mir sprach. Ab und an produzierte sie sogar Blasen.

»Danke. Aber ich wollte eigentlich Kaffee. Gibt es hier in der Nähe vielleicht noch ein anderes Geschäft?«

»Nö. Aber hier in der Kanne müsste noch was sein.« Theresa ging hinüber zu der angeblich kaputten Maschine, neben der eine schwarze Kaffeekanne stand. Diese schwenkte sie lustlos hin und her. »Hast Glück, ist noch was da. Hat Kirsten während ihrer Nachtschicht nicht ausgetrunken.« Zufrieden lächelte mich Theresa an.

Ob ich von Glück reden konnte, einen abgestandenen lauwarmen Filterkaffee zu trinken, ließ ich dahingestellt. Da ich aber nicht zu widersprechen wagte, nahm ich den Becher mit der hellbraunen Brühe entgegen.

»Macht drei Euro.«

Ich legte ihr die Münzen hin und wollte gehen, als mir einfiel, nach der Wäscherei zu fragen.

»Ich suche den guten Hirten.«

»Sieht das hier aus, als wäre ich auf 'ner Schafweide oder was? Das ist 'ne Tankstelle!« Theresa tippte sich an die Stirn. Ich ließ mich nicht beirren. So schnell konnte mich keiner loswerden.

»Vielleicht sagt dir ja *Mary's Training School* was?«

»Das alte Nonnenkonvent? Die hatten so 'ne Einrichtung für schwer erziehbare Mädchen. Liegt am Ende der Hauptstraße.« Theresa zog ihren Kaugummi mit den Fingern in die Länge. Gut, dass ich mir von ihr keine Backwaren hatte andrehen lassen. Draußen fuhr ein Mann im roten Fiat zum Tanken vor.

»Lebt aber schon lange keiner mehr. Ist geschlossen.« Sie musterte mich mit einem verächtlichen Blick, aber immerhin schien ich sie aus ihrem Langeweileloch geholt zu haben. »Was willst'n da? Du suchst dort doch nicht etwa nach deiner Mutter oder so? Vor einer Woche war schon mal jemand da. Und bei meiner Kollegin hat sich mal eine ausgeheult. Die kam sogar den ganzen Weg aus Amerika.« Anscheinend war ich nicht die Einzige, die in der Vergangenheit herumwühlte. Theresa beugte sich über die Ladentheke. »Gib mir mal ’nen Schokoriegel, den mit der Katze!«, forderte sie mich auf.

»Ich soll dir *was?*«, fragte ich verdattert und betrachtete die Auslagen voller Süßigkeiten.

»Der mit der roten Verpackung, Mädchen«, präzisierte die genervte Theresa.

»Meinst du den hier?« Ich deutete auf ein KitKat.

»Du bist auch nicht grad die Hellste!«

Ich schob die Beleidigung beiseite und reichte ihr den Riegel. Sie riss das Papier herunter, nahm den Kaugummi aus dem Mund, formte mit der Hand ein Kügelchen und klebte es an das Papier.

»Du bist doch nicht etwa eine von den Bälgern dort. Die waren ziemlich schlicht, wenn du verstehst, was ich meine.« Beim Sprechen tippte sie sich an die Stirn und riss die Augen weit auf. Ich verstand gerade wirklich nicht, was sie meinte, aber sie bestand ja auch nicht auf eine Antwort. »Versteh nicht, was die da wollen. Sollten doch froh sein, wenn sie mit den Schlampen dort nichts mehr zu tun haben.«

Ihre harschen Worte waren wie ein Faustschlag mitten ins Gesicht. So dachte man also immer noch über die Mädchen in diesen Erziehungsheimen, in denen die Ärmsten jeden Tag von früh bis spät Wäsche waschen mussten. Es war unglaublich. Am liebsten hätte ich Theresa zehn Schokoriegel auf einmal in ihren Mund gestopft, als der Typ mit dem roten Fiat sich neben mich gesellte, um zu bezahlen.

»Hi, Ralph, was geht so?« In Gegenwart des gut aussehenden Ralph vergaß die gute Theresa das Gespräch mit mir sofort. Sie stützte die Ellbogen auf den Tresen und beugte sich vornüber. Dabei fiel ihr der Busen fast aus dem T-Shirt.

Ich schüttelte mich. Du wärst wahrscheinlich auch dort gelandet, so wie du Ralphi anmachst, dachte ich mir, als ich wieder nach draußen trat. Ich nahm einen Schluck von meinem Kaffee, der nun komplett kalt war und furchtbar bitter schmeckte. Ich warf den Becher in den Abfalleimer am Ausgang und lief los.

In der kleinen Ortschaft, die Theresa euphorisch als Stadt beschrieben hatte, reihten sich die einstöckigen Häuschen eng aneinander. Die Gardinen vor den Fenstern waren zugezogen, als hielten die Bewohner Mittagsruhe. Oder sie wollten sich vor den neugierigen Blicken schützen, die hier vielleicht vierteljährlich eintrafen. Ein kleines Elektrofachgeschäft war geöffnet, aber die Auslagen zeigten verstaubte Geräte und vergilbte Schilder. Ich bezweifelte, dass der Inhaber hier jemals etwas verkaufte. Ich kam an einem geschlossenen Blumenladen und einer verlassenen Bäckerei vorbei. Nur vor einem Tabak- und Zeitschriftengeschäft saßen zwei Männer und unterhielten sich. Der eine hob freundlich die Mütze, als ich an ihnen vorbeiging. Ich war mir sicher, dass die beiden sich den Kopf zerbrachen, was ich hier wohl suchte. Das fragte ich mich gerade auch.

Die meisten der wenigen Geschäfte standen leer, und viele Schilder in den Auslagen verwiesen auf Miet- oder Kaufangebote. Nur der Wegweiser zu einem Lebensmitteldiscounter wies darauf hin, dass hier überhaupt noch jemand wohnte.

Nach Theresas Angaben sollte ich der Hauptstraße bis zur großen Rechtskurve folgen und dort in eine Seitenstraße abbiegen. In einigen Fenstern standen Heiligenfiguren, die aber genauso einsam und trostlos dreinschauten wie der ganze Ort. Vielleicht war er früher ein Ziel für Wallfahrer gewesen. Seitdem der Konvent geschlossen hatte, kamen wohl kaum noch Besucher. Kein Wunder also, dass Theresa so gelangweilt wirkte.

Plötzlich entdeckte ich ein zweistöckiges, bestimmt zwanzig Meter langes verschachteltes Gebäude, das von einer hohen grauen Steinmauer umgeben war. An den kleinen Fenstern in der oberen Etage blätterte bereits die Farbe ab. Es war ein eher unauffälliger Konvent und hatte nichts Pompöses wie die Abtei von Schwester Ailish. Vielleicht sollte niemand auf den Gedanken kommen, hinter die düstere Fassade blicken zu wollen, die den grausamen Alltag der Insassinnen verbarg.

Ich folgte der gekiesten Einfahrt und wagte einen Blick durch die Eisenstangen des Tors. Über dem Eingangsportal waren noch die Überreste eines Schilds zu erkennen. Die Schrift war nicht lesbar, weil sich Efeuranken darüber ausgebreitet hatten. Ein Vorhängeschloss hielt die rostige Kette zusammen und ließ sich nicht öffnen. Ich rüttelte mehrmals daran, aber die Kettenglieder klirrten lärmend aneinander und hinterließen braune Flecken auf meiner Hand. Immer wieder drehte ich mich um, aber die Nebenstraße sah genauso verlassen aus wie dieses Furcht einflößende Gebäude.

Mir blieb nichts anderes übrig, als nach einem Hinter- oder Nebeneingang zu suchen. Ich streifte an den Mauerwänden entlang, die mit Brennnesseln umwuchert waren. Es dauerte eine Weile, bis ich auf ein zweites Tor stieß. Es war deutlich kleiner als das vom Vordereingang und fast vollständig von Brombeersträuchern überwachsen. Ich zog die Ärmel über die Hand und versuchte das Tor durch die Brombeeren hindurch zu öffnen. Es war nicht verschlossen, aber die Ranken und das hohe Gras hatten das Tor so eingewachsen, dass ich es nur mit einem festen Tritt aufstoßen konnte.

Ich zwängte mich durch den Spalt und riss mir die Haut an den Unterarmen auf. Der Weg von der Gartenpforte führte zu einem Hintereingang des Konvents. Die Tür war verschlossen, und ich presste die Nase gegen die Glasscheibe eines Fensters. Ich erschrak, als sich das Fenster unter einem lauten Ächzen öffnete und den Blick auf einen langen Flur freigab.

An den Wänden schälte sich gelbe Farbe wie Haut nach einem Sonnenbrand. Auf den Bodenfliesen lagen Scherben und zerbrochene Wandfliesen. Ich drehte mich noch einmal um, um sicherzugehen, dass mich auch wirklich niemand beobachtete, und kletterte ins Innere. Glas knirschte unter meinen Sohlen, während ich vorsichtig einem langen Gang folgte. Einige Stühle standen herum, und ein simples Holzkreuz zierte einen Torbogen, hinter dem ich in einen weiteren Abschnitt des Gebäudes gelangte. Hierher fiel etwas mehr Tageslicht, und ich sah mehrere Kinderbettchen aus Eisengeflecht, die kreuz und quer in dem großen Raum standen. Kälte kroch mir über den Rücken, als ich mir vorstellte, wie Granny hier leben und arbeiten musste. Durfte sie ihr kleines Mädchen nach der Geburt im Arm halten, oder wurde es ihr gleich entrissen und zur Adoption freigegeben? Ich wusste es nicht. Granny war damals gerade mal neunzehn oder zwanzig Jahre alt gewesen. Also nicht viel älter als ich heute.

Ursprünglich wollte ich nach der alten Wäscherei suchen, aber den Anblick der Kinderbetten konnte ich nicht länger ertragen. Ich musste diesen Ort so schnell wie möglich verlassen. Die Vorstellung, welches Leid und welche Entbehrungen meine Mum und Granny durchgemacht hatten, erschütterte mich.

Jäh schreckte mich ein Geräusch auf. Es klang wie ein Schaben oder Seufzen und kam aus dem Seitengang. Ich atmete flach, aber in meiner Neugier folgte ich dem Geräusch und betrat einen Raum mit Tapetenresten an den Wänden. Ein Fenster stand offen.

In den Ecken waren Reste von Möbeln zusammengerückt, ein ausgelaugter Tischfuß, zwei Stühle ohne Sitze, Latten. Mehrere Holzrahmen mit gedruckten Heiligenbildern lagen herum. Andere mit Fotografien von Nonnen, schwarz-weiß. Sie blickten ernst, sehr ernst, aber nicht böse. Vielleicht hatten sie von diesem Raum aus die Wäscherei geleitet.

»Cait?«

»Whoa!« Ich erschrak so heftig, dass ich einen Satz nach hinten machte und beinahe über einen Stuhl gestolpert wäre, hätte Mrs Kavanagh nicht blitzschnell reagiert, nach meinem Arm gegriffen und mich wieder zum Stehen gebracht.

»Holy Shit! Sie haben mich zu Tode erschreckt!« Ich versuchte mich zu sammeln und kontrollierte, ob ich mit beiden Beinen fest auf dem Boden stand. »Woher kommen Sie so plötzlich? Sind Sie mir gefolgt?«

»Sorry, Liebes. Ich wollte dich nicht erschrecken, sondern nur sichergehen, dass es dir gut geht. Dieser Ort kann Schreckliches mit einem anstellen.«

Ich nickte. »Ich möchte mir gar nicht vorstellen, wie Granny sich hier gefühlt hat. Ich habe die Kinderbettchen gesehen …«, murmelte ich mit brechender Stimme. Dann aber platzte es aus mir heraus. »Es war die Schuld dieser Túatha Dé, dass Granny hier eingeliefert wurde, nicht wahr? Damit haben sie eine Liebe zerstört. Ja, wenn nicht sogar das Leben zweier Menschen. Granny hätte so glücklich werden können.«

Betreten blickte Mrs Kavanagh zu Boden. Vielleicht dachte auch sie, ich hätte einen Knall. Aber das war mir völlig egal, also sprach ich weiter. »Sie wollen nicht, dass man glücklich ist. Sie sind böse und grausam. Kein Wunder, dass Granny nie davon erzählt hat und Mum sich in Schweigen hüllt.« In diesem Moment war es mir gleichgültig, was Mrs Kavanagh von meinen Anschuldigungen hielt. Es tat so gut, meiner Wut freien Lauf zu lassen.

»Manche Erinnerungen können sehr schmerzhaft sein. Deswegen muss man aufpassen, dass die traurigen Gedanken nicht überdauern und die guten verdrängen. Es ist besser, wir gehen jetzt nach draußen. Ich möchte dir noch etwas zeigen.« Mrs Kavanagh blinzelte zu dem offenen Fenster hinüber, durch das die Sonne helle Flecken auf den dunklen Fußboden zeichnete.

»Warum musste ich überhaupt die ganze Geschichte so mühsam herausfinden? Hätten Sie mir nicht einfach alles verraten können?«

»Kindchen!« Ein verschmitztes Lächeln zeichnete sich auf ihrem Gesicht ab. »Ich wäre doch eine miserable Lehrerin, wenn ich euch zu den Fragen auch gleich die Antworten liefern würde. Und nun komm!«

Dankbar folgte ich Mrs Kavanagh zum Ausgang aus dem finsteren Gebäude. Als ich draußen ins Licht trat, merkte ich erst, wie sehr ich fror.

Wir schlugen den Weg zur Gartenpforte ein. Mrs Kavanagh deutete auf ein großes keltisches Kreuz, das am Ende des Grundstücks stand. Es war ein kleiner Friedhof, der offenbar zum Konvent gehört hatte. Die Grabsteine zierten die Gräber der Nonnen, erklärte mir Mrs Kavanagh. Weiter hinten auf einer Wiese lagen einfache Steine, auf denen unzählige Namen eingraviert waren. Viele ohne Altersangaben der Verstorbenen, fast jede zweite Frau, die hier begraben lag, hieß Mary. Es musste sich um Gräber der Mädchen handeln, die ihr Leben unfreiwillig hinter diesen Mauern verbracht hatten. Nur an einem moosbedeckten Stein lag ein verwelkter Strauß weißer Lilien. Theresa hatte recht gehabt … ich war nicht die einzige Besucherin dieses unheimlichen Ortes.

»Sie war auch hier, nicht wahr?« Ich drehte mich zu Mrs Kavanagh um, die sich nach wie vor an meiner Seite hielt.

»Ja, vor einer Woche.«

Dann war ich nicht die Erste in unserer Familie, die in der Vergangenheit wühlte. Mum war also bereits hier gewesen.

»Und nun los mit dir! Deine Mutter braucht dich.«

Mir wurde die Kehle eng. »Sie ist noch immer wütend. Wir reden schon seit Wochen nicht mehr miteinander. Sie … sie hasst mich!« Schon wieder traten mir Tränen in die Augen. Mit dem Handrücken wischte ich mir über das Gesicht.

»Kindchen, niemand hasst dich! Am allerwenigsten Claire. Komm her!«

Mrs Kavanagh öffnete die Arme und drückte mich an ihren schmalen Körper. »Es wird sich alles fügen.« Sanft klopfte sie mir auf den Rücken.

»Danke schön«, murmelte ich, nachdem ich mich wieder beruhigt hatte.

Mrs Kavanagh deutete zur Straße hinüber. »Dein Bus wartet nicht.«

Ich nickte und rannte los, so schnell ich konnte, um dieses schreckliche Erlebnis hinter mir zu lassen.

An der Bushaltestelle angekommen, fühlte ich mich irgendwie ausgelaugt und schmutzig. Es war furchtbar, was dieser Ort mit einem anrichten konnte. Jetzt verstand ich auch, warum Mum nie darüber sprach. Diese Erinnerungen wollte niemand mit sich herumtragen, sondern tief im Innersten begraben und für immer vergessen.

Als ich am Abend wieder zu Hause war, nahm ich Master Broghans Stiefel und vergrub sie unter einem blauen Müllsack in unserer Tonne. Ich wollte weder mit Blake noch mit Bay oder sonst jemandem von dieser bescheuerten Insel irgendetwas zu tun haben. Wenn es stimmte, was Paul gesagt hatte, waren die Inselbewohner schuld daran, dass Granny damals weggesperrt wurde. Sie waren schuld daran, dass meine Schwester verschwunden war. Und sie waren auch schuld daran, dass es mir so schlecht ging.

Kapitel 25

»Willst du wirklich mitkommen, Cait?« Dad stand am Van und sortierte leere Impfampullen aus seinen Medikamentenboxen. »Du weißt ja, dass die Tests immer Zeit brauchen. Und es sind drei Herden. Bis die Farmer ihre Kühe in den Treibgassen haben, kann es dauern …«

»Kannst du mich am Hundestrand absetzen? Ich brauche ein bisschen frische Luft und muss einfach mal raus hier.« Seit Tagen hatte ich furchtbare Kopfschmerzen und konnte überhaupt nicht mehr schlafen.

»Mum könnte dich auch gleich mit nach Hause nehmen. Sie ist sowieso auf dem Weg.« Dad hatte anscheinend Angst, ich könnte mich vor lauter Verzweiflung in die Wellen werfen.

»Nein, danke«, erwiderte ich entschieden.

»Es tut mir leid, dass du so viel hier sein musst. Du könntest dich ja auch einfach mal wieder mit Cara verabreden. Gestern habe ich ihre Mum getroffen.«

»Mir geht es gut!«, betonte ich etwas zu harsch. »Die Schule ist gerade ziemlich anstrengend. In den letzten Wochen vor den Ferien drehen die Lehrer durch und schreiben einen Test nach dem anderen. Meinen Kopf mal richtig durchpusten zu lassen, wäre jetzt wirklich mal schön.« Eigentlich war die Schule gerade gar nicht so schwer, aber ich fand es wahnsinnig anstrengend, mich auf den Unterricht zu konzentrieren. Mein Kopf war voll von anderen Dingen, die mich beschäftigten.

Vorsichtig hatte ich versucht, aus Rose noch etwas über die Zeit während ihres Verschwindens herauszubekommen. Aber sie konnte sich an fast nichts erinnern. Nur daran, dass Paul plötzlich vor ihr gestanden hatte. Sie hatte sich sofort vertraut mit ihm gefühlt und war sich hundertprozentig sicher gewesen, dass es sich tatsächlich um Grandad handelte. Dann schweifte sie schon wieder vom Thema ab und erzählte vom Tanzunterricht. Ihre Ballettlehrerin meinte, sie sei talentiert, auch wenn sie viel aufzuholen habe mit ihren zwölf Jahren. Ich freute mich für sie. Sie schien so glücklich und gelöst zu sein.

Ich dagegen spürte eine Leere in mir, die sich entsetzlich schwer anfühlte und nicht zu füllen war, egal, wie viel ich für die Schule paukte. Auch wenn alle zufrieden waren mit meinen Leistungen, merkte ich, dass ich nur funktionierte. Ich hatte etwas verloren, was ich eigentlich noch nie besessen hatte. Wieder musste ich die Tränen unterdrücken. Ich wollte ja nicht, dass Dad sich Sorgen machte.

»Bin in ungefähr zwei Stunden wieder hier, um dich aufzusammeln. Und mach bitte keine Dummheiten!« Dad ließ mich in der Nähe des Strands raus.

»Alles klar«, sagte ich und griff nach meiner Jacke und meinem Rucksack, in den ich vorsichtshalber eine Flasche Wasser und ein paar Kekse geworfen hatte.

»Und schön trocken bleiben!« Es sollte lustig klingen, aber auf meinen Armen bildete sich Gänsehaut. Den Traum, in dem ich fast im Wasser ertrunken wäre, hatte ich noch in deutlicher Erinnerung.

Ich überquerte den Campingplatz in Lettergesh in Richtung Strand. Die Parzellen waren alle noch leer. Die meisten Touristen reisten erst zu Beginn der Sommerferien an. Anfang Juni war es einfach noch zu kalt und zu windig. Die Monate Juli und August waren allerdings auch kein Garant für schönes Wetter. Deshalb mieteten sich die meisten Camper auch einen Caravan, statt ein Zelt aufzubauen.

Ich rannte die Dünen hinunter zum Meer, das sich heute recht ruhig verhielt, und trat so dicht ans Wasser, dass die Gischt fast meine Schuhspitzen berührte. Natürlich hielt sich die nächste Welle nicht an meinen Sicherheitsabstand und klatschte über meine Turnschuhe. Ich machte einen Satz nach hinten. Das missfiel mir an Wasser, denn es war unberechenbar und launisch. Wie die Geschwister Bay und Blake.

Weil Ebbe war, konnte ich am Strand entlang in Richtung Steilküste gehen. Der Himmel war bewölkt. Wind streifte mein Gesicht und zupfte an meinem Haar. Ich setzte meine Kapuze auf und verbarg meine Hände in meiner Fleecejacke. Mit der linken Hand spielte ich mit der Muschel, die Bay mir zum Geburtstag geschenkt hatte. Die hatte ich nicht weggeworfen, denn trotz meiner Wut auf Blake wollte ich nicht auch noch auf die Schwester wütend sein. Seit dem Tag an dem Rose wieder aufgetaucht war, trug ich die Muschel bei mir.

Hinter einem Felsen der zerklüfteten Küste sah ich drei Connemaras am Strand entlanggaloppieren. Zwei waren reiterlos. Auf dem dritten Pferd saß unverkennbar James, der sich mit einer Hand den Hut festhielt. Als sie näher kamen, erkannte ich, dass es sich um Cupcake und ihr Fohlen handelte. Ihre Sehnenverletzung schien gut verheilt zu sein.

»Du solltest Cupcake noch nicht so belasten«, sagte ich zu James, nachdem der sein Pony vor mir zum Stehen gebracht hatte. Das Grinsen in seinem Gesicht sah einfach unverschämt gut aus. Seine unteren Hosenbeine waren nass vom Wasser, und auch sein Hemd hatte einiges abbekommen. Das Shirt klebte ihm auf der muskulösen Brust.

»Ja, Miss Doc«, sagte James und schwang sich galant von seinem Pony. Reiten konnte er, das musste ich ihm lassen. Meine Reitkünste beschränkten sich hingegen auf eine Shetland-Pony-Runde im Zirkuszelt, als ich sechs Jahre alt gewesen war. Und selbst damals hatte sich der Typ in der Manege darüber beschwert, wie steif ich auf dem Tier saß.

»Wollen wir ein Stück spazieren gehen? Vermutlich kann ich dich immer noch nicht überreden, aufs Pferd zu steigen.«

»Ich habe ja auch gar keinen Reiterhelm dabei.«

»Brauchst du bei mir nicht. Komm, setz dich zu mir aufs Pferd! Du kannst mir ruhig vertrauen«, erwiderte James und klopfte sich auf die Brust. Das wäre ja mal was ganz Neues, wenn ich hier jemandem vertrauen könnte, dachte ich bitter und runzelte skeptisch die Stirn.

James stieg auf und reichte mir eine Hand. Ich griff danach. Sie fühlte sich warm an, und mit einem Schwung zog er mich aufs Pferd. Mit Mühe gelang es mir, das rechte Bein über den Pferderücken zu schwingen.

Ich schmiegte mich ganz dicht an James' Rücken. Die Muschel in meiner Jackentasche pikste mir in den Bauch. Ich zog meine Fleecejacke zurecht, damit die Muschel nicht mehr störte.

»Alles in Ordnung mit dir?« James wandte den Kopf nach hinten. Auf seinen langen dunklen Wimpern hatten sich Wassertröpfchen gebildet. Seine Wangen waren leicht gerötet. Er hatte ein wunderschönes Profil.

Statt zu antworten, drückte ich mich noch dichter an ihn und umschlang ihn mit den Armen. Wir trabten am Strand entlang, und ich lehnte mein Gesicht an seinen Rücken.

Ohne die Sonne sah das Meer wieder dunkler aus. Einzelne Felsen ragten aus dem Wasser heraus, und einige Möwen hatten sich darauf niedergelassen. Wellen schlugen dagegen, und das Wasser am Strand schäumte wild. Im Hintergrund erkannte ich die Umrisse der Insel Inishturk.

James setzte zum Galopp an und trieb sein Connemara durch die Brandung. Das Wasser spritzte mir an den Beinen hoch, und ich lachte laut auf. Plötzlich fühlte ich mich unheimlich frei. Alle Sorgen waren wie durch ein Wunder verschwunden.

Irgendwann erreichten wir das Ende des Strands. James schlug vor, den Pferden eine Pause zu gönnen und die Steine zum Strand hochzuklettern. Von dort, so meinte er, sei der Ausblick fantastisch.

Auf allen vieren kraxelte ich über die Felsen nach oben. Es war zwar nicht steil, aber ziemlich rutschig. James folgte mir und stützte mich immer wieder, wenn ich mit den Füßen auszurutschen drohte. Bei einem seiner Rettungsversuche landete seine Hand auf meinem Hintern. Gut, dass er nicht mitbekam, wie rot ich wurde.

Oben angekommen, standen wir auf einer saftigen grünen Wiese, auf der Löwenzahn blühte und Kühe grasten. Sie ließen sich von unserem Besuch nicht stören. Hier oben blies der Wind noch heftiger als unten am Meer. Langsam schob sich die dunkle Wolkendecke zur Seite, und die Sonne kam zum Vorschein.

Der Ausblick, den wir hier hatten, war tatsächlich atemberaubend. James stand hinter mir und deutete auf die Bergrücken in der Ferne. Bei besonders gutem Wetter könne man sogar bis Achill Island schauen, erklärte er und kam mit seinem Mund ganz dicht an mein Ohr. Er kannte den Namen jeder einzelnen Inselgruppe, aber insgeheim hoffte ich, den Namen der Insel der Jugend zu hören. Tír na nÓg aber erwähnte er nicht.

Stattdessen breitete James die Arme weit aus und gab vor, eine Möwe zu sein, auch wenn sein Krächzen eher einer Krähe glich als dem Schrei der Möwen. Ich musste lachen. Vor allem seine langen schlanken Beine hatten etwas Vogelhaftes. Während er so hüpfte und in die Luft sprang, fiel die Last, die mich seit Wochen bedrückte, unversehens von mir ab. James lachte so herrlich unbefangen und schien diesen wunderbaren Moment genauso intensiv zu genießen wie ich.

Irgendwann legten wir uns ins Gras und blinzelten in den Himmel, der sich hellblau gefärbt hatte. Ich schloss die Augen und lauschte dem Rauschen des Meeres. James hielt meine Hand umfangen und drückte sie sanft. Irgendwann glitt ich in einen wunderbar sanften Schlaf.

»Aufwachen, wir müssen los!« Vorsichtig berührte James meine geschlossenen Lider. »Das Wasser kommt zurück.«

»Verdammt, wie spät ist es?« Ich schreckte hoch und stieß mit der Stirn gegen James' Kinn. »Mein Dad wird mir den Hals umdrehen.«

»Du könntest ihm mit einem Kinnhaken zuvorkommen«, erwiderte James lachend und fühlte nach, ob sein Unterkiefer noch an der richtigen Stelle saß. Ich betrachtete seine schönen geschwungenen Lippen und gab ihm einen kurzen Kuss auf den Mund. Einfach so. Vielleicht als Entschuldigung. Vielleicht als Dank dafür, dass ich mich für einen Moment gut gefühlt hatte. Wie ein normales siebzehnjähriges Mädchen. Dann stand ich auf und folgte ihm nach unten zum Strand. Die Pferde waren schon unruhig geworden.

Wir ritten zurück. Diesmal saß James hinter mir, hielt aber dennoch die Zügel. Er schmiegte den Oberkörper an meinen Rücken. Er küsste immer wieder meinen Nacken oder die Stelle hinter meinem Ohr. Seine Lippen fühlten sich weich und sinnlich an.

Kurz vor der Kurve zum Campingstrand bat ich James, mich abzusetzen, denn die restliche Strecke wollte ich zu Fuß gehen. Weder Dad noch sonst jemand sollte mich mit James zusammen sehen. Ich hatte einfach keine Lust, dass mir schon wieder komische Fragen gestellt wurden.

Schon aus der Ferne sah ich Dads Van am Strand parken und rannte ihm entgegen. Die Angst stand ihm im Gesicht geschrieben, als er meine nassen Hosenbeine entdeckt hatte.

»Cait, ich warte schon seit einer Stunde!« Dad riss die Arme hoch. »Ehrlich gesagt wollte ich schon die Garda oder die Küstenwache rufen.« Dann umarmte er mich liebevoll. »Dein Glück, junge Dame, dass ich dir nicht böse sein kann.« Ich sah ihm an, wie erleichtert er war, mich in bester Verfassung zu sehen.

»Sorry, ich habe die Zeit verpasst«, entschuldigte ich mich, als wir zum Auto gingen. Das war ja nicht mal gelogen, und ich musste schmunzeln, als ich auf der anderen Seite des Parkplatzes James' Pferdeanhänger und seinen Pick-up stehen sah. Zum Glück fiel Dad nichts auf. Er strich mir über die geröteten Wangen und meinte, ich solle häufiger am Meer spazieren gehen, er habe mich schon lange nicht mehr so lebendig erlebt. Ich spürte, wie mein Gesicht noch mehr Farbe bekam. Zum Glück schien Dad mein Erröten auf den kühlen Wind zu schieben, der plötzlich Regentropfen vom Meer herüberwehte.

Zu Hause angekommen, zog ich mich aus und sprang unter die Dusche. Das Wasser war mal wieder nur lauwarm, aber es störte mich nicht. Ich fühlte mich frisch und so gut wie lange nicht mehr. Plötzlich fiel mir auf, dass Bays Muschel nicht mehr in meiner Jackentasche steckte. Ich durchwühlte meine Klamotten und fand sie nicht. Ich hatte sie wohl am Strand verloren. Gut, dann war sie eben wieder an dem Platz, wo sie hingehörte. Abends fielen mir schon gegen acht Uhr die Augen zu, und ich erwachte erst, als Dad mich am nächsten Morgen mit einer Tasse Kaffee am Bett weckte.

In der letzten Schulwoche vor den großen Sommerferien teilten uns die Lehrer unsere Notenergebnisse mit. Ich hatte alle Prüfungen mit A bestanden.

Nur in Biologie lag meine Benotung unter fünfundachtzig Prozent. Schuld daran gab ich Blake, der sich ausgerechnet am Prüfungstag in meinem Kopf eingenistet hatte.

Aber meinen Ärger vergaß ich schnell, als James mich überraschend von der Schule abholte. Anstelle eines Pferds hatte er sich ein Fahrrad organisiert. Auf seinem Gepäckträger sitzend fuhren wir langsam zu einer Koppel, die die *Ewig Reisenden* für ihre Pferde angemietet oder vielleicht auch einfach besetzt hatten. James hatte ein Picknick mit frischem Brot von seiner Mum dabei, und wir saßen nur da und beobachteten die Pferde. Vielleicht hätten wir uns auch wieder geküsst, wenn nicht Neill mit Ani kurze Zeit später aufgetaucht wäre, um sich zu uns zu setzen.

Auch das Wochenende verbrachten wir gemeinsam. Wir besuchten den Pferdemarkt und die Ponyshow am Rand von Streamstown. Der Markt fand einmal im Jahr statt und zog viele Händlern aus dem In- und Ausland an, vor allem aus Frankreich. Dad hatte die Aufgabe, den Markt zu betreuen und die Pferdeausweise zu kontrollieren.

Cupcake hatte mit ihrem Fohlen einen der begehrten Preise gewonnen. Den Sieg wollten wir in einem Fast-Food-Restaurant feiern. Ani, Neill und Cara begleiteten uns. Wir aßen eine Riesenportion Pommes und tranken literweise Cola. Neill hatte Ani die Gewinnerrosette ins Haar gesteckt. So richtig mochte ich James' Bruder zwar immer noch nicht, als ich aber sah, wie verliebt er Ani betrachtete, konnte ich nicht mehr richtig wütend auf ihn sein.

Am Tisch saß ich neben James, der unter dem Tisch nach meiner Hand griff und sie fest drückte. Ich lächelte verstohlen zu Cara hinüber, die James' Annäherungsversuche wohl mitbekommen hatte und mit dem Finger ein lachendes Gesicht in die Ketchup-Mayo-Pfütze auf ihrem Teller malte. Ich mochte James, er hatte etwas ungemein Beruhigendes, das ich dringend nötig hatte. Seine Berührungen waren allerdings nicht zu vergleichen mit denen von Blake, die ein Feuer in mir entfacht hatten, das leider immer noch nicht gänzlich verglüht war. Aber ich hoffte, dass James mir half, Blake endlich zu vergessen.

Kapitel 26

James hatte mich eingeladen, seine Mum kennenzulernen. Von dem Vorschlag war ich eher nicht so begeistert. Eigentlich reichte es mir, ihre leckeren Brote und Kuchen zu genießen. Für James war es aber offenbar sehr wichtig, daher willigte ich ein. Wir fuhren zum Caravan-Stellplatz der Traveller außerhalb von Streamstown.

Mehrere Wohnwagen standen in geraumem Abstand auf einer Wiese. Dazwischen waren Wäscheleinen gespannt. An der Feuerstelle stapelte sich Sperrholz. Daneben standen zwei alte Sessel mit aufgerissen Polstern. Eine zusammengeknüllte Decke lag daneben. Darauf schlief ein Hund und hob nur kurz den Kopf, als er uns kommen sah.

James teilte sich einen Wohnwagen mit Neill und seinem Cousin Paddy. Die beiden waren gerade mit ihrem Auto unterwegs. James' Mum Shelta wohnte zusammen mit James' Dad und seinen zwei Schwestern in einem Caravan gegenüber. Die Scheiben des Wohnwagens waren beschlagen, und der Duft von gebratenem Speck und frischem Brot wehte uns um die Nase. James' Mum war eine rundliche Frau mit hochgestecktem Haar. Sie stand am Herd und rührte in einem großen Topf Coddle, einem Eintopf aus Speck, Wurst und Kartoffeln.

»Das ist also das Mädchen.« An Sheltas Gesichtsausdruck war weder Ablehnung noch Freude abzulesen, während sie mich begutachtete. Ihre dunklen Augen waren mit blauem Lidschatten dick umrandet, ihre Lippen leuchteten in mattem Pink. Ich hatte mir James' Mum ganz anders vorgestellt, vor allem mit weniger Make-up.

»Pass nur auf! Wenn meine Mum einmal mit dem Kochen anfängt, hört sie nicht wieder auf und mästet dich.«

»Ach, James, sieh dir das magere Mädchen doch mal an. Nichts auf den Knochen.« Dabei zwickte mir Shelta unsanft in die Hüften, sodass mir ein leiser Schmerzenslaut entwich. »Siehste! Sag ich doch, nichts dran, deswegen hält sie auch nichts aus.« Um ihre Theorie zu untermauern, kniff sie mich gleich noch einmal. »Deinen Hut könntest du wenigstens hier drinnen ablegen«, ermahnte sie James unwirsch.

»Mum, bitte lass das!«, wies James seine Mutter vorwurfsvoll zurecht. Dann wandte er sich zu mir um. »Komm, ich zeige dir die Pferde. Du wolltest doch wissen, wie es Cupcakes Fohlen Lugh geht.« Mit diesen Worten war James schon wieder auf dem Weg nach draußen.

»Das riecht aber wirklich sehr lecker«, lobte ich Shelta und hoffte, dass sie mir etwas zu essen anbot. Ich war tatsächlich ganz schön hungrig, wie mein Magen knurrend vermeldete. Aber James wollte sich anscheinend eilig davonmachen.

»Es dauert leider noch, Schätzchen«, antwortete Shelta, legte den Aluminiumdeckel auf den Topf und drehte die Temperatur hinunter. »Aber in einer halben Stunde ist der Eintopf fertig, also bleibt in der Nähe! Wahrscheinlich können wir zum letzten Mal zusammen essen.«

»Cait!«, schrie James, der bereits von außen durch das Fliegengitter spähte und wild gestikulierte. Aber ich wollte sichergehen, Shelta richtig verstanden zu haben.

»Wie meinen Sie das?«

»Morgen packen wir alles zusammen, da komme ich

nicht zum Kochen. Die Jungs werden sich bestimmt wieder beschweren, wenn es nur Sandwiches gibt.« Sie lachte, schüttelte den Kopf und wandte sich wieder dem Ofen zu, in dem ihr Brot buk. Die obere Schicht war bereits leicht dunkel. »Ach, verflixt, auch das noch! Reich mir bitte den Topflappen. Er liegt auf dem Tisch.«

Entgeistert starrte ich sie an.

»Ach, dann hat er dir also noch nichts erzählt!« Shelta öffnete die Ofentür und griff nach einem Geschirrtuch, um das Brot aus dem Ofen zu ziehen.

»Doch, doch, hat er«, log ich. Ich wollte vor James' Mum nicht wie ein dummes kleines Mädchen dastehen. Auch wenn ich offensichtlich eins war. »Sie könnten doch einfach die oberste Schicht abkratzen. Meine Mum macht das auch immer, allerdings fehlt danach der halbe Kuchen«, sagte ich mit bemüht ruhiger Stimme und ging nach draußen, um James zu suchen.

James stand bereits unten bei den Ponys, und ich überquerte die satt grüne Wiese. Ungefähr ein Dutzend Connemaras standen in der Sonne und ließen sich trocknen. James stellte mir alle voller Stolz vor und erzählte, welche er verkaufen und welche er zum Rennen einsetzen wollte. Dann griff er nach einem langen Grashalm und kaute darauf herum. Ich streichelte über das braune Fell von Cupcake. James schlang den Arm um meine Hüfte.

»Wie lange bleibt ihr fort?«, fragte ich und schmiegte mich an Cupcakes Hals.

James musterte mich verlegen. »Mum hat es dir erzählt, nicht wahr?«

»Wann hattest du denn geplant, es mir zu sagen? Morgen? Oder wolltest du dich einfach ohne ein Wort aus dem Staub machen?« Ich ärgerte mich, war es schon gewohnt, dass ich verlassen wurde. Trotzdem tat es weh, und mir wurde die Kehle eng.

»Den ganzen Sommer bis zum Herbst, wenn die Saison der Pferdemärkte vorüber ist.«

»Das sind fast drei Monate«, rechnete ich nach. Wie sollte ich das überstehen? Ich spürte, wie sich die altbekannte Schwere über mich legte.

»Das ist nicht so lang, wie du denkst. Wir bleiben in Kontakt.«

»Willst du mir etwa Brieftauben schicken?«

»Ich dachte eher ans Telefonieren.«

»Du hast nicht mal ein Handy.«

»Ja, aber die Briten haben so hübsche rote Telefonzellen. Von dort könnte ich dich anrufen.«

»Ach, dann soll ich wohl neunzig verdammte Tage zu Hause hocken und darauf warten, dass du dich meldest?«

»Du könntest … auch einfach mitkommen.« James strich mir über die Wange. Dann zog er mich dichter an sich heran. Seine braunen Augen musterten mich erwartungsvoll. »Ich möchte mit dir zusammen sein.«

»Das kommt sehr … überraschend«, murmelte ich und starrte zu Boden.

»Du findest es überraschend, dass ich dich mag?«

»Nein, das ist es nicht«, betonte ich. Obwohl das irgendwie auch wirklich überraschend war.

»Sondern?« James blickte nun wie ein schokoladenfarbener Retriever, dem man nichts, aber auch wirklich nichts ausschlagen konnte. Trotzdem bemühte ich mich, stark zu bleiben. Denn es war absurd.

»Aber das kann ich doch nicht! Ich muss Dad helfen, und im September fängt die Schule wieder an.« Ich versuchte, meine Gedanken zu ordnen und mich aus der unangenehmen Situation zu befreien. »Außerdem kennen wir uns fast gar nicht.«

»Dann lernen wir uns eben kennen.« James wollte mich küssen, aber ich drehte den Kopf zu Seite. Ich brauchte einen Moment zum Nachdenken. Doch ein anderer schien das für mich erledigen zu wollen.

»Sie kann nicht bei dir bleiben.« *Blake.* Seine Stimme klang wie Meeresrauschen. Mein Herz pochte wie wild, obwohl ich es doch gerade geschafft hatte, es im Stand-by-Modus schlagen zu lassen.

Ich drehte mich um und sah in Blakes Augen. Sie wirkten müde und schauten mich besorgt an. Er hatte mich nicht vergessen, das spürte ich. Für einen Augenblick wollte ich ihm verzeihen, aber da schrumpfte mein Herz plötzlich wieder zu einer runzeligen Rosine zusammen. Ich durfte mich von seinem Blick nicht erweichen lassen, aber er wollte nach meiner Hand greifen.

»Was soll das? Das geht dich überhaupt nichts an! Überhaupt, wo kommst du so plötzlich her?« Ich gab ihm keine Gelegenheit, sich zu äußern. Ich wollte nicht, dass meine Wut abflaute.

»Was will dieser Typ hier? Immer da, wenn man ihn nicht braucht. Wie Ungeziefer!« James' abfälliger Kommentar gefiel mir zwar nicht, aber er half mir, standhaft zu bleiben.

»Die ganze Zeit lasst ihr nichts von euch hören«, fuhr ich fort und nahm aus den Augenwinkeln wahr, wie sich James vor Blake aufbaute. »Und dann tauchst du einfach hier auf. Was bildest du dir ein?« Mein Redeschwall wurde nur unterbrochen, weil James nun noch dichter an Blake herantrat, bis sich beide von Angesicht zu Angesicht gegenüberstanden.

Die Spannung in der Luft veranlasste sogar den Wind zum Innehalten. Jeden Moment würde James losschlagen.

Was ich ihm auch nicht verübeln konnte. Einfach so in die Situation hineinzuplatzen, war unverschämt. Ich fühlte genauso und überlegte, ob ich James nicht zuvorkommen sollte.

Dann ging auf einmal alles sehr schnell. James versetzte Blake, der sich gerade schützend vor mich stellen wollte, einen heftigen Stoß. Das war natürlich lächerlich, da er es eigentlich war, vor dem ich mich schützen sollte. Blake taumelte und riss mich mit sich zu Boden. Er sprang sofort wieder auf und hielt James am Kragen fest. James presste beide Lippen aufeinander und starrte Blake an, als wäre er das widerwärtigste Ungeziefer auf dem ganzen Erdball.

»Sie kann nicht bei dir bleiben«, erklärte Blake schwer atmend.

»Bei dir mit Sicherheit auch nicht«, ätzte James zurück.

»Das ist nicht ihr Leben!«, schrie Blake. Jetzt stritten sich die beiden doch tatsächlich um mich. Übrigens hatte ich gerade von Jungs die Nase gestrichen voll.

»Danke für deinen Ratschlag, aber es ist sehr wohl mein Leben«, schnauzte ich zurück und rappelte mich auf. »Ich lasse mich von dir nicht wie Dreck behandeln!«, wütete ich und befreite mich von den Zweigen und Blättern, die sich bei meinem Sturz im Haar verfangen hatten.

»So habe ich das nicht gemeint«, verteidigte sich Blake. »Hast du dir wehgetan?«

»Ja, du hast mich verletzt. Wo warst du in all den Wochen, verdammt noch mal? Ich hätte dich gebraucht!« Tränen füllten meine Augen. Ich war hin- und hergerissen. Einerseits wollte ich Blake nahe sein, anderseits war ich stinkwütend. Es tat so weh.

»Ich musste doch … Ich konnte nicht bei dir sein, aber ich habe immer an dich gedacht«, stammelte Blake.

Ich wusste nichts über diesen Kerl. Überhaupt nichts.

»Du bist tatsächlich so eingebildet, wie alle sagen. Ihr denkt, ihr seid was Besseres, weil ihr dort draußen auf so einer beschissenen Insel lebt«, mischte sich James ein.

»Fischerei ist ein ehrlicher Beruf. Darauf kann jeder stolz sein«, entwich es mir. Keine Ahnung, warum ich Blake verteidigte. Aber ich wollte auch nicht, dass James ihn schlechtmachte.

»Fischerei? Dass ich nicht lache. Du glaubst doch nicht ernsthaft, dass der dieser Typ Fischer ist.« James griff nach Blakes Arm und zerrte ihn nach oben. »Hast du mal seine Hände gesehen? Fischer haben raue Hände, vom Wetter gegerbt. Seine sind aalglatt … wie seine Lügen! Fairyprince!«

»Ich bin kein Prinz!« Blakes Augen sprühten vor Zorn wie die zischenden Flammen des Feuers während der Ballnacht.

Plötzlich explodierte es in meinem Kopf. »Ihr seid doch verrückt geworden! Alle beide!« Am liebsten hätte ich mich sofort aus dem Staub gemacht.

Beim Vorbeigehen stieß ich an Blakes Schulter, mit Absicht. Sein verletzter Blick entging mir nicht, und gern hätte ich mich in seine Armen geworfen. Ich hatte ihn so vermisst.

Nach und nach kamen andere Traveller aus ihren Wohnwagen, neugierig geworden von unserem Lärm. Shelta war auch dabei und schien sich einen Überblick über die Situation verschaffen zu wollen.

»Es tut mir leid«, raunte ich noch James zu, dann lief ich los.

Ich rannte, um mich den neugierigen Blicken so schnell wie möglich zu entziehen. Aber selbst als ich das Gelände der Traveller verlassen hatte und die Hauptstraße entlanglief, verfolgten mich die noch nicht gestellten Fragen, die noch nicht ausgesprochenen Antworten. Aber nicht nur

James' und Blakes Antworten, sondern, schlimmer noch, auch meine eigenen.

Die Autos, die an mir vorbeifuhren, hupten und gaben mir zu verstehen, dass man auf Fernstraßen nicht zu Fuß unterwegs sein durfte. Ich wusste ja, dass die Straßen in dieser Gegend katastrophal waren. Eine Kurve nach der nächsten, Büsche, die auf die Straße herausragten und den Fahrern den Blick verstellten. Keine Randstreifen, nur weit und breit Sumpflandschaft und im Hintergrund die Berge. Ich lief, bis ich einen Feldweg entdeckte. Dort bog ich ab und gelangte bald darauf an eine der alten Steinhütten, die hier überall herumstanden und der Zeit und dem Regen überlassen waren.

Keine Fensterrahmen, keine Tür, nicht einmal ein Dach, irgendwie völlig nackt. Ich betrat die Hütte und zog den Kopf unter dem niedrigen Eingang ein. Jemand musste schon vor mir Unterschlupf in dieser Hütte gesucht haben, denn ich entdeckte Reste eines Take-away vom *Streamstown Chipper*. Die Wand neben der alten Feuerstelle war rußgeschwärzt.

Es regnete wieder. Ich presste mich an die Hauswand und spürte die rauen Steine durch mein Shirt hindurch. Langsam sank ich auf die Knie und schürfte mir den Rücken auf.

Plötzlich brach es aus mir hervor. Meine Tränen verwandelten sich in lautes Schluchzen, das an den Wänden hinaufkroch und vom Regen weggewaschen wurde. Zum ersten Mal war ich dem beschissenen Wetter dankbar. Nichts war schlimmer als Sonnenschein, während ich mich wie Regenwetter fühlte.

Ein leichter Wind kam auf und verbreitete den Geruch von Salz. Ich spürte sofort, dass er gekommen war. Ich hob den Kopf und blickte ihm in die Augen, die mir so vertraut waren und gleichzeitig so fremd. Weil es die Augen eines Lügners waren, den ich liebte und gleichzeitig verabscheute.

»Ich habe dich vermisst«, sagte Blake und strich mir über die Wange. Ich schluckte und riss mich zusammen, obwohl ich das Gefühl hatte, in tausend Stücke zerrissen zu werden. Ihn hingegen hätte ich am liebsten gleichzeitig in den Boden gestampft.

»Wie geht es dir?«, fragte ich so kühl wie möglich und stand auf. Dass es in mir loderte, versuchte ich zu verbergen. »Oder sollte ich lieber fragen, wie es deiner Schwester geht?«

»Bay?« Er kniff die Augen zusammen, als dächte er angestrengt nach. »Es geht ihr gut, danke. Sie vermisst dich auch. Ich soll dich von ihr grüßen.« Blake wirkte plötzlich unsicher.

»So?« Etwas Besseres fiel mir gerade nicht ein. Allerdings war ich auch nicht die Person, deren ehrliche Antworten an dieser Stelle gefragt waren. »Richte deiner Schwester meine Grüße aus«, fügte ich spitz hinzu.

»Sicher doch, wenn ich sie treffe.«

»Ich glaube, dafür musst du dich nicht sonderlich anstrengen, oder?«

»Wie meinst du das?« Seine Stimme klang brüchig, aber anscheinend war ihm immer noch nicht klar, was ich nun wusste.

»Ich möchte, dass du mir deinen Namen verrätst.«

»Du weißt doch, wer ich bin«, erwiderte er mit einer gewissen Unsicherheit

Ich war seine Ausflüchte leid, so unendlich leid. Damit ich ihm nicht gleich an den Hals sprang, verschränkte ich die Arme vor der Brust. »Sag mir deinen verdammten Namen!«, schrie ich ihn an. Ich wollte es von ihm hören. Jetzt und hier.

»Blake.«

»Wie noch?«

Vom Regen übertönt, war seine Stimme nur ein Hauch. Alles verschwamm in einem Rauschen. Aber ich wusste, welche Worte seine Lippen formten. *Blake Bay O'Halloran.*

Kapitel 27

»Wie konntest du nur?« Der Nebel der letzten Wochen in meinem Kopf hatte sich gelichtet. Seit dem Gespräch mit Cara hatte sich die Vermutung im hintersten Winkel meines Verstands gefestigt, aber ich hatte sie immer wieder unterdrückt. Weil es so etwas eigentlich nicht geben konnte. Weil ich nicht mehr wusste, was oder wem ich glauben sollte.

Mit wem hätte ich darüber reden sollen, ohne verrückt zu klingen? Ich war mir in den letzten Wochen nicht mehr sicher gewesen, ob ich nicht tatsächlich durchgeknallt war. Bay und Blake waren ein und dieselbe Person. Wie auch immer das möglich war. Aber auf diese Frage gab es gerade keine passende Antwort.

Wut stieg in mir auf, als wäre ich eine wild gewordene Katze auf der Jagd. Sie legte sich um meinen Hals und versenkte ihre Krallen in meiner Brust. Ich wollte den Schmerz hinausschreien, aber kein Laut drang aus meiner Kehle. Stattdessen hatte ich das Gefühl, dass mir das Herz herausgerissen und wilden Tieren zum Fraß vorgeworfen wurde.

Auf einmal bekam ich keine Luft mehr. Ich drohte zu ersticken und rang nach Luft. Blake kam auf mich zu und wollte mir die Hände auf die Schultern legen.

»Fass mich nicht an!«, fauchte ich. »Du …« Ich stockte, denn ich fand keine Worte, die ihn beschreiben konnten. »Wer oder was auch immer du sein magst, verschwinde!«

»Es tut mir leid.« Blake wirkte plötzlich sehr erschrocken.

»Du hast mich die ganze Zeit angelogen!«, schrie ich. Irgendwie hielt ich ihn für schuldig. Nicht Bay. »Ich habe ihr immer alles anvertraut. Sie war meine beste Freundin.« Wie wild trommelte ich ihm auf die Brust. »Und du Monster hast sie mir weggenommen.«

Blake rührte sich nicht. Er versuchte auch nicht, mich zu beruhigen. Er stand einfach nur da und ließ alles über sich ergehen. Meine Wut. Meinen Schmerz. Ich wollte, dass auch er diesen Schmerz fühlte, und krallte mich an seinem Jackenkragen fest. Er legte mir die Hände um den Kopf und zog mich an sich.

»Cait, ich will mit dir zusammen sein.«

Da war er wieder, der vertraute Geruch nach Salz und Meer, der mir alles so schwer machte. Natürlich war er kein Monster. Er war nur irgendwie anders. Und am furchtbarsten fand ich die Erkenntnis, dass ich mich danach sehnte, in seinen Armen zu liegen. In seiner Nähe fühlte ich mich geborgen. Es fühlte sich ein wenig so an, wie nach Hause zu kommen, und das beunruhigte mich. Er schien meine Unsicherheit zu spüren und strich mir sanft über das Haar. Seine Geste war wie ein Ventil, das sich öffnete und alles herausließ. Tränen strömten mir über das Gesicht. Ich musste mich zusammenreißen, denn andernfalls hätte es meine Familie noch weiter ins Unglück gestürzt. Das konnte ich nicht verantworten.

»Das wird niemals passieren!«, rief ich. »Nicht, nachdem ich herausgefunden habe, was Granny widerfahren ist. Und dann wäre auch Rose beinahe für immer weg gewesen …«

»Es tut mir leid. Ich hätte dich nicht küssen dürfen. Das war ein Fehler.«

»Meine Schwester war verschwunden, und du denkst

über einen Kuss nach?« Ich stieß ihn von mir. »Der hatte doch überhaupt nichts zu bedeuten!«, schrie ich ihn an. »Ein lächerlicher Kuss! Sag mir lieber, wo du gewesen bist, als meine Tage dunkler als die Nächte wurden und die Schuld an Roses Verschwinden mich fast erdrückt hätte!«

»Ich habe alles versucht, um Rose zurückzuholen. Deswegen konnte ich nicht bei dir sein. Als wir uns in der Nacht küssten, hat sich ein Tor geöffnet, durch das deine Schwester nach Tír na nÓg gekommen sein muss. Vielleicht hat das mit den Kräften zu tun, die in dir schlummern.«

»Ach, so ist das! Jetzt willst du mich auch noch für Roses Verschwinden verantwortlich machen.« Theatralisch warf ich die die Arme hoch, aber er griff nach meinen Händen und hielt sie fest. Sofort beruhigte ich mich wieder, obwohl ich mich dagegen wehrte. Blake blickte mir tief in die Augen und schien bis in mein Innerstes zu blicken. Dort fand er etwas, dessen ich mir selbst nicht bewusst war. »Ich glaube, du bist etwas ganz Besonderes.«

»Ich will aber nicht besonders sein. Ich möchte ein ganz normaler Teenager sein.« Natürlich einer mit sehr guten Noten, aber alles andere überforderte mich maßlos. »Verstehst du das denn nicht?«

»Cait … Ich kann dir dabei helfen, deine Kräfte zu entdecken. Du brauchst keine Angst zu haben. Du musst mir nur vertrauen.«

Einen Herzschlag lang überlegte ich, ob ich seinen Worten Glauben schenken sollte. Wie ein Tier, das ein Leben lang in einem Käfig eingesperrt war, betrachtete ich misstrauisch die geöffnete Gittertür. Wollte ich wirklich wissen, was mich erwartete, wenn ich mich auf Blake einließ? Was, wenn mir die unbekannte Welt dort draußen noch weniger gefiel als meine sicheren Räume, in denen ich mich die letzten siebzehn Jahre meines Lebens hatte verstecken können?

Intuitiv traf ich die Entscheidung. Ich wich zurück, weil die Erinnerungen an das Feuer, Roses Verschwinden, der Schrecken des Konvents und Bay sich dunkel in meinem Verstand einnisteten.

»Das habe ich ja gemerkt, wie ich dir vertrauen kann«, erwiderte ich trotzig und schloss die imaginäre Gittertür von innen ab. Blake musste draußen bleiben.

Unsere Verbindung würde nichts Gutes bringen. Es war besser, die Beziehung abzubrechen ... falls es überhaupt je eine Beziehung gewesen war. Andernfalls hätte ich unter Umständen zusehen müssen, wie mein Leben weiter auseinanderbrach. Meine Familie hatte ich nur mit Mühe zusammengeflickt. Und ob vielleicht etwas Besonderes in mir steckte, wollte ich lieber gar nicht erfahren.

Es war Furcht einflößend. Ich durfte Blake nie wieder sehen. Deshalb sammelte ich meine ganze Wut und schleuderte sie ihm entgegen, damit sie ihn verletzte, wie er mich verletzt hatte. »Du hast recht, ich hätte dich nie küssen dürfen. Für dich war doch alles nur ein Scheißspiel!« Hemmungslos weinte ich heiße Tränen. »Und jetzt sage ich dir mal was, Master Blake Bay O'Halloran oder wie immer du heißt. Du kannst mich mal!«

Blakes Gesicht zeigte keinerlei Rührung. Es ähnelte einem ruhenden See, unter dem sich allerdings Geheimnisvolles verbarg. Mit dem Ärmel wischte ich mir die Tränen weg. Dann wollte ich ihm ein letztes Mal in die Augen blicken, um Worte an ihn zu richten, die sich wie Nadeln in sein Herz bohren sollten. »Verschwinde, woher auch immer du gekommen sein magst! Ich will dich *nie* wieder sehen!«

Ich ließ Blake in der Steinhütte zurück. Regen klatschte mir ins Gesicht, und ich hob die Arme über den Kopf. Nach wenigen Metern am Straßenrand entlang war ich völlig durchnässt. Aber es war mir egal, denn ich spürte nichts mehr. Und blind war ich auch. Der Regen ergoss sich mit aller Wucht auf die Straße und bildete in Kürze riesengroße Pfützen. Autos fuhren langsam an mir vorbei. Einmal hielt sogar ein Wagen an, und der Fahrer bot mir an, mich zurück in die Stadt zu nehmen. Ich schrie ihn nur an, dass er sich um seine eigenen Belange kümmern solle. Kopfschüttelnd fuhr er davon.

Ich wollte allein sein, um die Puzzleteile im Kopf zusammenzusetzen. Aber sie passten nicht zueinander. Meine Vorstellung von der Welt war auf den Kopf gestellt. Ich hatte den Boden unter den Füßen verloren. Die Gedanken schwammen mir davon, ich vermochte sie nicht zu ordnen. Irgendwann setzte ich nur noch einen Fuß vor den anderen und schaltete den Kopf aus.

Ich weiß nicht, wie ich die zehn Meilen nach Hause schaffte. Mum öffnete die Tür und starrte mich entsetzt an. Dann fiel ich ihr in die Arme. Mum rief nach Dad, und die beiden trugen mich ins Wohnzimmer, legten mich aufs Sofa vor dem Kamin, zogen mir trockene Kleidung an und brachten mir Tee. Irgendwann schlief ich ein.

Es war bereits dunkel, als Mum sich neben mir aufs Sofa setzte. Ich rührte mich nicht und tat, als schliefe ich. Sie strich mir über den Kopf. Ich weiß nicht, wann sie dies das letzte Mal getan hatte. Ihre Hand zitterte leicht.

»Es tut mir leid.« Tränen erstickten ihre Stimme. »Mrs Kavanagh erzählte mir, dass sie mit dir gesprochen hat. Weißt du, ich wollte dir immer eine gute Mutter sein. Ich glaube, je stärker ich es versucht habe, umso mehr habe ich versagt. Ich hätte nie an dir zweifeln dürfen, Cait. Bitte verzeih mir!«

Ich rührte mich immer noch nicht. Und dann fing sie an zu erzählen. Wie Granny damals im Kinderheim erschienen war, in dem Claire die ersten sechs Jahre ihres Lebens verbracht hatte. Claire hatte sich diesen Moment oft ausgemalt, wie ihre Eltern sie aus dem Heim befreiten. Und dann stand plötzlich diese fremde Person mit den gleichen dünnen hellblonden, ja fast weißen Haaren vor ihr und behauptete, ihre Mutter zu sein.

»Sie hat mir Angst gemacht. Ich wollte sie nicht begleiten, ich schrie sogar. Die Umarmungen und Küsse meiner leiblichen Mutter fand ich befremdlich. Ist das zu verstehen? Und wie sehr ich dieses Land hasste, das mir erst die Eltern und dann meine Kindheit genommen hatte. Granny dachte, dass sich unsere Beziehung bessern würde, wenn wir erst in England lebten. Aber ich war mein Leben lang wütend auf Mutter, weil sie so lange gebraucht hatte, um mich zu finden. Und dann stand sie einfach da, und ich konnte sie nicht lieben. Wenn sie dann noch die alten Geschichten von diesem Land erzählte, von den vielen dummen Märchen, während doch ihr eigenes Leben kein Happy End hatte, regte sich eine unglaubliche Wut in mir. Ich hörte ihr nie zu und wollte mit Irland nichts mehr zu tun haben. Aber dann fing ich an zu malen. Erst waren es einfache Skizzen, die ich von unserer Wohnung in London machte. Ich hielt sie versteckt und wollte sie meiner Mutter nicht zeigen. Und eines Tages kaufte sie mir ein Set Ölmalfarbe und kleine Leinwände, obwohl sie mit ihrem mageren Gehalt als Krankenschwester kaum Geld hatte. Erst viel später zeigte ich ihr meine Malereien. Sie hielt sie in den Händen und betrachtete sie, als wäre es das Kostbarste, was sie je gesehen hatte. Ich spürte, dass ich das Talent von ihr geerbt hatte. Aber wir sprachen nie darüber. Und jetzt tut es mir leid, denn ich hätte ihr gern noch einige Fragen gestellt. Vor allem bereue ich, ihr nie verziehen zu haben. Etwas, das eigentlich nie ihre Schuld war. Oh Cait!« Mum schluchzte. »Ich mache mir solche Vorwürfe, aber jetzt ist es zu spät. Sie ist tot, und ich habe nicht einmal ihre Asche, um mich von ihr zu verabschieden. Jedenfalls möchte ich dich bitten, nicht die gleichen Fehler zu begehen.«

Sie legte mir eine Hand auf die Stirn. Ich bewegte mich immer noch nicht und war nicht in der Lage, sie zu trösten. Auch war ich mir nicht sicher, was sie meinte. Sollte ich ihr verzeihen? Oder Blake? Aber den kannte sie doch gar nicht.

Erst nachdem sie mich zugedeckt hatte und leise die Tür hinter sich schloss, wagte ich zu atmen. Plötzlich bekam ich wieder Luft, als hätte mir jemand einen Stein von der Brust genommen, der während der letzten Wochen schwer auf mir gelastet hatte. Ich trat ans Fenster und öffnete es vorsichtig. Aber der Wind riss es auf und wehte den Regen herein, der das Fensterbrett und mein Gesicht benetzte. Der Wind kam aus dem Westen, vom Meer her. Da war er wieder, der Geruch von Salz in meiner Nase und der Geschmack von Salz auf meinen Lippen. Ich musste Blake vergessen.

In der Nacht kroch ich zu meinen Eltern ins Bett und schmiegte mich eng an Mum. Sie roch nach Farbe. Sie war noch wach, und als ich den Arm um sie legte, schliefen wir beide endlich ein.

Ich wachte sehr zeitig auf. Ich lag neben Mum und hörte Dads Schnarchen. Ich beugte mich über Rose, die sich nachts wohl auch zu uns gelegt hatte. Dad lag neben dem

Bett auf seiner Decke und hatte sich mit Grannys Überwurf zugedeckt. Das Bett war inzwischen doch zu klein für uns vier. Der Westwind hatte sich beruhigt und sogar die Sonne hervorgelockt. Durch die geschlossenen Fenster war das Zwitschern der Vögel zu hören.

Es grenzte an ein Wunder, dass ich mich nicht erkältet hatte. Aber seltsamerweise fühlte ich mich befreit. Die Schwere war verschwunden, die mir auch James nicht ganz hatte nehmen können.

Da ich die Erste war, die aufwachte, beschloss ich, nach unten zu gehen und Kaffee zu kochen. Mums Matchatee versuchte ich mit dem Bambusbesen schaumig zu rühren. Ich zwang mich, eine Banane zu essen, obwohl ich nicht den geringsten Hunger hatte. Aber mit leerem Magen würde es mir auf hoher See sicher noch schlechter gehen.

Mum und ich hatten vor ein paar Tagen beschlossen, Grannys Wunsch zu erfüllen und die Urne – gefüllt mit Torfasche – im Meer zu bestatten. Dad und Rose wussten ja nicht, dass Grannys Überreste bereits irgendwo unterwegs waren.

»Typisch Granny, sie hatte immer ihren eigenen Kopf«, erwiderte Mum, als ich ihr ausführlich erzählte, was mit Grannys Asche wirklich geschehen war. Sie glaubte mir, wir beschlossen aber, Dad nichts davon zu erzählen. Er würde uns sowieso für verrückt halten.

Noch schwieriger wurde es für Mum, als ich ihr vorsichtig mitteilte, dass da noch ein jung wirkender Mann unterwegs war, der meinte, ihr Vater zu sein, und auch so aussah. Ihre erste ungläubige und empörte Regung sank rasch in sich zusammen. Sie hatte in letzter Zeit schon genug Unerklärliches erlebt. Also nahm sie Paul so hin, wollte aber auch nicht mehr über ihn erfahren. Sie schien so unendlich müde zu sein. Ich hoffte nur, dass sie sich nach Grannys Bestattung wieder besser fühlte und wir mit diesem Kapitel endlich abschließen konnten.

Dad parkte unseren Van am Pier. Wir stiegen aus und sahen Fischer Casey schon auf seinem Boot Fischnetze überprüfen. Wir hatten uns um zehn Uhr morgens mit ihm am Hafen verabredet. Die Luft war kalt und feucht, die See aber lag ruhig da, und nur ein leichter Nebel hatte sich über alles gelegt.

Der Wetterbericht hatte eine moderate See vorhergesagt, und ich konnte nur hoffen, dass das stimmte. Dad öffnete den Kofferraum und reichte jedem von uns wasserdichte Wetterkleidung. Die gelben Öljacken waren Rose und mir viel zu groß. Rose sah darin aus wie eine gelbe Boje. Sie hatte sich die Kapuze weit ins Gesicht gezogen, als wir aufs Boot stiegen. Die orangefarbene Schwimmweste hatte sie nur unter Murren darüber gestülpt.

Wir wollten gerade ablegen, als ein grüner Pick-up vor uns bremste, und ein Farmer ausstieg.

»Angus!«, rief er. »Gut, dass ich Sie hier antreffe. Meine Kuh kalbt schon seit gestern Nacht. Und irgendetwas stimmt nicht. Ich wollte gerade ein paar Jungs zusammentrommeln, die mir helfen, das Kalb rauszuziehen.«

»Sorry, ich kann nicht, Seamus. Versuchen Sie doch, den Arzt aus Oughterard zu erreichen. Wir wollten gerade aufs Meer raus, um …« Dad blickte zwischen Mum und dem Farmer hin und her. Er wirkte leicht nervös.

»Angus, es ist okay, wenn du nicht dabei bist.«

Mums Worte wurden dankbar angenommen. Zum Abschied küsste er Mum, dann stieg er in den Pick-up und fuhr davon.

Wir dagegen stiegen auf den blau-weißen Kutter, getauft auf den Namen *Morning Tide*. Auf dem Deck lagen Seile, Netze und kleine Bojen. Gelbe Kisten stapelten sich aufeinander, die allerdings leer waren. Nachdem Fischer Casey die Seile vom Poller am Hafen gelöst hatte, startete er den Motor. Rose und ich setzten uns auf die Bänke an der Reling, während Mum immer noch stand und wie ein Fels in der Brandung Grannys Urne in der Hand hielt. Ich starrte ins Wasser, das immer dunkler wurde, je weiter wir uns vom Hafen entfernten.

»Dort ist Paul!« Aufgeregt deutete Rose auf eine Gestalt, die am Hafen stand. Ich konnte es nicht glauben, aber der beigefarbene Trenchcoat war unverkennbar. Er stand am Pier und winkte uns zu.

Mein Blick schweifte zu Mum hinüber. Wusste sie, wer er war? Sie legte die Stirn in Falten und kniff die Augen zusammen. Ich weiß nicht, ob sie es tat, um besser sehen zu können oder weil sie ihn nicht sehen wollte. Dann jedoch wies sie Casey an, das Tempo zu verlangsamen und umzukehren.

»Da ist noch jemand, der an Grannys Seebestattung teilnehmen möchte. Fahren Sie bitte zurück!« Mum deutete auf Paul. Casey nickte, riss das Steuer herum und fuhr zum Hafen zurück.

Paul bestieg das Boot. Er wirkte leicht nervös, aber Rose war außer sich vor Freude. »Wie schön, dass du doch noch kommen konntest!« Sie gab ihm einen Kuss auf die Wange.

Nach Roses liebevoller Begrüßung schien sich seine Anspannung zu lösen.

»Freund der Familie«, erklärte Mum Captain Casey, der sich jedoch versteifte und Pauls Erscheinung entgeistert anstarrte.

»Ich will nicht, dass dieser … dieser …«, setzte er an, doch Paul seufzte nur leicht und fasste ihn fest ins Auge.

»Es wird meine letzte Reise sein. Also beruhige dich. Du weißt doch, wir kommen, um zu gehen«, sagte er leise, aber entschieden. Betreten löste sich der Captain von dem eindringlichen Blick. Seine Hände wirkten klamm und zittrig, als er sich eine Zigarette anzündete. Unwillig wandte er sich zu uns um.

»Können wir jetzt los, oder folgen noch weitere Familienfreunde? Mein Boot ist nur für acht Personen ausgelegt. Also, wenn …«

»Nein, nein. Keine weiteren Fahrgäste. Vielen Dank«, beeilte sich Mum zu sagen.

Meine Blicke schweiften neugierig zwischen Paul und Mum hin und her. Die Ähnlichkeit der beiden war unverkennbar. Es war einfach unglaublich. Wie es wohl für Mum war, ihrem Vater gegenüberzustehen? Schließlich hatte sie jahrzehntelang geglaubt, er hätte sie und Granny im Stich gelassen. Was empfand sie, als sie sah, dass er mindestens zwanzig Jahre jünger wirkte als sie? Aber Mum schwieg. Casey verschwand wieder hinter seinem Steuer und fuhr aufs Meer hinaus.

»Ist sie da drin?« Paul deutete auf die Urne in Mums Händen.

Verlegen räusperte sie sich. »Nun ja, sie war … aber Granny lässt sich einfach nicht einsperren. Du kennst sie ja.« Mum und ich hatten beschlossen, die Urne mit der *falschen* Asche im Meer zu bestatten. Letztendlich ging es doch sowieso darum, dass wir hier alle versammelt auf einem Boot im Atlantik schaukelten, um gemeinsam von Granny Abschied zu nehmen. Dass nun auch Paul dabei war, davon hatte Granny bestimmt nicht einmal zu träumen gewagt.

»Ich denke, hier ist ein guter Platz!«, schrie Mum Captain Casey zu. Der stellte daraufhin den Motor ab, legte die Beine hoch und schob sich die Kappe tief ins Gesicht.

Ich wollte Mum und Paul auch etwas Privatsphäre gönnen, sofern das auf einem kleinen Boot überhaupt möglich war, und stellte mich an die Reling am anderen Bootsende. Ich blickte aufs Meer hinaus. Der Himmel hatte sich aufgehellt. Die Sonnenstrahlen wurden durch die leichten Wellenbewegungen in alle möglichen Richtungen reflektiert. Es kam mir unheimlich hell vor nach der langen Zeit mit so viel Regen und bewölktem Himmel.

Plötzlich sah ich sie kommen, eine glitzernde Wolke, die direkt auf uns zusteuerte. Ich wusste sofort, dass es Granny war. Beziehungsweise der Rest von ihr.

Paul erkannte sie auch sofort. »Aurelia! Du weißt gar nicht, wie lange ich auf diesen Augenblick gewartet habe.« Seine Augen leuchteten, und er lachte laut. Vielleicht sah er auch mehr als wir in diesem Augenblick. Aber das war auch nicht wichtig, denn mir wurde plötzlich klar, dass Paul nicht bei uns bleiben konnte.

Dann wandte Paul sich an Mum, legte die Hände um ihr Gesicht und küsste sie auf die Stirn. Sie fing an zu weinen. »Wir haben dich immer geliebt«, sagte Paul und zog ein Taschentuch hervor, um ihre Tränen zu trocknen.

»Ich weiß … Dad!«

Dann nahm er Mum in die Arme und drückte sie fest an sich. Grannys Asche kreiste wie ein Schwarm Vögel um die beiden. Ich hatte kurz Panik, was Casey von diesem Spektakel halten mochte, und linste zu ihm hinüber. Doch er hielt immer noch ein Schläfchen. Vielleicht tat er auch nur so. Wer konnte das hier schon mit Gewissheit sagen?

Als Grannys Asche über unserem Boot schwebte, breitete

Paul plötzlich die Arme weit aus. Er sah so glücklich aus, als Grannys Glitzerwolke ihn wie in einem Strudel erfasste und in die Luft hob. Es war nicht viel zu erkennen, weil das Schimmern der seltsamen Erscheinung meine Augen zu blenden schien. Aber Paul löste sich langsam darin auf, bis er gänzlich mit Granny zu einem Lichtstrudel verschmolzen war. Endlich waren sie nach Jahrzehnten wieder glücklich vereint! Eine leichte Brise kam auf, und ich schlang die Arme um den Körper. Langsam verblasste die Erscheinung, und der Wind trug sie von uns weg, an einen Ort, wo die beiden hoffentlich für immer zusammen sein konnten.

Blake kam mir in den Sinn. Wie sollte ich auch nicht an ihn denken, hier auf dem Meer, das sich so endlos weit vor mir erstreckte? Würde ich ihn wiedersehen? Vielleicht würde ich wie Granny ein Leben lang auf meinen Geliebten warten. Vielleicht zwischendurch heiraten. Einen netten Mann, einen wie James.

Ich wischte mir mit dem Ärmel über das Gesicht, weil mir das Gischtwasser in den Augen brannte.

Ich linste zu Mum hinüber. Sie spähte noch immer in die Ferne, obwohl das Glitzern in der Luft gänzlich verschwunden war. Dabei hielt sie sich an der Reling fest und sagte kein Wort. Dann aber drehte sie sich zu mir um, als hätte sie meinen fragenden Blick bemerkt, und reichte mir ein Taschentuch. Rose trat zu uns. Auch sie schien gerührt, und Mum legte die Arme um unsere Schultern. Zusammen blickten wir aufs Meer hinaus. Ich versuchte mir vorzustellen, dass Blake irgendwo dort draußen war, wo sich der Horizont zwischen Himmel und Erde auflöste.

Ich spürte, wie sich das Auf und Ab der Wellen mit dem Schlag meines Herzens vereinte. Eine warme Woge durchfloss meinen Körper, und ich schwankte leicht. Mir wurde klar, dass Blakes Kuss ein Feuer in mir entzündet hatte, das nur darauf wartete, sich weiter auszubreiten. Das Brennen in meiner Brust wurde stärker, und dieses Feuer konnte selbst der wilde Ozean nicht löschen.

Blake. Er war einer von ihnen, einer vom Volk der Túatha Dé. Ein Wesen, das ich genauso wenig erfassen konnte wie den endlosen Ozean mit seiner grünblau schimmernden Oberfläche und seinem tiefschwarzen Grund.

Und was war mit mir? Beim Gedanken, dies herauszufinden, empfand ich seltsamerweise keine Angst mehr. Es war so, als hätte mir das Meer plötzlich alle meine Sorgen genommen.

»Wir müssen zurück!« Captain Casey war aus seinem Schläfchen erwacht und trat aus seiner Kajüte heraus. »Das Wetter schlägt um.« Er stand neben uns und blinzelte in die Wolken, die sich vor das Hellblau des Himmels schoben.

»Fahren wir nach Hause!« Mums Stimme klang ungewöhnlich gefestigt, und sie folgte Casey zum Steuerrad. Dann drehte sie sich noch einmal zu mir um. »Bist du bereit?«

Ich nickte und merkte, wie sich ein Lächeln auf meinem Gesicht ausbreitete. Ich war bereit. Für das Leben, das auf mich wartete, für die Wege, die noch vor mir lagen und für all die Reisen, die mich zwischen die Gezeiten führen würden. Und ich war bereit für Blake. Ich musste ihn unbedingt wiedersehen.

Ich musste Blake unbedingt wiedersehen.

Danksagung

Auf dem Weg zu diesem Buch haben mir sehr viele Menschen geholfen. Euch kann ich gar nicht genug danken, aber ich kann es wenigstens versuchen …

Jede/r (angehende) Autor/in braucht eine Julia. Julia, du hast meine Texte gelesen, mich korrigiert und mich immer wieder motiviert, wenn es schwierig wurde. Danke!

Ich danke meinem Mann, dem »irischen Tierarzt«, der meine Geschichte auf grammatikalische und medizinische Korrektheit überprüft hat.

Er: »Das Medikament darfst du dem Tier nicht spritzen, es sei denn, du willst es umbringen …«

Ich: »Ähm. Nein. Zumindest nicht in dieser Story.«

Ich danke meiner großen Tochter, meiner ersten Zielgruppentestleserin. Danke, dass du von Blake ebenso begeistert bist wie ich. Und danke für die passenden Playlists und Pinterestboards. Übrigens warte ich noch auf den passenden Song zu meiner Geschichte.

Ich danke meiner Mama. Dir habe ich die ersten Seiten gezeigt, und du warst begeistert. Das ist alles, was man manchmal braucht, um weiterzumachen …

Ich danke meinem Papa. Dir danke ich für den einen oder anderen Spruch, den ich im Text verarbeitet habe.

Ich danke meiner Agentur erzähl:perspektive. Ohne euch hätte mein Buch kein Zuhause gefunden. Klaus, du hast immer an mich geglaubt und mir mit zahlreichen Ratschlägen zur Seite gestanden. Ich freue mich auf weitere spannende Projekte mit euch.

Danken möchte ich natürlich auch dem Team vom Piper Digital Verlag, allen voran Elke Hittinger. Ihr habt mich so herzlich aufgenommen, und die Zusammenarbeit mit euch ist einfach wundervoll.

Ich danke meiner Lektorin Friedel Wahren. Für Ihre Unterstützung und Ratschläge bin ich sehr dankbar. Ich habe so viel von Ihnen lernen können.

Natürlich bedanke ich mich auch bei der Bevölkerung Connemaras, die uns sieben Jahre lang eine Heimat gab und deren Leben und Geschichten mich zu diesem Buch inspirierten.

Liebe Leser! Auch bei euch möchte ich mich bedanken und würde mich riesig freuen, wenn ihr euch mit mir austauschen wollt. Ihr findet mich auf Instagram und Facebook.

Und nicht zu vergessen: *Any man can lose his hat in a fairy wind!*